白鲸

Moby-Dick

[美]赫尔曼·梅尔维尔◎著　张蓓蓓◎译

煤炭工业出版社

·北　京·

图书在版编目（CIP）数据

白鲸／（美）赫尔曼·梅尔维尔著；张蓓蓓译．--北京：煤炭工业出版社，2016（2022.3 重印）

ISBN 978-7-5020-5542-4

Ⅰ.①白…　Ⅱ.①赫…　②张…　Ⅲ.①长篇小说—美国—近代　Ⅳ.①I712.44

中国版本图书馆 CIP 数据核字(2016)第 249478 号

白鲸

著　　者　（美）赫尔曼·梅尔维尔
译　　者　张蓓蓓
责任编辑　刘少辉
封面设计　左小文
封面插画　严文胜

出版发行　煤炭工业出版社（北京市朝阳区芍药居 35 号　100029）
电　　话　010-84657898（总编室）
010-64018321（发行部）　010-84657880（读者服务部）
电子信箱　cciph612@126.com
网　　址　www.cciph.com.cn
印　　刷　唐山楠萍印务有限公司
经　　销　全国新华书店

开　　本　710mm×1000mm 1/16　**印张**　17　**字数**　420 千字
版　　次　2017 年 1 月第 1 版　2022 年 3 月第 4 次印刷
社内编号　8405　**定价**　58.00 元

目 录

1. 海与鲸的诱惑

许多年以前，那时的我一文不名，既然陆地上没有什么可值得留恋的了，我想那我就干脆下海，到浩瀚无边的大海里去游荡吧。

这已经是我唯一的去处了。

每当我心烦气躁、满腹牢骚时；每当我心烦意乱、眼前犹如11月的愁云惨雾时；每当我身不由己，或同不相干的送葬队伍走向墓地时；尤其是每当我抑制不住马上就要在街上像脱缰的野马一样横冲直撞时，我都要尽可能地出海。

此刻，只有出海才能代替我向自己拔枪。

我没有伽图那一边朗诵诗歌，一边拔剑自刎的勇气，只能悄悄地登上船去。

这没有什么可奇怪的。我相信，不论是谁，在某个特定的时间，他都会和我一样对海洋产生类似的情绪。

噢，我的名字！其实这无关紧要，好了，你可以叫我以实玛利。

我们现在看到的就是曼哈顿岛了，它的周围布满了许多商业味儿十足的码头，犹如珊瑚礁环绕那些西印度小岛一般。无论向左还是向右，每一条街道几乎都能够引导你走向码头，走向海边。

海浪拍打着炮台前的防波堤，可以看见观海的人们远远地散着步。

我们不妨在一个如梦般的安息日下午，在那如诗如梦的阳光下，去城里兜一圈。先从柯利亚斯·胡克走到柯恩提斯·斯立甫，再从那边经过怀特豪尔，朝北走去。你看到什么了呀？你首先看到的仍是海边上那一群群对着大海伫立凝望的人们。

那市镇的四周就像布着一匝沉默的哨兵似的，成千上万的人都站在那儿盯着海洋出神。那些人或站或坐、或倚柱或靠墙，遥望着那些来自中国的船只，入迷地欣赏着进进出出的大小船舶。

这是怎么了？这些总是生活在柜台、凳子、写字台和墙壁之间的人们，怎么一时都涌到了海边？难道田畴原野、一马平川的陆地消失了吗？他们到这里要干什么呢？

瞧！又来了一大群人，他们直奔海边，是要跳海吗？

奇怪！他们要尽最大努力靠近大海，他们要走到陆地的尽头。只有陆地的尽头才称得了他们的心；在仓库那边的背阴里闲逛一番都还不够味儿。不够！他们只要不掉进海里，是一定要尽可能走近海洋的。这些来自大街小巷，来自东西南北的内陆的人们，他们会聚一堂，拥挤在海边，绵延十几海里。

告诉我，难道是那些船只的罗盘指针的磁力把他们吸引来的？

再打个比方说吧，即使是在陆地上，我们不是也有这类似的经验吗？随便沿着一条路走下去的话，十有八九我们总是能走到河边、湖畔、溪流边。这可真有不可思议的魔力！你不妨尝试一回，随便找一个哪怕完全心不在焉的人，让他信马由缰地走动起来，他准会带你到有水的地方去，如果那一带有水的话。

如果这个人在思索着什么形式主义的东西，那结果就更是如此了。如果你在美国的大沙漠中口渴了，身边又刚巧有一位哲学教授，那你就不必惶恐了，众所周知，思索是与水有着天然的联系的。

有一位出色的艺术家，他渴望为你画一幅画，蓝天白云下是一望无垠的原野，草木繁茂的森林里成群结队的羊群、炊烟袅袅的村庄和山峦间起伏的小路，可如果你不注视着他眼前的一条河，那么这幅画儿就会失去灵魂。如果6月的草原上没有一滴水，如果尼亚加拉瀑布流下来的只是些没有生命的黄沙，那么，你还会跋涉千里去那魂牵梦萦的草原、瀑布游览吗？

没有了水，就没有了一切。

有位徒步旅行的潦倒诗人，在意外地获得了一点钱后，犹豫了，是买一件急需要的衬衣，还是去海边远足一趟呢？

为什么几乎每一位有着强健体魄和坚强灵魂的小伙子都想到海边闯荡呢？为什么每一位上了船的人在船开始离岸时心里都会有一种莫名的激动呢？

为什么古代的波斯人把海奉若神明，希腊人却更把海看作神的亲兄弟？而那位被迫在水边顾影自怜的美男子那西萨斯，最终还是投身水底？这一切不是没有意义的。

每一个人都会在水中留下永远不可触及的影子，这似乎就是关键所在。

我与水的关系似乎剪不断，每当我走投无路、愁肠百结的时候它都会解救我，指引我到海上去。

我到海上，不是来做旅客的，因为那需要鼓鼓的钱包，而我恰恰一无所有。

当然，我更当不起船队的队长、船长，甚至是船上的一名厨师了，尽管论资格我算得上是个老水手了。

这些出风头的职位，就让那些喜欢出风头的人干吧，我能把自己看管好已经不错了，别说那些操纵这家什的人了，就连什么桅啊帆啊的我都管不了。

不当厨师，纯粹是因为对此不感兴趣。但这并不妨碍我对厨师的作品感兴趣。面对一只牛油涂得完美、胡椒撒得均匀的烤好的鸡，我会第一个叫好。

对烤朱鹭、烧河马之类的东西很有好感的古埃及人，他们的金字塔里，至今还可以见看到这些东西的木乃伊。

我在出海的时候，我的身份是一个普普通通的水手。

我像只蚂蚱一样，一会儿爬到桅杆顶上，一会儿又跳进水手舱里，他们的颐指气使一开始就让我很不痛快，我感觉自尊受到了伤害。

如果你出身豪门世家，诸如范·伦斯勒家族、伦道夫家族、哈狄卡纽特族，如果你以前还在教室里骄傲地挥舞，现在却不得不把手伸到柏油桶里干粗活儿，那你就感到更难受了。

这样的反差实在让人难以接受，但是你要有点苦行僧似的容忍态度，一旦挺过来所有不愉快都随风而去，化为乌有了。

想想吧，那个大块头船长吆喝我去打扫地板，我打扫就是了，算得了什么羞辱？在《圣经》面前，这算不了什么。

请你告诉我，谁何尝不是被奴役呢？从哲学和非哲学的角度看，人们总是在互相推嚷，你挤兑我、我挤兑你，可谁也摆脱不了被别人奴役的命运。

所以，人们在互相推嚷之后，还是要互相拍一下肩膀，抚摸一下伤口，才安分下来。

何况我是一个赚旅客钱的水手，只进不出。

我是一个水手，往外掏钱和往里挣钱是截然不同的两件事。我想，往外掏钱是那两个偷果子吃的贼给我们带来的最大不幸；而往里挣钱，那是这世上屈指可数的几件大好事之一了。

钱是万恶之源，我们却是喜不自胜地去接受，我们为了钱宁愿沦入地狱。

我是一个水手，我们知道海上行船的一帆风顺只是一句玩笑话，逆风而行才是家常便饭，因此船头上的水手永远比船尾的船长、大副们先呼吸到迎面而来的新鲜空气！

对于这一点，他们以为是自己先呼吸到的呢，其实恰恰相反。在很多事情上都是这样，群众们经常领导他们的领袖，而那些领袖们却浑然不觉。

我从一个商船上的水手摇身变为一个捕鲸船上的水手。冥冥之中有命运之神在左右着我，这是他老人家早就安排好了的，它是当前正上演的两出大戏之间的一出小戏，节目单大约如此：

美国总统竞选
以实玛利远洋捕鲸
阿富汗斯坦大战

我不知道如何解释，命运之神让一些人去扮演那些雍容华贵、颐指气使的角色，却让我去扮演捕鲸这么个小人物。

没办法，回想上船以前遇到过的种种偶然与必然的大事小事，我当时还以为自己是经过深思熟虑后决定上这条船的呢！

其实是关于大鲸鱼的传说吸引了我，它的巨大和神秘吸引着我，而我恰是一个对神秘充满了好奇的人，冒险和探奇的种子在我的内心早已生根发芽。

正是这些原因，冥冥中我来到了捕鲸船上。我想象着海洋中的鲸鱼们，它们拨动着我的灵魂，这次航行是我梦寐以求的事。

2. 新贝德福之夜

简单地收拾好行囊，我就出发了。

那是12月的一个星期六的晚上，离开了曼哈顿，我就奔到新贝德福。但是让我失望的是开往南塔开特的邮船已经起航，又没有其他的方式可以通达，那就只好等下星期一了。

一般去合恩角都是这条路线，从新贝德福上船。可我必须得从那捕鲸船最早的出发地南塔开特出发，尽管新贝德福已经很繁荣，但它终究不是人们把第一只北美洲的死鲸拖上岸的地方。那些红种人当年就是从南塔开特出发，乘独木舟去海上捕鲸鱼的；还有那最早载着鹅卵石（这就是他们捕鲸的武器）的捕鲸单桅帆船，也是从南塔开特出发的。

但如今我要在新贝德福停留两天，确切地说是一天两夜，才能动身去南塔开特，吃饭、睡觉该怎么办？

在这寒风刺骨的夜晚，我伫立在冷清寂寥的街头，举目无亲、走投无路的感觉涌上心头。

摸摸兜里的那几个银币，我心里默念着：以实玛利啊，不管命运之神把你指引到哪里，你可都要先问问价钱啊！

店里的灯光映照在厚而硬的坚冰之上。噢，这间是“标枪客店”，这间是“剑鱼客店”，觥筹交错之声伴着欢声笑语飘向窗外，我毫不犹豫地走向前去，他们太快活了，也太奢侈了。

以实玛利啊，你必须向前走，你的那双破鞋迈不进那高门槛，去那些不那么金碧辉煌的地方走走吧，那地方的旅馆虽然不是最好的，但肯定是最实惠的。

街道两侧渐渐暗了下来，间或有那么一两点微弱的烛光，鬼火般在黑暗中明灭不定。远远地，我看见一丝微光从一所敞开的矮房子中泄出来，似乎是在欢迎客人的到来。

它有个不起眼的外表，房子看起来好像是公用的。我一进去就被一堆垃圾毫不客气地绊了一个跟头，纷飞的尘土差点把我憋死！

好啊，看来这里既不是“标枪客店”，也不是“剑鱼客店”，却是个“陷阱客店”。

一阵吵闹的喧哗声引得我爬起来以后迅速推开了第二道门，啊，数百个黑脸齐刷刷地转向了我，有一位黑面孔的朋友正在台上拍打着一本书，让台下的听众们集中精力。这是座黑人教堂。我退出了“陷阱”，继续向前。

在一个离码头很近的地方，看到一块白晃晃的招牌在蒙蒙的雾气里若隐若现，我快步上前。在天空中一声不知是什么怪鸟儿的嘎嘎怪叫中，我看清了招牌上的字：“鲸鱼客店——彼德·科芬。”科芬！鲸鱼！

棺材和鲸鱼，将这二者联系到一起，我感到后脊梁骨一阵冰凉。

据说姓南塔开特的人不少，想必这个彼德是从南塔开特来的喽！显然，最为重要的是，从它破败的外观来看，这家客店一定非常便宜，说不定还有很棒的土咖啡呢！我迈步走了进去。

这座破房子像得了半身不遂，在呼啸的北风中显现出一副摇摇欲坠的样子。

但是，如果你不是在室外，而是在室内，两脚随意地搭在炉子上，悠然地品着咖啡，那这呼啸的风声就纯粹是一支催眠曲了。

古代有位著名的作家曾说过：“要评判这狂风暴雨的好坏，那要看下判断的人所属的位置：是隔着满是冰花的玻璃向外看，还是什么东西也不隔着，里外一样冷地向外看。而那唯一的玻璃安装工就是死神！”

我突然想起了这句话，此时我觉得我的身体就是这座房子，两只眼睛便是那两扇窗户。

按照那位古代作家的话来补救已经晚了，宇宙的框架已经定型了，一切都无法改变了。怎么办？可怜的拉撒路只有在寒风中继续瑟缩颤抖了，颤抖得身上仅有的几块破布条也掉在了地上。正在此时，那位身着紫袍的老财主却兴高采烈地叫道：“哈，雪花飞扬狂风呼啸的景致多么怡人啊！灿烂的星空、五光十色的北极光，让那些谈论一年到头四季如春的什么鬼气候的家伙们去见鬼吧，我有权力用炭火创造一个夏天！”

拉撒路对着一样斑斓的北极光却无法举起他那冻紫了的双手，这样的美丽他只能够拥有遥远的想象了。

他多想和赤道并排躺在一起呀！或许他没想那么远，仅仅想要就近找个火堆钻进去呢！

老财主在由冰块围绕的宫殿中对屋外冻得要死的拉撒路并无任何感觉。他信步而走，可并没喝酒。之所以如此是因为他是禁酒协会的会长，他不喝酒，只喝孤儿们的眼泪。

何必如此感慨呢？反正要去捕鲸了，这样的事儿以后多着呢，先进屋去看看这个地方是怎样的情境。

3. 鲸鱼客店

来到鲸鱼客店，你会发现自己置身于这样一个环境中：几块老式壁板在黑漆漆的门道里倾斜着，一幅烟熏火燎的巨大的油画挂在墙上，在几道斜射进来的微光的帮助下，才勉强可以分辨出上面那些形状不一的阴影与色块。

这些阴影与色块以一种可疑的形态纵横排列着，一团黑乎乎的不祥之物占据着画面的正中央，几根蓝色的斜线又含义不明地牵扯着些脏兮兮的物体：是午夜中暴风雨袭击大海，还是水火携风大战？抑或仅仅是一株枯萎的石楠花？

纷纭的景象足以令任意一个意志薄弱者神经错乱！可你会幡然醒悟：噢，是它，是它，海中的巨兽！

后来我询问了左邻右舍，又向不少上了年纪的人打探，综合了各种观点，事实上，这幅画的含义是这样的：这是一条陷入合恩角的飓风里的船，它将沉而未沉，几根光秃秃的桅杆还在水面上奋力挣扎；一条大鲸鱼显然是因为这条沉船挡住了它的去路而发怒了，它正向那三根桅杆发起攻势，疯狂地扑了上去。

油画对面一侧的墙上，挂着一排各式各样的枪和矛。

它们并非一般的枪和矛，而是些充斥着异教色彩的怪异之物：有的镶嵌着闪亮的牙齿；有的挂着一缕人的头发；有的则是充斥着一股似乎会随时冲出来的杀气。

这里面还有几支布满铁锈的捕鲸标枪，是传说中的有名捕鲸武器。其中一支已经朽烂的鲸鱼枪，据说在五十年前曾一天之内连刺死过十五只鲸鱼，最后一次扎入一只大鲸鱼以后被它带着枪逃到了海里，几年后人们打死了这只鲸，才再次找到了这支鲸鱼枪。枪当时刺入的是鲸鱼尾部，可人们却是在鲸鱼的弓起的背部发现这支枪的，难道它在鱼身上走了四十英尺！

穿过低矮的过道，算是进屋了。

屋子里仍然很黑，房梁显得低矮，地板铺得又不平整。让人以为是进了一条破船的船舱。外面狂风呼啸，房子摇摇欲坠，就像一艘失事的破船。

在房子的一个角落有一张瘸腿的木板桌，桌上是一些残破的玻璃器皿，还有一些从世界各地搜罗来的奇珍异宝，但此刻它们已经蒙上了一层灰尘。

屋子的另一个角落里，有一个酒吧，如果这也可以称之为酒吧的话。凹凸不平的木板把它装饰得像一个露脊鲸的鲸头。

在这鲸鱼嘴里的货架子上，摆放着各种各样长脖短项、大肚瘪胸的酒瓶。一个活像希伯来预言家约拿的小老头儿在那儿忙碌着，他收取水手的钱，卖给他们的却是颤抖性酒疯和死亡。

更为狡诈的是那充满死亡气息的绿色酒杯，乍一看好像是圆筒形的，可腰部以下却缩进去了。杯体上粗粗地刻上一格一格的刻度，每一格就是一便士，也就是说一口就可以喝掉一个先令。

在暗淡的灯光四周聚集着几个年轻的水手，正在玩那种以鲸牙、贝壳为棋子的棋。

我找到了店老板，说要在店里住一晚。

他说已经客满，没房间了，可马上又说："如果你愿意，你可以和一个标枪手挤一张床。我猜你是要去捕鲸鱼，试着习惯一下这种事，行吗？"

"我可没有跟别人睡一张床的习惯！不过，非得这样的话，我想了解那个标枪手是个怎样的人。"

既然没有余房可用，与其露宿街头，不如和一个规矩的标枪手合住一晚。

"啊，我就知道你会答应的。请坐，那么，晚饭呢？吃不吃晚饭？一会儿就好！"

我一屁股坐在一把老式的高靠背椅子上。椅子上满是刻痕，乱七八糟的，不知道是些什么，如同炮台公园里的椅子一样。

旁边的一把椅子旁，正蹲着一个手拿大折刀专心致志地在刻着什么的水手，他用尽自己所有力量，但是我认为没有什么进展。

最后，我们这群人中有四五个人被叫到隔壁房间去吃饭了。屋子里冷得跟极地似的，老板对我们说他生不起火。

我们颤巍巍地伸出手来，急切地端住那滚烫的茶杯。

燃烧着的牛油蜡，被从各个方向透进来的风吹得摇曳不定，忽明忽暗的微光照着大家变了形似的脸。饭菜倒还说得过去，有马铃薯，有肉，还有汤圆！啊，把汤圆当晚饭吃！

有个穿着绿外套的年轻车夫，吃着汤圆都改不了那张面目狰狞的脸。

"唉，我的孩子，你晚上会做噩梦的。"店老板说。

我小声问："他不会是那个标枪手吧？"

店老板诡秘地看着我说："不，那个标枪手皮肤黑黑的，他不吃饺子，他只吃半生不熟的牛排。”

“他妈的，他怎么没来呢？”

“过不了多久就会来了。”他答道。

我禁不住开始怀疑这个标枪手了。不管怎么样，如果我们一起合住，我打算要等他先脱衣服上床以后我才上床。

晚饭后，大家没待多长时间就又回酒吧去了。

看来无处可去，那我只好跟随了。

一会儿，外面传来一阵吵嚷声。

“啊，‘逆戟鲸号’的水手！”老板突然跳了起来，大声地叫喊道。

“他们出去三年啦，铁定是大有收获才回来的！好啦，朋友们，这回咱们可有故事听啦！”门口传来水手靴踏在地上特有的声音。房门大开，一群破衣烂衫的，浑身都是补丁的，头上裹着围巾、胡子上结着冰的，像一群大熊似的水手涌进房门。

他们才从船上下来，这是他们下船后进的第一间房子，所有人都直奔酒吧。

约拿忙前忙后地为他们倒上一杯又一杯酒，其中一个人说自己得了伤风，不能喝酒。约拿随即倒上一杯杜松子酒，放了点蜜糖，有点像沥青饮料，约拿发誓，喝下这一杯酒，甭管是伤风还是感冒，甭管是旧疾还是新病，甭管是在拉布拉多海滨染的病，还是在冰岛着了凉，只要喝下去，肯定是药到病除。

一会儿，就看到那些喝醉的水手在手舞足蹈，发着酒疯。

刚登上陆地的水手都这样，酒量再大的也不例外。

不过，我注意到他们中有个人不大一样。尽管他尽量使自己脸上不那么严肃，以免扫了同伴们的兴，但是他的言行还是与别的水手有着明显的差别。这立刻引起了我的兴趣。

他有着宽厚的肩膀，足有六英尺高，晒得黑黑的脸，使牙齿显得特白，两只眼睛中似乎有一种怅然若失的意味。

这位人高马大，说话有着南方口音，从身材看像是弗吉尼亚人。他在伙计们举杯畅饮时，悄悄地离开了。

我们再次见面，已经是在船上的事了，他那时已经是我的同伴了。

他的同伴们很快就发现他不见了，喊着他的名字找他：“布金敦！布金敦！”

有几个人到屋子外面喊着找他。

狂欢之后，酒吧里冷清得有点吓人。

这时已是夜里九点了。我正在考虑睡觉的事。

没有人喜欢和自己不认识的人同床，事实上，即使是亲兄弟也是如此，因为人们喜欢睡觉时保持隐私。如今要在这个陌生的地方、陌生的客店里和一个陌生的标枪手同睡一张床，实在令人无法忍受。

水手就得和别人同床共枕吗？哪有这样的事！水手们在船上时只不过是睡在一个房间里罢了。各自有自己的床和被子，你即使脱光了睡觉也不会有人妨碍你。

一想到标枪手，我就越发不能忍受了。我觉得标枪手的衣服一定很脏……我开始辗转反侧。很晚了，标枪手应该回来了。

“喂，老板，我改变主意了，我想在凳子上凑合一夜！我不愿意跟陌生人同床。”

“可以。只是凳子上恐怕铺不了什么！”

说着，他摸了摸凳子上粗大的木节。

“但是，等下，贝壳佬，我酒柜里有把刨子，可以刨刨看！”

他说着走到了酒柜边，从柜子里找出那把刨子，并拿了块破布擦拭上面的灰尘，然后开始卖力地刨起凳子。

刨花片片,老板像个大猩猩一样咧着嘴傻笑,很快刨子碰到一个又大又硬的木节,怎么刨也不见有丝毫改变。

“算了,别刨了!这对我而言已经足够了,况且世界上大概是没有什么能把凳子给刨成软床的。”

他又笑了,张着嘴巴像头大猩猩似的傻笑。

把满地的刨花清扫了后,他又去忙别的了。我一个人呆坐着愣神儿。

很久,我才回过神儿。量了量那把凳子,发现它太短了,不得不加上一把椅子。再看看,又觉得它变窄了。屋子里还有把凳子,但两个凳子高度不一,拼不起来。

我让凳子靠墙,让它和墙之间留下一条缝,凑合着可以躺下。

刚躺下我马上又起来了,因为有一股冷风从破窗户缝里如刀一般向我的头吹来!

该死的标枪手,去哪里了?啊,对!可以趁他没回来先占据那张床,把门反锁上,这样我睡得死沉死沉时,怎么敲我也醒不了的!

这是个好主意。不过,万一明早一开门那个标枪手迎面给我一拳就惨了!

该怎么办?在这寒风刺骨的夜里,我除去与陌生人同床以外又能怎么办呢?或许那个标枪手并不像想象的那么坏呢!见面后,或许我并不讨厌和他同床呢!

可是,他到现在迟迟没有回来。

“老板,那标枪手每天都是这么晚才回来吗?”现在都12点了。

“啊,不会不会,他可是只早更鸟,睡得早,起得也早,一直如此,他知道早起的鸟儿有虫吃。不过,今天晚上说是要出去卖东西,不知道怎么到现在还没回来啊!除非他今晚不能卖掉他的头。”

说完,他又像只猩猩似的傻笑了起来。

“他卖什么东西?”

“卖他的头。”

“什么,卖掉他的头?”

听到老板这样说,我不禁火大。

“你说在他周围的地方叫卖他的头?”

“确实如此,千真万确。我告诉他这里不能卖,这里要卖的人太多了,市场饱和了。”

“什么?”我大喊道,“难道他有很多头吗?我告诉你,老板,不要耍我,我不是一个小孩子。”

“也许不是,但是要是让标枪手听到,他会打烂你的头。”老板把火柴棒当成牙签,边剔牙边说。

“那样的话,我会砸烂他的头!”我有些抑制不住怒气了。

“好了,已经给砸烂了!”

“什么?砸烂了?你说砸烂了是什么意思?”

“是的,我猜这大概是他卖不出去的原因。”

“好啦,老板,我来到你的房子投宿,你告诉我你能给我半张床,另外半张属于标枪手。这个标枪手到现在我还没有见到,你却给我扯这些让人摸不着头脑的鬼话了。这只能使我对我的‘床友’更加厌恶。你最好还是跟我讲一讲他到底是个怎样的人比较好。一个去卖自己的头的人,对我而言肯定不正常,跟这样的人同床是不能忍受的。要真是这样的话,我可要去告你,你明知他是个什么样的人,还安排他跟我同床!”

“噢,小心眼儿的小伙子,不开玩笑了,那个标枪手是南洋人,他的那些头都是用香料做成的,只剩一个还没卖了,今天不管怎样也要卖出去,明天就是礼拜日了,别人都去做礼拜,他在街上卖人头成什么样子。上礼拜日就是我拦住他,没让他提着那些头上街的!”

这个解释揭开了标枪手的神秘性,毕竟这个老板没有糊弄我。

"那,老板,这个标枪手一定是个危险人物了?"

"这个,房租他都是按时交的。"老板答道。

"行啦,你不要瞎操心了,上床睡觉去吧!那床还是我跟萨尔的婚床呢,在床上打滚都够了。有了小沙姆、小约翰后我们四个人睡那张床都没事!"

"有一次,我做了个不知道什么好梦,高兴地一翻身,结果把小沙姆给踹下去了。萨尔就要求换床了!"

"好了,过来,我把灯点上。"于是他点上蜡烛,向我走来,给我引路。

我还是有点犹豫不决。

老板看了眼墙上的钟,突得大叫:"啊,现在已经是礼拜天了,我敢说,你今晚见不到他了,他今儿晚上怕是不回来了,一定是在什么地方抛锚了!"

"来吧,跟着我走!"

我跟在他身后,上了楼,来到间冷飕飕的小屋。那张床很大,大得可以容纳四个标枪手并排睡。

"好喽,你可以有个好梦了,晚安。"

他把蜡烛放在破柜子上,那是船上常用来又当桌子又当洗漱台使的物件,他一转身,离开了。

我翻开被褥看了看,还行。

这张床和柜子似乎是房子中的主要东西。墙角里随意放着一个水手包,可能是标枪手的衣箱吧;旁边还有一张被捆了起来的吊床,壁炉上隔板画着一个在捕鲸鱼的人;几个奇形怪状的鱼钩和一支长长的标枪就是这间屋子的全部东西了。

但是,没一会儿我又发现了一件东西——门帘似的一张毯子。毯子四边镶着一些叮当响的装饰品,正当中有个洞。我把这张毯子穿在身上,湿漉漉的,很重。

令人无法想象的是那个标枪手,穿上这件奇形怪状的衣服招摇过市!

我急忙脱下毯子,情急之中扭着了头,酸疼酸疼的。

我躺在床上发着呆,想着这个标枪手的怪模样,想着这个卖头的标枪手。

衣服脱了后,又想了一会儿。感到阵阵寒意,这才回过神儿来。既然这么晚不回来,那我就不需要多想了。吹了蜡烛钻到被子里,随便怎样吧。

褥子里面装的不知道是玉米棒子还是瓦片,很硬很硬,翻来覆去总是找不到一块舒服的地方。

好不容易要睡着了,一阵沉重的脚步声响起,一丝烛光透进楼来!

老天救我,肯定是标枪手回来了!那个天不怕地不怕的人头贩子!

可我沉默着没动,我下定决心,不跟他说话,除非他先跟我打招呼。

他一手拿着蜡烛,一手拎着他的新西兰"头",走到屋里。

他没看床这边,把蜡烛放在地板上,就去解他的水手包了。

我很想知道他长什么样,可他蹲在那儿,半天不见有动静。

终于,他扭过头来,那是一张让人害怕的脸,黑不黑、红不红的,左一块儿右一块儿贴得一张脸上满是膏药似的东西。不出所料,这是一个差劲的"床友"。

这一定是跟别人打架留下的伤疤!

他站起来时我才看清楚,那并不是膏药,而是涂上去的颜色!

一开始我不知道这是怎么回事,但不久我突然想起了以前听说的一个故事:一个白人捕鲸人不知道被什么破地方的土著抓了去,刺了一身花纹,难看死了。

我断定这个标枪手在远航捕鲸的过程中肯定也有如此的经历。

但阳光不能把一个白人晒成紫铜色的啊，在他脸上的除了那些色块之外不是还有紫铜色吗？

他蹲在那里掏摸了半天，站起来时，手里多了把斧头烟斗和一个海豹皮的皮夹子。他把这两样东西扔在了那张破柜子上后，摘下了头上的獭皮帽子。

头上没有一丝头发！可是不能说没有，在头顶正中却有一个小髻！

太吓人了，他的光头就像一个发霉的头盖骨。如果不是他站的地方正好挡住了门，我非一下蹿出门不可。

即使如此，我还是想跑出去。跳窗户吧，可是二楼的窗户似乎被钉死了！

我不是个胆小鬼，可这个卖人头的紫色怪物太让人难以理解了，无知造成的恐惧会让人神经错乱的。

我承认我怕他了。事实上，我害怕没有勇气跟他讲话，也没有勇气问他为什么如此神秘。

他还在脱衣服，胳膊、胸膛、腿都露出来了，到处是脸上那种恐怖的色块。他像一个从“三十年战争”的战场上逃出来的人，大难后的身体上满是伤痕。

他一定是搭上捕鲸船来到这里的南洋土著人。

我不由得身体一颤，这个人头贩子，说不定卖的就是他亲兄弟的头！那，那他不会看上我的头吧？

我看了一眼柜子上的斧头烟斗，差一点就叫了起来。一些事情使我因为好奇而暂时抑制了恐惧，并且使我确信他是一个异教徒。

他找到刚才我穿过的毯子衣服，从那上面的小口袋里掏出一个小人偶来。

那小人偶驼着背，就像刚生下来的黑娃娃。这让我联想到那用香料做成的人头，这个小人偶会不会也是用真正的娃娃制成的呢？

很快我就打消了这种可怕的念头，那小人偶在烛光下亮亮的，反射着那种磨光了的木头才会有的光泽，当然是木头制成的，并且确实如此。

这时候，那家伙走到空空的壁炉旁，揭开纸板，把小人偶放进被熏得很黑的烟筒里。

这是他的神龛，或者说是他的礼拜堂。

我眯着眼，注视着他，想看看接下来会发生什么事情。

他从毯子的口袋里抓出一把刨花，小心翼翼地放在他的圣像面前，又在刨花儿上放了一块破面包，随后用蜡烛点着刨花。

火苗越来越大了，剧烈地燃烧着。他伸手去取火堆里的面包，一伸一缩，试了好几次，最后终于把面包拿了出来。

他迅速地在两只手里翻来覆去地颠着那块明显很烫手的面包，拍掉上面的灰恭敬地呈到了那黑黑的小人偶前。

可那小东西似乎不喜欢那硬硬的面包，一动不动。与这些奇怪的动作相伴的是他嘴里发出的哼哼的声音，大约是圣歌一类的声音吧。

他一张嘴唱，脸就扭曲成了一种骇人的模样。

所有这些奇怪的行为完成后，他把火吹灭，伸手把那个小木头人拿出来，随手放进口袋里，跟猎人很随便地把什么小猎物扔进背篓里似的。

这些都让我感到不舒服。看着他完成了这一系列奇怪的动作，我猜他接下来就要上床睡觉了，在此之前我一定要喊出一句话来。

就在我正考虑说什么的时候，他开始吸烟了，嘴上叼着那把斧头烟斗，喷出一大口烟来，接着就去熄灯了！

啊，我心想着这个叼着斧头烟斗的怪人就要上床了！

我狂叫了一声，猛地从床上蹦了起来。

他也随着大叫了一声，伸过手来像是要摸摸我是什么东西。

我哆哆嗦嗦地乱说一通，而且边说边往墙角里滚，想尽量避开他。他让我起来，然后重新将蜡烛点上。

“你是谁，再不说我宰了你！”他挥动着那闪着光的斧头烟斗，大声嚷着。

“啊，老——板！彼德——科芬，老——板！来人啊！救命啊！”我惊慌失措地大叫起来。

“你是谁，你这个小贼，我宰了你！”

他又挥动起了斧头烟斗，带着火星的烟末儿向四周飞散开，我觉得自己的衬衣好像被它给烧着了。

谢天谢地，这个时候，科芬拿着灯赶过来了。

我就像落水的人看到了救人的船，没命地跑到他那边。

“噢，现在不要害怕了，魁魁格不会动你一根头发。”老板笑容可掬地说。

“行了，收起你的笑容吧！刚才你怎么不告诉我这个标枪手是个吃人的土著呢？”

“嗨，我告诉你他在城里卖人头，我以为你明白了呢！”

“行啦，快睡吧，没事的。”

“魁魁格，我们彼此都知根知底，这个人今晚上和你一起睡，可以吧？”

“知道了。”

魁魁格叼着斧头烟斗坐到了床上。

“你可以到床上来了。”

他用烟斗向我点了点，掀开了褥子的一个边角。

我站在那里看了他一会儿，看来他的举止还有点礼貌呢，尽管他浑身上下都是可怕的花纹，但这不能说他就是个坏人啊，刚才我虽然有些害怕，但他也在怕我呀。

与其和一个喝得烂醉如泥的基督徒睡，还不如和这个神志清醒的吃人土著过一晚呢。

“老板，麻烦你让他把他的烟斗放好，或者说是斧子，这样我才能上床呀。至少不要抽烟，我不喜欢有人在床上抽烟。这太危险了，因为我可是没有买保火险！”

科芬把我的话对魁魁格复述了一遍，魁魁格立刻同意了，又打着手势让我到床上去，十分热情。魁魁格侧身躺在床边，意思是不会挨到我，让我尽管睡。

“好吧，再见，科芬老板。”

我上了床。那晚，一夜无梦。

4. 卖人头的土著

在早上天微亮时，我醒来发现魁魁格的一只胳膊以一种十分亲昵的方式放在我身上。如果你不了解情况，还以为我是他的妻子。

他的胳膊上可怕的花纹与身子底下这上百块碎布头缝补成的被单很是相称，乍一看真让人看花了眼，仿佛是连成一体的。

不过因为这胳膊有重量，有温度，我才将他的胳膊和床单区分开来。

我的感觉很奇怪，让我来解释一下吧。当我还是个孩子的时候曾经有过这样的经历。无论那是一个现实还是一个梦，我当时都不知所措。

某一年的 6 月 21 日下午的两点左右，也就是漫长的午后，为了不让我往烟囱上爬，继母拉住了我的双腿。

她命令我去楼上睡觉,我感到极度的痛苦,但是我无能为力。

我慢腾腾地爬上四楼,慢腾腾地脱掉衣服以消磨时间,别无选择地钻进了被窝。

16 个小时以后我才能起床,我计算着这漫长的时间,听着从外面传来的人声鸟鸣、车轮滚动的声音,看到阳光照进窗子里,我感觉极度的糟糕。穿上衣服、套上鞋、奔下楼来,跪在继母面前,恳求她让我玩会儿,打我骂我都行,只要不要让我现在睡觉就行!

可是,她是一个有很大忍耐力的继母,她既不打我也不骂我,只是仍不改初衷地命令我上楼去睡觉。

我睁着眼在床上躺了好几个小时以后,陷入了一种难熬的半睡半醒的状态。

许久,我感到刚才好好的一片阳光灿烂的景色瞬间变成了无尽的黑暗世界,什么也看不见,什么也听不见,只是感到一只手放在我的手上。

那攥着我的手的人是谁?

整个人陷进了无尽的恐惧之中,我动都不敢动,似乎已经僵了一百年。

我一动不动,尽管我知道哪怕我稍微动一下,那幽灵的手就会消失。

最后我也不知道它是什么时候消失的,一想到它我就不由得颤抖起来,很多年都难以去掉回忆到它时的那种心惊肉跳的感觉。

今天早上,我一觉醒来后,看见、感觉到魁魁格的胳膊在我身上,其恐惧与吃惊的感觉与儿时的那次感受简直一模一样。

我想到昨天晚上的那一幕,于是略微安心了一些。

我试着把这丈夫似的搂抱推开,但没有成功。

"魁魁格!魁魁格!"

回应我的却是一阵鼾声。

我翻了个身,试着让他的胳膊移开,可脖子上的感觉就像是套着个马鞍,怎么也挣不开。

他的身边放着他的斧头烟斗,他仍然在酣睡。

想一想真是有点好笑,我怎么会和一个吃人的土著,还有一个来历不明的"婴儿"睡在这间陌生的房里呢?

"魁魁格,魁魁格,醒醒!"

他这种夫妻式的搂抱让我十分生气,我拼命地大叫着。

他稍微动了一下,听不清嘴里嘟囔了什么,最后终于收回了胳膊,坐了起来。

他揉了揉眼睛,迷迷糊糊地看着我,好像已经不知道我是从哪里来的。

我没吭声,给他时间让他在那几乎空白的大脑里搜索着关于我的信息。我静静地看着他,就像观察着一个十分奇怪的生物。

最后他似乎想起了他的"床友",他跳到地板上向我打手势说要先穿衣服,然后把全部空间留给我,让我慢慢地穿。

魁魁格,在这种情况下,你的这种做法还是很文明的。土著人的敏感一旦表现在礼仪上面,是十分让人欣慰的。

比较来看,倒显得我有点不知礼节了。我好奇地看着他穿衣服的举动,这可是罕见的景象啊,这样的人在这样的时间做着这样的事。

他穿衣服的顺序是从上到下。先是戴上他那顶高高的獭皮帽子,然后似乎应该穿上衣了,但是他没有,说明我刚才从上到下的判断是错的。

接着,他找到靴子,戴着他高高的獭皮帽子钻到了床底下。从他吭哧吭哧的喘气声来看,是艰难地穿着自己的靴子。

我没有听说过穿靴子还是隐私,这也难怪,他是一个处于过渡阶段的生物,这种穿靴子的方式一定是一种由野蛮向文明过渡时期的礼仪。

魁魁格既不是只丑陋的毛毛虫，也不是只漂亮的蝴蝶，他的进化还没有完成，是个尚未毕业的学生，还没有破茧成蝶。因为纯粹的野蛮人是不在意当不当着人的面穿靴子的，可一个文明人又不会钻到床底下去穿靴子。

最后，他从床底下爬出来时，帽子也歪了，也好像不太习惯他的靴子，走起来一瘸一拐的。

窗户上没有窗帘，街道也不宽敞，对面的人很容易看清这屋里人在干什么。

魁魁格虽然戴着帽子，穿着靴子，但却没穿衣服，这实在是失礼。

我让他先穿上裤子，再去洗脸。他听从了，每一个基督徒在早上都是要洗脸的，可令我惊奇的是魁魁格却不洗脸，他只洗胸口、胳膊和手。

他穿上了背心后，在脸上打了肥皂，看样子是想刮胡子了。我正在想他从哪里拿来刮胡刀，令人惊讶的是，他拿起那支标枪来，褪掉木把儿，把刀鞘抽出来，在靴子上蹭了蹭，然后就三步并成两步地朝墙边跑去，对着那面小镜子使劲地刮起了脸。

他的行为让我大吃一惊。不过想一想，也有是有道理的。那标枪头儿是钢制的，刀刃锋利，用来刮脸是完全可以的。

完成洗漱后，他穿上宽大的水手服，拎着标枪，心满意足地走出去了。

5. 早餐

我迅速地起床穿衣，洗漱完毕，马上走下楼去。很愉快地向科芬道了早安。尽管这家伙昨晚和我开了个不大不小的玩笑。

然而，一个玩笑也是好事，还是一个十分少有的好事。如果有人开玩笑，那就让他做吧，或许通过这种方式大家都能得到快乐。

此时酒吧里已经聚了不少人了，住店的客人都在这儿了。昨天没来得及细看，今天一观察才知道，其中绝大多数人都是捕鲸人：大副、二副、三副；铁匠、木匠、铜匠；还有标枪手、守船人等。一律是棕黑的肌肤，穿得很随便，蓄胡子的人占据了很大的比例。

你可以准确地判断出他们在岸上已经待了多长时间了。

瞧，这个小伙子，脸颊通红，像烤过的梨，可以肯定他从印度洋回来绝不超过三天。

他身旁那位，脸颊的颜色没他那么重，可能说他身上有木材的味道，他上岸有一个星期了。

有的人脸上只有一丝隐隐约约的热带黄色，可以推断他们在岸上已经待了好几个星期了。

但是，谁也不能依据魁魁格的面色来推测他上岸的时间。

“吃饭喽！”科芬吆喝着，开门后我们就坐在桌边开始吃饭。

我就竖起了耳朵，准备听听捕鲸的故事，可大家却一律地缄默不语。大家的神情似乎还有些忸怩。这让我疑惑不解。

据说经历过风雨，见过世面的人就比较沉稳了，在大庭广众之下的仪态也十分自然得体。但眼前这些在大风大浪中九死一生的人们、这些一点也不忸怩地打死过鲸鱼的人们，现在围坐桌边，却都有那么一点磨不开事。

噢，这是一群含羞的狗熊，又是一群羞赧而又勇敢的捕鲸人。

魁魁格在这群人中并不出众。他面无表情地坐在那里，不说不笑。

他的引人之处在于拿着标枪吃饭，并且用标枪吃饭。他不喜欢热咖啡、热面包卷一类的食物，唯独爱吃那半生不熟的牛排。

他的标枪直指牛排，稳准狠地戳起一块来，回送到嘴里。他每一次伸出标枪的时候仿佛都有可能刺到别人。好在他举止还算文明，这在他们这一群人中已是比较有礼仪、有教养的了。

我们不再说魁魁格的一些奇怪行为了，他不喝咖啡等这些就已经足够了。魁魁格吃饱以后，立马走了出去。我出去闲逛时，看见他戴着他那高帽子，正叼着他的斧头烟斗，一边吸烟一边消化呢。

6. 街市

作为魁魁格这样的人在文明社会的街头定是引人注目的，但现在是在新贝德福，在这种地方像魁魁格那样奇怪的人竟随处可见。

在任何的码头都是寻常的，即使在百老汇，也常有地中海的水手敢冲撞胆小的女士；在伦敦的摄政大街上还可以看见东印度的水手和马来人；在孟买街头又蹦又跳的美国佬令当地的土著人感到不安。

不过，要想看到食人土著在街头聊天的景象你只有到了新贝福德才能发现，他们赤身裸体的样子会让初来乍到的人目瞪口呆。

除了这些以捕鲸为生的荒蛮的土著人，还有许多从新罕布什尔一类的地方来的预备役捕鲸人。他们自古就在山林、原野上劳作，身强体壮却没见过什么世面。如今看到了捕鲸这个名利双收的好事，慌忙地奔到海边，千方百计地想要加入捕鲸的团队。你看，有人头戴獭皮帽，身穿燕尾服，腰上系着一根水手用的带子，还绑着一把带鞘的刀；有人头戴风帽，身穿羽纱大氅；有人在背心上装铃式揿钮、帆布裤子上加上吊带。穿这一身出海的话真是笑话，一阵风雨就会让他们捂着帽子、拎着吊带逃之夭夭。他们大多是来自乡下的少年，他们会为了不让手晒黑而在大夏天戴着鹿皮手套，然后再去打理自己的那两亩草地的。

新贝德福不仅有这些奇怪的人，还有很多和这块贫瘠土地毫不相称的豪宅富邸和华丽庄园。他们是从哪里来的？是如何在这块贫瘠的地方建立起来的？

看看那些捕鲸的标枪，你就会有答案了。如果没有捕鲸业，这里将会和荒芜的拉布拉多海岸一样。这里所有的建筑与财富，无一不是从大西洋、太平洋和印度洋捞来的，一切都是从大海中获得的。

据说在新贝德福，经常是拿条大鲸鱼作为女儿的嫁妆，而小鲸鱼则可以当作侄女的嫁妆。你一定要去那里看看他们的婚礼，据他们说在排场的婚礼上，宽大的油池里可以通宵看到点着了的鲸油灯。

新贝德福的夏天是美丽的，由街头的枫树组成一道蔽日的绿色胡同；在秋天，高空万里，新贝德福也是美丽的，七叶树像华表一样高高地矗立在你身旁。

新贝德福的女人如红色玫瑰般鲜艳。但是玫瑰只在春夏盛开，她们却一年四季点缀着这座美丽的海滨城布。

听说年轻姑娘们与生俱来身上都有着一股麝香似的味道，她们的水手情郎还没有靠岸就能闻到她们身上的清香，让他们错误地以为到了丁香群岛。

7. 生死之念

在新贝德福有个专门捕鲸者的教堂，就要出海的捕鲸者们在礼拜天的时候都要到这个教堂来，我当然也是如此。

第一次早上闲逛回来后，雨雪不期而至，我穿上我那件熊皮外套，来到了那座矗立在雨雪中的教堂。

进来后，在教堂里我发现有几个水手、几个水手的妻子和几个水手的遗孀。

外面飘着雨雪，里面却是一片令人窒息的寂然。就要离别的人们沉浸在一种难以言喻的哀伤之中，每个做祈祷的人都各占一隅，似乎相互之间也没什么交流，各自有着自己的心思，这些心思却笼罩在同样一种凄凉之中。

还没有见到牧师，他所站立的讲坛空空如也。讲坛两侧镶在墙上的石碑却无声地诉说着：

约翰·塔尔伯特之碑

约翰·塔尔伯特，1836 年 11 月 1 日，在寂寞岛畔的巴塔哥尼亚海面，不幸失足落海，才一十八岁

姐姐特立此碑为念

罗伯特·朗，威利斯·埃德利

纳森·赫尔曼，沃尔特·坎尼

塞恩·梅亚，塞缨尔·克拉克之碑

上面六人均为“伊莱扎号”船员，1839 年 12 月 30 日，在太平洋海面被一巨鲸掠入海里

幸免于难的船员特立此碑为念

伊齐基尔·哈代船长之碑

在 1832 年 8 月 3 日，在日本海为抹香鲸所害

未亡人特立此碑为念

我拍拍头上的冰碴子、抖抖外套上的雨滴雪花，坐在了门边的一个座位上。一回头，惊奇地发现魁魁格竟然就坐在我身边。

这里庄严肃穆的气氛显然是影响了他，他脸上有一种犹疑的神情，应该是好奇心被勾了起来。

教堂里这么多人，似乎注意到我进到教堂的只有他一个人，因为唯独他不认识字，没法像别人那样念碑上的字。

我不敢肯定这墓碑上刻着名字的人与教堂里的人有什么亲属关系，但是碑上死者们的遭遇可以肯定是捕鲸人总会遇到的，出海捕鲸随时都会遇到危险。因此教堂里这些显然都与捕鲸有直接或间接的关系的人们，面对这样的文字，没有不感伤的。

郁积在心中的忧伤化为沉重的无声无息，使每一个来到教堂，面对并无骨灰的碑文的人，陷入无休无止的悲伤！

这样的文字是如此的不尽人情，只有悲怆在环绕。

死，噢，我们为什么要把昨天动身去阴间的人的名字前面，加上这些毫无意义的文字呢？如果他去的是遥远的东印度群岛，那么就没必要加上这些字了；他如果死了，那么配偶将能

得到死亡保险金。但是在六千年前就死了的亚当至今仍活跃在人们的言谈之中;还有,人们对生活在极乐世界的人总是放心不下;大家都希望死去的人永远沉默下去,如果那个荒坟野冢突然有一天发出一点声响,那就会引得倾城出动,惊慌失措。

这一切都充满了无尽的意义。

环绕着坟冢的不仅有豺狼,还有无尽的思念;对于死亡的疑惧,竟然是人类希望的源泉之一。

在这样一个雨雪交杂的早晨,天空是那么阴暗;朦胧中我感受到了这些已经逝世的捕鲸者们的命运,心情十分低落。

哦,以实玛利,你和他们有一样的命运。

然而很快我就从这种哀怨的情绪中跳了出来:尽管这是个在刀口上过活的行业,但也正是它给人们带来在短时间内飞黄腾达的机会。

生死间最重要的是什么,是躯体还是灵魂,其实躯体只是一个可以随时被拿走的皮囊而已,没有任何意义。

不要像水中的牡蛎一样看太阳,误把混水看成是稀薄的空气,灵魂和躯体哪一个更重要,应该尽人皆知。

好了,为南塔开特三呼吧,新生活就在眼前了,为了我们的灵魂。

8. 梅普尔神父的讲坛

我坐下还没有多长时间,突然,教堂的门被推开了,雨雪之中走进一位身材魁梧、德高龄华的老人。

他就是以前当过水手和标枪手,后来投身教会事业,现在为大家所尊重的梅普尔神父。

梅普尔神父的脸上有一种返老还童似的神奇的光泽,那种像2月的雪地突然冒出嫩绿的枝芽时闪烁的光泽。

即使你对梅普尔神父的过去毫不知情,你也会深深地被他的气质打动,而你一旦听说了关于他以前在海上出生入死的生活,就更会对他产生浓厚的兴趣。

他摘下差不多湿透了的帽子和外衣,一一挂好,换上了在教堂里该穿的衣服,走到了讲坛边上。

一个很高的讲坛,似乎与别的地方的教堂讲坛也没有多大的差别。不过,不一样的是旁边没有占了一块很大地方的台阶,而是靠着讲坛垂放着一副软梯,和大船上连接小艇用的软梯一样。

捕鲸船上的舷门索制成的这个软梯,据说是一位捕鲸船的船长太太送来的。

梅普尔神父在梯子旁稍微停顿了一下子,双手抓住软梯上的结,以一种标准的水手式的却又不失牧师身份的姿势爬上了软梯。

让人想不到的是,梅普尔登上讲坛以后又蹲下身来,不慌不忙地将软梯一节一节地收了起来。

这个行为似乎表明了他的高高在上和与众不同。

他难道是靠这种肉体上与人们的距离来表示他精神世界的与众不同吗?他不是已经因为自己的圣洁和真诚而拥有了响亮的圣名吗?这个行为我思考了很久也不明白。

这个软梯并不是讲坛的唯一特点,讲坛上面的墙上,石碑之间还有一幅很大的油画,画上一艘大船正迎风破浪、奋勇前进,透过乌云的缝隙斜射下一缕神秘的阳光,飞溅的泡沫之上映出一张天使的脸来。

天使的脸使风浪中的大船笼罩在了温馨的关怀之中,“多么壮丽的船啊!”天使似乎这样说道,“你快冲吧、起航吧,太阳马上要出来了,云雾散开的时刻就在眼前!”

这讲坛此时仿佛成了大船的舵位,上面站着的不是一位牧师而是一位威严的船长。前伸的嵌板仿佛就像扁平的船头,而那本放在斜板上的《圣经》,就像战舰舰首的铁嘴。

还有其他更多的意义吗?讲坛是世界上最优秀的部分,它是世界的引导者。人世间的风雨首先被它发现,它永远面对风云变幻的大海,将上帝考验人们的造化化解成抚慰人的和风丽日。

是的,世界就是一只大船,大船没有终点站;讲坛便是船头的舵手,指引着大船向前。

9. 布道

梅普尔神父站起来,用一种谦和的长者语气,不紧不慢地下着命令让大家集中起来:

“请将右舷的靠向左舷,左舷的靠向右舷,大家各就各位!”

挪凳子的声音、鞋摩擦地面的声音、衣服的窸窸窣窣声响过之后,又恢复了原先的宁静,然后大家又把目光投向了神父。

他停顿了一下,他闭上眼睛、抬起头、跪下身子,两手交叉地放胸前,虔诚地做起了祷告。

这件事完成之后,他开始庄严地朗诵圣诗,声音稳重而飘逸,像一只在迷雾中航行的船上的钟声。

在圣诗快要结束的时候,他的音调一下子变得激昂起来:

巨鲸的恐怖阴影,
笼罩在我心中,
神秘的光泽照耀万顷波涛,
我在其中升腾,又于其间坠落。

地狱之门打开,
那里面是痛苦的海!
谁能拯救我,
不要让我陷入绝望的深渊?

在无尽的绝望中,
当我信心丧失殆尽时,
我呼唤我主,
他俯耳倾听的时候,
巨鲸从我身旁经过。

主啊,你骑着耀眼的海豚,
风驰电掣般地来救我;
你救世救难的容颜,
映照着光华与永恒。

我用我的歌来铭记，
那不安的惶恐和得救的快乐；
荣耀归于无所不能的上帝。

大家合唱的圣歌放佛能够将暴风雨的咆哮淹没。

等大家平静下来以后，梅普尔神父慢慢地翻开《圣经》，用手按住要讲的那一页，说：

“亲爱的伙伴们，请听《约拿书》第一章最后一节：‘约拿被耶和华安排的一条大鱼吃掉了。’”

他的声音和缓稳重，不快不慢。

“伙伴们，这部分，共有四个章节——四个故事——是这本如同大缆索似的《圣经》中最小的一股。

“约拿的心声是如此深沉，鱼腹中的祷告书又是那么神圣。

“涛鸣浪涌，洪水蜂拥而来，我们随船坠入了深渊，海草在我们周围晃动着。

“《约拿书》告诉我们，要吸取教训，我们这些有罪的人要吸取教训，我这个舵工也要吸取教训。

“这里讲到了约拿如何犯罪，如何受到惩罚，然后如何忏悔以及最后如何得救的。

“和我们所有的人犯的罪一样，亚米太的儿子也是因为不听话，因为违反了上帝的旨意而获了罪！

“上帝是无所不能的，他的话我们不能有任何的怀疑。

“约拿认为那命令难以执行，说实话，上帝给我们的命令都是很容易执行的。让我们不惜违背自己去遵从上帝吧，或许，正因为这种对自己的违背，才让你有了执行上帝的旨意十分困难的感受啊！

“约拿违背上帝的旨意、逃避责任、无视上帝，他以为人所造的船可以带他到没有上帝的地方，在他心里只有船长而没有上帝。

“他东躲西藏，终于在码头上找到了一艘开往塔施的船。

“船友们，这里我提醒你们。塔施是现代的加得斯城——有学问的人都是如此理解的——那么，加得斯城到底在哪呢？

“加得斯在西班牙！那时候，大西洋几乎还是个无人问津的大海，约帕走水路抵达西班牙的加得斯，可以说是两点之间最远的一条路线！

“约帕就是如今的杜发，它位于地中海的最东边，叙利亚境内，出发去塔施，或者说到加得斯，得西行两千多英里，才能到达直布罗陀海峡的外侧！

“约拿想一走了之，逃避开他的上帝！

“这个神色慌张的家伙，把帽子拉得很低，在码头上左顾右盼地晃悠着。他自知有罪，总觉得周围有无数双眼睛在盯着他看！

“如果当时有警察的话，他早就被拘捕了，等不到他踏上任何一艘船！因为他的行为太让人误解了，没有行李，也没见有送行的人，一副左躲右闪的紧张的样子！

“最终，他找到了那艘就要装完货的去塔施的船，一上船，水手们就不由得停下了手里的活儿，都在紧紧地盯着他！

“他的若无其事依然无法摆脱水手们对他的怀疑，水手们交头接耳地议论开了：

“‘他一定是刚抢了一个寡妇！’

“‘他一定是个重婚者！’

“‘他一定是个越了狱的奸夫！’

"'他一定是个刚杀了人的谋杀犯!'

"每个人都有自己的判断,每个人的判断对这个卑鄙的人来说都不算什么。有个水手跑到码头上去看那个有画像的通缉弑君者的告示去了,那上面的悬赏金是五百金币。他将告示和约拿反复对照着观看。

"水手们将约拿团团围住,等着码头上的伙伴的判断好看下一步做什么。

"约拿完全慌了,手足无措地站在了那里,只能等着水手们的审判。直到那边打了个否定的手势,他才被允许走上船去。

"约拿狼狈地走进船舱,他要去找船长。

"'你是谁?'正在填写关单的船长很随意地问道。

"约拿却被这普通的问话吓坏了,他几乎要撒腿逃跑了!终于他终于鼓足了勇气,开口道:

"'船长,我想问一下船什么时候起航?我,我想到塔施去!'

"听到这样慌张的声音,船长忽地抬起了头:

"'等潮水上来我就开船。'

"'要是早一点行吗?'

"'对任何一个正派的乘客来说,什么时候开船都是合适的。'

"约拿嗅出了船长的话外之音,他连忙答道:

"'好,好,我就搭你的船了!费用是多少?我立刻付钱。'

"伙伴们,我讲的这个细节是在《圣经》上的。《圣经》上说:'他就给了船钱,上了船。'

"伙伴们,约拿上的那条船的船长,为人十分小心,可是他利欲熏心,被几个钱遮住了双眼!

"船友们,有钱走遍天下,无钱寸步难行!

"船长看了看约拿的钱包,在心里猜测他有多少钱,然后开了一个三倍于普通旅客的价钱,约拿立马答应了!

"船长知道,约拿是个逃亡者!

"当约拿掏出钱来后,船长仔细地检查了每一块金币,仔细看看是真是假。在确认都是真的以后,约拿便正式被认可了。

"'噢,先生,我累了,想睡觉,我的床在哪儿?'约拿急切地问。

"'看得出来。这边,这边就是你的房间。'

"约拿三步并作两步奔进房间,反过身来就要锁门,但是鼓捣了半天也没锁上。

"船长听见他在门后面的声响,心里暗笑:'牢房的门永远不会从里面锁上的!'

"约拿没有脱衣服就直接扑到了床上。

"逐渐地,他感到呼吸不畅。他发现顶棚低得几乎要碰到他的脑袋了,四周不见窗户,实在透不过气来。

"他有种预感,是那种大鲸鱼把他吞进肚子里以后的感受!

"昏暗的挂灯,在舱房的墙壁上摇来摇去。随着船上的货越积越多,船身向码头倾斜得越来越厉害了。

"约拿烦乱的心绪就像这摇摆不定的船一样不能平稳。

"'噢,我的妈呀,我的良心也被挂起来啦!摇过来又晃过去,恶心、想吐……'

"约拿像个刚刚狂欢了整夜的人一样,人躺在床上,脑子却还在想着什么,像罗马竞技场中一条狂奔不已的公马一样,又像一个祈求上帝免去灾疾病祸的几近绝望之人……

"他受伤了,是良心上的伤,不停地流血,但在这个地方又没有止血的办法。肌肉的抽搐感和强烈的麻痹感使他昏昏而睡。

“潮水开始上涌了，到了开船的档口了，船在不断涌动的潮水中起航了。

“这是有史以来第一次有记载的走私船！走私的东西就是约拿！

“暴风雨突然来临！大海不愿运载这罪恶的人，它用力抖着身子，要把约拿甩下去！

“为了使船能轻装上阵，水手长命令所有的人进入备战之中，所有的瓶瓶罐罐、箱箱板板都在怒吼的风声和人们的叫喊声中被投入了大海。这时候，约拿还在他的噩梦中艰难地行走着。

“‘嗨，你，怎么了，快起来！’

“船长急急忙忙地奔进约拿的船舱，对还在沉睡的约拿狂呼乱喊。他唰地一下坐了起来，一时不知道是在现实里还是在梦里。他跌跌撞撞地爬上甲板，拼命地抓住栏杆。

“发怒了的海水冲上甲板，从船头扑向船尾，一下子淹没了甲板上的一切，船虽然没沉，但是人们感到好像已经被淹死了！

“一丝月光，从阴森的天空中投下来，吓得约拿好像看见了末日似的。

“他的慌张再次让水手们产生了怀疑，无疑他是个亡命之徒！

“他们决定抽签来选择这场天灾的祸首，真是天意，抽签的结果正是约拿！

“罪魁祸首原来就是他！得到上帝的启示后，大家围住了约拿，不停地质问他：

“‘你是谁？从哪里来？靠什么为生？哪国人？哪个民族的？’

“水手们的质问吓坏了约拿，他回答了他们提出来的所有问题，连他们没问的问题都回答了。

“他的不打自招是上帝对他的惩罚！

“‘我是希伯来人。我十分敬畏耶和华那创造天地万物的伟力！’

“他的哭喊引动了水手们的恻隐之心，他们甚至不想用扔到海里的方法惩罚他了，因为约拿已经主动请求这样了。

“可是暴风雨越来越猛烈了，船覆人亡的危险更近了。水手们向上帝祈祷，最后有点不大情愿地把约拿抬了起来，把他扔进了大海。

“风平浪静，一切归于平和，刚才的凶险仿佛根本没有发生。

“约拿被扔进海里，只在水面上稍稍留下了一个小小的涡流，就销声匿迹了。

“水手们不知道，约拿掉进了一张等了很久的血盆大口！

“那是一条大鲸鱼！鲸鱼的牙齿像白色的围栏，一下就把约拿关了进去。

“这种惩罚算是十分公正的。他没有痛哭流涕地向上帝祷告，他只是在心里默默地将身家性命交给了上帝。

“船友们，这才是真正的忏悔呀，而不是功利地要求救命。你如果问约拿这样做上帝以为如何？那么只要留意结果就会明白的。

“他没被鲸鱼吞食，也没被大海淹死。我在这里讲约拿的故事，并不是让你们像他那样犯罪，而是要你们以他的忏悔为榜样。

“不能犯罪！犯了罪也必须像约拿那样发自真心的忏悔！”

外面的狂风暴雨和牧师的宣讲相互辉映。

他生动而严肃的叙述让大家感受到了无尽的威严，人们感觉自己就像在狂风巨浪中不停地摇摆。

牧师的话突然停止了，他闭目凝神，好像在和上帝谈话。

他动了动，慢慢地睁开眼睛，翻开了一下《圣经》，低下头，沉稳镇定地说：

“船友们，上帝把一只手放在了你们身上。但是他放在我身上的却是两只手。我刚才讲的约拿的故事不仅是对你们的警示，也是对我自己的警示。

“啊，如果我是你们听众中的一员，而你们之中的哪一位此刻正站在这高高的讲坛上宣讲人生的意义，那是多么愉快的事啊！

"约拿是个涂了圣油的无知，根据神的指示，去传播上帝的意旨给邪恶的尼尼微人。但是，他害怕那些邪恶的人，想逃脱自己的责任，急忙跑向船，想去塔施！上帝派巨鲸在海里守着，把他吞进了万丈深渊。

"千钧一发之际，约拿发自内心的忏悔，上帝依旧听到了。上帝就向巨鲸下了命令，巨鲸一下子从阴暗寒冷的大海中冲了出来，奔向温暖的阳光，奔向生机勃勃的陆地。

"'把约拿吐到陆地上。'

"约拿被遍体鳞伤的地扔到了岸上，同时此刻他也意识到了上帝的命令。

"向一切人类传播真理的命令。

"船友们，只有逃避教训的人才受难，只有违反上帝的命令抵挡不住诱惑的人才受难，只有不敢得罪人只会讨好别人的人才受难，只有把名利看得比德行还要重要的人受难。"

他的头垂了下去，静静地思索着什么，又缓缓地抬起头来，眼中突然出现一丝愉悦的光泽，他大声叫道：

"但是，船友们啊！在不幸的背后有一种更加强烈的愉悦。

"愿那些坚韧不拔的船长有发自内心的愉悦！愿自己的船即将沉没却仍然不断抗战的人愉悦！愿那位从官员们的袍子里拉出了罪恶，并始终坚持地要铲除世间罪恶的人愉悦！愿那个不知世间法律而只知道耶和华的人愉悦！

"一个人在临死之前如果这样说：'我的主啊！我快要死了。我首先认识的是你的威力，不管是天堂还是地狱，我都要死了。我努力想属于你，努力的程度远远大于想属于这个世界、想属于我自己的想法。不管怎么样，我祝你永生，一个人想属于比他的命长的主，那是难以理解的。'

"这个人就该拥有永恒的愉悦！愉悦也永远是属于他的！"

他不再说话，只是慢慢地挥动着他的手臂祝福，然后以手掩面，跪地不起。所有的人都走了，只剩下他了，他还无声无息地跪在那里。

10. 心灵的蜜月

我从教堂回到旅店，看见魁魁格正安静地坐在屋子里。

他坐在炉火前，脚随意地放在凳子上，手里拿着那个小偶像边用小刀轻轻地刮着偶像的鼻子边哼着他异教徒的歌。

看到我进来就把他的小偶像藏起来，然后如无其事地拿起一本书，然后一页一页地翻起来。

每翻那么一会儿——我猜是五十页吧——他就会停一停，吹个呼哨，故作惊讶地喊叫那么一声，然后又去翻书，数到五十就又停下来。

他也许不会数超过五十的数，五十这么大的数目已足以让他惊叹了。

我对这个满脸伤疤的人十分感兴趣，毫无疑问他的灵魂是质朴无瑕的。他的目光中充满了刚毅、勇敢和挚诚。

人不可貌相，他粗鲁的外貌之后是一种无法阻挡的高贵，这种高贵来自于真诚，人不犯我，我不犯人。

似乎是因为刚剃了头，他的额头显得更敞亮了，也更显出了一股勇往直前的冲劲儿。

我从魁魁格的身上仿佛看到了华盛顿的影子，当然，是的话也是个野的华盛顿。

他对我似乎不太注意,只是对手中的书表现得津津有味。噢,想想昨夜的同榻而眠,想想今早他亲昵地搭在我身上的胳膊。和现在这张没有表情的脸,真是有意思。

十分奇怪,野人们不说话的神情与苏格拉底的沉思表情真有点相似呢!

魁魁格似乎不喜欢跟人打交道,他和别人尽量不打交道,实在不交流不行的话,也控制在极为有限的范围内。

他从南洋跑到这里来,过着与世无争的生活,这样的生活态度真有一种哲学味道。

说实话,哲学这种东西从来就不是能拿来自我标榜的。我一听见谁说自己是哲学家时,就有一种抑制不住的恶心感。

炉火悠然地烧着,窗外的暴风雨呼啸不止,我们俩安静地坐着,一种奇异的感觉融化了我的心。

心绪的狂乱停止了,我被这个质朴无瑕的非文明人征服了。

我要和一个异教徒做朋友了!

我把凳子挪向他,比画着和他套近乎。起初他仍是不太理睬我,我又讲了昨晚的事,他才问。

“今晚还睡一张床吗?”

“是的。”

他笑了。

我凑过去和他一起翻动书页。

我对这本书的用途意义的讲解让他产生了极大的兴趣。

然后我们一人一口地抽着他那斧头烟斗。

这样,我们心中的所有芥蒂都消失了,我们像是成了老朋友。

他搂住我的腰,额头抵着我的额头,按他们的家乡用语说我们成亲了,意思是我们成了最要好的朋友,他随时可以为我两肋插刀、出生入死。

这在文明社会中似乎完全是不可想象的,但对这个质朴的野人来说,却完全是发自内心的。

吃过晚饭,我们又亲密地谈了一阵子,便抽着烟一同走回了房间。

他拿出用香料做的人头送给了我,又从烟袋里取出三十多个银币,把它们堆在桌面上,笨拙地分成了两堆儿,把其中一堆儿推向我。

我正要推辞,他已经硬把银币塞进了我的口袋。

他从口袋里掏出木偶,要做晚祷了。看样子,他要我和他一起做晚祷,我心里很是犹豫。

一个基督徒怎么能去拜木偶呢?但又说回来,拜一拜也没关系,难道心胸宽阔的上帝会对此介意吗?

以实玛利啊,你要认真想想了!所谓崇拜就是执行上帝的旨意,上帝的旨意又意味着什么呢?

“我役于人,人役于我!”

魁魁格是我的兄弟了,让他役于我?也就意味着让他跟我一起去做那长老教派的崇拜仪式?魁魁格恐怕是不会同意的。

如果我被他所役,我岂不是也会成为一个木偶崇拜者了?

魁魁格已经把壁炉上的隔火板拿开了,把木偶放正了位置。

我把刨花点着了,烤了烤硬面包。我们一起把面包呈给它,跪下磕了三个头,又吻了吻它的头,这才安心地上床睡觉。

没有比床更好的地方来方便朋友之间的谈话了,据说夫妇只有在床上谈话时才能打开心扉,听说还有些老夫老妻,睡不着时就是在床上聊到天亮的。

我跟魁魁格躺在床上，意气相投地聊着，开始了我们心灵的蜜月。

11. 夜谈

我们就这么亲密无间地聊着，小睡一会儿，就又聊上半天。魁魁格时不时地动动他那纹满了花纹儿的腿，一会儿放到我的脚上，一会儿又缩了回去。

聊得高兴连一丝睡意也没有，于是到了天明。

我们肩并肩地坐着，靠在床头。

在这冰冷的环境中，传递着彼此的温度，周身舒畅。

唉，那种炉火旺盛的房间里可没有这种感觉，因为没有寒意也就没有了所谓的温暖。

坐了一会儿，我想该睁开眼了。我向来有上了床以后就闭着眼睛的习惯，因为那样可以集中精力享受床的舒适。

黑暗才是人类存在的本质，没有黑暗就没有真实。

我很认同他点灯的事，他大概是想抽烟了。

昨天我对他在床上吸烟的事还深恶痛绝，今天一朝相爱动摇了偏见，我那种排斥感顿时烟消云散了。

魁魁格的抽烟让我感到有一种家的感觉，异常的幸福。

和一个知心好友并肩而坐，吸一袋烟、盖一条毛毯，这实在太新奇了。烟斗斧被我俩传来递去，烟雾慢慢地笼住了我们的头顶。

我请他讲一下他的家乡，他高兴地答应了，烟雾缭绕中他开始讲到自己的家乡。

我对他的身世产生了浓烈的兴趣，便求他说个明白，他讲得津津有味。

虽然此刻我仍然不能理解他的一些话，但是我开始慢慢与习惯他混乱的语法，从他滔滔不绝的讲述中听出了他以前经历的事的轮廓。

12. 魁魁格的故事

魁魁格说他的家乡在遥远的西南方的一个叫科科伏柯的岛子上，但是地图上都没有任何的标示。

很久以前，魁魁格穿着破草衫在家乡的山林里放羊时，心中就有一个宏大的愿望：要走出去，去看看捕鲸者是些什么样的人；还想去文明人的国家看看那里是怎么个情况！

魁魁格的父亲是酋长，叔叔是祭司的头头，他的母亲则是英勇的战士的孩子，有着部落中最为高贵的血液。

有一次，一艘从萨格港开来的船，停在他父亲统治下的一个港口。魁魁格很想跟这条船去看一看文明人的国家，但是船上的水手名额已经满了，他那当国王的父亲也无能为力。

魁魁格划了一条独木舟躲到一个长着大片红树林的海峡里，在这个大船必经之地，他等着那艘从萨格港开来的船。

看见大船一来，他的独木舟便如同弦上之箭似的冲了出去，他伸出手去，用力抓住船舷，后腿一蹬，将独木舟蹬翻，向甲板飞去，死死地抓住了锚钉。

他发誓，除非他们把他砍碎扔回海里，否则死都不会下船。

魁魁格甚至对船长架在自己脖子上的刀也无所畏惧。

船长被他的勇敢和对文明的向往感动了,答应了他的请求,同意他留下。但在船上他不再是王子,而是一名普通的捕鲸者。

就像俄国的沙皇彼得甘心情愿到外国的造船厂当工人一样,魁魁格毫无怨言地当着捕鲸者。

他渴望能在其中学到一些新东西,以后带回他们国家,能给同胞们一些启示,使他们能生活得更幸福。

但是,他发现这些人比他父亲统治之下的异教徒要卑劣。

特别是在萨格港和南塔开特,他见识到捕鲸者是怎样花掉自己的工资的。他对他们、对文明人的世界感到绝望了,还不如做一辈子的异教徒。

所以,他虽然还生活在基督徒之中,穿他们的服装,结结巴巴地讲他们的语言,但是他依旧崇拜他的小木偶,保持着他家乡的生活习惯。

我问他现在是否打算回去继承王位,因为在他的讲述中,我听出来他的父亲年事已高,很可能已经去世了,他说不。

他说文明人的行为已经深深地影响了他,使他没有资格再登上那相传已经三十代的纯洁的王位了!即使要回去,也是很久以后的事了。

我还问他,什么情况下才会回去,他说受了洗礼以后。现在先四处逛逛,再开阔开阔视野。

他拥有谋生的手段了,他们使他成了一个标枪手,这支有倒钩的枪不仅是他未来的王笏,如今也是他的饭碗。

我问他最近有何想法,他说要再次去海上。于是我告诉他捕鲸也是我的志向,我要到南塔开特去,那里才是一个捕鲸者真正向往的地方。

他马上就决定和我同行,同吃同住,患难与共!

这让我十分高兴,不仅因为我十分爱慕魁魁格的人格,还因为他是个很棒的身经百战的标枪手。这对我这个虽然十分熟悉商船却对捕鲸一无所知的水手来说,太重要了。

魁魁格的故事随着烟斗的熄灭也告一段落,他放下烟斗,抱了抱我,用额头抵着我的额头。

然后,熄了灯,我们各自翻了个身,一会儿就各自进入了梦乡。

13. 救人

翌日,是星期一。

我把那个香料制的人头卖给了一个理发匠,我就去找店主结账,账是我们俩的,钱却是他一个人的。

咧嘴笑的老板和店里的其他人似乎对我们突然的友谊都感到十分地惊奇,特别是老板关于野人的故事当时让我对魁魁格不太满意。

我借了一辆独轮车,把我们的行李装了上去,直奔停泊在港口的邮船“摩斯号”。

街上不断有人向我们投来目光,倒不是看奇怪的魁魁格,而是街头上的人都对我们两人拥有这样的友谊十分好奇。

我们并不理会这些,轮流推着小车往前走,魁魁格会偶尔停一会儿,整理整理他那标枪钩上的皮鞘。

我问他是不是捕鲸船上都没有标枪而要标枪手自带。他说他的标枪质地上乘、历经战阵,用它捅到过数不清的大鲸鱼的心脏,就如同一个农民喜欢自己的镰刀一样,他非常热爱自己的标枪。

他接过我手里的独轮车,魁魁格给我讲了一个关于他第一次见到独轮车的故事。

在萨格港,有个船主借了辆独轮车给他,让他装行李。此前,对于独轮车,他是没听说过的,但是为了表现出自己很熟练的样子,他就把行李结结实实地捆在小车上,然后一鼓作气把小车扛到了肩上,头也不回地走上了码头。

"啊,魁魁格,你就这么样走到旅店的?"我几乎情不自禁地笑出来。

他又给我讲了一个故事。是关于他们那个岛上的事。岛上的人,每当有人结婚的时候,把从嫩椰子里挤出来的椰汁,挤到一个大葫芦里,然后把这个大葫芦放到桌上最明显的位置上。

有一次,一条大船靠了岸。一位绅士风格的船长被邀请参加魁魁格妹妹的婚礼,他妹妹当时才刚满十周岁。

船长被请到了上席就座,面前正摆着那只大葫芦,两边坐着的分别是魁魁格的父亲和叔叔。

做过饭前祷告(岛上的人做饭前祷告不像我们那样低下头面对杯盘,而是仰起脸来,但做祷告还是有共同点的)紧接着祭司长便宣布婚宴开始了。

根据这个岛上的习俗,祭司长要在还没向客人敬酒的喜酒壶里泡一泡他那神圣的手指。

船长注意到了他的行为,心想自己是一船之长,而且位于祭司长的上首,是不是应该跟他一样呢?

他连想也没想就在那个葫芦里洗了一下手。

"怎么样,他就是这么干的。"魁魁格笑着对我说。

买了船票,把行李放好后,我们正式上了那船,开始了去往南塔开特之旅。

"摩斯号"扬帆起航,沿着阿库希奈河缓缓而下。

新贝德福的街市在晴朗却寒冷的阳光下显现着一层硬硬的冷色。岸上的木桶堆积如山,而敲打木桶的叮当响声还不绝于耳。

人生就像捕鲸一样,有远航归来的,有蓄势待发的,结束和开始似乎没有分明的界限!

船驶上了大海,风也渐渐大了,船头船尾都是翻卷的浪花,顷刻间就又恢复了它们原来的平静。

噢,我深爱这广阔的大海!我讨厌陆地上那些印满了奴隶脚印和骡马铁蹄的道路,我痛恨那些霸占道路收取通行税的人,我喜欢大海,大海上可以说没有路,又到处都是路,而且永远不会有任何行驶过的痕迹。

魁魁格也呈现出一脸的兴奋,从他微张的嘴巴和放大的鼻孔就能看出来。

"摩斯号"进入深海,巨浪接连不断,船头一起一伏,像个在磕头的奴隶。帆绳绷得紧紧的,桅杆随船晃来晃去着,一派壮观的航行景象。

可船上其他人却把我们俩当成了稀有动物,在他们看来,一个白人和一个野人如此亲密的行为简直是不可忍受的。

魁魁格将在他身后做鬼脸的小伙子抓起来,顺手抛向空中,当他在空中翻腾时再击出一掌,那家伙踉跄着落在了地上。

魁魁格转过身来,点起他那烟斗斧,给我递过来。

"船长,船长,船长,他……他……他,他是个恶魔!"那小伙子喊叫着奔向船长。

船长阔步走了过来,冲着魁魁格叫嚷:

"嘿,你,你要做什么?你那样会把他弄死的!懂吗?"

“他在说什么?”

魁魁格不紧不慢地回过头来寻问我。

“他说,你是不是想把那个小伙子弄死?”

我边说边用手指了指那个哆哆嗦嗦的小伙子。

“什么? 弄死他? 不,不,不,他,太小了,小小的鱼! 魁魁格是不杀会小鱼的,魁魁格只杀大鲸鱼!”

魁魁格表现得不屑一顾。

“好了,你这个捣蛋鬼! 再捣乱我就弄死你,注意点!”

船长的话还没说完,海面上便狂风四起,主帆离了杠,帆杠在风中不停地左转几圈、右转几圈。那个毛头小伙子一下子被风扫到了海里!

大家惊慌失措,有的往船舱里跑,有的伸手想抓住帆杠却又怕那东西力量太大而把自己也带到海里去了。

帆杠飞转着肆无忌惮地横扫着一切,就像一条被激怒的巨鲸的下颚。

人们站在它旁边,不知所措。

魁魁格灵巧地爬到帆杠的下面,一伸手拽过一条绳子来,把绳子的一头系在舷墙上,另一头挽了个结,在帆杠又一次从他的头顶扫过时,他迅速将绳扣抛出去,不偏不倚正好套住了帆杠!

魁魁格一见套住了帆杠,手里便用上了劲儿,帆杠终于停下了。

大家紧张的心也放松了,于是都过来帮忙。

魁魁格从帆杠下面坐起来,把上衣一脱,随手一扔,走到船的一侧,跳到水里,画出了一道漂亮的弧线。

波涛之中,他的头若隐若现,显然他在找那个落水的小伙子。

过来三五分钟,他还是一无所获,没有发现小伙子的身影。

猛的一下,魁魁格又浮出水面,换了口气,瞅准一个方向,又扎进海里去了。

几分钟后,他一手划着水,一手拖着那个落水的小伙子冒了出来。

大家上前七手八脚地把两个人拉上了船。

人们赞扬魁魁格的英雄行为,船长为此还向他道了歉,那小伙子也慢慢地呼吸平稳了。

魁魁格没有理会人们的赞誉,他用了些淡水洗干净身子,穿上衣服,靠着舷墙坐了下来,然后点上他的烟斗斧,悠然地看着周围的人们。

他的目光是柔和的,好像在说:

“我们在同一个世界上生存,就应该相互帮助。”

14. 南塔开特

一路无话,我们的行程也非常愉快,安全地抵达了南塔开特。

你可以拿出地图,在上面找一下南塔开特在哪个地方。是的,它四面环海,只是大海中的一座小山丘,一片沙滩而已。

有人开玩笑说,在这寸草不生的地方,南塔开特人要想种点杂草也必须种在沙滩上;也有人说他们从加拿大运来了野草;为了堵住一个漏油的桶,必须远涉重洋才能买到那堵洞用的塞子;为的是夏天人们都在门前种上几棵蘑菇;还说这里有一叶草即可称绿洲,那三叶草就可以称为草原了;说这里居民的椅子上、桌子上经常可见粘上去的小贝壳,就如同是海边的乌龟身上粘着的贝壳似的。

所有这些不无善意的调侃，都是在述说这弹丸之地的南塔开特和它的寸草不生。

这里还有一段关于最早定居于此的红种人的传说。

据说很久以前，在新英格兰的海岸上，空中一只鹰突然冲了下来，把一个印第安婴儿叼走了。

失去孩子的悲痛让孩子的父母毫不犹豫地划着船向着老鹰叼着孩子消失的方向追了上去。

历经艰辛，他们追到了这个岛上。在岛上他们虽然找到了那个婴儿，但只剩下一小堆白骨！

从此以后，这一对印第安人夫妇就在小岛上定居下来，他们永远也不离开自己那化成白骨的孩子了。

这对夫妇就是南塔开特人的祖先。

祖先有着这样的经历，后代出海以打渔为生也就没什么奇怪的了。

他们首先在海滩上捕蟹捉蛤，在浅水区拉网捕鱼，然后是开着小艇到深海区过活，后来有了大船，开始了远洋之旅。

他们与洪荒时代留下来的猛兽做着不屈斗争，并且一年四季都在海上。

他们世代征战，大西洋、太平洋和印度洋到处都是他们征服水下巨兽的战场。噢，随你美国把墨西哥画入得克萨斯州、把古巴送给加拿大、把印度吞入英国，这都与他们无关，南塔开特人在这个星球上拥有三分之二的数量。

无垠的大海是属于南塔开特人的！别国的水手只不过拥有海上通行权；商船不过是桥梁的延伸罢了；兵舰不过是浮动的炮台罢了；甚至海盗也只是劫掠海面上的船只，绝没能力攻占海底世界。

海洋是他们的家，就像农田一样，他们在上面耕耘、播种和收获，这里有他们的事业和生命。

陆地对他们来说十分陌生，仿佛就是另一个不相干的世界；夕阳西下的时候，他们将远离大陆，他们将躺到大海的怀抱里，唯有让海象群和鲸群从身下掠过才睡得香甜安稳。

15. 鳌鱼与蛤蜊

“摩斯号”在暮色之中靠了岸。

我们到荷西亚·胡赛开的客店住下，这是鲸鱼客店的老板科芬给我们介绍的，也是他表弟，科芬说他的客店在南塔开特属第一流，其中店里的杂烩做得远近闻名。

他表弟的这间客店叫炼锅客店。

然而，看来这家一流的客店似乎不在热闹的繁华地段，左拐右拐，四处打听，我们俩绕了许多弯，才来到这看样子不会再错了的地方。

一根桅杆竖在一座陈年旧宅门前，桅杆的横木上一边一个木锅，悬挂在空中。这与绞刑架倒是十分相似了。

噢，我在那边住鲸鱼客店，看到一个叫棺材的老板；在这儿住炼锅客店，又碰到绞刑架！这真不是什么吉兆。

直到一个穿黄袍子的女人出现在我的视线里，我才从这阵心虚之中缓过神儿来。这个一脸雀斑的女人正破口大骂一个穿紫衣服的男人，这倒让我十分感兴趣。

"滚,否则我就不客气了!"

门檐上挂在一盏昏暗的小灯,像一只受了伤的眼睛,直视这快嘴快舌的女人。说完刚才这句话,她的咒骂大概是告了一个段落。

"走吧,魁魁格,这一定是胡赛太太。"

我赶紧抓这个空当儿说。

我猜得没错,这个正是胡塞太太,当胡塞先生不在家的时候她就处理店里的一切事务。她听说我们要住店,就停下叫骂,把我们领进了一个小房间,让我们坐在一张没有收拾的桌子旁。然后猛地扭回头来,问:

"你们要鳕鱼还是蛤蜊?"

"什么,太太?"

"要鳕还是蛤蜊?"

"蛤蜊? 那种又冷又黏的东西肯定不能当晚饭了,鳕鱼怎么做?"

胡赛太太似乎并不在乎我说什么,她恍惚听见我先说了个"蛤蜊",便自顾向里屋大喊了一声:"两份蛤蜊。"

看样子她急着去骂那个穿紫衣服的男人,所以这么喊了一声后就不知去哪里了。

"噢,魁魁格,一只蛤蜊,能吃饱吗?"

我的疑虑迅速就被厨房里飘过来的浓郁的香气打消了。等那热腾腾的"杂烩蛤蜊"摆在我面前时,我们俩心中的愉快是难以言喻的。这是用那种比榛子大不了多少的蛤蜊做出来的东西,夹杂着些碎面包和细细的咸肉条儿,又放了足够的牛油、胡椒和盐! 如此美味让我们两个顾不得说话,风卷残云般一扫而光。

我们身子向椅背上一靠,都显然是没有吃饱。我模仿着刚才胡赛太太的口气,向后面喊了一声:

"鳕鱼!"

一会儿的工夫,鳘鱼就端上来了。

这鳘鱼杂烩的味道与蛤蜊杂烩略有区别,但相同的是都被我们一扫而光。

我用勺子在碗里舀了舀,对魁魁格说:

"哈,魁魁格,快看,有一条活的鳝鱼! 你的标枪在哪里呢?"

我们俩都笑了。

炼锅客店处处都是鱼的味道,一日三餐都和鱼撇不开关系,我们担心最后会不会自己身上也会长出鱼骨头来。

客店里到处都是蛤蜊壳,胡赛太太的项链是用鳘鱼脊骨穿制而成的,胡赛先生的账本也是用上好的鳕鱼皮料子做的封面,即使是牛奶里也有股鱼味儿!

这就有点让我想不通了。直到早晨散步的时候看见奶牛在吃鱼骨头时,心中才明白。那奶牛不仅在吃鱼骨头,四个牛脚上还套着四个鳕鳘鱼头,简直跟拖鞋似的。

吃过晚饭,胡塞太太给了我们一盏灯并且指点了去客房的路。我们刚要起身,胡赛太太一伸手,拦住了魁魁格的去路。

"不能带标枪!"

"为什么不能? 每个真正的捕鲸者都是和标枪同眠共枕的!"

我辩解着。

"这很危险! 有一位小伙子因为带着标枪而死在了客房里。从此以后,我就不允许客人再带标枪进客房。

"他的标枪插入了后腰!

"唉,他出海有四年半了,仅仅带回三桶鱼杂碎来。

"好了,魁魁格先生,放心给我吧,明天一早我就还给你的。

"对了,明天早晨想吃些什么,鳕鱼好呢,还是蛤蜊?"

"都要!然后加两条熏青鱼,换换口味也不错。"我回答道。

16."裴廓德号"

在床上,我们开始商量明天具体的出海计划。

让我吃惊的是,魁魁格已经有了些确切的"主意"。这主意来自于他身上的那个小木偶,它叫"约约"。

约约两三次告诉他,选择捕鲸船的事情应该完全由我完成。

它还暗示我,已经在岸边为我们选好了船只,就是那艘我最终一定会相中的船;并且,我会不理魁魁格,一个人先上船做水手!

魁魁格非常信任他身上的这个木偶,遇事都要向它请示,它的任何一点表示,魁魁格都会像听到上帝的旨意一样去完成,尽管有时候它也许会好心做错事。

对这事我就有些看法,魁魁格有丰富的经验,应该让他去挑一艘船;但是魁魁格一意孤行,坚决地让我去。

第二天,我只好自己去了码头,魁魁格和他的约约不知道留在屋里安排一些什么仪式。

我经过打听后知道"魔闸号""美味号""裴廓德号"三艘船要在近期起航,并且航程是三年。

"魔闸"的名字不知典从何出,"裴廓德"却略知一二,那是位于马萨诸塞州的一个印第安人部落,一个灭亡的种族的名称。

我在三条船上转了转,最终决定上"裴廓德号"。

船有多种,你说不定看见过那些横帆船、舢版、帆桨两用船……可我觉得像"裴廓德号"这样的老船,你肯定没见过。

这条船就像那些在埃及和西伯利亚身经百战的法国兵,日久天长的风吹日晒、雨打浪激使它浑身的颜色如同墨一般黑,它已经是一条闯荡过世界各个大洋大海的老船了。

斑驳的船头,如同有一副很威风的大胡子,而那来自日本海岸的桅杆——因为以前的桅杆就是在经过日本海岸被暴风雨摧折的——高大粗壮,好像再不会被摧折了。船的甲板有的地方已经出现裂痕了,又小心地用木板钉在了一起,好像有千军万马践踏而形成的凹痕则是无法修补的。

船长法勒,曾在船上当过大副,后来去另一条船上当了船长,现在还是"裴廓德号"的一个大股东。

法勒当大副时将船体好好打扮了一番,又是嵌又是镶,使得整艘船像一位脖子上套着沉重象牙的埃塞俄比亚皇帝。

这条船的装饰物都是几十年积攒下来的,它是一件战利品,就像吃人部落的战士,用他敌人的骨头来做饰品。

船的舷墙如同大鲸鱼的下颚,而舷墙上用来拴绳子的木桩的的确确是抹香鲸的牙齿,船上的滑轮是海里的象牙制成的,舵柄则是用巨鲸的下颌骨雕刻而成的。

"裴廓德号"是一条高贵的船,同样也是一条忧郁的船,世间万物,凡是高贵的似乎都有些忧郁的情结。

我来到甲板想找一个领头的,可惜一个人也没有。

我注意到在主桅杆之后有一个圆锥形的用鲸鱼头部的骨头做成的帐篷。

把鲸鱼那些宽大的骨板插在甲板上，用绳子连接成圆形，系紧后在顶部形成一个尖儿。在朝头的这面开了一个三角形的口子当作门，坐在里面，能够看清大船在海上行驶的方向前头的动静。

这帐篷似乎是船靠岸以后才搭的，里面坐着一个像是头领的人物。

他像一般的水手一样，棕黄色的肤色，穿一件蓝色的舵工衣，眼睛两侧布满细密的鱼尾纹，很明显是长期海上瞭望的结果。

这时候正是中午，他正坐在一把橡木椅子上小憩。

“您是不是船长？”我问他。

“如果是，你找我有什么事？”

“我想成为一名水手。”

“你？不是南塔开特人吧？有在救生艇上逃生的经历吗？”

“没有，先生。”

“嗯，对捕鲸业是不是一窍不通啊？”

“是的，先生。但是，我很快就能学会！我在商船上干过，我……”

“商船？别跟我提什么商船！你以为干过商船是一件很有面子的事吗？再说商船我就让你的腿和你的屁股分家！”他又说：

“我问你为什么要上捕鲸船，你是不是当过海盗、抢劫过船长、杀过船上的大副？”

我竭力否认着他半认真半玩笑的话。这是一个对外地人有很深偏见的人，他的脑子里全是一些狭隘的岛民观念。

“不弄清楚你为什么来捕鲸，我是不会雇用你的。”

“这个，先生，我只是单纯地想见见世面、开开眼界，想知道捕鲸到底是怎么一回事儿。”

“噢，想知道捕鲸是什么样的！那么，你见过亚哈船长吗？”

“谁？亚哈船长？”

“对，就是这艘船的船长。”

“嗨，我还认为你就是船长呢！”

“噢，现在跟你说话的是法勒船长，我和比勒达船长都是这艘船的股东，负责船上的人手设备一类事情。”

“你刚才说你想见识一下捕鲸，那你必须去和亚哈船长谈谈，一条腿的亚哈船长。”

“什么？他的另一条腿被鲸鱼吃了？”

“对，一条抹香鲸把他的其中一条腿吞进肚子里了。”

他的声音中有流露出一丝悲凉，我几乎被感动了。我定了定神，又说：

“不错，从这件事可以推断出些东西来，但是，没有亲睹终归还是不大相信啊！

“小伙子，你尽管还年轻，但毕竟没冒充内行。你说你曾经出过海……”

“先生，我出过四趟海了……”

“住嘴，你不要说你跟着商船出过海，这跟商船不一样。你还想干这可能丢了腿丢了命的捕鲸者吗？”

“想，先生。”

“好。你有没有胆量用一杆标枪朝鲸鱼的喉咙刺下去，然后拼命地追杀它直到刺死它吗？回答我，快点！”

“有，先生。如果不得不这样，我一定会这么干。我的意思是，这种事情不会出现。”

“好啊，看样子你不仅是想看看还想要亲自参与捕鲸吧？没错，你是这么说的。那好吧，请你走到船头那儿站一会儿，然后回来告诉我你看到了些什么。”

我对他的话摸不着头脑，是玩笑还是真话？我还是向船头走去，因为我不想看到他脸上的怒容。

船泊在海面上，有规律地摇晃着，远处是辽阔而单调、神秘而恐怖的无边大海。

“说吧，你都看到些什么？”我刚回过身来，他就这样问我。

“大海，一望无际的大海，仅此而已。似乎要刮大风了。”

“好了，你现在还是仅有那只是见见世面的想法吗？你刚才看见的不是一种世面吗？”

我一时不知道该说些什么了。但是我心中要去捕鲸、去随着“裴廓德号”一起去捕鲸的想法还是十分坚定。

法勒船长看出了我的心思，他同意了。

“那好吧，跟我走吧，我们来签约。”

我在跟他离开甲板走下船舱的时候看到比勒达船长坐在船尾的横木上。

他挺直身子坐在横木上，笔直笔直的，也许是怕压着了他的衣角；他身边放着一顶帽子，两腿直挺挺地交叠在一起，淡棕色的上衣，下巴旁的扣子都扣上了，鼻子上架着一副眼镜；他在看一本厚厚的大书。

比勒达船长与法勒船长一样是本船的大股东，确实气质非凡。使人一见之后，便会留下永不消失的印象。

“裴廓德号”的大股东是法勒和比勒达，剩下的股份属于港口里一大群人，有已经退休的老人，有孤儿寡妇，还有些未成年人。

这些人的股份，形象地说可能仅是一根船骨、一英尺船板，甚至只是一两根船钉。南塔开特人手里的钱都投到了船上，就如同别的地方的人把钱投入股票市场一样。

比勒达和法勒以及岛上的大多数居民都是桂克教民。即使在今天，你如果有机会到岛上看看，也还能看到许多岛民身上的桂克特征，但是随着时间的推移，这些特征有所减弱罢了。

这些桂克教民中，有凶狠的捕鲸者，有复仇心极重的水手，也有一些好斗的不法之徒。

岛上的居民还有个习惯，那就是用《圣经》中的名字作为自己名字。他们的称呼中，有“你”与“您”的区别，显得很有礼貌。但是他们的血管之中却始终流淌着爱冒险的血液，勇猛无畏的精神使他们有能力成为斯堪的那维亚的海上霸主，也可以成为有着诗人气质的罗马教徒。

南塔开特这种地方，那种不乏浪漫色彩的勇猛性格孕育出了比勒达船长这种静如处子、动如脱兔的人，他身上有种与大自然相谐的古典美，也有自然斗士的桀骜不驯。他是一个悲剧英雄，支配别人成为他的一个病态表现。

啊，年轻人，你们可要记住，人类的伟大是常与人类的病态同在的，你们可要警惕呀！

比勒达船长与法勒船长以前都是捕鲸者，现在都已经退休；与法勒船长不一样的是，比勒达有处变不惊、遇事不乱的行事作风。他在南塔开特受过最严格的桂克教派的训练，他有着无数次的航海经历，他到过合恩角，见过赤身裸体的土著们田园味儿十足的劳作。

他可以挥舞标枪去把大鲸鱼刺出满桶的鲜血，但是他却反对人与人之间的相互残杀。

在古稀之年回首往事，不知道他是如何将自己的言行在脑中回放的。也许，他早就明白了，一个人的信仰是一回事儿，而要在现实社会中生存下来又是一回事！

从水手到标枪手，然后熬到大副、船长，现在又做了股东只等着分红了。

当然，不可否认的是，比勒达船长还有个不雅的外号：守财奴。听说当年在船上时，他对水手们十分刻薄，甚至是船靠岸以后，水手们都是被直接抬进医院，因为他们都已被折磨得不成人形了。

据说，在他当大副时，只要被他那淡褐色的眼睛一瞪，你就会立刻随手抓起一把锤子或是一根穿索针,忙起来。比勒达是一种苛刻的功利主义的化身。他的相貌似乎也体现了这一点:瘦长结实的身板,而没有一根多余的胡子——他下巴上没有蓄一根胡子。

"嗨,比勒达,又在看圣书!研究你的圣书都三十年了,研究出什么了吗?"

比勒达对老朋友的调侃不以为意,他冷漠地看了下法勒船长,又疑惑地看了下我。

"啊,他想上咱们的船,在船上做事,让咱们雇他。"

"你要他雇你?"比勒达毫无生气地问了一声。

"是的。"

"比勒达,你觉得他如何?"

"可以。"

他应了一声,又低头看圣书去了。这个古怪的老桂克!

我不发一言,只是看着周围的情况。

法勒从一个箱子里拿出船上用的契约来,然后在桌子上摆上墨水和笔。

我脑子里迅速地盘算着这契约的条款问题,当然最重要的是我有多少"拆账"。"拆账"就是红利。因为捕鲸船上是没有工资的,报酬是捕鲸回来以后的利润,是按百分比分到每个人身上计算的。

我虽然是个新手但是有多次航海经验,我会掌舵、能搓绳子、能很好地在船上生活,我的"拆账"不能太低,应在二百七十五分之一上下。尽管这在别人眼中显然是无所谓的"大拆账",但对我来说已经是可以的了。

这里需要解释的一点是,捕鲸业中的"拆账"的大小是按照分母来计算的,分母越大,获得的钱就越少。二百七十五分之一无疑是"大拆账",但我还能在船上白吃白住地过上三年呢!

我不觉得可怜,我也不想发大财,只要在世界上有我的蜗居之地我就心满意足了。所以,我自认为二百七十五分之一就算可以了,当然,如果再小一些,到二百分之一,那就更好了!

"裴廓德号"的这两位大股东,法勒和比勒达掌控全局。

此刻,法勒船长找出一支铅笔吃力地削着,而比勒达却仍在休闲地读他的《圣经》。

"我说比勒达船长,你打算给这小伙子多少拆账?"法勒船长说道。

"这你比我清楚,我想七百七十七分之一就差不多了吧……"

七百七十七分之一,这拆账好"丰厚"呀!诸位陆地上的朋友或许认为七百七十七不小吧,但这是把它放在分母的位置上啊!

"不不不,比勒达,这对他太不公平了!"法勒船长说。

"七百七十七分之一!"

"不,三百分之一!我记上了,三百分之一,听到没有,比勒达?"

比勒达终于放下他宝贵的《圣经》,抬起头来说:"法勒船长,你的慷慨让其他的股东受到了损害。他们可大都是些孤儿寡母啊!你分给他那么多,就等于抢了那些孤儿寡母嘴里的面包啊!七百七十七分之一,法勒船长!"

"该死的比勒达!我要是按照你说的办我的良心会受到谴责的!"法勒来回奔走着、叫喊着。

"噢,法勒船长,你也太没良心了,这和我们关系不大,可你不能把大家推向火坑啊!"

"火坑,火坑!你敢这样说我!该死的比勒达,你怎么能随随便便地侮辱人,你如果再说一遍,否则我就绝对不客气了!"

"你这个浑蛋!你这个强盗的后代,滚出去!滚!"他破口大骂,怒火中烧地冲向比勒达。

比勒达一闪身,躲开了他。

船上的两个大股东开架的阵势把我吓坏了,我心里在打鼓,还要不要上这条船,不过,最要紧的还是先把门打开,因为此时比勒达正如丧家之犬般地躲避着愤怒的法勒船长。

门一开,比勒达就跑了出去,但是并没有跑远,又坐到他刚才坐的位置了,悠然地斜睨着这边。很明显,他对法勒这副怒不可遏的样子已经习以为常了。

法勒像一只无奈的绵羊那样疲惫地坐在地上。

“呸!算了,停战!我说比勒达,你这个磨鱼枪的浑蛋,帮我修修这支笔吧!好啊,谢谢,比勒达!”

“小伙子,以实玛利对吧,我就给你三百分之一的拆账吧。”

“法勒船长,我有个朋友也想当水手,明天可否一起来?”

“可以,让他来,我看看再说。”

“你知道他要多少拆账吗?”

又埋下头来看书的比勒达警惕地抬起头来问。

“比勒达,这你就不用问了。我问你,以实玛利,他捕过鲸吗?”

“噢,法勒船长,我已经不记得他到底捕杀过多少鲸了!”

“那最好了,你们明天一起来!”

我按约约的命令找到了要带我和魁魁格去合恩角的船,签了合同,我马上离开了“裴廓德号”。

可我突然又停住了脚步,想起:这两位船长都只是股东啊,我还没看到真正指挥这条船的亚哈船长呢!

出海的时间很长,停靠的时间却很短,所以船一靠岸,船长大多会抓紧时间回家看看或者上岸把事办了。至于船上的事,他可以完全交给船主们。

不过,到了船上你可归他管了,所以现在还是见一见他。所以我返回船上,找到法勒船长,问他亚哈船长现在在哪里。

“你找他做什么吗?我们不是谈好了吗?”

“是的,我们谈好了,但是我仍然想见船长一面。”

法勒说:“见他,说起来容易,可要见到他就不容易了。船一靠岸,他就回家去了,整天待在家里,我也见不着他了。他可能病了吧,也许没有,不过,我可以肯定,他身体不太好。

“有人说他比较奇怪,或许吧,但是他还是个好人!你不用怕他,你一定会被他吸引。他是个令人崇拜的人;他不敬神却像一尊神;他不常说话,可一说话就够你受的。你要完全服从于他!

“亚哈绝不是一般人,他上过大学,也到吃人生番聚居的蛮荒之地游历过,他在海上战斗,用鱼枪跟那些比大鲸鱼更可怕的家伙作战!

“说到他的宝贝鱼枪,那可是他的骄傲!他有百发百中的神力。

“他不是比勒达能比的,他也不是法勒能比的,他亚哈,古代的以色列王亚哈,居高临下的君王!”

“他还是穷凶极恶的人,听说他被杀以后,连狗都去舔他的血了!”

我顺嘴加了这么一句。

法勒又说:“嘿,小伙子,在船上你可千万不要这么说!亚哈这个名字可不是他自己取的,是他那痴呆的寡母给他起的名字!

“他母亲在他一岁时就去世了,可她临死时讲,她为儿子取的这个外号以后会应验的!

“所以我现在郑重地警告你,说话要注意。我跟他出过海,当过他的大副。他是个好人,虽然有点爱骂人,可是比勒达那种虔诚的好人!

“这一点,他与我差不多,当然他比我还要好。

“他情绪不太好,鲸鱼把他的腿吞掉后,他就一直这样,这是完全可以理解的。你想跟一个善于欢笑的坏船长一起出海,还是愿意跟一个虽然郁郁寡欢但却十分好的船长出海,相信你会分出轻重的。

“他虽然有一个不好听的名字,但你千万不要误解这样一个好人。他还有一位好妻子呢,结婚还不足三个航程呢！那可是个好姑娘,他们已经有了孩子！

“怎么样,对于亚哈船长你知道了个大概了吧?”

我默默地走了。

我开始有些怜悯这个缺一条腿的船长了,不过怜悯很快就被敬畏代替了,这种敬畏我无法用语言来描述,但可以肯定的是它不是真正意义上的敬畏。

这种并非真正的敬畏并没有引起我的厌恶感,可是只是增加了神秘感。可喜的是很快我的思绪就转到别的事情上去了。神秘的亚哈就暂时被移出了我的脑子。

17. 斋戒

我不急着回到客店,因为魁魁格的斋戒仪式似乎是要做一整天的。我尊重任何人的宗教信仰,即使他的信仰有点像蚂蚁向毒蘑菇行礼似的可笑。

说实话,我们的星球上不是有那种卑躬屈膝匍匐在一具尸体前的景象吗?这在其他星球是不可能存在的,只因为那具尸体活着的时候有大片的土地,死后的遗产中也有大片土地。即使如此,我也没有蔑视他们的理由。

善良的基督徒们啊,我们应该心存善念,不要因为人类成员中的一些人有些别的什么想法,我们就可以看不起比尔。

魁魁格对约约的斋戒也许在你看来可笑至极,可那又有什么关系呢?只要他本人做得自然、心安理得,那就足够了！

愿上天保佑基督徒和异教徒吧,避免一些流血冲突吧。

终于到了日暮时分,我相信他的朝圣仪式已经结束了,就走上楼去敲门,没有动静;推了推,推不开,门被反锁上了。

“魁魁格！”

我对着钥匙眼儿喊,还是没反应。

“魁魁格,是我,你的同居人以实玛利！”

仍然没有一点儿动静。

我的心开始发慌。

是不是中风了?我趴在钥匙眼儿上往里瞄,视线所及的只是房间的一角儿,没什么异样。啊！那是标枪！

对,那是昨天被老板娘拿走的标枪！发生什么事情了?他可是从不与标枪分开一会儿的,这说明他还在屋子里。

“魁魁格！魁魁格！”

一定是中风了！我拼命地推门,门只晃了晃,想推开门,希望很小。我连忙跑下楼,碰见了一个女用人,我把我所看到的对她讲了。她大叫起来:

“不得了啦,不得了啦！今早我去收拾房间的时候,门就锁着,我想可能是你们俩都出去了！

“出大事了,出大事了！老板娘！老板娘！出人命了啊！胡赛太太,胡赛太太！中风啦,中风啦!”

她不断地叫喊着向厨房奔去,我焦躁不安地跟在后面。

胡赛太太一手拿着芥末罐,一手拿着醋瓶子飞快地冲了出来。

“柴火棚子在哪儿?快点说!看在老天爷的分儿上,快用什么东西把门弄开!”

“对了,斧子,斧子!他中风了,肯定是这样,他中风了!”

我叫喊着又回过身冲上楼。

胡赛太太的脸色就像把她手中瓶子里的东西混在一起的模样,她伸手拦住了我:

“怎么回事儿,小伙子?”

“斧头!斧头!看在上帝的分儿上,再去找个医生来!”

“为什么?”她放下手里的瓶子叫着,“我说你想干什么?撬门?是你?船友!”

我努力平静下来,告诉她事情的经过。她飞快地奔到楼梯底下的小房间里,往里扫了一眼,然后叫道:

“啊,标枪没了,昨天我把它放到这里的啊!噢,难道又是一个可怜的斯蒂格斯?又一条被单?天哪,可怜可怜他的母亲吧!

“我的店啊,倍蒂,你快去找漆匣,要漆一块牌子,在上面写上:‘这里禁止自杀,禁止吸烟!’

“愿上帝可怜可怜他飘荡的灵魂吧!

“啊?这是什么声音?停!小伙子,停下来!”

她拦住我,不让我撞门。

“不,不,谁都不能毁了我的房子!离这儿一英里有个锁匠,去喊他来——不,等等!”

她在口袋里迅速掏出一把钥匙来,“这回一定能打开!”

但是,魁魁格把里面的保险闩也锁上了。

“没办法,只有撞开了!”

我大叫一声,向后退了几步,准备运足力气撞门。但是老板娘又拦住了我,说什么也不让我撞门。我不顾一切地甩开她,用尽全力地冲向那扇门。

“哗啦啦!”门开了。

魁魁格一丝不动地盘腿闭目地坐在房间的正中央,双手放在约约的头顶上。他像一尊雕像一样对于冲进屋来的这一群人他不闻不问,安之若素,好像什么也没发生。

“魁魁格,你怎么啦?”

我急切地问。

“你这么坐了一天了?”

老板娘问。

魁魁格没有理会任何人的问题。我气得真想一下子把他推倒,他这么坐了差不多八九个小时了,滴水未进,肯定已经吃不消了。

“噢,胡赛太太,不管怎样他还活着,让我来处理吧,您可以去忙其他事了。”

老板娘转身就走了。我关上门,想劝魁魁格休息一下,但是他还是一动不动,眼皮抬也不抬一下,仿佛我根本不存在。

也许斋戒就是这样吧,不吃不喝,一动不动,但是他迟早会起来的。

我独自下楼去吃饭。

几个刚刚完成了葡萄干布了航行——这是水手们通行的称呼,指在赤道以北的大西洋中所做的短距离捕鲸航行——的水手们正添油加醋地讲着海上的故事,他们讲得滔滔不绝,我也聚精会神地听着,到夜里十一点的时候,我想该睡觉了。

但是让我吃惊的是,魁魁格仍是呆坐着!他这么坐了一天了,我真有点愤怒了。

“魁魁格，你活动活动吧，吃点饭，别糟踏自己了，这样你会饿死，魁魁格！”

他似乎什么也没听见，仍旧一动不动。

算了，我先睡吧。上床前，我把那件厚重的熊皮外套披在了他身上。

我熄灭了灯想努力尽快入睡，但是却不如我所愿。想想吧，将要和一个盘腿坐了一天的异教徒在这么冰冷的房间里度过一整夜，相距不超过四英尺，你怎么能安然入睡呢？

最后总算朦胧入睡了，迷迷糊糊地醒了，天快亮了，让我吃惊的是魁魁格居然还坐在那儿，跟昨天入定的姿势一样！

在阳光照到屋子里的时候，魁魁格终于动了，当他站起来的时候，甚至能听到他的骨头在作响。他用自己的额头贴了我的额头，并且告诉我他的斋戒已经完成了。

我的宗教观念是宽容，我认同别人的宗教信仰，但是那个人不能因为自己的信仰而残害有别的信仰的人。现在看来还得加上一条，这个异教徒的信仰不能是疯疯癫癫的不正常举动，以至于只要看到这种信仰仪式的人，由不得承受与那信仰人一样的身体的折磨。

我想我要和魁魁格谈谈了。

“魁魁格，上床吧，我有话告诉你。”

我从宗教的起源一直讲到当代的宗教，总之我要向他说明的是他那样的打坐是违反生命规律的，在我看来十分的愚蠢。

我告诉他，他在别的方面都很棒，就是在这件事上又成了说不通的野人，确实让我痛心！我告诉他，这种损害身体的斋戒一定会损害精神，而且所有起源于斋成过程中的思想也必定是不健康的、没有活力的。这就是那些悲观的宗教头目们总是消化不良的原因。

我坦白地告诉他，所谓地狱就是你在消化不良时的一种心像，这种心像的出现，这种消化不良的出现就源于你这种毫无道理的斋戒。

我问他有没有消化不良的现象，他说没有。只有一次，那是在他父王的宴会上。那个下午，他们杀死了五十个敌人，那些敌人晚上被煮着吃了。

“好了，别说了！”

我忍住恶心赶紧制止了他继续往下说。我知道那些岛上的习俗，每到打仗的时候，被杀死的人就会成为胜利者盘中的菜肴。甚至上面装饰着槟榔和面包果，好像那盘子里盛着的是圣诞节的火鸡。

我认为我的话对他肯定是有影响的，虽然不多，可他听完我的讲述，神情还是变得有些凝重了，不像刚才那么愉快了。显然，他在想些什么。不过很不幸，我在他的神情中又看到了另一种意味：他一定认为在宗教方面他比我懂得多，看着我这样滔滔不绝地陈述，他心中十分同情我：“这是个可怜的人，他不了解虔诚的异教徒的福音！”

我们下楼吃饭，一天斋戒后，魁魁格猛吃一顿，让老板大为高兴地赚了一大笔。

吃晚饭，我们兴致勃勃地向“裴廓德号”走去，边走边用大比目鱼的鱼刺剔牙。

18. 刮荷格与海奇荷格

魁魁格和我来到“裴廓德号”的时候，法勒船长正从舱里出来。

看见我身边这个拿着标枪的野人上了他的船，他粗声大气地吼了起来，说除非有证件才能允许野人上他的船。

“您这是什么意思，船长？”我问。

“我明白他的意思，就是这个人必须出示他已经受过教化的证明，小子。”

比勒达船长回答道。他又转过身问魁魁格:“你跟基督教堂有关系吗?”

“他可是第一公理教会的教友。”我赶忙说。

“你说什么,第一公理教!你是说德多罗诺来·科尔曼做执事的那个教堂?”

比勒达边说边从口袋里掏出他的眼镜,用一条黄色的大手绢擦了擦,认真地戴上,走到魁魁格跟前,认真地端详起来。

“他做教友多长时间了?我看没有多久吧!”

他问我。

“不不不,你看,他还受过洗呢!不然地话他脸上不会这么毫无血色的!”

法勒船长抢着说。

魁魁格脸上因为做斋戒而造成的暗淡成了他们判断的依据。

“说实话吧,小伙子,他在德多罗诺米·科尔曼的教堂里做过多长时间的教友?我每个礼拜日都去,怎么就没看到过他呢?”

面对比勒达咄咄逼人的质问,我不慌不忙地说:“我不知道德多罗诺米·科尔曼执事是谁。我只知道这位魁魁格先从出生起就是第一公理教会的会友,另外他自己就是个执事!”

“小伙子,你不会开玩笑吧?你再说说,他是哪个教派的执事?”

“哪个教派?古代的天主教派!你、我还有法勒船长,还有魁魁格我们每个人都归属于的那个教派!

“公理教会是我们最应该加入的教会,我们当中的所有人都不应该对它产生怀疑!只有那些头脑有毛病的人才不相信这个伟大的信仰;我们大家应该在这个伟大的信仰中彼此认同!”

“好啊,小伙子,你别当水手了去当牧师算了!我还从来没听过比这更好的布道词呢!我想连德多罗诺米执事,甚至梅普尔神也比不如你呢!

“好啦,不用管什么证件了,上来吧,叫那个刮荷格还是什么格也上船吧!

“好啊,这支标枪太棒了!好钢打的!使这种标枪的人也比较有能耐吧,我说刮荷格还是什么格的,你上过捕鲸船吗?打到过鲸鱼吗?”

魁魁格不理会法勒船长,他低着头,从一个舷墙上跳进另一个舷墙,借力跳进一艘悬在船侧的捕鲸艇,然后曲膝平举起他的标枪:

“船长,看见海里的那一滴油了吗?那就当作鲸鱼的眼睛吧,看好喽!”

他的标枪“嗖”地一声飞了出去,掠过比勒达的宽边帽子,扎入了海里。

那滴油立刻就消失地无影无踪。

“看见了吧,如果那滴油是鲸鱼眼,这头鲸这就算完了。”

魁魁格一边用绳索往回拉标枪,一边毫不在意地说。

“噢,上帝呀!快,比勒达,拿船上的合同书来!”

法勒船长叫着,回头去找比勒达,他却早被刚才的标枪掠帽吓得躲进了船舱。

“我说,比勒达,咱们留下这位海奇荷格,不不,刮荷格,不不,管他什么格吧!

“刮荷格,听着,我给你九十分之一的拆账!

“怎么样,这么小的拆账,在南塔开特的标枪手里算是十分惊人的了!”

我们大步迈进船舱。

我感到十分高兴,现在我和魁魁格已经是捕鲸船上的一员了。

法勒拿出合同来,对我说:“那个刮荷格不会写字吧?我说刮荷格,你是签字还是画押?”

魁魁格多次遇到这样的情况,丝毫没有什么紧张,就在合同的指定位置画上了一个符号,就像他胳膊上刺的一样。

比勒达自始至终在旁边凝视着魁魁格的一举一动,终于,他站起身来,不紧不慢地走到魁魁格面前,从自己那宽大的口袋里掏出一本书来,那书上写着:"末日来临,或曰万勿迟延。"他把这书递给魁魁格,热切地盯住他的眼睛,说:"小魔鬼,我一定对你负责,因为我是这条船的大股东,我有责任也有权利关心这船上水手的灵魂!我真心地请求你,放弃你以前的信仰,不要再做什么异教徒了,也不要再当恶魔的奴隶了,在上天的惩罚尚未到来之前,回头是岸吧!摆脱困境吧,我的孩子!"

比勒达的口音有点刺耳,其中夹杂着水手腔、家乡土语和《圣经》上的话。

"行啦,比勒达,别唠叨了,别再糟蹋我们这位优秀的标枪手了!"法勒船长显然有自己的想法,他接着说:

"标枪手虔诚起来可不是什么好事,他会变得胆小的!而一个没有胆量的标枪手是一文不值的。

"以前那个小伙子纳特·斯旺因是一个优秀的标枪手,可是听了布道以后就不能忍受残忍,生怕自己的行为会招致罪恶,后来看见鲸鱼就吓得不行。他害怕万一船只失事,每一个人都会没命。"

"法勒,法勒!你不要再亵渎神灵地胡说八道了,恐怕你比谁都更了解对死亡的恐惧的滋味吧!"比勒达不停地挥动手臂,开始大声反击。

"这么说话对得起你自己的良心吗?上一次在日本海,三根桅杆都被台风吹到海里的时候,你没有想到死神和末日吗?"

"行了,比勒达!当时大家只顾着想船要沉了,谁还有时间去想什么见鬼的死神和末日?

"想想吧,三根掉进海里的桅杆不停地撞击着船帮,如雷声般的巨响!海水像倾盆大雨似的浇在我们头上,谁还有时间去想死神和末日?

"亚哈船长和我非但没有想死,而且一直在考虑活下去,怎么活下去!怎么救大家的命!

"要立刻竖起那应急的桅杆来,要赶紧把船开到离得最近的一个港口里去,要保住船上每一个人的生命……这就是我们的想法!"

比勒达一时不知所言,他把上衣的扣子系好,就开始在甲板上踱来踱去,偶尔停下来看看在中甲板上补帆的几个帆工,看上一会儿,再低下头时不时捡起一块破布或者一截断绳之类的东西。

他的工作是让那些东西不被糟蹋,看来还是有用的。

19. 以利亚

"哈,船友,你们现在是那艘船的水手了吗?"

有人在我和魁魁格离开"裴廓德号"走上码头的时候问我们。

我停下脚步,认真地看了一下这个人:他衣服很脏,一手指着"裴廓德号"的方向。

"你是不是那只船的水手?"

"你说的是'裴廓德号'吗?"

我争取着时间,又仔细观察了一下他缀满了补丁的裤子和脖子上黑布似的白围脖,以及长满天花的脸。

"是的,当然就是那条船。"

"没错,刚签了约。"

"把灵魂也卖了吧!"

"什么?"

“啊对,也许你们没有灵魂!没关系,就我所知,许多人都没有灵魂。再一次祝他们一帆风顺吧!灵魂,就如同一辆马车的第五个轮子啊!”

“你在说些什么啊?我的船友!”

我丈二和尚摸不着头脑。

“啊,他已经补足了缺额了!”

陌生人又嘀咕了这么一句,在“他”字上说得特别重。

“魁魁格,走吧,这些人一定是神经病。”

“不要走,船友,你说得很对,你还没见到老雷公吧?”

“什么老雷公?”

我几乎要把他当成疯子了。

“亚哈船长。”

“谁?亚哈船长!”

“老水手们都这样叫他的,你是不是还没见过他呢?”

“没有,听说他病了,可能快好了吧?”

“快好了!哈哈哈!”

陌生人毫无顾忌地大笑起来。

“他要是好了,我的这条左胳膊也就能好了!”

“你和他熟悉?”

“他们告诉你关于他的一些事情了吗?”

“没说什么,只说他是个好人,好船夫,捕鲸好手。”

“的确是这样,可是,可是他一声令下,你就会跳起老高来!他走一步,咆哮一声;咆哮一声,走一步,而你呢,你被逼得只有一步步向后退!”

“亚哈船长在别人眼里就是这样的一个人,可你还不知道他在合恩角曾经跟个活死人似的躺了三天。”

“当然,你就更不可能清楚他把唾沫吐到银葫芦里的事了,还有上次航行中他丢掉的那条腿的故事。全南塔开特都不知道这件事,你们就更不知道了吧。”

“不过,失去腿的事大家都知道,一头大鲸鱼吃了他的腿!”

“朋友,你为什么说这些?你的脑子是不是出了点小毛病。你刚说亚哈船长失去一条腿的事,我们很知道。”

“很清楚?真的很清楚吗?”

“是的。”

这个人凝视着“裴廓德号”,像一个叫花子似的,略事沉吟然后一挥手,说:

“你们已经上了船、签了约,成了那条船上雇用人员了,是吧?”

“当然要签约的,该怎么办就怎么办,当然,办了也不能怎么样。”

“事情已成事实,你们要跟他一起远航,反正总有人要出海捕鲸的啊!”

“愿那神圣的苍天保佑你们吧,好啦,不打扰你们了。”

“够了。请你直截了当地把你要说的话说出来吧!这么东拉西扯地说些不着边际的话,总给你欺骗的感觉!”

我很不客气地说。

“噢,说得好,我最喜欢别人以这种方式讲话。他最喜欢你这样的人了!好啦,再见,船友们!

“噢,对了,等你们上了船帮我代为转告,我已决定不当他们的水手了!”

“你装神秘的这套把戏是骗不了我们的。”

“好吧，祝你们好运！”

“我们本来运气就很好。魁魁格，走吧，不要理会这个疯子！”

“不过，我还想问一问，你叫什么？”

“以利亚。”

“以利亚！”

我在心里重复了一下，便和魁魁格一起离开了这个给人叫花子感觉的老水手。我们俩一致认为，他不过是个没有得逞的骗子！

说到这儿我下意识地一回头，突然发现他竟然在后面跟着我们！我没有告诉魁魁格，还照样你一言我一语地前进。

我们拐了个弯儿，他也拐了过来，他在跟踪我们，但是我不知道他想要干什么。

闪烁其辞的话、“裴廓德号”、亚哈船长以及那条腿、我们和船主签的合同……我心中将这些翻来覆去地想了个遍，还是不明所以。

我拉着魁魁格走到了路边，看着后面走过来的他，以判定一下这个以利亚是不是真的在跟踪我们。

他好像根本没有看见我们两个人一样，若无其事地从我们身旁经过。

20. 慈善姑妈

几天之后，一片忙碌景象出现在“裴廓德号”上：帆布、绳索等一应需用之物都陆续搬了上来。

法勒船长可能没离开过船，他在看着水手们在船上忙着所有准备工作。比勒达负责到码头上去采购货物。他们和那些被雇来干活儿的人一样，每天都工作到很晚。

我们在签约后的第二天收到通知，让我们把行李都运到船上去，因为说不定哪天船就要开了，这是没有具体时间的。

我和魁魁格把行李送上船后，又回到旅店，我们打算开船时再上船。不过，即使他们通知你要开船，你上了船，船也得等好几天以后才能开。延期开船的次数很多，因为船上需要准备太多的东西。

捕鲸是一项远离尘世的事业，一去就是好些年，锅碗瓢盆、食品药品以及衣物都要准备够三年用才行。

而且，捕鲸船出海作业的风险很高，小船、圆木、绳索、标枪都要有备用的，连船长也有一位是后备的。

负责准备这些东西的是比勒达船长的妹妹，她是一个干练的小老太婆，仿佛永远不知疲倦地往船上搬着牛肉、面包、淡水、铁桶、燃料、钳子、餐巾、刃叉、锤剪等各种各样的东西。

这位老人以慈悲为怀，她以她的善心和体贴入微的行动，照顾船上的每一个人：这回她手里拿的是厨房里用的一罐酸菜，下一次她手里拿着的又是大副记航海日志用的一大扎鹅毛笔，再下一回拿着的就是给得风湿病的人护腰用的法兰绒……

她被称作“慈善姑妈”。给人以爱是她一生的生活准则，何况这船上还投着她辛辛苦苦积攒下来的几十个银元呢！

比勒达和法勒自然也忙来忙去：比勒达身上带着一个船上需要采购物品的货物清单，每当一样东西运上船，他都要在清单相应的地方打个钩；法勒则在不停地溜达，看到有什么不顺眼的地方，便要大声指责一回。

我和魁魁格几乎每天都要上一次船，询问准备得怎么样了？亚哈船长的健康恢复了吗？他什么时候能来？我们什么时候又能出海？

法勒和比勒达每次都说准备得差不多了；亚哈船长的病已经好了；随时都可能上船，我们也可能随时开船。

想着马上就要和这艘船一起出海，未来的几年都要和这艘船在海上漂泊，我的心里不免有些忐忑不安。可是遗憾的是，可直到现在，你还没见过能主宰这条船的命运的人一面！

人类的疑虑往往是在他身在局中的时候最厉害，可面对这无奈的局面，他自己却还要自欺欺人。

我现在就处在这样一种境地。

我们被告知船在明天的一个时候将起航出海。

21. 登船

第二天天还未亮，不到六点钟，我和魁魁格就来到了码头。

“我说魁魁格，前面好像是有几个水手正朝向咱们船的方向猛跑吧！”

“我想太阳一出来可能就会开船，快点吧！”

“且慢！”

我们身后传来一个声音，一个人的两只手搭在我和魁魁格的肩上，同时他的身子也挤进了我们俩的中间，是以利亚。

“马上上船？”他问。

“你最好把手拿开！”

我对他的态度一点都不客气。

“走开吧！”

魁魁格说。

“你们不是要上船吗？”

“我们上船难道和你有什么关系吗，你这样是不是太过分了？”

“不不，我没有这种感觉。”

以利亚说得很平静，他打量我们的眼光异常的奇怪。

“好了，以利亚，我们快要起航了，不要耽误了我们上船的时间。”

“你们离开吗？早饭前就回来吧！”

“魁魁格，咱们走！这人十足是个疯子！”

“嗨！”

我们刚走了几步，站在身后的以利亚又吆喝起来。

“别理他，我们走。”

我招呼着魁魁格快走。

可是以利亚又悄悄地跟过来，他拍了拍我们的肩膀，神经兮兮地说：

“嗨，我说，你们刚才看见有几个人一样的东西向船上走去了吗？”

“看见了，大概四五个人吧！但是比较模糊。”我耐心地回答了他。

“噢，很模糊，很模糊！好吧，早上好！”

我们虽然脚步加快了，但是他依旧跟了上来，低低地问：

“再看看，你们还能看见他们的影子吗？”

“什么影子!”

“好啦,早上好,早上好!

“不过,我想对你们说,今天霜很重,是吧? 不过不要紧,咱们是自家人,不用客气。再见了伙计!

“不过,咱们再见恐怕是很久以后的事了,除非是在‘大陪审团’面前……”

他的话疯疯癫癫,讲完一遍后就走了。

我们登上“裴廓德号”时没有在船上发现一个人影,舱盖锁着,甲板上有一堆腐烂的绳头,海风吹过,一片凄凉。

灯光从小舱的舱口处射了出来,我们走过去,却见一个穿得很破的老索匠,侧身躺在两口箱子上,似乎睡得很好。

“哎,魁魁格,刚才咱们看见的那些水手都去哪里了?”

他在岸上也没看见什么,所以对我的问题也不置可否。

“算啦,咱们就守着这个老索匠坐一会儿吧!”

我无可奈何地说。魁魁格按了按那老索匠的屁股,好像在试软不软。

“噢,这可是个好座位! 按我家乡的方法坐的话,不会把他的脑袋压扁的!”

“行啦,看看,你快把他压醒了!”

魁魁格挪了挪屁股,坐到了那个人的脑袋旁,点上了他的斧头烟斗。

因为我坐在那人的脚边儿,烟斗斧就只能跨过那个人的身子,在我俩手里递来递去了。

魁魁格告诉我,以他们那儿的风俗,国王和贵族都是坐在那些养得肥肥胖胖的仆人身上的。外出的时候喊过一个仆人来,在大树的阴凉下,让他趴在潮湿的地上,接着就能舒舒服服地坐在仆人的背上了。

魁魁格跟我说他家乡的事,不时地从我手里接过烟斗斧去,有时候在那酣睡的人头上晃两下。

“魁魁格,你要干什么?”

“噢,砍下去很简单!”他想象着用他的斧头烟斗怎么使他的人头落地。

烟气越来越多,那老索匠被熏得咕哝了一句什么,翻了个身,一下坐了起来。

“嗨,你们,你们是谁?”

“我们是船上的水手。这艘船什么时候开?”

“噢,你们是艘条船上的水手? 船长昨天夜里就上船了,今天船就会开!”

“船长? 亚哈船长?”

“当然,没有别的船长了。”

甲板上的一阵脚步声将我的话打断了。

“听,这是大副斯达巴克,他可是个身强力壮、心地善良的好人。他起床了,我也该干活儿了。”

索匠边说边朝甲板走去。

太阳升起来了,在大副、二副、三副的指挥下,水手们忙碌地帮着从岸上把最后一批家什运上船来。

船长在船长室里面,始终没有露面。

22. 起锚

在快到中午的时候，船上的工匠们陆续上了岸。

慈善姑妈给在船上的二副和她的妹夫斯塔布送来了一顶睡帽，给另一位送了一本《圣经》，然后坐着捕鲸的小艇上了岸。

"裴廓德号"就要起航出海了。

法勒和比勒达一起从船长室里出来了，法勒对大副说：

"怎么了，斯达巴克，亚哈船长刚才说东西已经够了，你把大家集合起来吧！

"好啦，斯达巴克，执行命令吧！"

比勒达帮着腔。

这两位语气强硬、威风凛凛，俨然是船上的最高指挥官。可真正的指挥官——亚哈船长直到现在也没出现。

普通的商船也是如此，因为船只起航出海不需要船长做具体的指挥，那是领港人的事情。他们只要坐在船长室里就可以了，而事实上他们也这样做了，在船长室里和自己的亲人告别，直到亲人们坐上小艇和领港人一起离开大船为止。

"嗨，斯达巴克先生，让这些狗娘养的到船艄儿来！"

法勒船长催促着看样子有点懒懒散散的人。

"把破棚子拆了！"

这个命令是同"起锚"一个分量，"裴廓德号"三十年来每次出航都是这个样子。

"转绞车，起锚！快！快！"

这是第三道命令。

三道命令一下，大家都开始忙了。

起锚时，按照惯例船头是领港人的位置。可此刻法勒和比勒达两人并肩站在那里。他们俩也是这个港上有执照的领港人，但他们没有做过其他船的领港人，所以有人怀疑他们之所以要做领港人，不过是想为"裴廓德号"省些钱。

铁锚随着绞车的转动被缓缓地从水里拉了起来。比勒达全神贯注看，嘴里哼着一首凄婉的曲子。

水手们也唱着一首关于一个什么港上的姑娘的歌，这首歌不是离别的凄凉之作，更不是圣歌。

法勒正站在船尾，他没唱歌，他在不停地大叫，让人担心船还没开就会让他给骂沉了！

我靠在船舷上，想歇一歇，可还没等我回神，屁股上就挨了重重的一踢！

"笨蛋，你在商船上就这样干？"

他对着我破口大骂，马上就又朝别的水手不依不饶地吼着。

"使劲绞，笨蛋！

"绞呵，你，刮荷格，你这个红胡子鬼，绞啊！"

他边说边走，几乎每个人都被他踢了几脚。

在比勒达船长的歌声和法勒船长的叫骂声中，"裴廓德号"起锚扬帆，驶上了荒凉的大海。

已经是深冬时节，圣诞节将至，船舷上结冰的栏，像一排大白象牙，在月光中闪着冰冷的光。

海浪滚滚
离开了家乡
绿茸茸的田野
如同犹太人心中的圣地
约旦河哦
奔流不止

比勒达船长凄凉的歌声十分动人,尽管冰冷的海上寒风刺骨,我还是感到一阵发自内心的轻松。

我的头脑中现出春意朦胧,万物复苏,草长莺飞的幻象,使我沉入无比甜美的憧憬或者回忆里面。

大海逐渐变得辽阔了,比勒达和法勒要下船了,因为现在已经不需要他们再领港了,于是一直跟在船后面的小艇靠了上来。

两个人依依不舍地在船头徘徊,东望望,西看看,他们实在不忍心离开这艘满含他们全部积蓄的大船。

比勒达一会儿跑到甲板下面的船长室和亲友们道别,一会儿又跑到甲板上来不放心地检查一遍所有的设备,一会儿又站到船头上,遥望广袤的大海,然后机械地捡起一根绳子头儿,把它拴在了桅杆上,突然猛地抓住法勒的手,表情复杂地看着他。

一向有哲学味道的法勒,此刻他的眼中也含满了泪水。

经过一阵忙碌,两个人逐渐平稳了下来,法勒坚定地说:

“比勒达,咱们该走了!老朋友,小艇靠上来了,咱说一声再见吧!

“嗨,再转一转立桅下帆!

“再见,斯达巴克先生!

“再见,斯塔布先生!

“再见,弗拉斯克先生!

“三年以后见,三年以后的今天,我在南塔开特请你们吃晚饭!”

比勒达不停地念叨:

“愿上帝保佑你们,愿你们拥有阳光——那样的话亚哈船长就可以到甲板上来见见太阳了!

“千万要小心谨慎啊,大副二副三副你们要负起责任啊,不可胡乱行事!

“你们这些枪手们要明白现在好木板比去年涨了百分之三啊!

“斯达巴克先生,别让桶匠们践踏了咱们的板子啊!

“缝帆的针在那只绿橱子里!

“主日时不能捕得太多,要千万谨慎!不过平常可千万别错过上天给的机会啊!

“对了,斯塔布先生,蜜糖桶有点漏了,赶紧修补一下吧!

“还有你,弗拉斯克,别和以前一样,一靠岸就总和女人勾勾搭搭的!

“好啦,再见啦!舱里的那些奶酪放时间太长就会坏的!还有两毛钱一磅的牛油!特别是……”

“够啦,比勒达,别啰嗦了,走吧!”

法勒催着走,两个人翻过船舷,跳进小艇。

他们的小艇与大船的距离越来越远,我们的大船在夹着海鸥鸣叫的潮湿海风中,毅然驶向了大西洋。

23. 布金敦

“裴廓德号”用船头恶狠狠地劈开冰冷的浪花，在茫茫的冬夜里驶入无边无际的黑暗之中。

没想到掌舵人竟是布金敦！

就是在新贝德福的那个夜晚在旅店里碰见的那个刚刚结束了四年海上生活的布金敦！

刚刚死里逃生后，在岸上没待几天的他，如今就又义无反顾地踏上了不知道明天是什么光景的旅程。

难道是陆地会烧坏他的双脚？

不，人间那些不可思议的事都是悄悄地进行的。喧哗的人往往不真诚，最深挚的怀念也是没有墓碑的形式。这里，我们这小小的一段路程，算做奉献给他的墓志铭吧！

他注定要在海上度过一生，就像一只下了海的船一样。

港湾有温馨幸福和安宁舒适，在这里他才能得到无微不至的关怀，这对所有人来说都是有吸引力的。

只能短暂地享受甚至是瞭望一下这一切，命中注定了他的生活在海里。

港湾在刮狂风的时候是相当不可爱的。所有的船只都对此感到恐惧，稍微和它打个照面，就会失去一切。

这种时候，你必须全力以赴，扯帆转舵，避开陆地强大的吸力，与狂风作战，再一次投向疯狂的大海的怀抱。

这时候，船只的救难者，就是它们最大的敌人！

布金敦也许就是深刻地洞悉了这一点吧，他知道自己的使命就是要让船在海中，让船在海中自由地行驶；他要抗拒的是宇宙间那股装出一副甜蜜的面孔的邪恶力量、是那种要把他拉向死一般没有生气的陆地的力量。

气势磅礴，浩渺无垠的大海，像是高高在上的上帝、不可理喻的哲学家，躲避它是可耻的事，只有爬行着的蠢物才会躲在下风头去、躲在干燥的陆地上……

布金敦的不屈不挠的搏斗会有回报的，他是一个勇士，人们把自己的期望都放到了他的身上。勇敢起来，像布金敦那样振奋精神，勇往直前吧！

24. 捕鲸者说（之一）

陆地上的人们对捕鲸这个行业不是很理解，大都认为这是一个乏味，而且名声又不太好的职业。

但是，我想说一下我和魁魁格所拥有的这个梦寐以求的位置。

也许有人认为我的解释纯属多余，他们或许认为捕鲸业根本不能和陆地上的那些职业同日而语。想想吧，如果你在一个社交场合认真地把一位名片儿上印着“SWF”（抹香鲸捕捉业）的标枪手介绍给别人，那别人一定认为你不正常。

人们认为我们是属于屠宰业中双手沾满了鲜血，身上有屠戮者的污秽和腥臭。

其实，人们对杀人犯反倒没有这种感觉了，他们称那些杀人如麻的家伙为将军。

捕鲸船上滑溜溜的甲板比那些尸臭冲天的战场干净得多！那些拿着武器杀人的士兵们回到后方时,会受到人们的热烈欢迎,酒池肉林的招待会让他们找不到北。

但是,如果让他们去面对抹香鲸的尾巴,我想没几个不瘫在地上的。人类头脑中的恐怖观念,无论如何也是不能与神秘的上帝奇观同日而语的。

当然,人们在意识到那些照耀我们这个星球的灯烛都是由鲸鱼油制成的时候,人们肯定会心存感激,因为我们的劳动为大家带来了光明。

那么,就让我们来看看捕鲸的都是些什么样的人,他们的所作所为究竟是怎么个情景吧。

但是,以下几个史实也许需要再次说明:在荷兰的德·威特时代,捕鲸船上已经有了大将军衔的军官;路易十六自己掏钱雇了许多南塔开特人去敦刻尔克购买捕鲸船;而在英国,1756 年到 1788 年间,给捕鲸者的奖金一度高达一百万英镑,直到我们美国后来居上,捕鲸者的人达一万八千人之多,超过世界所有捕鲸者的总和,有七百多艘捕鲸船,单单船只的造价在两千万美元左右,每年创造大约七百万美元左右的利润。

这只是几个国家的具体情况。总的来说,在人类历史上捕鲸这个行业算是做得有声有色的。

捕鲸业中已经发生了大量惊心动魄的故事,而且每天都在不停地重复着这样的故事,一一列举出来显然是一件不大可能的事。

捕鲸船在世界各地都留下了足迹,因此说它不仅仅是一个产业,而且像探险一样,发现了世界上很多海洋和岛屿,在这之前,它们是不为人所知的。

如今欧美的兵舰在那些地方恣意妄为,他们大约应该为早期的开发者、探路人——捕鲸者——鸣炮致意吧!

人们去歌颂探险家和旅行家,我却更加欣赏那些早期在捕鲸船上的船长们。他们将文明带向了蛮荒之地,即使危机四伏,他们也从不退缩。

当然,南塔开特人一如既往,为了捕鲸,他们宁可义无反顾地面对如他们的祖先所面对的那些原始的恐怖和危险。

在捕鲸业发达以前,殖民关系在欧洲与非洲的合恩角的关系中占绝对的主导地位,南美的秘鲁、智利和玻利维亚也是这样。

正是捕鲸船打破了旧西班牙殖民主义在这些地区的统治,为这些地区民主政体的建立奠定了基础。

澳大利亚,这个地球另一端的地方也是由捕鲸者带入文明世界的。在一个荷兰人因为偶然而首先发现了澳洲以后,很长一段时间里,过往的船只都认为那是有着瘟疫的大陆,所以都没靠近过。

捕鲸船无所畏惧地靠了岸,他们才是澳洲真正的创造者!

这样说不仅仅是因为捕鲸者是较早登上那块大陆的人,在以后的几十年中,澳洲的早期开发者时常面临饥饿的困境,几乎每次他们都是从路过那里的捕鲸船上获得硬面包,才幸免于难的。

玻利尼亚尼岛屿上的人们便十分坦然地承认这一事实,并向捕鲸船致以诚挚的敬意。

捕鲸船带来了牧师和商人,也带来了宗教和买卖的观念。

就说那一向闭关锁国的日本吧,它的开放可以归功于捕鲸船,是捕鲸船开到了它的大门口,把外面世界的先进文明带给了那里的人。

你也许会说,从美学的角度来看,捕鲸者与他们自身的业绩是不相配的;也许你还会说,以鲸鱼为体裁的作品没有什么名著,捕鲸者中也没见有过什么出名的作家。

如果你这样说的话,我完全不同意,不把你打得人仰马翻我是不会善罢甘休的。

大概没有哪一种生物能像鲸鱼这大海兽那样，被人们写入《圣经·约伯记》中的了吧。还有后来英国的艾尔弗雷德大帝编写的那些关于捕鲸的故事、埃德蒙·伯克对捕鲸者美好的赞颂！

有人说捕鲸者不高雅，他们的血液里没有高贵的因子。果真如此吗？当然不是这样。

本杰明·弗兰克林的奶奶就是玛丽·莫雷尔，她嫁给南塔开特人以后，从夫姓，叫玛丽·福尔杰，她就是以后有名的福尔杰标枪手家族的女祖宗，这些标枪手都是高贵的弗兰克林的亲戚！他们那种带倒钩的标枪如今受到世界各地的捕鲸人的吹捧。

又有人说，捕鲸业没有面子。

这大概要看一下捕鲸者所捕的鲸在人们心目中的地位了：在古英国，鲸鱼是皇族崇尚的"钦定鱼"。这我们将在后面详细说明。

我记得以前的历史上有这样的记载：为了显示隆重，一架从叙利亚运来的鲸鱼骨头被放在对罗马将军进行的欢迎仪式上。

又有人说了，捕鲸嘛，总归是不好听的事吧！

哦，还有比捕鲸更加威风的事情吗？

鲸座是天上的一个星座，捕鲸者是何等的有面子也便可想而知了。如果你对沙皇脱帽的话，那么我可以肯定你也会对魁魁格脱帽的！一个一生中捕到过三百五十条鲸鱼的捕鲸者，远比占领过同样多城池的将军更令人敬佩！

我个人就更不用多言了。如果我的生命中还有什么闪光之处的话；如果我在这个纷纷攘攘的世界还配有一点我并不追求的名誉的话；如果我还为人类做了一点贡献的话；或者说我的继承人——也许叫债权人更妥当——在我的抽屉里还能翻出一部什么手稿的话，那么所有的这一切功劳都属于捕鲸业！

捕鲸船可以看作是我的哈佛大学！

捕鲸船可以看作是我的耶鲁大学！

25. 捕鲸者说（之二）

要维护捕鲸者的形象，还有些未尽之言需要陈述，是些具体的事实，事实胜于雄辩。

我们都知道，国王在加冕仪式之前，总会梳妆打扮一番。抹油在这番梳妆打扮之中是非常重要的。

然而，在我们的日常生活中，那些把自己打理得"油头粉面"之辈一向为人所不齿，被人们视为浅薄和无聊。

事实上，这些"油头粉面"之徒中，有些人为了治疗头上的疮、癞之类，才会往头上抹油。

总之，国王和百姓有时候由于某种特殊需要往自己头上抹油是司空见惯的。

可是，很明显，国王在加冕仪式上所用的油肯定不是百姓日常生活中所用的头油。那么那是一种怎样的油呢？

橄榄油？

蓖麻油？

熊油？

还是鳘鱼肝油？

抑或普通的鲸鱼油？

答案当然是否定的。国王或者女王在加冕时所用的头油必须是抹香鲸油，因为这种油是出于自然，未受污染未加人工，也是最高尚，最纯洁的。

噢，想想看吧，你们这些国王的子民们，你们的君主在加冕时用的，唯一可以使用就是捕鲸者才能获得的抹香鲸油啊！

26. 斯达巴克

斯达巴克是“裴廓德号”上的大副。

他是一个桂克的后代，也是一个地道的南塔开特土著。

斯达巴克身高体壮，一块块的肌肉硬得像回炉的面包。然而他瘦得可怜，好像他是在一个饥荒年份，或许是禁食的日子里出生的。

他的这种瘦削，既不是弱不禁风的羸弱，也不是精力衰退的疲惫，而是浓缩了一种成年男人所特有的精力与体力。

他是一个精力充沛的人，像古埃及人那样让人崇拜。仿佛他会以这副模样永生！

他不怕北极的冰天雪地，也不怕热带的烈日骄阳，他对什么样的危险都能泰然处之，这是一种超强的适应能力。

他的生活是一连串丰富多彩的哑剧，他用行动证明了这一切。

他为人诚挚，有虔诚的信念和坚不可摧的信心，海上紧张孤独的生活使他常常陷入一种迷信状态。不过，这种迷信更多的是出之于智慧而不是愚昧。

整个人容貌与众不同，心灵也纤细敏感，为远在他乡的妻儿保留了一个柔软的角落。

“没有谁不怕鲸鱼！”

斯达巴克这句话含有两层意思：坦然地承认现实，才称为真正的勇敢；和这样一个人一起出海，比和一个懦弱的人一起出海更让人担心。

“啊，像斯达巴克这样的细心人，在捕鲸业中可以说是常见的。”

二副斯塔布就这样说。

很快，我们就可以看到发表这样评论的人和他所谓“细心”在捕鲸业中的真实意图了。

斯达巴克并非莽撞的十字军骑士，他觉得勇敢主要的不是一种感情色彩，而只是在迫不得已的情况下，从自己的身上发掘出的一种行动的力量。

和船上的淡水、面包之类的东西一样，勇敢是一种不能随意浪费的必需品。落日西沉以后，他从不下海去打鲸鱼和普通的鱼，他认为没有任何必要做无谓的牺牲。

人们捕鲸是为了自己的生活，如果让鲸鱼给“捕”了，那岂不是成了满足鲸鱼的生活要求的食物了吗？他的父亲和兄弟在阴冷漆黑的大洋中的命运是他永远不能忘记的。

斯达巴克既往的经历使他一往无前的勇气显得丧失了锐气，他变成了一个老谋深算的人。

这并不是说他丧失了一般意义上的勇气，诸如与海、与风、与鲸、与人世间一般的不平作斗争的勇气。但是，因为精力过度集中，所以在面对更大的、精神上的恐怖的时候，他也感到是一种威胁。

当然，写一个人丧失勇气，是一件让人难堪的事。但是，我们人类虽然确是有些缺点，有混蛋，有凶犯，也有傻瓜，还有像联合证券公司以及国家那样面目可憎的人，但我们最终还是没有丧失那高贵的理想。

人类的理想是光辉灿烂的，而阴暗是恰恰不能通行的。

人类的心中永远激荡着一种豪爽的大丈夫气概，这种气概也许已经与他们如今的外在形象脱离了,但他们也还是不能容忍一个失魂落魄的可耻之徒。

连天上的神都会给那些没有尊严的人以怜悯!

我这里讲的"尊严"不是帝王将相的尊严,而是普通公民的尊严,这尊严表现在他们有力的臂膀上,表现在他们手中耀眼的投枪上。

上帝的光芒照耀着平民百姓的尊严。

独来独往的上帝是人间民主与平等的起源,他的神通广大,造就了万千人类子孙的尊严。

上帝啊,请您宽恕我吧!

我或许要将人类的一些高贵品质归之于一些最卑贱的水手和异教徒身上,在他们中挑选出令人同情的悲剧人物来;我也许还会描写您的灵光在他们有力的臂膀上的闪光,描写彩虹一样的五彩之路接续了他们厄运不断的命运之路……

万能的上帝啊,救救我吧!

您既然可以拯救罪犯诗人班扬,您既然可以用金箔去包裹塞万提斯那只残臂,您既然可以让美国总统安德鲁·杰克逊再次冲上战场,那么,您为什么不可以指引一下深处迷途之中的我呢?

27. 斯塔布及其他

二副斯塔布是科德角人,是个地地道道的科德角佬。

他是面对什么样的危险也不会惊慌失措的,显得无忧无虑也无所畏惧。他驾上捕鲸的小艇,嘴里哼着小曲,好像不是去打鲸鱼,而是去吃晚餐似的。

他总是把小艇收拾得干干净净、利利落落的,像车夫珍爱自己的车一样珍爱捕鲸艇。

每当小艇逼近大鲸时,他便会拎起那杆标枪,哼着曲子,像个悠闲的铁匠那样,慢悠悠地动起手来。

他究竟是如何让自己把鬼门关视为安乐椅的呢?他自己可能也没想过这种事。即使偶尔心中闪过这样的念头,他也会像被强迫爬上桅杆顶去瞭望一样,机械地去完成任务。

我认为让斯塔布无所畏惧的一定是他的那支又短又黑的烟斗,这只烟斗仿佛是他头上的一个器官。

他每每起床的时候,你首先看到的都是他嘴里的烟斗,却不是他的鼻子。他的床边上放着一溜装满烟叶的烟斗,在每天睡觉前,他都要一支支地抽完,然后再一支支重新装好烟叶。早晨一醒来,不是把胳膊先伸进袖子里,而是先把烟斗插到嘴里。

我琢磨他这样抽烟也许是有道理的:因五花八门的病患灾难而死的人太多了,他们吐出来的气弥漫在空中,随时都可能被别人呼吸到,所以有些人在走过这样的人身旁时,总是习惯性用手帕掩住鼻子。

斯塔布的烟斗像一个手帕那样作为一个屏障以抵御人间灾难。

船上生得短小精悍的三副是弗拉斯克,他是蒂斯伯里人,看起来永远是一副精力充沛的样子。

他似乎和鲸鱼有仇一样,只要一见到鲸鱼就表现出仇人相见分外眼红的样子,他把捕鲸看作是一种荣誉。

他眼中的大鲸只不过是一只大个儿的水老鼠,对他来说完全没有庞大的恐怖和致命的威胁。他与之格斗时,丝毫没有恐惧感,完全沉浸于一种捕杀的快乐之中。

弗拉斯克的大无畏精神或多或少地包含了一些愚昧的味道。这使他视生死之搏击为儿戏,三年或者更久点的航程对他来说也不过是稍微长了一些的儿戏。

这样,弗拉斯克在船上就起到了一种“中坚”的作用,他多少成了船上的人们心目中的依赖。

大副、二副和三副——斯达巴克、斯塔布和弗拉斯克是“裴廓德号”上的三艘捕鲸艇的头头。如果亚哈船长亲自去对付大鲸,那他们三人便在船上共商对策;而当他们三个手执标枪时,又是最优秀的标枪手。

按照惯例,为了在搏击中可以有人策应他的进攻,他们三个每人都配有自己的掌舵人和标枪手。

现在,大副斯达巴克挑了魁魁格做他的标枪手,二副选择了塔斯蒂哥,弗拉斯克挑选的人是“大个儿”。

魁魁格我们已经很了解了,现在介绍一下塔斯蒂哥和“大个儿。”

塔斯蒂哥是个印第安人,他来自该黑特,他们那地方有向南塔开特输送标枪手的传统,在捕鲸者中都喊他们为该黑特佬。

塔斯蒂哥的身材像东方人那样魁梧,面孔如北极人那样闪闪发光,他的有同样身材和面孔的祖先们在山川原野上追猎麋鹿,而他却跑到大海里捕鲸来了。

塔斯蒂哥使用手中的标枪比他的祖先们使用弓箭更为熟练,他娴熟的战斗技巧和他浑身茶色的肌肉总让人联想到魔鬼的样子。

“大个儿”是个黑巨人,耳朵上挂着两个大金圈儿,走路时一摇一晃的,像只威猛的狮子。

他从小就在捕鲸船上,去过捕鲸船去过的所有地方,但别的地方对他来说都是陌生的。

他在捕鲸船上干了这么多年,无论多挑剔的船长也没有对他说过一个“不”字。他在甲板上雄赳赳气昂昂地走来走去,像长颈鹿似的昂着头,让任何一个和他站在一块儿的人自惭形秽。一个白人在他面前,都如同一面投降的白旗了。

“裴廓德号”上的美国人不及总人数的一半,这同美国挖大运河和修建铁路情形是一样的,美国人提供智慧,其他国家的人出力气。

捕鲸船上的人来自于世界各地的岛屿,这些地方贫穷而荒凉,比如亚速尔群岛、设得兰群岛。捕鲸船所到之处总会在当地补充些人手。

岛上的人似乎生下来就是捕鲸的好手,他们对这一行得心应手。

“裴廓德号”上的水手们,很多是这样一些出色的岛民,他们沉默寡言,行为执着,义无返顾地随着亚哈老头儿进入了大海。

28. 亚哈

神秘的亚哈船长在出海好几天后,依然没有露面。大副、二副和三副三个人轮流值班,有条不紊地安排着船上的日常事务,仿佛成了船上的最高指挥者。

然而,你如果看到他们匆匆忙忙地从亚哈的船舱里跑出来,你就知道独裁者真正的所在。出海以来,几乎每时每刻我都有种会与亚哈船长偶然相遇的不安。在甲板上,我会突然回过头来,疑心身后有一张陌生的面孔正盯着我看。

以利亚那神神叨叨的鬼话让我焦虑不安。当然,这里面我个人的原因似乎也不容忽视,因为如果是平常,我对那样一个衣衫破烂的人的话肯定是一笑置之的。

这次有点不一样,我周围那些强悍和孤僻的异教徒与野蛮人似乎有一些不可告人的目的。

当然，大副、二副和三副的表现足以让我打消一些这方面的顾虑，让我自信十足地抬起头来并抑制不住地让那种叫作“愉快”的心情时不时地流露出来。

“裴廓德号”离港时，正是圣诞节期间，好在我们正在向南行驶，正一步步脱离开冰冷的气候以及这种气候带来的压抑和沉闷。

一个灰蒙蒙的早晨，船身在海中不时上下晃荡着前行，我走上甲板，偶然一回头，浑身一颤，恐惧如电流一般流过我的全身：亚哈船长站在后甲板上。

亚哈船长就如同一个刚刚从火刑柱上解下来的人，虽然大火烧掉了他身上的肉，却还没有烧掉他的四肢，他铜墙铁壁似的身体好像是一个可以铸就一切的模子，永远也不会毁掉。

一道闪电似的白线从他的发际，延伸到他的脸和脖子，消失于胸脯以上的衣衫里。就像闪电劈过的大树，在树身上留下了一道深深的疤痕，但是没有伤着任何树枝。

没有人知道这道恐怖的疤痕是从何处来的，只有一位印第安老水手说过，这道疤痕不是与人斗造成的，它来自于海洋，而且那个时候亚哈船长已经四十岁了。

但是，他的这一说法被南塔开特一位被认为拥有超凡的预言能力的老头儿给否定了。他阴沉地说：“如果哪天亚哈船长寿终正寝——啊，谁都知道，这不可能——哪一位水手给他穿寿衣的话，会立马看到，这条疤痕从头至脚，绝对是出自天然……”

亚哈冷峻而沉静的姿态深深地打动了我，起初我以为主要是因为他脸上的那道疤痕，直到后来才知道到这来自于他那靠着栏杆的姿势，他的那条乳白色的瘸腿。

这条腿是用抹香鲸的颚骨磨制的。那个印第安老头儿曾说过：

“他的腿丢在了日本海，不用回家他就补上了新腿，就像补充船上毁掉的桅杆一样。”

我被亚哈船长的姿态深深地打动了。

他把那只鲸颚腿插在甲板上专为他钻的镟孔里，他的手扶着船栏，身体挺得笔直，目光犀利地注视着前方的海面。

这个姿态拥有着一种坚定不移、无所畏惧的精神，沉默中蕴含着一种指挥一切的力量。甲板上的水手们明显感受到了这种力量的压力，紧张地忙碌着，各就各位，不敢稍有懈怠。

要是说亚哈船长的姿态之中所隐含的力量让人畏惧的话，那么他抑郁和悲愁的眼神就更增添了他凛然的尊严，这表明他不仅有威严之力而且有可敬之德。

他在甲板上待了一会儿，便回船舱里去了。以后，水手们每天都能看见他的身影了，不是把脚插在镟孔里伫立，就是坐在凳子上沉思，偶尔也会脚步沉重地在甲板上来回踱步。

似乎以前不出来是因为气候恶劣，现在他很多时间都在甲板上是因为气候转暖了。

不过，他似乎没下过什么命令，甚至没说过几句话，倒真像一根“备用的桅杆”似的了。好在现在风平浪静，船只在做一般性的常规行驶，大副、二副、三副足够胜任了。

水天之间弥漫着的温湿气流带来了越来越多的暖意，春天就像个活泼可爱的姑娘，浑身上下散发着一股诱人的气息，嬉戏着跑来了。

亚哈船长的脸上也有了一丝轻快的惬意，要是换成别人，一定会一脸灿烂地笑出来了。

29. 甲板上的响声

几天以后，明媚的春光普照甲板，“裴廓德号”在已经融化了浮冰的海面上乘风破浪，一往直前。

天空是爽朗的，空气是醉人的，即便是繁星满天的夜晚，依旧弥漫着一种春天特有的蜜一般的气息,如同一位衣着华丽的贵妇在独守空房。

光华灿烂的白昼和迷离甜蜜的夜晚一样使人沉醉在梦里,人们在酣睡之余心情就显得格外好,关闭已久的心扉好像一下子就被打开了。

亚哈船长也是如此,现在他待在甲板上的时间要超过在舱房里的时间。

"像我这样性格的人,躺在那狭窄的舱房里,总有一种躺在坟墓里的感觉。"

他有时这样自言自语道。

对啊,越是上了年纪的人越容易进入远离睡眠似乎与死神接近的状态。在船上,胡子灰白的老人们总爱在夜色中走上甲板,亚哈船长似乎就是这类人。

值夜班的水手们操作时都是轻手轻脚的,为的是不吵醒熟睡的同伴。他们还习惯性地瞅一眼亚哈船长那个充满了权威的舱口。

一会儿,要不了多久亚哈船长便会从那舱口中走出来,一瘸一拐地走到甲板上,扶住栏杆。为了不打扰大家的好梦,他一般是不会在这个时候上甲板的,因为他那坚硬的假脚踩得甲板很响。

可有一次,他实在想活动活动,便如同白天一样开始踱步。

此刻,那个怪里怪气的二副斯塔布从舱里爬上了甲板。他以一种压抑着什么的口吻说:

"如果您亚哈船长想在甲板上走来走去,自然不会有人阻止,可是,最好别出声儿!

"最好找一团绳子一类的东西,垫在脚底下……"

"这样的话,我是一枚加农炮弹喽,斯塔布。"亚哈船长回答道,"你要为我装上弹塞吗?好啦,我忘了刚才的事,你快点走开吧!

"听到没有?到下面去,到你的坟墓里去吧!

"滚回狗窝,狗东西!"

这最后一句歇斯底里的吼叫吓得斯塔布浑身一抖,他完全没料到亚哈船长会用这种口气对他说话。

"先生,我不习惯别人对我这样讲话,请您客气一点儿。"

"闭嘴!"亚哈猛一甩头,向另一边走去。

"不,先生,我可不想被别人叫狗东西!"

"好吧,叫你驴、骡子,行不行?滚开吧!否则我杀了你!"

亚哈怒不可遏地向斯塔布冲去。

"受了这样的侮辱却不反抗,在我这从来没有过,是绝对不存在的!"

斯塔布话说着反而向舱房里退去,这让他自己也很惊诧,他自言自语道:

"啊,太离谱了,我怎么退回来了,要不要上去揍他一顿,不能再后退了,斯塔布!斯塔布!

"算了,算了,我还是跪下来为他祈祷吧!这可是我有生以来第一次祈祷!

"唉,太奇怪了,太奇怪了,他可真是要发疯,竟然发这么大的脾气,那两只眼睛就好像要爆炸一样。

"他一昼夜只睡三个小时了,即使躺在床上也睁着眼睛,他肯定是有什么大大的心事,或许是一种见鬼的病,老天保佑,我可别染上这种病。

"他可真有点让人猜不透,我还是别想了,他叫我狗,叫我驴,叫我骡子,是真的吗?不是我在做梦吧!"

"还是睡吧,他方才确实让我心惊胆战的,是不是还踢了我一脚?也没有感觉啊?肯定是做梦,还是睡吧……"

30. 烟斗

在斯塔布退回船舱以后，亚哈船长靠在栏杆上待了一会儿，然后命令一个水手把他的凳子和烟斗拿来。

他坐在凳子上，点上烟斗。

相传，古代丹麦皇帝的宝座是用独角鲸的牙齿做的。亚哈现在这样坐着，确实让人想到了王位之类的东西，他也确实是这船上的国王。

从他嘴里喷出的烟雾，从他脸的一侧慢慢飘散。

“唉，吸烟怎么也不能帮助我减轻痛苦了？

“我的烟斗啊，难道你的魔力也消失了？我这是在干什么，我的上帝，我这样喷出烟来，是不是如同大鲸一样在做最后一次喷射？”

“烟斗是安静祥和的象征，如今它只能给我带来痛苦了，我要它还有什么用？”

他一甩手，带着火星的烟斗一头栽进海里，扑通一声，海里仅冒起几个水泡，大船嗖地一下超了过去。

亚哈船长低头沉默地在甲板上踱来踱去。

31. 使人聪明的梦

一大早，斯塔布就喜不自禁地拉住弗拉斯克讲开了：

“我说弗拉斯克呀，我昨天做了一个从未有过的怪梦。”

“是情梦，财梦，还是祸梦？”

弗拉斯克开起了玩笑。

“都不是，真是那样就不奇怪了。”

斯塔布不承认。

“你看到过亚哈船长那条闪着光芒的牙腿吧，我的梦正好是跟那神奇的东西有关呀！”

“哦，那到底是什么呢？”

弗拉斯克也开始感兴趣起来。

“我梦见我和亚哈船长互相用脚打起来啦。”

“你怎么敢呢？”

弗拉斯克叫道。

“你不要打断我，听我慢慢说。”

斯塔布让弗拉斯克别插嘴，一直不停地说下去。

“刚开始不知为了什么原因，他用他的牙腿踢我，然后我就回击，开始用我的脚踢他，相信我，弗拉斯克，我真的用脚踢了他。

“可是，当我的脚踢出去，撞到他牙腿的时候，奇怪的是我的脚就像碰了一块石墙一样，被结结实实地撞了回来。

“不，那简直像是个金字塔，虽然我一个劲地踢着，一脚接着一脚，但亚哈船长的牙腿纹丝不动。

“我就像是一个大傻瓜一样，发疯似的踢了老半天，并且越踢火气越足。

“但是，虽然我一脚接着一脚，并且脸上也显得恼怒，但心里并没有真的生气，这是真的。

“我边踢他边在心里不停地安慰自己说，亚哈船长是用他的假腿踢我，而假腿和真腿有着质的差别，所以，这不算是真踢，顶多就像是他在用他的拐杖打我。

“这样一来，我的被侮辱的感觉顿时就没有了，说实话从一开始我就这样想，所以从一开始这似乎就是一个游戏。

“我就这么一脚接着一脚地踢着金字塔，一边紧盯着他的牙腿看。

“多么漂亮的一只牙腿呀，尤其是它的末尾，竟是那么的精致和细小，刚才就是它落在我的腿上，才使我可以接受，若是换了一个大脚的农民，那才真是疼呢！”

斯塔布持续不停地讲下去。

“就在我不停地和金字塔玩闹般地踢打的时候，一个怪物出现了。

“这怪物是一个老人鱼，全身长着毛发，背上还有一个大驼峰。

“这怪物朝我走来，抓起我的肩膀，仅仅一下就把我摔倒了。

“‘你这是在玩什么呀？’那怪物问我。

“一开始我被吓坏了，倒在地上傻傻地看着它，过了一会儿才回过神儿来。

“‘这跟你有什么关系？’我开始有些生气了，‘是不是你也想吃我一脚？’

“‘那好吧。’那怪物说完，把屁股一转，弯下腰，把自己当裤子的一团海草一拉，把屁股露出让我踢。

“我仔细看时，却吓了一跳，原来它的屁股上尽是一些密密麻麻的尖刺，叫人又害怕又恶心。

“还是算了，我收回了已经伸出去的脚。

“‘这才是明智的选择呀，斯塔布。’那怪物夸奖着我。

“我伸出腿，还想再去踢金字塔，可这时候，怪物大叫：‘你可不能踢他，那圣物不能踢呀，他用牙腿踢你是你的光荣，你不应该埋怨。’

“‘要知道，在古英国，女王打谁的耳光那是他的光荣，就连侯爵都这样认为，因为这样就代表他们可以得到勋章，你也是如此呀，你被亚哈船长那骄傲的牙腿踢了，您因而就变成一个聪明人了呀！’

“这个怪物说完就不见了，待我去追它的时候，才发现我自己是在吊铺上呢。

“你觉得我的梦怎么样？弗拉斯克。”

斯塔布有些自鸣得意地问道。

“不怎么样，我倒觉得是一件非常愚蠢的事。”

弗拉斯克丝毫不客气。

“也许是这样吧，但不管怎样，我已经是一个聪明人了。”

斯塔布为自己的梦而骄傲。

32. 鲸类学

正当斯塔布向弗拉斯克描述他的梦境时，亚哈船长正站在甲板上。

他大声地叫喊，深深地陶醉在航行的喜悦之中，对即将开始的捕鲸旅程充满了渴望。

“桅顶上的水手，你们可要看清楚了，在这周围有一只白色的大鲸，不能让他跑了，你们要是看见了，就大声地回答。”

亚哈船长对桅上的瞭望者大声地叮嘱着。

现在我们因为在无边无际的大海上而感到无比的兴奋。

眼看着船与陆地越来越远,我们即将消失在大海的深处,没有任何能依靠的东西了。

我们去捕鲸了,然而,对于“裴廓德号”上的许多人而言,这是一个崭新的开始,有的人甚至连活生生的人鲸还没有见过,更别说有多了解大鲸了。

我们十分有必要普及一下鲸鱼的知识,我们所有人都应该明白我们在大海中所要捉的鲸鱼是什么样子的动物。

这件事情很有必要。

但是,到现在为止,鲸类学已经有自己完整的系统,要想阐述得好似乎不是一件容易的事情。

当然,这并不代表,鲸类学已经成熟了,还远没到这种程度,因为直到现在,各种混乱的分类和没有根据不被公认的学说还依旧存在。

之所以会产生这样的情况,实在是因为在动物学的分支中,鲸类学是最为复杂、牵扯最多、涉及面最广的一个学科。

涉及这个学科的人数不胜数,仅是成名成家并且发表了自己著述的名人就可以罗列出一大串来。

这其中包括着各个阶层的人,从有权有势的人到一般的小人物,从捕鲸界的元老到只出过几次海的新人,从陆地上的人到真正出海的人……

总之,有各种各样的人在研究鲸类学。

但我要介绍的是鲸学界最公认的权威的学说。

尽管如此,也能罗列出近三十位人物。

在这三十位大家中,大部分只是在陆地上通过解剖和其他的方法来获得鲸的知识,只有五六分之一的人真正见过活的鲸鱼。

同根本没有出过海的人相比,这些见过活鲸的人的说法就更令人信服了。

斯柯比是其中最为令人敬佩的,他出过海,也捕过鲸鱼。

他从鱼叉手做起,直到后来成为船长,所以,在捕鲸界的种种学者中,他是最有发言权的人。

不过他对抹香鲸没有多大的了解,他的发言权也仅仅局限于格陵兰鲸和露脊鲸。

长久以来,人们一直坚信:格陵兰鲸是鲸中的王者,因而也是海中之王,这在许多诗人的作品中就足以得到证实。

正是这种看法使得格陵兰鲸一直坐着海鲸的头把交椅。

其实,由于人们对抹香鲸不了解,才把格陵兰鲸看作是最大的鲸鱼。当人们的认识逐渐深刻后,抹香鲸变成了海洋新的主宰,格陵兰鲸已经没有了资格。

然而,不管是科学的著述还是一般的文学性作品,对抹香鲸的介绍或是引用都不多,就连涉及抹香鲸生活的书也只有为数不多的几本而已,而且分量还很小。

因此,抹香鲸的大部分内容对于我们来说还是空白,还有待于我们去探索。

如果现在能确立一个骨架,就算只是一个详细介绍抹香鲸的纲要,都已经很不错了,因为后人可以根据这个草图再加以填补。

对各种鲸的了解都要遵循这样的过程,虽然繁重,但是要想了解得深刻,既要有足够的知识,也要不乏实际经验。

我就想干这件事,很久以前,我就跑了许多的图书馆,并且航遍了世界的大洋,跟各种抹香鲸打过交道,这样我具备了充足的条件。

但是,还是要做一些准备工作,即确立两个最基本的观点。

首先,大鲸是不是鱼。

关于这点一直有争议,有人根据大鲸的许多特征,比如大鲸有双心室,有肺,有耳朵,雌性有乳房等,以此为由认为鲸不属于鱼类。

我曾经向很多人征求过看法,结果他们都不认同上述的看法。

说实话,我也坚持原来的观点,认为鲸是一种比较特殊的不同于其他鱼类的鱼。

其次,如何定义大鲸,也就是说如何描述它的与众不同。我给下了一个定义,那就是:

鲸是一种会喷水,尾巴是平面的鱼。

我深思熟虑后,给出了一个简单易懂,又能概括鲸的基本特点的定义。

海象虽然也会喷水,但它不是鱼,而是种两栖动物。

而一般的鱼尾不会是个平面,也不会喷水,所以跟鲸的区别很明显。

海象和一般的鱼基本代表了和鲸有相似之处的所有海洋动物。

这样来看,我所下的定义基本上可以将鲸和其他海洋动物区分开了,因此也就达到了原来的效果。

现在我们来实施给鲸分类的伟大计划。

整个鲸群,这里指的是世界上所有种类的鲸,被我按体积分成了三大类:半开鲸、八开鲸和十二开鲸。

这样,所有的鲸,无论大小,这三大类都包括了。

先说半开鲸,这类鲸主要分为六种:抹香鲸、露脊鲸、脊鳍鲸、座头鲸、剃刀鲸和黄腹鲸。

在这六种鲸中,抹香鲸是它们的代表。

抹香鲸可以说是现在海洋鲸类的王者,我们前面已经说过它只不过地位没有很早地被发现,所以在相当长的一段时期内,格陵兰鲸一直占据着王者地位。

在最早开始捕鲸的英国,古代的人一直将抹香鲸叫作喇叭鲸和其他一些现在看来不合逻辑的名字。

如今来看,抹香鲸是所有鲸中最好看、最具威风、最具价值的一种鲸了。

在人们还不知道抹香鲸的时候,一直以为偶尔从死鱼那儿得来的鲸脑是出自格陵兰鲸或者是露脊鲸,实际上这是错得离谱儿了。

当时抹香鲸的鲸脑因为稀少和名贵,所以只用来做油膏和药剂,不是用来点灯的,也只有在药房里见得到。

在抹香鲸真正被人们认识之后,它才获得了它该有的荣誉。

接下来说露脊鲸,它是所有海兽之中属于元老级的了,也是最早被人们捕杀的对象。

它的油被人们称为"鲸油",而不像抹香鲸的油被称为"鲸脑",实际上那是一种劣质油,此外,它的须也有用。它的别名很多,最常用的据说有格陵兰鲸,还有黑鲸、大鲸和真鲸等,于是,露脊鲸的真实身份也比较混乱,人们各执一词。

在过去的二百年间,露脊鲸一直是捕鲸者热衷捕杀的对象,不管是在北海、印度洋,还是巴西沿海,无一例外。

虽说各国的捕鲸者对露脊鲸还有一些争议,但是大的分歧已经没有了。

第三种是脊鳍鲸,它是一种在各大洋很容易找到的鲸,因为它的喷水柱格外高,人们离得很远也能看见,所以也叫高喷鲸。

它还有一个别名——约翰长鲸。

脊鳍鲸和露脊鲸差不多,但腰围并不那么粗大,色泽也不怎么黑,而是稍淡些,类似棕色。

它的嘴相当的大,上面满是皱褶,所以就跟大锚链似的。

它的鳍很大,有的足有三四英尺长,在后背的后部直直地垂着,并且成一个角形,因而有一个很尖的高峰，即便在大多看不见它的时候，也能看见它的大鳍，因此，这是它区别于其他鲸的最著名的标志。

这大鳍经常是独自游荡在洋面上，投下一片阴影，周围荡起片片涟漪，形成一个奇特的景观。

脊鳍鲸似乎很怕羞一样，喜欢离群索居，在海面异常安静的时候才浮出来，之后警惕性极高，仿佛随时都要躲开人类。

它的力量和速度在其他的鲸之上。

因为它也有须，所以有时也就被归为露脊鲸，因为鲸须是区别鲸种的一个重要的依据，这其中的学问很大，就是鲸学界也都有争议。

第四种是座头鲸，它的明显特点是后背很高，经常在被追杀至死拖进港时，后背上仍像是背着什么东西似的。在美国的北部沿海，就会经常发现这种鲸，美国早期的捕鲸船猎杀的就是这种鲸。它的油并不名贵，它也有须，这些地方和露脊鲸一样。它是鲸中最乐观最会玩的一种，所以它最快活，如果你在海面上看见比一般的鲸更多的泡沫和白水的话，那么一定是它。

第五种是剃刀鲸，一种很稀有的鲸，我也只在合恩角附近见过它一次。它的脾气比较怪异，性格也很孤僻，不知道是害怕还是其他的缘故，它总是回避着人，所以即使是出海捕鲸的人，也很少能见到它。通常它只露出如同高高的尖峰一样的背部，这只是冰山一角，很少有人能识得它的庐山真面目，它大部分的身体是在海面以下的。

第六种是黄腹鲸，也是一种罕见的鲸，它的腹部是硫黄色的，因此也得名黄腹鲸。

我只是在南海见过它一次，但没有追捕它，至今为止还没听谁说过有人追击它，因为据说它能把整个绳索拖走。我上次见到它时离着很远，根本没有看清它长什么模样，所以也没有办法向诸位讲述。由于大家对这种鲸不甚了解，所以就出现了很多关于它的传说，并且这些传说都很奇怪。包括捕鲸界最有权威的南塔开特人也一样。

好了，讲完了以上六种巨兽，半开型的鲸就告一段落了。

下面我们开始讲八开型的鲸。

八开型的鲸是那些中等大小的鲸，大概有以下五种：逆戟鲸、黑鲸、独角鲸、长尾鲸和海豚鲸。

逆戟鲸到底算不算鲸现在还有争议，这里暂时把它列入鲸类，主要是因为它确实具有大海兽的一切主要特点。

逆戟鲸比一般的半开型鲸要小得多，一般是十五到二十英尺长不等，腰围大小各有不同。

逆戟鲸是一种很有集体精神的海兽，通常总是浩浩荡荡地集体出游。

虽然它们身上的油水也不少，并且很适合点灯用，但是从来没有谁捕杀过它们，因为在捕鲸老手眼里，逆戟鲸往往是抹香鲸的前导，在它的身后，总是跟有抹香鲸，所以捕鲸者一般都会积攒实力对付后面的抹香鲸，逆戟鲸便捡了便宜。

八开型的第二种鲸是捕鲸者一般所称作的黑鲸，这是一种在各处都能看到的非常普遍的一种鲸。

一张黑黑的面孔，似乎是在冷笑一样，让人们大惑不解。它里面的嘴角是上卷的，不知是不是因为这个原因，它的食量非常大，这一点是其他的鲸所无法比的。它的身长在十六英尺到十八英尺上下，一般情况下，它总能露出脊背来，它的脊背像钩一样，还像是一个罗马人的鼻子。

人们一般并不捕猎这种鲸，只是在没有抹香鲸的时候把它们作为替代品，因为从这种鲸身上炼出的油质地通常不太好，油性很稀，但是有时出油量却很大，竟能炼出三十加仑以上的油来。

八开型的第三种是独角鲸，对于它的另一个名字，也很奇特，叫尖鼻子鲸。

这种鲸名字怪，甚至连它自己本身都很怪，因为它那与众不同的角乍看就像是一只尖鼻子，经常会有人将它认错。

它的身长大约十六英尺，体态有些像海豹；乳白色的身子上面有遍布全身的椭圆形黑点儿。

让人不可思议的是，那只角却有五英尺以上长，有的超过十英尺，甚至是十五英尺，这样就会和它们的身体一样长了。

其实，这种角只能是算作伸长了的牙齿而已，不过这种鲸显得比较怪，因为它的那种角只是长在左边。

这种长角到底算作是武器还是有其他的用途，我们就不得而知了。有的水手见过它在捕食时把它的角当耙子使，还有人说它把角用作在北极生活时开路的冰锥，但是，这毕竟是猜测，真正是用来做什么，或者说是否有真正的用途，谁也搞不懂。在动物界里，独角鲸可以算是一个很有意思的特例。

那么，这角对我们来说又有何用呢？听前辈们说，这角是一种抗毒药剂的最好原料，很贵。它的另一用途是——做成嗅味剂，用来治疗昏厥等症。其实，它的角还应该是一种极具收藏价值的工艺品。曾经有记载说，英国女王就接受过这样的礼物，并把它挂在温莎宫里很久。

独角鲸的出油量虽然很少，但质地很好。可惜的是，这种鲸只是活动在北极地区，并且很难捕到。

八开鲸的第四种是海豚鲸，谁也说不太清楚这种鲸，别说是那些没离开过陆地的博物学家，就是南征北战的南塔开特人，也是如此。根据我一次在远处的观察，我看到它的一些不同之处，它的身量大小和逆戟鲸差不多，但要比逆戟鲸凶猛得多，经常让大的半开鲸都很无奈。不知道有没有人曾经捕到过这种鲸，也不清楚它到底有没有油可用。这是一个神出鬼没的家伙。它被英国人称作"杀手"。

八开型的最后一种是长尾鲸，它的特点不说你也能猜到，它的尾巴像一条鞭子，那是它的武器。它经常爬到半开鲸的背上去，在半开鲸游动的时候，挥动那鞭子似的尾巴，就如同是驾驭着半开鲸前进。和海豚鲸一样，长尾鲸也应该算是鲸类中的混蛋了。说完这两个恶棍，八开型鲸也就讲完了。

十二开的鲸是我们要说的最后一个大类。

十二开型的鲸同半开型的鲸相比，比如说抹香鲸，实在是算不了什么，大家见了真的会不放在心上，按照大家习惯的认识，鲸无疑是庞然大物，这些小体积的东西根本不值一提。

我之所以还要说它们，是因为它们完全符合我给鲸下的两个定义：会喷水和平尾。

首先说一种很普遍的小鲸，这种小鲸在海里随处可见，它们像一群顽皮的孩子一样总是成群结队，还总是笑闹个不停。这种小鲸甚至没有名字，我以它们欢乐的脾气来给它们起名为"乌拉"。

水手们很喜欢这种小鲸，因为它们总能给水手们带来快乐，在广袤的大海上，胖胖的乌拉鲸不断地跃出海面，此起彼伏，就像是美国人在欢度国家庆典时，不断地向天空抛着帽子一样。

捕鲸人认为乌拉鲸的出现会给水手们带来好运，它的出现表示上天会赐福与你。

这种乌拉鲸的油还行，尤其是从它的嘴里提炼出来的油，是很有名的，因为这种油的口味好极了。

还没有说乌拉鲸的长相，其实只需一句话你就了解了，即：乌拉鲸是袖珍的抹香鲸。

第二种十二开型的鲸是海盗鲸,这是一种和海豚鲸一样名声狼藉的鲸,人们只能在太平洋找到它。它比乌拉鲸稍大一些,可是比乌拉鲸要狡诈和凶残得多,而且脾气差得不能再差了,一旦惹怒了它,它就几乎想把你吃了。有很多次我驾着小艇去捕它,但是都失败了。

第三种十二开型的鲸是粉嘴儿鲸,这是所有十二开型鲸中体形最大的一种,也只生活在太平洋。长时间以来,太平洋中的渔夫们给它起了个绰号"小露脊鲸",这也是它唯一的别名。这里说的小露脊鲸,和露脊鲸不是一个种类的,不是按字义上理解的未成年露脊鲸。由于它经常在真正的露脊鲸身边出没,所以才给它取了个这样的名字。这种鲸比乌拉鲸要苗条许多,如同一个讲究的绅士。它的后背上没长鳍,这一点和其他的小鲸都不一样。可是,它却拥有一条可爱的尾巴和一双淡褐色的眼睛。有意思的是,它的身体以两侧的鳍为界,分成了两种颜色,上面黑色下面白色,像是刚刚从面粉袋里跑出来的一样,很是可笑。它和一般的那种小鲸的出油量差不多。

到现在为止,我已经比较完整地向大家介绍了鲸这种大海兽的家族情况。

当然,比十二开型还小的鲸还有,但已经没办法再进行归类了。

除了有名有姓,出现在人的视野之内的鲸以外,还有很多传说中的鲸,只是没人见过,所以不能算数。

上面说的很多鲸基本上都属于神话的范畴,暂且也在这里列出来:棒槌鲸、缆鲸、笨鲸、南非大鲸、头鲸、炮鲸、瘦子鲸、铜皮鲸、象鲸、蓝鲸、浮冰鲸和格鲸。

但不要以为这些鲸都是小鲸,其实也可以按照上面的分类办法分成半开鲸、八开鲸和十二开鲸。

严格来看,鲸的种类和数量还有很多,但是一一列出来是相当困难的。

我要声明的是我这种分类方法肯定也是不完善的,这就需要我们大家共同来丰富。

33. 标枪手和船长

这一章我要向大家说明的是捕鲸船上的人事安排,其中最为重要的非标枪手莫属了。

实际上,捕鲸船上的人事制度不过是针对高级船员而言的,其中主要的一部分是他们之间的等级划分。

和海洋中普通的行业相比,捕鲸业有很特殊的规定,特别是标枪手的有关行规,更是其他行业无法知晓的。

标枪手之所以在整个捕鲸船上这样重要,以致于我们要单独提出来讲,是有它特殊之处的,其中最根本的原因是捕鲸——这个特殊的行业。

我们在承袭捕鲸业这个职业的时候,我们还承袭了与此相关的大量行规和各种制度。当然,这种制度也是会随时发生变化的,比如说标枪手制度的沿革就是个鲜明的例子。

在荷兰最早期的捕鲸业,也就是世界上最早期的捕鲸业中,捕鲸船上的航行和捕鲸两项工作是被不同的人管理的,而不是像现在这样,完全交给船长一个人来管理。

船长负责航行事宜以及其他非捕鲸的日常管理,而捕鲸的领导权,则是由一个高级船员来负责——标枪手。

这个标枪手在捕鲸船上的权力是很大的,因为捕鲸船的用途就是捕鲸,他负责船上一切关于捕鲸的工作。

这种制度是由捕鲸业最早的情况决定的,随着捕鲸业日益兴盛,这种制度开始起了变化。

高级标枪手的权限被极大地削弱了，直到现在，无非是一个在捕鲸船上，比较高级的船员而已，几乎是再没有什么大的权力了。

他的权力开始归到船长手里，虽然船长并不负责捕鲸的工作，现在他仅仅算作是船长的一个下属，但是仍然有一定的权力。

虎倒威仍在，虽然这样，标枪手还是一个不可小觑的职位，是船长依靠的主要对象，有些情况下，他的地位仍是相当高的。

船上的所有人，按职位高低基本上可以分成两大类：高级船员和一般水手。

双方在待遇上有着根本的区别，与商船差不多的是高级船员住在船尾，而水手则住在船头，船长和大副们住在船尾，标枪手也住在船尾。

高级船员们都聚集在船长室里吃饭。

一只捕鲸船，一旦它驶离了港口，驶进了大海，那么全船人的命运就连在一起了。

没有人是不用工作的，所有人都是靠捕鲸这一共同的手段来吃饭的，虽然他们会因为等级的不同而在获得最后分配的时候有所差异，可是他们所面临的危险和困难是一致的。

共同的目的把他们紧紧地联系在了一起，其中没有什么地位的贵贱之分了。

纪律是使他们实现目的的最有力也是最不能缺少的保证，船长是纪律的化身，他就像是个海军军官一样，神情肃穆地率领着自己的舰艇。

“裴廓德号”的这个亚哈船长总是不高兴的样子，看来他并不在乎用种种形式和习惯来强调自己至高无上的地位来加强纪律和威严。

因此，全船上并没有什么令水手们感到自卑的规矩和令人反感的做派，虽然这做派即使是有也是正常的。

亚哈船长虽然表面上不刻意地追求捕鲸界的一些习惯，但是他内心里绝对是没有放弃的。他的衣着虽然没有什么威严，但是他脑子里有着坚固的等级观念，他始终维护着自己作为船长的不可侵犯的权威。虽然他并没有刻意地把这种权威展现出来给大家看，但是船上的所有人都感受到了，大家已经被他平凡外表下的伟大所折服。

34. 在船长室的餐桌旁

明晃晃的太阳高挂在正头顶。亚哈船长坐在他的挂在后甲板上的小艇里，正在全神贯注地观察太阳。他低着头，在自己雪白的上半截牙腿上计算着纬度，什么也不管。

茶房汤圆过来请船长吃饭了。

他从船长室的小舱口探出一个圆面包一样但却是很苍白的脸。

“船长先生，吃饭了。”

汤圆对着船长说。

亚哈船长一心一意地在牙腿上计算着，似乎是没有听见他的话。

只一小下，只见他站了起来，伸手抓住旁边的后帆索，身子一晃就落到了甲板上。

他看了眼一直坐在后甲板上的斯达巴克，不带感情地说了一句：

“吃饭吧，斯达巴克先生。”

那声音让人听起来不怎么舒服，让人觉得话中带有几分抑郁。之后，他一言不发地走进了船长室里面。

斯达巴克并没有立刻行动，而是估摸着亚哈船长已经在餐桌旁坐好了以后，才从甲板上跳了起来。

他在甲板上转了几转,又面无表情地看了看罗盘,这才露出了喜悦。

“吃饭了,斯塔布先生。”

他跟斯塔布笑着打招呼。

此后,他也径直走进船长室里去了。

如果说,亚哈船长是这个船上的国王,那么大副斯达巴克就是他的大王子,斯塔布则是二王子,其他人可以按职位等级依次类推。

即使是吃饭也要遵守尊卑秩序,要按照大小职位依次在餐桌前落座。

斯塔布没有立即进船长室去,而是在索具周围转了几圈,还摇动了一下主帆索,看看够不够结实。

此后,他走向了船长室,边走边喊:

“弗拉斯克先生,吃饭了。”

现在的甲板上只剩下三王子弗拉斯克了。

他看看空荡荡的四周,就像是一个孩子失去了大人和兄长的束缚一样解脱了。他脱掉自己的鞋,像一阵疾风般光着脚开始在甲板上跳水手舞。在迅疾的舞动和着舞蹈的节律中,帽子也被他扔进了后桅楼。此后,他愉悦地走下了船长室,就像是一个奴隶去自己的主人面前领赏似的。他的脸上满是欢喜。

在茫茫大海中前行的捕鲸船,其中有很多奇怪的事情,现在我们说的作为君主的船长和作为王子的大副之间的微妙关系就是一个。

船长和自己的几个大副之间是不可能一直和平相处的,就如同是一个家庭中,没有哪个儿子不和老子吵架一样。

捕鲸经常会遇到不愉快的事情,发火也是家常便饭,因此在船长面前表现出来的时候也是有的。

所以虽然冒犯了自己的顶头上司,但是这些高级船员的火有时候也是不得不发的。

这种事都是在甲板上发生的,在船长室的餐桌上,这些人的火气则不敢有一点显现。

即使是刚刚发了火,那些高级船员们开始在船长室用餐后,也都一个一个像猫一样的温顺。

在船长面前立刻就毕恭毕敬,卑躬屈膝是铁打不变的老规矩。

同刚才怒火中烧的样子相比,谁能想到那竟是同一个人,这样一来,这令人难以相信的事实就显得滑稽可笑了。

其实不难明白,这捕鲸船是船长的地盘,而船长室是他的宫殿,餐桌前的椅子则是他的皇位。

没有哪个船员敢于冒犯在宝座上把食物赐予自己的君主。

亚哈船长此时坐在饭桌的上首,他面前的饭桌镶着雪白的牙骨。

亚哈船长犹如一只守护着家庭的海狮,披散着鬃毛,蹲坐在白色的珊瑚礁上,威严但不动声色地照看着自己的孩子们。

那些孩子围着坐在自己的周围,虽然本来他们很好斗,但是此时极度地乖巧。

然而现在的亚哈船长却没有任何的王者之气,也许不是他没有,而是把那种气势掩藏起来了。

主菜被首先摆到了亚哈船长的面前。

亚哈船长开始从上往下切着这大块的肉。

其他的几个人都一声不吭地看着他,谁也不发言,即使是无关紧要的一句话也不说。

亚哈船长切好了,向斯达巴克示意,要斯达巴克把盆子拿开。

斯达巴克像得到赏赐一样地把盆子挪过来,开始轻轻地为自己切肉。

这时候十分安静,谁也不作声,哪怕是斯达巴克的刀子碰在盆壁上发出一点响声也会把大家吓一跳。

剩下的人按地位等级依次切肉,然后一声不响地吃着,嚼着,把肉悄无声息地吞进肚里。

亚哈船长自始至终都不发一言,其他人也不敢言语。

其实亚哈船长根本没说过在餐桌上不准说话,只不过是下属们太畏惧他了。

要是这时底舱里要发生点事的话,比如说一只老鼠出现并闹出动静,那对于斯塔布而言,简直是上帝的恩赐,因为他正被肉噎住,但又害怕弄出声响,他可以趁机解决一下自己的问题。

在船长室最为可怜的人当属弗拉斯克了。

他好像是一个封建的大家庭中最小的儿子,没有权利,唯一要做的就是按长辈和哥哥们的脸色行事。

但是同一个家庭不同的是,作为家中最小的一员,他却得不到一点恩宠。

在船长室的餐桌上,他的食物只是咸牛肉的胫骨和腌鸡的爪子,因为这是按顺序取过后剩下给他的,或者说是他自己不敢放胆去拿的结果。

如果敢在餐桌上放心大胆地去吃自己喜欢的菜,他认为这跟一个小偷的行为差不多。

其实,亚哈船长根本没这样想,别人也没这样想,除了因为职位关系,没有人会这样看他。

他只是在亚哈船长不在意的时候心惊胆战地趁机取过菜。

然而不管怎样,他也不敢自己去取牛油吃的,在他看来,在这不知归期的航行中,牛油是极其贵重的东西,万不是自己这种人能吃的。弗拉斯克真是可怜而又自卑啊! 但是弗拉斯克的可怜还远不在此。

在船长室吃饭的人中,弗拉斯克是最后一个进来坐下的。而此刻别人可能已经开始吃了。就是有还没开始吃饭的,那么自己也会是最后一个,因为盛食物的盆儿按顺序是最后一个传到自己的面前的。

等弗拉斯克开始吃的时候,别人都已经吃得差不多了,等别人已经酒足饭饱了,弗拉斯克才吃了个半饱。

规矩要求弗拉斯克必须第一个离开餐桌,走出船长室,这是最为倒霉的事情。

最后一个开始,却要第一个结束,可想而知,弗拉斯克吃起饭来是多么的匆忙呀。如果赶上哪天斯塔布胃不舒服,吃了几口就要离座的话,那么一定得在他前面离座的弗拉斯克会是多么沮丧呀。

弗拉斯克曾在私底下说,自从自己升了三副,允许在船长室吃饭之后,自己几乎就没吃过饱饭。

他感受到升为高级船员后,饿成了一个问题。

为此,他失去了许多快乐的东西,就说吃饭这事吧,再也不能手里拿着一块咸牛肉,大吃特吃了。

对于他而言,升值为三副只是一种虚荣,而且是他不喜欢的虚荣。

就在亚哈船长带着三个大副绅士优雅地吃完头一拨儿而离席后,船长室的餐桌和餐布被走形式似的清洗了一遍之后,便迎来了第二拨客人。

他们是魁魁格、塔斯蒂哥和大个儿三个标枪手。

同前面一拨的四个人相比,这三个人简直是快活、自由和幸福到了极点。

虽然他们吃的是剩饭,但他们却是如此的洒脱和自在,他们谁也不忌讳谁,互相之间也没有必要拘束,而他们的顶头上司,就是刚刚离去的三个人,吃饭的时候甚至连牙齿都不敢碰出响声来。

魁魁格三个人大吃大喝着，嘴里的食物被嚼得咯吱咯吱响，看他们一个一个吃得津津有味的样子，你会认为他们才是这些食物真正的主人。

一般来说他们会把桌上所有的食物都吃个精光，但是有些时候还不够吃，还得让汤圆再拿出一块没有断好的牛肉来。

汤圆在这种情况下往往会十分知趣地去准备，否则他知道不这样做他就会遭到一顿毫不客气的戏耍。他们会像掷标枪似的把吃饭的叉子顶着他的背，甚至把他的头按到一个大木桶里。

在这几个标枪手吃饭的时候，汤圆总是小心翼翼，甚至可以说是有些害怕，他总是躲进隔壁的小厨房里，隔着门缝儿看他们吃完饭。

看着这三个大吃特吃的人吃饭对于父亲是面包商而母亲是护士的汤圆来说，简直是一种要命的折磨。最让汤圆恐惧的是，他们在席间割肉时，竟会拿出随身携带的刀和磨刀石来，霍霍地磨，这时，汤圆禁不住要晕过去，因为他不知道他们会不会一时兴起也把自己宰掉。

要想舒一口气，只有在他们三个人吃饱喝足，呼呼喊喊地离开的时候。这几个人虽然在船长室里吃饭，也说自己住在里面，但基本上他们不到里面去，只是睡觉时偶尔经过罢了。

亚哈船长的做法既不落后，也不出格，所有美国捕鲸船的做法也都是这样的。因为他们觉得亚哈船长并不是一个容易接近的人，所以谁都要远离船长室。

亚哈船长虽然信奉基督教，可是他并不是一个真正意义上的基督徒。亚哈船长像是一个冬眠的动物把自己的一切都包藏得紧紧的。

35. 瞻望者

在这样一个令人高兴的好天气里我跟别的水手换班做起了瞭望的差事。

我爬上高高的桅顶，心情无比兴奋地向四周望去。

天高海阔，云淡风轻，一派令人心旷神怡的景色。

说到瞭望者，其实是捕鲸船上很特殊的一个职位。

人们常把桅顶上有没有瞭望者当做辨别一艘船是不是捕鲸船的重要依据。

美国绝大多数的捕鲸船，从它离港到归港，其间的三五年中，桅顶上时时刻刻都必须要有瞭望者。即使刚出港时，离真正的目的——地捕鲸的渔场——还有一万五千海里之远；虽然归港时，是绝不可能在海岸边发现大鲸的踪影的。

这是捕鲸船的信念。

最早的瞭望者从古埃及的时候就开始有了，充满了神秘的色彩，做瞭望者是一个具有悠久历史而又伟大的职业。

根据历史学家考证，最早的瞭望者出现在陆地上而不是在海上。

古时候的南塔开特人总是在海岸边搭起一个高高的瞭望台，有专门的人在上面瞭望海面，一旦发现鲸的踪迹，便对海边装备停当的捕鲸船发出信号，海边的捕鲸船就会迅速地冲向目标。

后来，人们就把这样的想法运用到远渡重洋去捕鲸的捕鲸船上去了，也就是我们今天看到的瞭望者。

现在我就在主桅的桅顶上，我身旁两个桅杆的桅顶上也有我的伙伴，我们的心情同样的愉快。

我们的换班制度是每两个小时一班,桅顶上保持昼夜都有人。

我们就像是踩着两只巨大的高跷一样,站在离甲板足有一百英尺高的桅顶上。

海水不断地涌进我们的两脚之间,各种海兽也在不停地游走,我站在这里,被这片连绵美丽的海浪所吸引。

我们的捕鲸船以一种懒散的姿态在寂静之中悄然向前驶去。清风拂过,叫人也懒洋洋的,似乎困意要上来了,但是可不能真的睡着。

你也许会觉得有些枯燥,但是你要是连这一点点时间的枯燥都无法克服的话,你怎么能度过这长达三四年的漫漫行程呢。

在这三四年的时间里,几乎所有事都是一成不变的,什么时候应做什么,又该怎么做,即使是发现大鲸了,流程也是固定的,谁也无法越雷池一步。

船员们的食物都堆在底舱里,甚至连饭谱都不会改变,你根本无须为这事操心。

干活的地方,吃饭的地方和睡觉的地方,你的一切位置也是固定不变的,这些地方简直就是一个只有弹丸大小,没有丝毫舒服感的栖身之地。

要说最舒服的地方,就数桅顶了,这里避开了一切的喧闹和嘈杂,眼里和耳朵里十分清净。

但是,你仔细地想一想,在三四年的海上生活里,你要在桅顶上度过加起来总数为几个月的时间,这么长的时间对你而言又有着怎样的意义呢?

我站在桅顶的瞭望处,像是骑在一只公牛的角上一样,任凭海浪把船颠来颠去,船再把我颠来颠去。

可是天冷的时候那滋味简直是要了命,你就不会这么惬意了,那时候恨不得在瞭望处能立刻建起一处房子来抵挡那刀子一样的海风。

可是,像我们这样的活动范围的捕鲸船,除了一件暂时能挡风避日的衣物之外,是没有更有效的设置的。

于是,我们不禁羡慕那些在格陵兰附近海域出没的捕鲸船,他们的桅顶都有一个用来抵抗严寒的小帐篷或者是一个大木桶一样的设施,守望者可以安心地躲在里面。

甚至,这守望处里面还有可以坐的地方和一些辅助的用具,如话筒、望远镜、罗盘甚至烟斗等。

当然,你也可以带一支来复枪上去,当发现鲸鱼的时候把它们射杀了。

但是,我们毕竟不是格陵兰的捕鲸船,也没有必要在守望台的问题上下功夫,虽然当我们感到冷时会很羡慕他们,但对于我们来讲,那只是眨眼的工夫。

在大部分情况下,我们还是处在温暖晴朗的环境中。

这种良好的自我感觉把由于羡慕别人而产生的损失感都整个地抵消了,相反,同处在寒风刺骨的冬日相比,我们反而觉得更加自在。

我们可以慢悠悠地攀着索具,一边攀一边瞭望周围,还可以在中途停一会儿,与旁边的魁魁格或者是别人聊上几句,然后再接着往上攀。

在攀上桅顶的过程中,我通常都会停下来几次,瞭望大海或者和同伴随便聊聊。

说实话,由于我在爬上去执行瞭望工作的时候,心里总是思绪万千,因此没法集中精力,所以我不算是一个优秀的瞭望者,也不敢说合格。

我在不住地沉思,至于"发现大鲸,大声疾呼"的使命,我一次都没有做过。

如果是一个以功利主义为中心的船主,雇用这样只是会思索和发感想的人实在是一个损失,虽然他对捕鲸事业可能会有其他的贡献。

但是,捕鲸船上有很多这样的人,他们在陆上待烦了,或者是受了刺激,或者是想到海上找什么刺激,总之他们上捕鲸船的目的并不是捕鲸,而是因为忧郁或者浪漫的情结。

他们靠在船舷旁，望着翻滚而逝的海水，忧郁地叹息道：

蓝色的海呀
你奔腾而去
我不知道你的心思
只看见无数船只
在你的怀抱里不断驶进驶出
它们划开你的胸膛
可就只一瞬间
你便恢复了平静的自我

真正的水手往往对这种神经质的人感到无聊。他们觉得捕鲸跟思想和情感没有多大的关系，干这一行是得靠真本事的。

现在，一个水手就对着刚才抒情的小伙子说：

“你这自命不凡的猴子，你以为你的诗句能把鲸鱼引来吗？我跟你说，那是做梦。

“我们在这儿巡游了差不多将近三年了，你天天对着海水叫喊，也没有看到你叫出一条鲸来。

“太奇怪了，只要你一来到这儿，一向海里张望，鲸鱼就全都无影无踪了。”

这水手说得很对，原本不远处可能有一大群鲸鱼，但是这个小伙子已经被起起伏伏的海浪和万千的思绪弄得晕头转向了，全然没有了一点识别的能力。他仿佛把脚下的海洋当作了一幅变幻莫测的画面，自己整天迷迷糊糊的像吸了鸦片一样，不知自己身处何方。这画面里有着无数的灵魂，这些灵魂风格各异，有的奇特，有的隐约，有的美丽，全是像鲸鱼一样的东西，把他的思维弄得乱七八糟。

这时候，这青年实际上已经失去知觉，只是仅凭这不断前行的船给自己一点点活力而已。

而船又依靠着什么给自己以活力呢？

海洋。

海洋靠什么呢？

上帝。

如此看来，使这一切焕发生机和活力的源泉，还是上帝。

36. 盟誓

一个早上，刚刚吃完早饭，亚哈船长从船长室的舱门里来到甲板上，这是他雷打不动的老习惯。

这是他的惯常之举，也是捕鲸船里许多船长习惯性做的事情，就如同是乡间的绅士吃完了饭后，一定要在自己的领地里四处转转一样。

他在甲板上来来回回地走着，踱起了步，他的牙腿踩在甲板上，发出“咚咚”的声音。

如果你留意下亚哈船长经常踱步的圈子的话，你会发现甲板上有一圈儿凹进去的地方，那是他的牙腿所做的功劳。

再请你留意一下亚哈船长的脑门儿，你会发现他的脑门儿上也有一圈儿令人惊奇的痕迹,那是什么造成的呢?

让我告诉你吧,那是他思想的脚印。

所有的船员都已经熟悉了亚哈船长在甲板上那有规律的脚步声。

要是那脚步的响动声大了许多,甲板上的印痕也由此深了一些,那是亚哈船长遇到了疑难问题的时候。

亚哈船长在甲板上踱起圈的时候,总是心事重重的,他的每一个举动都似乎是要下很大的决心,可以看得出来,那是在做激烈的思想斗争。

他的每一个动作都是他内心的反映。

船员们早就观察到了这一点,他们知道,亚哈船长思索的事情就要显露出来了。

"你看到了没有,亚哈船长脑子里的小鸡雏已经快把蛋壳啄破了,马上就要破壳而出了。"

斯塔布趴在弗拉斯克耳朵旁小声地说着。

就在斯塔布和弗拉斯克耳语的时候,亚哈船长的思想斗争更强烈了。

他一会儿在甲板上踱着,一会儿又向船长室走去,一会儿又从里面出来。他的脸色变得坚定和严峻起来。一直到太阳西沉,亚哈船长几乎是整整踱了一天。此刻,他立在舷墙边上,一动不动。他把他的牙腿插在镟孔里,站好,与此同时,用一只手抓紧护桅索。

"斯达巴克先生,去把大家都叫到这里来。"

亚哈船长下着命令。

"先生,这是……"

斯达巴克显得有些诧异,不知道有什么紧急情况发生。

"把大家都叫到船尾来。"

亚哈船长又重复了一句他的命令。

接着,他又抬头对着桅顶上的人喊道:

"下来吧,桅顶上的人,都到我这里来吧。"

所有的人都到齐了,都站在亚哈船长的面前。

大家看着亚哈船长的表情都是既惊讶又担心。

亚哈船长的神情异常严峻,好像是一场暴风雨就要到来了一般。

亚哈船长用犀利的眼光扫射着大伙。

看过一遍后,亚哈船长又重新开始散起步来,只是步履沉重得多了。

人群里有人开始嘀咕起来。

斯塔布又在对着弗拉斯克说悄悄话。

"难道他是叫我们来欣赏他的方步吗?"

只过了一小会儿,亚哈船长便突然停了下来。

他面对着大伙儿,高声问道:

"当你们看到一只大鲸的时候,会怎么办?"

"大声喊叫。"

大伙儿齐声回答。

"很好。"

亚哈船长没有想到大家对他的问题回答得竟这么热烈,不禁高声赞许。

"那么,接下来怎么办?"他又问。

"放艇去追。"

大家还是齐声回答。

"大家是怎么想的?"亚哈船长接着问第三问题。

“有它没我！有我没它！”

大家的情绪十分高涨。

亚哈船长显然对大家的回答满意极了，脸色竟然变得有些奇怪地欢快起来了。

大家不明白亚哈船长为什么如此兴奋，因为这只是如同平时背书一样的简单问题。

亚哈船长的脚在那个镟孔里钻个不停，同时，手牢牢地抓着护桅索。

他拿出一枚金币，一枚闪着金光的金币。

他把金币举在空中。

“你们看到这个西班牙金币了吗？它值十六块钱，它将属于你们当中的某个人。”

人群出现一阵骚动。

“斯达巴克先生，请你找一把大锤来。”亚哈船长说道。

就在大副去拿锤的时候，亚哈船长用衣角缓缓地擦拭那金币，嘴里一边念叨着什么。

大锤拿来了，递到了亚哈船长手里。

亚哈船长提着大锤，举着金币，走到主桅前。

“不管是谁，只要他发现一只皱着额头，勾着嘴巴并且右尾上有三个枪口的白鲸，那么这个金币就属于他。”

亚哈船长斩钉截铁地一口气说完。

“万岁！万岁！”

人群中传来一片欢呼声。

亚哈船长在众人的注视下，把那个金币钉在了主桅上。

“要记住，只要你一看到白鲸，就一定要大声叫喊，并且一定要死死地盯着它！”

人群像是一锅滚沸的开水一样开始兴奋起来。

塔斯蒂哥、大个子和魁魁格三个标枪手比其他人更感兴趣。

当亚哈船长提到白鲸的时候，三个人不禁一跳，似乎是触动了他们心中的某根弦。

“亚哈船长，我想那白鲸一定就是莫比·迪克吧？”

塔斯蒂哥大声地说。

亚哈船长听了一怔，随即大声喊叫起来。

“难道你知道那家伙？

“它总要先扇一通尾巴，然后才钻进海水里。”

塔斯蒂哥说着莫比·迪克的特征。

“它喷的水也很不一样，浓极了，而且它游得超快。”

大个子补充道。

“他身上被插着很多鱼枪，全都纠缠在一起，就像……”

魁魁格着急地补充着，而且结巴起来了。

“就如同一把螺丝锥一样，对吧，魁魁格？”

亚哈船长接过了话头。

“对啊，它喷的水就像是一大堆小麦那样大；它喷的水就像是我们剪下的羊毛那样白；它的尾巴扇起来，能像狂风一样能吹翻我们的架子。听呀，朋友们，这就是我所说的莫比·迪克。”

亚哈船长的话里带着赞扬。

斯达巴克一直盯着亚哈船长沉默不语，现在他说话了。

“亚哈船长，你的腿是不是就是它弄的？”

“谁说的？”

亚哈船长大声地叫起来，但立刻就停了下来。

他顿了一下，接着说。

“是呀，你说得没有错，就是那家伙吞了我的腿，使我现在只能穿着这破骨头站在这儿。”

亚哈船长像是一只被射中心房的麋鹿，充满兽性地呜咽起来。

“是那个家伙让我成了一个可怜的独脚水手，我一定要抓住它，即使追到天涯海角，抑或是地狱的火坑，否则我绝不甘心。

“朋友们，我让你们来，是希望你们帮我抓住那家伙，我们一定会扎得它浑身冒黑血，一定要剥了它的黑鳍，你们说如何？”

“对！对！”

船员们齐声附和。

亚哈船长十分激动。

“你们都是勇敢的水手，上帝也会眷顾你们的，茶房，快去拿酒来，让我们共饮一杯吧！”

亚哈船长一扭头，看见了愣在一旁的斯达巴克。

“怎么，斯达巴克，你拉着脸难道是不高兴捉住那白鲸么？”

“我很高兴杀死白鲸为您出气，要是我们能碰见它的话。只是，我们不能只为了它呀，我们是来捕鲸的，不是专门来为您报仇的，仅指望那白鲸的几桶油是赚不了几个钱的。”

斯达巴克面无表情地说。

“你所想到的钱怎么能和我的仇恨相提并论？”

亚哈船长有些气急了。

“他在捶打自己的胸膛啊，看样子，他已经快失去理智了。”

斯塔布小声说。

“为什么非要疯了似的去和一个不通人性的畜生较量，去拼命呢？”

斯达巴克依旧不肯让步。

“听好了，斯达巴克，你所期待的分账实在是没什么，何况还是很小的，那只是谁都能得到的东西，只是身外之物罢了！

“扔掉这些身外之物吧，如果你随我捉杀掉白鲸之后，你便会觉得你实现的价值要比钱多得多呢！

“这样被白鲸压迫着，你难道不觉得喘不过气吗？我可是就像蹲了监狱一样，我受不了凶残的虐待，我要出去，我要把这监狱的墙给拆了。

“我不能忍受任何东西来压迫和欺辱我，即使是太阳，如果它欺辱我，我也要将它打碎。

“世界是公平的，我只是在维持这种公平，我不接受任何人的管制，我只相信真理的存在。

“不要那么呆呆地看我，斯达巴克，你还不如恶毒地瞪着我比较好，看你那涨红的脸，很明显你已经被我的愤怒感染了，这就对了，我真希望我们能站在同一条阵线上，我不会在意你对我说的不好听的话的。

“你再看看我们这些水手，即便他们说不出更多的道理，可是他们热血沸腾，他们都支持我，包括斯塔布在内，你看他笑得多欢乐。

“好了，别再想那些乱七八糟的事了，来吧，斯达巴克，没有什么会让你比消灭白鲸更容易出名了。

“你不说话，说明你已经打起精神来了，我们现在是一条战线，我相信你不会违背我的。”

亚哈船长一口气说了一大通。

“愿上帝眷顾，保佑我们大家吧。”

斯达巴克无奈地嘟囔着。

看到斯达巴克的妥协，亚哈船长心中快活极了。

“把杯子拿来!”

他大声的命令显得十分地快活。

杯子里斟满了酒,被递到亚哈船长的手里。

他又命令标枪手们手握标枪在他的面前站成一排,大副们也拿着鱼枪站在他身旁,其余的人排成一个大圈儿把他们围在里面。

亚哈船长看了一遍之后,把沉甸甸的酒瓶递给一个水手:

“喝吧,喝完就传下去,挨个儿喝!”

水手们按照他的命令依次开始喝酒。

一瓶喝光,亚哈船长又叫:

“茶房,再拿一瓶!”

酒又上来了。

亚哈船长把酒斟满,在空中高举:

“来吧,让我们宣誓吧!”

亚哈船长的目光灼灼逼人地看着三个大副。

三个大副在亚哈船长的逼视下心惊胆战起来。

“我将率领着包括你们在内的所有人向白鲸进击,你们阻挡不了我的!”

亚哈船长心里自豪地想。

“来吧,让我们尽情地喝吧,三个大副呀,给我们三个勇敢的标枪手倒上酒吧。

“来吧,尽情地喝吧,我们发誓吧,好了,我们已经发过誓了,太阳也同意了,明天早上它就会为我们做证。

“让我们把莫比·迪克追击到底,我们必须把它打进地狱,因为我们已经发过誓了,不然的话上帝是要惩罚我们的。”

三个标枪手一边随着亚哈船长咒骂着,一边把杯中的酒喝光。

斯达巴克脸色发白,浑身颤抖个不停。

所有的水手又一次喝了一圈儿。

37. 傍晚的战书

傍晚,亚哈船长独自一人坐在船长室的后窗边。他的双眼注视着后面“裴廓德号”驶过的地方。

亚哈船长望着那道长长的像一大缕的水痕。那水痕,在暮色中闪亮着。

亚哈船长自言自语起来。

“这白色的水迹呀,你是我最忠实的追随者呀,不管我走到哪儿,你就都会哪儿。

“你就是我的航道,在烟雾笼罩的海上,是你引导我还是你追随我?

“看海里的浪花,它们嫉妒我们之间的默契,它们正在向你挑衅,它们要扼杀你,要把你吞没。

“可是我不在乎,因为海浪所淹没的只是我走过了的路。

“我是不会再往回走的。

“看那夕阳下的海浪,红得像酒,它们涌动着,像是要溢出大海的怀抱。

“那轮太阳从中午起就开始疲惫不堪了,它缓缓地下沉,现在回到了它的归宿。

“而我的灵魂正相反,它正逆着下沉的夕阳向上攀去。

“在无止境的攀登中,我的思绪快被消磨尽了,我甚至看不到那思想的光芒了,我感到无力。

“燥热随着太阳的西沉也消失了,随之平静的还有我的头脑。

“这是一个结束的时刻,日复一日,当太阳出来,灼热的空气流淌过了我的额头,刺激得我不注地思考。

“只有太阳下山后,我才会安定下来。

“再见了这奇妙的东西,我因为你们的美丽和神秘痛苦地思索了一整天,现在我们该告别了。

(亚哈船长向身后的天空挥挥手,离开了窗口)

“世间万事中,只要你付出代价,什么困难都是可以克服的。

“我像一根火柴,去点燃我的目标。哪怕它是火药,我也不怕。

“即使是牺牲自己,我也想要照亮什么,我不害怕。

“我有这个决心。

“斯达巴克他们一定觉着我神经不正常了,他们会觉着我是恶魔,会带着他们走向绝路。

“他们甚至预言我会被断掉四肢。

“虽然我已经失去了一条腿,可是我不会再失去剩下的肢体,非但如此,我还要用它们去割断那些断言我会失去其他肢体的家伙的肢体。

“因为我有奋斗的勇气,但愿我的预言能够实现。

“我绝不会像一个小学生求一个势大力足的歹人一样,向强大的敌人求饶。

“我绝不会对歹人说,‘你应该和实力相当的对手开战,而不能欺凌我呀’。

“虽然我被打倒,但是我要爬起来接着继续打。

“可是那势大力足的家伙却躲了起来。

“快出来,你这家伙,我向你致意,让我们接着打吧。

“现在该我向你说明,你是逃不脱的,除非你自己把自己解决了。

“只要你存在,我就会毫不犹豫地向你进攻,我已经做好了一切准备。

“我会越过峡谷,穿过山林,趟过瀑布,向你攻击。

“等着我吧,你这家伙!”

38. 斯达巴克的独白

(大副斯达巴克靠在主桅上,思索着什么)

“我的灵魂本来就是强大的,没有什么可以畏惧的。

“但现在的它却是可悲的,因为它不可改变地被一个疯子给掌握了。

“对于一个健全的人来讲,这是一个多么令人沮丧的事情呀,就像是他失去了自己。

“这痛苦已经深入我的内心,把我一切理智的东西都搅了个乱七八糟。

“我想不管我是否愿意,我都必须帮助那疯子达到他的目的,因为我们已经是一条船上的了。

“我们是命中注定了的,我们无法分开。

“可是又是什么东西支配着这疯子呢?

“我清清楚楚地看到他的眼睛里闪现出阴森森的光,那光会把我吓坏的。

“我被这阴森震慑住了,又要服从命令,却又想着不能听他的,这两种背道而驰的想法使我备受折磨。

“我觉得自己已经被这股邪气给镇住了，我的心已经疲惫无力了。

（一阵欢呼声从船头的楼里传来）

“看来这次航行将是一次不祥的经历，这群没有人样的异教徒不知道会把船带向何方。

“他们在毫无教养地吵闹，在幻想着捉到白鲸后获得的西班牙金币，他们根本不知道，亚哈船长只是把那枚金币当成一个诱饵而已。

“可是，船艄却沉静异常，因为亚哈船长在那里。

“兴奋异常的船头引着‘裴廓德号’向大海里猛冲，而他们的船长却把自己阴郁地关在船艄。

“狂乱的人们啊，不要丧失了自己的理智，即使生命受到了威胁你们还不安静吗？

“我不害怕，只是我为我们的生命担忧。”

39. 斯塔布的独白

（第一个夜班的时候，斯塔布一个人接着一根转帆索。他一边用于接着，一边“哈”“哼”“哈”“哼”地清理着自己的嗓子，一边想着）

“我早就把这事看开了，最后的结果也不过就像是清了嗓子一样，因为所有古怪的事情可能都是这样的。

“不管发生什么样的事情，这是最聪明机智和最简洁的回答。

“将会有一种安慰，对无论怎样的结果都有作用的安慰，在最后来到我们这儿。

“虽然我不知道亚哈船长和斯达巴克说些什么，但我却看见斯达巴克的脸色已经变了。

“我看得出亚哈船长一定已经驯服了斯达巴克。

“不管将来会怎么样，我都将会笑着面对一切。

“我这个可怜的躯体，无论谁想要，我都毫不犹豫地奉送给他。

“虽然有些害怕，可还是让我笑着面对一切吧。”

（斯塔布高歌了起来）

让我们痛快地畅饮吧
在放纵之中去寻找欢乐
生命就如同是啤酒杯边的泡沫
当你的嘴凑上去时它就破灭了

40. 甲板上的大合唱

（在午夜时分，“裴廓德号”张满前帆，正向前驶去。值夜的水手们聚集在甲板上，有的站着，有的坐着，有的躺着，千姿百态。大家充满情绪地放声高歌）

再见了，我美丽的西班牙女郎
再见了，我美丽的西班牙女郎
我们的船长下达了命令

我们要去追杀那可恶的白鲸
我们的船长下达了命令
我们要去追杀那可恶的白鲸

南塔开特水手之一：
“兄弟们，不能再多愁善感了，这会影响我们的消化的，还是让这些伤心的事成为过去吧，跟我来唱一曲开心的歌吧，来吧。”
（他领头唱了起来，别人也跟着唱了起来）

我们的船长站在甲板上
用望远镜观望大海寻找希望
成群的大鲸在大海里到处喷水
我们摩拳擦掌
让我们到艇里去吧
让我们准备好绳子和刀枪
让我们勇敢地追击上去
把大鲸拖到我们的船旁
使劲拉呀使劲拉
用完左手再用右手
让我们高高兴兴地打道回府
勇敢的标枪手总会受到赞赏

从后甲板传来斯达巴克的声音：
“12 点了，前面的人，换班。”
南塔开特水手之二：
“不要唱了，难道你们没有听见现在换班了吗？
“比普，你这小黑炭，快点来换班。
“右舷的，下边的，都滚上来吧，有人换你们了。瞧我这嗓门儿，有多洪亮，像盛鲸油的大桶，好像是专为喊你们换班准备的。”
荷兰水手：
“今晚的夜色是多美好，在亚哈船长的酒宴上我就已经看出来了这是给好梦准备的。
“瞧，他们这不已经是烂醉如泥，正躺在后面做起了美梦，就像是一只舱底的大桶。
“快把他们喊醒，让他们来和我们一起唱，不要让他们再在梦里和他们的女人缠绵。
“大审判的日子就在眼下，快让他们出来，即便他们在梦中行了最后一吻，也是要接受审判的。
“快出来，快来唱，不要担心你唱不来，我们阿姆斯特丹的黄油并没让你把嗓子吃哑了。”
法国水手：
“对呀，让我们来跳一曲吧，让我们手脚都动起来吧，比普，你这家伙，快打起手鼓来呀！”
比普：
（睡意朦胧）
“我的手鼓不知道放到哪儿去了。”
法国水手：
“那就敲起你的肚皮来当手鼓，敲起来吧，把你的耳朵也甩动起来给我们伴奏呀！

"跳起来吧,朋友,让我们排成一行,欢快地跳起小步舞来吧。"

冰岛水手:

"这舞幅度太大了,我可跳不惯你们这种舞,我可不是扫你们的兴,都知道,这是一支要在冰舞池里跳的舞。"

马尔他水手:

"我也不会跳的,因为我可不会自己握着自己的手跳舞,傻瓜才会那么做,而我只跟姑娘跳舞。"

西西里水手:

"对,要有姑娘,要有草坪,那样才行,那样我才会和你们一起跳舞。"

长岛水手:

"怪不得你们这么愁眉苦脸呢,你们这群苛刻的家伙,因为你们总是不知足,我们却是知足常乐。听,音乐已经响了,来吧,开始。"

亚速岛水手:

(他敲着小手鼓从小舱口儿爬上来)

"比普,给你小鼓,快准备好,我们开始了。"

(比普的小鼓敲起来的时候有一半人跟这节奏跳了起来,其他人有的下到舱里去了,还有的在甲板上随便躺着,有的睡着了,有的在叫骂个不停)

亚速岛水手:

(边说边跳)

"我说比普,你用力敲啊,千万别泄劲呀,敲得再大声些。"

比普:

"不行了,我的手艺全忘了,只好这样随意敲了。"

中国水手:

"比普,你可不要停下来,坚持啊。"

法国水手:

"这太痛快了,比普,把你手中的铁箍举起来,让我跳着钻过去,不好了,三角帆被扯破了,大家快点儿跑吧。"

塔斯蒂哥:

"只有白种人才会这么玩,我可不会这样,我还是省些力气吧。"

长岛水手:

"这些不知忧愁、快活无比的小伙子呀,你们可知道现在在哪呀,这是甲板吗?你们还没感觉到这是你们将来的坟墓呀!

"你们把整个世界都当成一个舞厅,你们生来就是享受快活的。那你们就跳吧,我撑不住了,我已经老了。"

南塔开特水手之三:

"让我们歇一歇吧,太累了,简直比划着小艇追击大鲸还要累呢!停下来,让我抽一口烟吧。"

(所有的人都停了下来聚在了一起。此刻,天空中突然飘来了乌云,天顿时黑了下来,而且起风了)

东印度水手:

"真的呀,朋友,帆都要被刮下来了,这风从天上的恒河来,恒河发大洪了。

"怎么回事啊,我们并没有得罪你呀,我的印度神呀!"

马尔他水手:

(他正躺在甲板的一角,抖着他的帽子)

“我这帽子怎么了,怎么着了魔似的一个劲地要往海浪里跑呀。

“可惜海浪不是女人,如果是的话,我就跳下去,永远和她们在一起。

“我发誓,陆地和天堂都比不上那里更让人销魂。

“跳起来吧,我分明看到了那温暖多情的胸膛,她们不断地出现在我眼前,就像已经熟透了的,等待着我们去采摘的葡萄。”

西西里水手:

“别再说这些了,小伙子,我们现在看不到这些的,晃动的大腿,柔软的四肢,羞涩的嘴唇、胸脯和屁股,现在我们都见不到这些在我们面前抖动个不停的东西了。”

塔希提水手:

(躺在一张席子上)

“我想起了我们的希拉舞和赤裸着的神圣的舞女,想起了我的低低的帐篷还有松软的土地,想起了我亲手编织的席子。

“现在其他的一切都不再有了,包括从山峰上奔涌下来的流水,现在只有席子在我的身下。”

葡萄牙水手:

“看海浪把船冲得多厉害,快把帆收起来吧,伙计们,看那风简直像剑一样锋利啊!”

丹麦水手:

“我可不怕它,只要它有力气,随便它怎么去折腾吧,看那边的大副,正在和风打仗呢!”

南塔开特水手之四:

“大副只是听从亚哈船长的命令把风挡住而已。”

英国水手:

“我们命中注定就是要帮助船长把白鲸捉住。”

大家:

“是的,没有错!”

长岛水手:

“看那三根桅杆,晃得多么厉害呀!可这还是最有韧性的松木呢。小心啊,小伙子们,小心这风呀,别让它把你们刮到海里去,别让它把我们的龙骨毁了。看呀,天空现在漆黑一片哪!”

大个儿:

“黑有什么好怕的?难道我是那么可怕吗?”

西班牙水手:

“大个儿这样说是在吓唬我们呀,标枪手呀,你们黑人在所有的人种里是最黑最吓人的吧?”

大个儿:

“胡说八道!”

圣地亚哥水手:

“这个西班牙人要么是喝多了,要么就是疯了。”

南塔开特水手之五:

“啊呀,闪电,我看见的是闪电,没错,就是闪电。”

西班牙水手:

“那不是闪电,那是大个儿在龇牙!”

大个儿:

（跳起来）

“闭起你的臭嘴，你这个臭矮子，你这个白鬼，你这个胆小鬼！”

西班牙水手：

（冲着大个儿，气势十足）

“我宰了你这个胆小的大个子。”

大家：

“打架喽！打架喽！”

塔斯蒂哥：

“看样子神和人一样都是好斗的家伙，天上在打架，你们也打架。”

布勒法斯特水手：

“吵架了，又吵架了，我的上帝，你们吵吧！”

英国水手：

“让西班牙人把手中的刀放开，让他们空拳对空拳，这样才是公正的。”

长岛水手：

“真是要角斗了呀，看看，架势都摆好了。打吧，痛快地干一架吧，可是你们能否告诉我，上帝允许你们这样做吗？”

后甲板传来了大副的声音：

“帆下的人，拉住上帆，准备收起中帆。”

大家：

“伙计们，动作麻利些，狂风来了！”

（原本聚在一起的水手现在都散开了）

比普：

（他在绞车下瑟瑟发抖缩成一团）

“末日到了，天啊，上帝呀，帮帮这些又惊慌又害怕的可怜的水手吧！

“三角帆被风刮飞了，顶帆也被吹得飞起来了，快去把它们固定住，但眼下谁敢爬到桅杆上去呀？

“看这风和浪，多么糟糕呀！

“但是，这明显还不是最令人恐惧的，最令人害怕的我们还没有见到，那就是白鲸呀！

“今晚上他们说的话我都听见了，我心里明白，这一切都是因为白鲸，因为亚哈船长要去捉白鲸的缘故。

“我像我的小鼓一样地抖着，我害怕极了。

“那不知藏在哪里的白鲸，我的神呀，可怜可怜我比普吧，可怜可怜我这个微不足道的黑小子吧，我可不是故意跟他们结成一起和你作对的呀！”

41. 白鲸莫比·迪克

我——以实玛利在和亚哈船长一起高声叫喊，一起发誓。

我情绪高昂，喊得非常响亮，如同亚哈船长把金币钉牢在桅杆上一样，我把誓言紧紧地放在心底。

在那一刻，我的大脑中涌出强烈的复仇意识，这意识来自于对亚哈船长不幸的同情，来自于由此对白鲸产生的仇恨。

我的大脑中已充满了关于莫比·迪克的故事,充满了它的凶残、狡诈和不可战胜。

对于捕鲸人而言,这是一种耻辱。

这种誓言一定会从每个捕鲸人的心底发出。

然而,我叫得越响亮,其实我的灵魂就越害怕。

其实,也并不是所有的人都知道白鲸莫比·迪克。

那白鲸一直过着一种离群索居的生活,所以对于以鲸群为主要猎捕对象的捕鲸船来讲,很少能遇到它。

不仅没有多少人见到过,而且许多捕鲸船也没有听说过。

因为所有的捕鲸船都是各自为战的,虽然有很多捕鲸船,可是散布在世界各大洋的渔场里,有的甚至专门到偏僻的地方去冒险,因此这些捕鲸船碰到自己同行的机会不多,有时甚至在为时一年多的行程里也碰不到几只,这样消息自然流通得慢。

只有少数见过它的船才能看到它的风采并感叹它的存在,只有极少数见过它并打过它的船才真正了解它的厉害,并由此而产生身体上的痛苦和思想上的仇恨。

即使从前听说过白鲸,但是他们也不知道它的厉害,所以才尝到了苦头。

他们就像平常一样地放下小艇去追赶,一点也不害怕,如同追击一只再平常不过的鲸。

但是结果呢?他们无一例外地都遭到了打击,有的甚至是致命的打击,这时他们才感到了莫比·迪克的恐怖。

与白鲸战斗,肯定是没有取得胜利的。否则我们就没有这么多关于白鲸的种种传说了。

现在,只要哪只船在追捕中遇到了致命的麻烦,而又不知道对象是谁的时候,总是推断为白鲸所为,于是,莫比·迪克欠下的血债越滚越多。

其中很多事对于莫比·迪克而言太冤枉了。

谁让它充当鲸界的领袖,充当最强大最凶恶的鲸的化身呢?

在人们的传说中,白鲸的恐怖比它本身具有的程度更高,因为它已经被神化了。

于是捕鲸船把几乎所有的仇恨的矛头都指向它,谁让它是领袖呢?做领袖就要付出比做一般人多得多的代价,这适用于一切规律。

从这个意义上讲,莫比·迪克已经被神化了,一个令企图征服自己的种族的人所畏惧万分的神。

捕鲸者对莫比·迪克的恐惧不是因为莫比·迪克的残暴,而是基于对整体抹香鲸家族的一种骨子里的畏缩心理。

很久之前人们就有了这样的心理。

很久以前,就有不少的鲸类学家指出:

抹香鲸是所有的海洋动物里面最凶残的一种,是最令其他海兽感到害怕的一种。

他们甚至说:

抹香鲸是喝人血的鲸!

可见,抹香鲸在海里的可怕形象是早就被确立的,不是始于莫比·迪克,莫比·迪克只是将它推到了顶峰。

这种看法的产生,很大程度上是由于:

在抹香鲸面前,由于捕鲸条件的落后,人们占不到多大的优势。

这也是抹香鲸成为人类开始追捕的最后一个鲸种的原因。

随着捕鲸技术的发展和装备的提高,人们对抹香鲸的恐惧渐渐减弱了,美国人开始把抹香鲸作为了自己捕鲸的第一目标。

可是它造成的心理阴影还在,不是有句俗话叫作"虎倒威在"么?更何况抹香鲸现在风头正盛呢?

因此至今有一些捕鲸者,他们不愿意去与抹香鲸搏斗,而宁愿去捕杀格陵兰鲸,虽然它的价值比抹香鲸差很多。

虽然他们知道,一只抹香鲸抵得上几只格陵兰鲸或露脊鲸!

诱惑归诱惑,命是占第一位的。

到现在为止,除了美国人的船外,很多其他国的捕鲸船都没遇到过抹香鲸。

甚至,人们在好奇心的驱使下听关于大抹香鲸的传奇故事时,还有一种惊惧的心情。

对啊,有哪一种捕鲸的生活像南海的捕鲸生活这样,如火如荼地上演着呢?

敢于面对大抹香鲸的人,一定不是那种随随便便的捕鲸者,只有捕鲸者中的王者,才有足够的胆量、技术和勇气,来面对鲸类中的王者。

不然的话,即使你不惜一切,其结果也只会是再多一个悲剧,仅此而已。

可是,猎捕大抹香鲸,尤其是猎捕莫比・迪克,是捕鲸船的最高荣誉,这也是一些捕鲸船在遇到莫比・迪克的时候,也不看看自己的能力,就鲁莽冲上去送死的原因所在。

莫比・迪克生活在广阔无边的大海中,充满了神秘色彩。

既然是充满神秘和迷信的色彩,这说明在它的身上还存有许多未解之谜,这些秘密在追捕的人看来,都是难以理解的。

隐身的秘密,让人们大为不解。

什么是它的隐身法呢?

捕鲸人经常看到这种情况:

大鲸在被扎中了之后,总是快速地潜到海的深处去了,你等了很久后,它不是不再出现了,就是在你可望而不可即的地方大张旗鼓地浮出海面了。

大鲸的这种令捕鲸者又气恼又无奈的本领就是我们所说的"隐身法"。

这是大鲸逃脱捕鲸者的一个最普遍也是最有效的办法。

虽然它的身上插满了枪头,尽管它被射得血流海面,可它还是全身而退地游走了。

等它在几百海里外浮出海面的时候,它依旧是老样子,丝毫看不出刚刚受过攻击并负伤了的样子。

斯柯比有一个记载,说在太平洋的极北地区捕到的鲸会发现一些鱼钩,而这些鱼钩是在格陵兰海就已经被插上了。

由此可以肯定,这些鲸在从大西洋到北太平洋的迁移中,早就开始使用沿着北美北岸的航线了。

而人类发现这条航线是 19 世纪中叶的事情了。

这从另一个角度证明了这大鲸的神奇。

其实,先不说这些传说了,就单从莫比・迪克的外表来看,就已经很够一个王者的派头了。

它不仅有非凡的体魄,而且还有不寻常的体征。

就说它有着一个异常雪白的前额这一点,就足以奠定它在鲸界不同凡响的地位。

它的前额布满褶皱,深浅不一地凝结在一起。

它的背峰高高地耸起,同样是雪白无比,既像一座金字塔,又像是一座雪山。

它的身体的其他部分,同样布满这些条纹和斑点,还有大理石纹,让人强调的是:它身上所有的一切,都和它得到的称谓是相一致的。

每当正午来临,莫比・迪克就会缓缓地穿过深蓝色的海洋,在它的身后,留下的是一条银河一样的泡沫的痕迹,在阳光的照耀下,泛着生动的光芒。

这时候,你会长时间地张大嘴巴注视这将你征服的景象,然后说:"看,莫比・迪克!"

凭着这些卓越的优点,它确立了自己在海洋鲸类中出类拔萃的高大形象。

当然，莫比·迪克使人望而生畏的威力的最重要的地方，并不是它的外表。而是来自于它的一切内在的本领和品质。来自于它在作战时所表现出的机智、狡诈、阴险和无往不胜的气魄。

每一个被莫比·迪克打败的人就会深深地理解这一切。

它会在兴高采烈的追捕者面前游来游去，藏起它的警觉，有时还会故意地翻几个身，让你以为这大鲸已经是穷途末路了。

即便是它的身上插有枪头，它也是如此，因为那对它来讲，实在是算不得什么。

就在你觉着这大鲸已经快成为自己的囊中之物时，它就将对你进行报复了。

它扑上来，或者从海底冲上来，就一下，你的小艇就会变成碎片。

要是你对它不是得罪得很深的话，你还有机会在惊慌之中逃回大船去，否则，它会让你离开这个世界，不管你情愿不情愿。

现在已经发生了好几起因为追击莫比·迪克而引发的惨案了。

这几起惨案在捕鲸者中广泛流传开来，可是仍旧有人不以为怪，他们把这些人的死伤归结于神对捕鲸者的加害，并不认为完全是白鲸造成的。

所有这些，都是因为他们没有亲身经历过那场面，要是让他们亲临现场，看一看那些在险境之中挣扎着，在小艇的碎片儿和伙伴的肢体中挣扎着的水手们，看一看他们惊慌失措又无可奈何的表情，他们肯定会明白这一切的根本所在。

现在就有一个船长在和莫比·迪克苦斗。

他周围的三只小艇已经被冲破了，碎片儿和桨在周围漂荡着。

他从自己被毁坏的船头胡乱地拿起一把刀来，向着大鲸猛地投过去。

他想以此结束大鲸的生命。

可这是件多么愚蠢的事呀！

就在这时候，莫比·迪克从他的下面伸出头来，挥起它镰刀一样的下腭，就像是一把锋利的刀在割草一样，轻而易举地把那船长的腿给割掉了。

这是白鲸所不常使用的毒辣的手段之一。

船长可怜地失去了一条腿。

然而，这船长并没有因此颓废，而是把对白鲸的仇恨演变成了一种狂热的信仰。

他被自己消灭白鲸的执念迷住了，他的头脑里充满了几乎是病态般的疯狂的报复念头。

在他看来，莫比·迪克不仅仅是他肉体上的敌人，更是他精神上的敌人，他的全部，现在只是靠消灭莫比·迪克的信念支撑着。

他把莫比·迪克看成恶魔的化身，他把自己对世间的一切憎恶都集中在它的身上。

船长认为，它代表者正义良心和真理与邪恶的势力作斗争，要同这个白色的恶魔斗争到底。

他不在乎是遍体鳞伤还是最后命丧海洋。

这苦苦寻求着决战的痛苦折磨得船长死去活来。

在他看来，自己的余生都是用来为这场决战准备的。

这就是船长——亚哈。

亚哈船长在刚失去腿的时候并没有产生与莫比·迪克斗争到底的想法，更不会像走火入魔一样。

莫比·迪克对他的打击是突然的，他从没想过，就在刚刚失去的时候，他在精神上还没感到多大的痛苦，只是气愤和苦恼而已。

因为意外的事故，他们不得不立即返回。

在绕着巴达哥尼亚角的时候，那正是一个冬天，洋面上一片萧条的景象。

亚哈船长躺在吊铺上，心情非常的糟糕。

就是在这时候，他残缺的躯体和伤残的灵魂开始对起话来。

躯体和灵魂的痛苦在相互地交流着，这样一来，加剧了亚哈船长的痛苦，以至于到了他几乎不能承受的地步了。

他狂叫着大闹起来，以至于他的大副不得不把他绑起来。

他被绑了很久一段时间，从寒冷的海域到热带海域，直到进入了温度适宜的海域，他才恢复意识。

也就是在那个被绑着穿越冰冷的海洋的时候，亚哈船长的意志，对莫比·迪克的仇恨和报复的意志，变得不可更改了。

亚哈船长的反应开始平静的时候，捕鲸船已经驶进了温和的海域。

他的大副为他松了绑。

他从始终是黑漆漆的舱里出来，走进阳光里。

他苍白的脸上依然透着一股坚定的力量。

他镇定自若地开始发号施令了。

船上的所有人都松了一口气，以为他们的亚哈船长真的就此痊愈了。

他们不知道，他们的船长将自己狂乱的内心隐藏起来，他们看到的只是亚哈船长的外表而已。

自此，亚哈船长疯狂的内心一天也没有安静下来过。

这时，他的疯狂的心态早已演变成了一个集疯狂、力量和手段于一体的恶魔，占据着他的思想，让他一刻也不能安宁下来。

这恶魔摧毁了亚哈船长心中一切与复仇心理不符的意念，控制了他。

如今的亚哈船长，并没有失去他的外在力量，虽然他失去了一条腿，但这并不影响他的整体的强大力量。

原有的强大加上狂魔的役使，亚哈船长似乎成了一个神一样的存在。

他拥有了任何人所不能拥有的力量。这力量不可撼动。

他把唯一的目标指向莫比·迪克。

这是亚哈船长不可更改的信念——寻找莫比·迪克并与之决一死战。

所有的一切，都是以此为中心发展的。

当然，对于亚哈船长来讲，要把计划付诸于实践，很多必要的手段是不可缺少的，对这亚哈船长的心里一定很清醒。

这手段将保证他依靠他的船上所有人的力量，形成一个坚强有力的整体，共同实现他的愿望。

亚哈船长明白这一点，并且为了这一个目的他早早地就开始做准备了。

很早以前，他就开始把自己真实的想法隐藏起来了，他开始沉默寡言，至今如此。

这伪装使他获得了第一步成功，没有人发现他的疯狂动机，甚至没有人怀疑他，他们对他的阴郁表示同情，反而更放心了。

他们认为，亚哈船长是捕鲸船的最佳人选，他的经验和智慧都足够丰富，并且对鲸有足够的仇恨。

因此，亚哈船长就这样带着一群还不知道他的真实动机的水手们，登上了“裴廓德号”，开始了自己航遍大洋、报仇雪恨的历程。

对于捕鲸来说，现在的“裴廓德号”的组合十分完美。

让我们来看一下它的阵容：

即便满头白发，但是不畏鬼神甚至自己就是一个神，并且充满力量和智慧的亚哈船长；

诚实而有独立指挥能力的大副斯达巴克;

大无畏而且乐观的斯塔布;

厚道忠实的弗拉斯克;

魁魁格、塔斯蒂哥和大个子——有史以来最优秀的标枪手;

水手队伍——一群异教徒、光棍、亡命徒。

上面这个群体,似乎就是专门为亚哈船长实施复仇计划而准备的。

我敢说,世界上只有这个捕鲸船上的群体能够向莫比·迪克挑战。

真是天助亚哈!

而且,亚哈船长似乎就是神的化身,他以自己心中的魔障使这些人同样中了魔症,让这些人拥有同样的仇恨,虽然有些船员和莫比·迪克无冤无仇甚至没有见过,虽然有的船员从传说中对莫比·迪克十分恐惧。

这对于亚哈船长来说,是迄今为止最有成就的一件事。

一切都按照船长的计划有条不紊地进行,就等着发现莫比·迪克了。

42. 恐怖的白色

在亚哈船长对白鲸的所有感觉里,仇恨是压倒一切的,我们对此都很清楚。

而对于其他的水手而言,对白鲸的感觉是很复杂的,除去表面的一些因素之外,每个人的心里都有着一种难以言状的恐怖。

没有人能够说得清楚这种时刻笼罩着的恐惧是从何处来的。

虽然说这样做是很难的,但是我试着把这种恐怖的心理描述一下。

闭上眼睛,想一想莫比·迪克的什么东西最让你畏惧。

是它的白色。

在白色没有和莫比·迪克联系起来以前,它确实是很优美很让人赞叹的一种颜色。

白色的大理石,白色的山茶花,白色的珍珠,这些都是多么令人心旷神怡呀!

白色这种颜色在许多国家里是神圣不可亵渎的颜色,是人们在精神上供奉的凛然不可侵犯的神明。

古代的庇古国要推举白象为他们至高无上的王权象征。

12 世纪德国的哈诺佛公国在自己的国旗上印有雪白的战马。

恺撒王朝的继承人把这颜色规定为王室的颜色。

表明自古至今人们对白色喜爱的例子不胜枚举。

白色令人充满愉悦,罗马人认为汉白玉的大理石象征着欢乐的日子。

白色满含高贵和纯洁,它是新娘的标志。

白色代表尊严,是神圣不可侵犯的法律和王权的所在。

白色拥有智慧,是思想和才能的体现。

至高无上的王权,掌控精神的神明,纯洁美丽的新娘,这些在人世间最让人敬仰和喜爱的东西,每一个都和白色联系在了一起。

事情到了一定的程度,它的正的一面总是会演变产生反的作用。

这大概就是所谓的物极必反吧。

一些对白色的不良后果产生于那种对白色的盲目崇拜。

比如我们要用白绸将一个死去的人包裹起来,还要把他放进用白色大理石建成的墓穴之中去。

白色的另一面就显示出来了,悲伤、恐怖和厌恶,白色也常与幽灵和鬼魂混为一谈。

就这样,白色在人们心中产生了阴影。

在人们看到白色的时候,尊敬和疑虑并存。

于是,一切真实的和不真实的忧虑、恐惧,都被罩上了白色的外衣。

大家试着想象一下,在任何一个传说中,鬼神的出现,几乎每次都固定地和白色相联系。

由此,白色演变成了庄严又恐怖,欢乐却又忧郁,纯洁却又令人厌恶的颜色。

由此,也有的东西借助于白色而让人们触目惊心。

雪白的北极熊和雪白的鲨鱼就是两例。

不用说它们本身对人的危险程度如何,单单就二者给人的感官印象来看,就已经让人觉着既恐怖又厌恶了。

所有在海上的人都忌讳看到它们,都会像躲避瘟神一样躲避它们。

但是,这里所说的只是简单的环境中的白色对人的不良影响,可更重要的是白色对人精神上的影响。

就是这一点,决定了莫比・迪克在水手们的精神上产生的巨大作用。

于是在水手们的眼里,许多白色变成了让他们恐怖和畏缩的象征。

一只历经长时间漂泊之后的船马上就要靠近他乡的港口,在夜里你被喊起来去甲板上当瞭望者,以免大船和礁石相撞。

在这孤寂的夜里,你站在甲板上向乳白色的大海望去,海浪在你的四周跳跃个不停,就如同无数只白熊包围着你。

此刻你的头脑会觉着一下子紧张起来,你会觉着那简直是无数个白色的幽灵在勾引着你的灵魂,这时,礁石的危险跟它相比不值一提。

在你看到无尽的积雪的时候,你会想如果自己在这白色世界迷失的话,会发生怎么样的事情。

你会为自己有可能遇到的危险而感到万分恐怖。

可是,这样的以白色为背景的景象有许多,于是我们的神经变得很脆弱。

我们可能永远弄不明白白色对人类产生的魔力,这就像一个谜一样,只会预示和检验凶兆。

我们猜不透它,但它的威慑无处不在。

它们看似毫无分量,实则沉重地压在我们心里,使我们因为它们的存在而备受压力。

我们远离他们,迫不得已的时候我们会屈服。

白鲸就是这白色中的最杰出的代表。

43. 底舱有人

这个夜晚,夜色美好,月光皎洁,波光粼粼的海面像一面镜子。

正是值夜班的时候,水手们在甲板上站成一排,从中甲板装淡水用的大桶一直排到船尾喝水的地方。

他们传递着一只水桶,水桶里装着淡水,他们通过传递水桶的方式来把大淡水桶里的淡水运到喝水处去。

大家传着水桶,谁也不发言,脚下一动也不动。

甲板上没有人说话,气氛安详又宁静。

只有桅和帆有时发出响声,还有船的龙骨。

此刻,靠近舱口的一个叫阿基的水手悄悄地对身旁一个叫阿波的水手说:

“你听到舱里发出的声音没有? 阿波。”

“快接住桶吧,别再怀疑了。”

阿波打断他的话。

“哎,又有了,好像是从舱口的下面传来的,有一阵咳嗽声。”

阿基仍然竖着耳朵。

“咳嗽个鬼吧,去把那空桶拿过来。”

阿波还是不相信。

“又响起来了,还是在那儿,好像有人在睡梦中翻着身,肯定就是那响动。”

阿基十分惊讶的样子。

“别胡扯了,恐怕是你昨晚吃的面包在肚子里翻滚的声音吧?”

阿波揶揄道。

“随你怎样想,反正我相信我的耳朵。”

阿基对自己的话坚信不疑。

“好吧,那你就相信吧,反正你的耳朵有问题,还记得在离开了南塔开特五十海里的时候,你说你还能听见魁克他老婆的缝衣车发出的声响呢!”

阿波仍然不认真。

阿基不再理会他。

“我不和你争论,事情早晚都会清楚的。”

停了一下,阿基又说。

“或许,那里面还藏着什么人吧? 我们都不知道的某个人。难怪早上我听斯塔布对弗拉斯克说要出什么大事情了,一定是亚哈船长在弄什么。”

阿波有些不耐烦了。

“去一边吧,你这信口雌黄的家伙,快点把桶递过去。”

44. 运筹帷幄

在亚哈船长领着所有的水手发过誓后的那天晚上,他回到了自己的舱里。

此刻,海上起风了,水手们正在甲板上庆祝。

亚哈船长能听得到他们的叫喊声,紧接着,比普敲起了小鼓。

亚哈船长很满意于自己的鼓动和引导。

他走到一只柜子前,拿出一大卷已经泛黄的航海图来,把它们放在桌子上。

那些航海图皱拉吧唧的。

亚哈船长挨着桌子坐下去,开始聚精会神地研究起那卷图来。

他一边看着,一边想着,还不时地在图上做着标记。

桌子上放的是他驶遍世界各大洋所留下的航海日记。

他就这样做着他的功课,眼里只剩下航海图。

吊在他头顶的蜡锡灯在不停地晃动。

昏暗的灯光照在他满是皱纹的额头上,那些皱纹就像是画在他的额头上的航线似的。

亚哈船长的固有功课就是把自己关在舱里，每天研究他的航海图。

他必须做好一切准备，这样才能找到他的对头。

对一个根本就不了解大海兽的人来讲，如果你让他在广阔的大海中去发现一只鲸的踪迹，那简直比让他登天还难。

但是对亚哈船长，对于这个在海洋之中摸爬滚打了将近一辈子并以捕鲸为生的船长而言，他就可以凭借一切方法来找到他的对手。

他可以根据海潮的情况，抹香鲸的食料的漂流情况，来推断抹香鲸在什么时间该出现在什么位置。

对一个有经验的捕鲸好手来说，他对抹香鲸的活动规律一清二楚。

所以捕鲸人根据经验，在世界的各大洋里找到了捕获抹香鲸的渔场，并且绘制了抹香鲸的迁徙路线图和时间表。

根据这样的规律，捕鲸船才能做出有经验的部署。

这里说一下抹香鲸的一个令人咂舌的本领。

抹香鲸在从一个食料场迁移到另一个食料场的时候，它的游行距离可能非常之远，有时甚至要跨洋。但是，它的行进路线像尺子标过一样的直。

在长达几千海里的迁徙之中，它的航道只有几海里宽，航道精确到这种程度，实在是惊人。

也许它靠的是本能吧，因为我们到现在也搞不清抹香鲸是靠了一种什么样的导航系统。

这样，几海里宽度的航道给捕鲸船提供了机会，因为在捕鲸船上的瞭望者看来，几海里的海域完全在他的瞭望范围之内。

因为抹香鲸的喷水使它自己暴露自己的可视范围大大地扩大了。

就是基于上述的原因，亚哈船长有了很大把握，不仅如此，由于他科学地安排了自己行进的路线，所以使得他的船即使是在穿越渔场时都有可能与莫比·迪克相遇。

亚哈船长设计的追捕方案和路线虽说都是可行的，可是就一件事情的固有规律来讲，却又是必然的。

就拿莫比·迪克来说，它有着自己固有的雷打不动的行动规律，就像是太阳在恒久不变地运行一样。

太阳每年都会在南北回归线附近逗留一阵，对于莫比·迪克来说，它有着和太阳惊人的相似之处，只不过它逗留的地方不是南北回归线附近，而是赤道线，时间是夏至前后。

这就是捕捉莫比·迪克的特定的时间和地点。

莫比·迪克连续几年都在这个时间这个地点逗留了一段时间，这一点亚哈船长早已烂熟于心了。

按照亚哈船长收集的情况，所有被莫比·迪克造成的惨案，千篇一律，包括亚哈船长自己在内。

那是莫比·迪克引以骄傲的地方，也是它不可侵犯的领地。

那就是亚哈船长遭受耻辱的地方。

亚哈船长和莫比·迪克最终的决战地也是在那里。

不是埋葬莫比·迪克，就是埋葬亚哈船长，就在那个地方，已经是铁定的事了。

当亚哈船长率领着“裴廓德号”离开南塔开特的时候，按照亚哈船长的计算，正应该是莫比·迪克出现在赤道渔场的时节。

可惜的是，“裴廓德号”是无法在那么短的时间内，绕过合恩角，赶到赤道上去了。

“让那该死的家伙再逍遥一个夏天吧。”

亚哈船长在心里愤恨地想。

“裴廓德号”必须等待下一个季节的来临。

是什么原因让亚哈船长不在岸上从容度过多半年的时光，然后再赶去赤道渔场和莫比·迪克相遇呢？

亚哈船长实在忍受不住在陆地上过完那半年的时光，与其这样，不如先开始自己的航行，在做其他捕猎的同时等待生死决战的到来。

或许，会在波斯湾、孟加拉湾，或者是南中国海碰到辗转迁徙的莫比·迪克呢。

“要真要是那样，决战就会提前开始了，这对于我们之中的失败者而言，可不是什么值得庆幸的好消息。”

亚哈船长一路这样想着。

在这个季节里，差不多所有的风都对亚哈船长有利，因为这些风都会促使莫比·迪克与亚哈船长相遇。

但是，是否一切都如亚哈船长计划的那样势在必得呢？

正像是在一个偌大城市的熙熙攘攘的街头，你能一下子就把好久没见的仇人给认出来吗？

“我能！”

亚哈船长在心里就这样想。

“我至死也忘不掉莫比·迪克那雪白的额头，那雪白的背峰，那一切白的影子都长时间地盘踞在我的脑海里，怎么也挥散不去。”

那白色经常刺激着亚哈船长从梦中惊醒，他梦见它从容地从自己的眼前游过，眼看就要挣脱自己的视野。

“快抓住它，不要让它跑掉！”

亚哈船长叫喊着。

“它跑不掉了，看它的大鳍，上次就已经被我打穿了，它已经不知道该往哪跑了，等待它的只有死亡，来吧，到这边来，莫比·迪克。”

亚哈船长的思想在梦里和莫比·迪克在拼命搏杀，醒来的时候已经精疲力竭。

亚哈船长醒了，他觉着自己一点儿力气也没有了。

他来到后甲板，吃力地恢复着自己的体力。

这样的梦境太让人痛苦不堪了！

他的指甲把掌心掐得血肉模糊。

很多次，他不得不从吊铺上爬起来，逃离那个难以挣脱的梦境。

他那床铺好像是着了火一般，各种妖魔鬼怪都在火里张牙舞爪。

它们招呼着他，几乎要把他的灵魂带走了。

他呆呆地看着自己的吊铺，心里的痛苦和疲惫疯狂地冲击着自己的肉体。

但是，亚哈船长的意志没有动摇。

这逃离梦境的动机并不是害怕，也不是亚哈船长内心弱点的暴露，而只是他的灵魂与他的身体暂时脱离了。

而他的永恒的动力并没有改变，相反，经历过这些离奇梦境的折磨，他的信念反而像一件淬了火的兵器一样更加坚定了。

45. 负债累累的大鲸

我在这里所讲述的关于亚哈船长和莫比·迪克之间的战斗，是我亲眼所见的最为惊心动魄的捕鲸壮举了。

要是你把它当作一个故事的话，那么这个故事现在已经拉开帷幕了。

如果你想以一个非捕鲸者的角度来领会这个故事的话，我为了把这个故事让你全面理解，我就得阐述得更加通俗一些。

这还不够，我还得举出各种有利于你理解捕鲸行为的事情来，消除你对其中一些事情的疑虑。

这实际上也是一些小故事。

第一个小故事：

是我亲眼所见的一件事。

一个与我同一条大船上的患难兄弟，在一次捕鲸的过程中，投出的标枪扎中了一条大鲸。

然而，让我们郁闷的是那次我们并没有捕获那条大鲸，那大鲸竟然带着枪头跑掉了。从此，我的那个标枪手朋友便不再做标枪手了，他跟随普通的商船去了非洲，并且参加了探险活动。

他在非洲的腹地进行了整整两年的探险，其间遇到了各种各样的危险，其中有毒蛇、野人、猛虎、瘟疫等。

两年以后，他毫发无损地从非洲回来了，又过了一段时间后，他又来到了捕鲸船上，继续他的捕鲸生涯。

在一次捕鲸的过程中，他再次扎中了一条大鲸，这次没让它跑掉而是抓获了它，并将其打死。

当我们把大鲸抱起来的时候，我们偶然发现，在那大鲸背上的标枪竟然是我的那个标枪手朋友的，这简直无法令人相信。

也就是说，上次，他去非洲探险前，刺中的但又被它跑了的那条鲸，这次被他打死了。

这奇遇是多么不可思议啊！

请你相信，这前后两次的追捕，我都在，我和我的那个标枪手朋友，共同乘坐一条小艇。

对于标枪手和那只大鲸来说，真可谓是一对儿天敌，一对儿终究要相遇并且拼个你死我活的敌人。

三年的时间里，标枪手只是在非洲安心地躲避着危险，他已经忘记了那只在他手中逃脱的大鲸。

而大鲸是否记得那标枪手呢？说实话，这一点我们不得而知。

但是可想而知，三年中这大鲸肯定是已经环行了地球三次，并且每一次都从非洲的海岸边擦身而过，离那个用标枪叉过它的朋友很近很近了。

三年后，他们终于又遇到了。

我在这里之所以讲这个故事，是想用事实证明一种可能，那就是：

既然我的标枪手朋友和必须死在他的枪下的那条大鲸可以作为我们故事的范本，那么我们的亚哈船长和他的死敌莫比·迪克为什么不可以呢？

第二个小故事：

在世界的捕鲸业中，曾经有过几次让人惊奇不已的轰轰烈烈的大事。

曾经有一只鲸，在当时所有的鲸中是最著名最出众的。

之所以说它出类拔萃，并不是因为它和它的同类有什么不同之处。

因为即使那样，也一点也不会阻碍人们抓住它并杀掉它，再把它熬成油的事实。

它在捕鲸人之中的名声太大了，这是让它被所有捕鲸人知道它却又不敢和它打交道的原因。

为什么会发生这样的情况呢?

因为它的危险和可怕在捕鲸者那里留下了不好的名声。

于是,绝大多数的捕鲸者在发现它的时候,都不敢去靠近它。

他们轻声喊着自己的同伴,让他们快点过来瞻仰一下它的样子,这对于他们而言,可能代表一种运气或者说是一种资本。

就如同是老百姓见到了一个飞扬跋扈但又脾气很差的大人物,想接近但又胆怯的心态一样。

它的名声传播得很广,人们不敢去捕获它。

这样的鲸在历史上有过几条,在它们在世的时候不可一世,赢得了所有的鲸甚至是捕鲸者的尊敬,甚至在谢世之后,它们和它们的故事还在捕鲸者中间广为流传着呢!

这些鲸就像大海中的恺撒大帝一样。

但是,对于恺撒大帝来讲,虽然地位崇高、声名显赫,但也不是没人敢惹的。何况是鲸呢?

因此,在绝大多数捕鲸者的一片惊恐之中,有人朝这些著名的大鲸进攻了。

这战斗的根源,是来自于捕鲸者对这些大鲸的十恶不赦的罪行的痛恨,来自于勇敢甚至是亡命的捕鲸者想要征服它们的欲望。

他们捍卫了自己身为捕鲸者的尊严。

在他们进行了长时间有组织有计划的追杀之后,一只臭名昭著名叫杰克的大鲸终于被追杀而死。这是捕鲸界至高无上的荣誉。

亚哈船长现在追逐的就是这种至高无上的光荣。

我讲这两件小故事是因为我想通过鲜明的例子来让大家明白:

我已经开始讲述的关于亚哈船长和白鲸莫比·迪克的事,这并不是一个荒诞的故事,更不是一个捏造出的虚假且没有意义的事例,而是一个真实存在的充满英雄主义气概的捕鲸者的史诗。

由于人们对鲸的认识还不足,所以我总是多次提醒大家对我所说的话要予以重视。

首先是他们对捕鲸这一行业的危险性没有充分的认识,他们甚至觉着这只是一般的危险而已。

这错误并不完全在他们,因为在至今为止总共五十件的捕鲸死难事件中,没有一件被明确地记载。

是因为这些事故只是短瞬即逝,还是因为它微不足道,我们无从得知,但是我们都铭记在心。

可能在我向你们讲述这些故事的过程中就已经有水手丧生在大鲸的身体之中。

我们甚至不知道他的名字,我们都知道,除了一些英雄之外,很少有因捕鲸而死的人被人们所知。

没有人向世界发布这讣告,也没有非捕鲸界的人会对这些太感兴趣,即使你跟他们说,可能他们也不会太惊讶,不知道是不相信还是觉得那些离自己太远呢?

说五十件已经是非常保守的说法了,据我所了解的,在上次的太平洋航行中有三十艘船上的人遭遇了不测。

其中,有好几艘船都不止损失了一个人手,有一艘船,竟损失了整整一小艇水手。

听我说到这里,希望你会体谅到我们捕鲸人的危险。并且,请珍惜你们的灯油吧!

另外,大家应该认识到的是,鲸不仅庞大,而且有智力,更重要的是它十分狡猾。

它们有甚者能想出计谋把一艘捕鲸船弄翻,或者是把水手置于死地。

听了我的描述,可能会有人说我为了增添故事的精彩性而夸大其词。

我还有例子可以说明：

1820年，南塔开特的一艘名为“阿塞克斯”的捕鲸船去太平洋海域捕鲸。

一天，瞭望者看到了喷水，于是从大船放下小艇，去追逐一群抹香鲸。没多久，就已经有几条抹香鲸负伤了，对于捕鲸船来说，胜利就在眼前。正在这个时候，一只很大的抹香鲸在冲出重围后就向大船扑过来。它竭力地用自己的前额撞击着船身，只撞击了几下，便把大船撞破了。十分钟以后，大船便沉入了海底，连一小片船板也没幸免了。船长和他的水手因为坐在小艇上才得以幸免。

船长回到家乡之后，率领了一艘船再次来到上面的海域，发誓定要一雪前耻。

但是这艘船在还没有到达那个地点的时候就触礁沉没了，导致全军覆灭，没有人知道是什么原因。

船长慨叹再三，以后再没出过海。

这个船长现在还在南塔开特，就是他的大副告诉了我上述的一切。

第二个例子是南塔开特的“联合号”捕鲸船，1807年在亚速海遭到了类似的袭击，并因为这袭击而沉没，但是我没有详细的资料。

第三个例子离现在很近，就是发生在十八年或者二十年以前的事，那时候一艘美国的炮舰停靠在如今的夏威夷，它的舰长在一艘捕鲸船上和捕鲸人聊天。

提起大鲸，舰长对捕鲸人在捕捉大鲸时的小心谨慎不以为然，他说：

“我就不相信你们说的话，大鲸哪有那么大的威力，简直是太神了。

“主要是您没有碰到过。”

捕鲸人不好打击舰长的锐气。

“要真是你们说的那样，大鲸能把我的舰攻漏一点的话我就信。”

他的话很快就成为了现实。

几个星期后，这个舰长指挥着他的炮舰，向南面的智利开去。一只大抹香鲸在半路上拦住了他的炮舰。那舰长根本摆脱不了大抹香鲸的纠缠，有些恼羞成怒了。可是大鲸却好像专门跟他作对似的，非要让他领教一下大鲸的厉害。于是，那舰长就只好挫败地指挥着自己的炮舰到最近的一个港口去修理了。可见，在大鲸面前，不可以过分夸耀。

第四个例子是引自一个记载。

在本世纪初的时候，一个叫赫鲁斯坦的俄国海军大将遇到了大鲸，那是在他统领的一次著名探险活动过程中。

下面是探险队的队长在他的记录册中的描述：

5月13日，我们扬帆出发，很快就驶进了大海的深处。天气十分晴好，除了很冷以外，没有一点风，我们都穿着大衣。

19日，西边刮来一阵大风，随着这阵大风出现了一只大鲸。那只大鲸简直像像一只小船那样巨大。

我们没有看到它一直躺在水面上。直到到了面前，我们才看见它，这时候，我们已经无法避开它了。在我们撞上这家伙之后，它生气了。只见它背脊向上一耸，就把我们的船给顶出了海面，离海面足足有三英尺高。这时，船桅晃动起来了，帆也都掉了下来，不知道的人还以为我们是触了礁呢。那只大鲸在我们惊慌失措的时候，却从容不迫地从我们面前游走了。幸运的是，我们的船没有受什么损失。

第五个例子是从一个叫作威文的航海家记载航行的书里引用来的。

他在一本记录航行美洲海峡的书中写道：

在早晨四点钟的时候，我们似乎已经离开美国本土四百五十海里了。就在这个时候，船猛地一震，像是被什么大力猛烈地撞了一下。枪架上的枪都跳了起来，有的人被从吊铺上甩了出去,船长也被摔出了船长室。全船的人以为是触了礁,都表现得十分恐惧。于是大家手足无措,赶紧放下仪器去测。可是丝毫没有触礁的迹象。于是,有人猜测是地震了,并且引经据典。但是我相信肯定是一只大鲸从水底下冲出来撞向我们,而我们谁也没有发现。

以上的事例都是有史可查的,而没有那么充足的佐证的实例也是不胜枚举。

许多大鲸不仅让前来追捕自己的小艇束手无策,甚至会把他们赶回大船去。

许多大鲸不仅不逃避扔向自己的武器,而且还变着花样做一些令人赞叹的抵抗。

所以,有的人假设,如果让一只大鲸拖着一艘捕鲸船行走的话,那简直是最出色的骏马了。

如果大鲸被刺中的话,通常它不会特别的气恼,但它一定会思考着用一个最狠的方法让你死无葬身之地。

46. 察言观色

亚哈船长被他自己心中不可更改的目标弄得几乎是筋疲力尽了。即使这样,他仍然是满怀信心,在最后的时刻一定要捉住莫比·迪克,这是一定能够实现的。

亚哈船长为了实现这个目的,他时刻准备着放弃一切,甚至自己的生命。

虽然亚哈船长心系莫比·迪克,但他并不会因此放弃捕杀别的抹香鲸的机会。

首先因为这是他的职业习惯,另外可能是对莫比·迪克的仇恨和报复心理使得他痛恨所有的抹香鲸,虽然这样说大概有些过分了。

这样一只接一只地杀下去,迟早会轮到莫比·迪克。

为了达到自己的目的,亚哈船长要动用一切可以动用的力量,这包括人和工具。

亚哈船长是这个复仇计划的主导者和指挥,而他手下的人都是他的工具,包括所有人。

而人又是最难驯服的。

就拿亚哈船长和斯达巴克之间的关系来说吧。对亚哈船长而言,斯达巴克是个诚实有能力的人,并且他非常崇拜自己,自己的魅力对他有很大的影响,会驱使着他听从自己的安排。

但是,虽然表现得不明显,但是亚哈船长知道斯达巴克是很不赞成自己与莫比·迪克拼个你死我活,而且对此很厌恶。

如果有一天,斯达巴克感到自己强大到能够成功地阻止亚哈船长的计划时,他一定会站出来,尽全力破坏这个计划。

从现在到发现莫比·迪克,将会是一段漫长的时间,在这段时间里,斯达巴克随时都会站出来反对亚哈船长的,而且拥护他的人一定也很多。

因此,亚哈船长已经想好了,一定要把自己关于和莫比·迪克决一死战的想法隐藏好,最要紧的是,不能让这事情显出恐怖来。

那些水手与莫比·迪克没有什么深仇大恨,所以很难说他们有多大的勇气和决心,虽然他们对自己的呼吁表现出强烈的支持。

一切都会在瞬息之间改变,就像这海洋一样。

亚哈船长了解这些水手,他们的激动往往是来得快,去得也快,如果他们充分意识到事情的危险性,他们是不可能冒死去为自己追捕白鲸的,起码不是心甘情愿去做这件事。

但是,亚哈船长也知道如果有足够的利益的话,每个人都会去为他卖命,而且是心满意足。

钱可以帮亚哈船长的忙，因此亚哈船长想：绝不能让水手们失去了对钱的希望，否则的话，他们在绝望的时候，甚至会反叛自己。

此外，他还得把斯达巴克安抚好，不断地影响他，要关心和尊重他，千万不能由于自己的过失而使斯达巴克的不合作心思加重。

让亚哈船长很担忧的是斯达巴克对自己的心思十分了解。

现在，他有些后悔，后悔自己因为一时的冲动而早早地泄露了追捕白鲸的最终目的，他担心会有人在内心指责自己是公报私仇。

对于亚哈船长而言，他要坚定不移地完成既定目的，但这存在着许多潜在的危险和不利因素，他必须时刻警惕着这些危险的发作，要把这一切扼杀在萌芽之中。要把自己的动机掩藏住，一切还要按计划行事，最后的时刻还没有来到。

他不能让水手看出来他除了莫比·迪克之外，其他的什么兴趣都没有，否则他就完了。

亚哈船长深深地记住了这点。

47. 大鲸来了

午后，天空满是阴云，天气很闷热。水手们懒洋洋地在甲板上晃荡来晃荡去，或者看着乌涂涂的海面。一切都十分平静，但是平静的背后仿佛隐藏着异样。

这时候，我正在和魁魁格一起编着一条鞭子，它是用来绑索具的。

我忙着给魁魁格打下手，用手来做梭子，把经线和纬线牢牢绑好。

可魁魁格却表现得有些漫不经心。他一面应付着手里的事，一面时不时地望向远处的海面。甲板上没有任何交谈声，偶尔只有一两声剑响打破寂静，转瞬间又恢复了平静。整条船和整个海面都如梦如幻。我没有注意周围的事情，我的注意力都在手里的活儿上。

我在想："自己多像是一把梭子呀，自诞生之日起就注定了这种无止境地织来织去。"

我正专注地织时，突然被一种奇特的声音给吓了一跳，手一松，线团就掉在了地上。那声音很长，还挺有节奏感。我感觉那声音是从天上来的，所以我抬头看着天。

塔斯蒂哥站在桅顶，身体向前倾着，一只手伸出来，指着前面的海上。那声音是他发出来的。停了一下，他又大叫起来，那声音实在是大极了，整个大海都听得见。只有印第安人才有本事发出这样抑扬顿挫的像歌唱一样的声音来。他的声音吸引了所有的人。看他那个样子，就跟一个伟大的预言家一样，正在宣布着一个伟大事件到来似的。

"它在喷水了！看呀！它在喷水了！看呀！"

他有些条件反射似的叫着。

众人立刻明白了他说的话，也纷纷喊叫起来。

"在哪儿呀？快说在哪儿呀？"

"就在下风的地方有一大群呢，离这儿只有两海里！"

塔斯蒂哥手足舞蹈地回答。

大伙儿一片骚动。

"看，它在甩尾巴了！"

顶上的塔斯蒂哥不断地报告新消息。

"怎么又没了？"

塔斯蒂哥又不解起来了。

"快看时间。"

亚哈船长大声地命令着。

汤圆立刻跑去,一会儿又跑回来了,把准确的时间告诉亚哈船长。

大船向下风驶去。

塔斯蒂哥在上面不停地报告着大鲸的动向。

我们盯着前面的抹香鲸们,以防它们消失。

看样子,那些抹香鲸还不知道我们已经盯上它们了,或者是知道了但根本不把我们放在心上。

所有要下艇的人都站到了甲板上,塔斯蒂哥也从桅顶滑了下来。

桅顶换了另一个不下艇的人。

三只小艇已经被吊到了海面上,在海面上飘荡着。

其他必需品也已经准备齐了。

下艇表现得有条不紊的,虽然这是第一次。

水手们一只脚登在舷墙上,随时待命,跳进小艇去。

箭在弦上。

48. 首征

当我们一边紧紧地盯住那大鲸,正要随时准备跳进小艇的时候,一声大喊在我们的身后响起:"等一等!"亚哈船长大叫道。

大家一怔,目光从前方的大鲸身上转向了身后的亚哈船长。

这一看,大家都被吓了一跳。

五个像厉鬼一样的黝黑的大汉站在亚哈船长的左右。

这五个人是从哪儿跑出来的?

这五个人是什么时候跑出来的?

前前后后是怎么回事?

大家对此十分惊异,不停地询问原因。

就在大家还在若有所思的时候,这几个黑大汉已经开始按照亚哈船长的指令行动了。

他们走到甲板一端的备用艇旁,埋头解着上面的绳子,没多久,那只小艇被卸了下来。

那是亚哈船长的专用小艇。

那五个人中的一个站在艇头,形象格外明显。

他身材高大,脸很黑,嘴唇像是铁打的,牙齿雪白,叫人感觉不是那么舒服,好像是透着一股邪气似的。

更为奇怪的是,他头上绑了一条白头巾,却穿着中国式的黑上衣和黑色的裤子,裤子显得很肥大。

当大家正在想这些家伙的来历时,亚哈船长讲话了:

"准备好了吗?费达拉?"

他询问那个为首的。

"好了。"

那个被称为费达拉的头子声音有些嘶哑地说道。

"那么大家都下去吧!"

亚哈船长终于对所有的人下了命令。

他的像是打雷似的声音把本来就惊讶无比的水手们吓了一跳。

大家条件反射般地跳起来，跃过船舷，跳到了下面的小艇里，速度之快，动作之娴熟，简直叫外行人看了之后目瞪口呆。

三只小艇从船尾划了出去。

此刻，船长的小艇赶了上来。

在大家的注视中，那五个黑乎乎的家伙挥动着手臂，把小艇划得飞快。

亚哈船长笔挺挺地站在船头，大声地和斯达巴克、斯塔布和弗拉斯克打着招呼。

他让他们进行扇面似的包抄，因此需要互相远离一些。

可是大家的目光都停留在那几个黑家伙身上，谁也没有去理会亚哈船长的命令。

“散开一点，听见没有？”

亚哈船长开始嚷了。

小艇这才按亚哈船长的命令行事。

“对吧，我昨天晚上说的没有错吧？”

那个叫阿基的水手悄悄地对阿波说。

“他们就是原先藏在底舱的人，我很早前就听到过船舱里有奇怪的声响发出了。”

斯塔布看着自己小艇上的水手，督阵道：

“我的兄弟们，不要看他们了，即使是魔鬼也没什么好看的，毕竟他们是来帮助我们的。

“快点划吧，伙计们，再加把劲，对，要稳，又快又稳才对。”

斯塔布嘴里叨念着，用尽各种词儿，不停地给部下加油打气。他的话既粗俗又有劲，连挖苦带俏皮，他不仅是为了给水手们鼓劲，最重要的是告诉他们要领，指导他们的划进技术，因此他的话有很多层内容。他的水手们不仅不反感他的这种行为，相反，还十分赞同他的划船经验。

斯塔布的法术起了作用，当然，他法术的关键因素是他的幽默天才。

由此，水手们力气大了，小艇也更快了。

斯达巴克指挥的小艇从斯塔布的小艇边驶过时，斯塔布叫住了他。

“我说斯达巴克先生，你不解释一下那几个人是怎么上来的吗？”

“肯定是在我们的船要开的时候上来的。”

斯达巴克笃定地说，但又接着说：

“不要想别的了，管他怎么来的，我们只关心大鲸的油，别的都无所谓。

“是呀，我也这么想，我早就怀疑舱底下藏了什么了，因为亚哈船长老往下面跑，汤圆也起疑了。

“他们一直躲在那下面，和白鲸一样在下面，但是今天我们遇到的可不是白鲸呀！”

不可否认，水手们对陌生人的出现表现出惊讶和困惑，但过了一段时间后就没有这么强烈了。他们在这之前好像已经预料到了点儿什么，就像是阿基所猜测的那样。大家多少有些心理准备，所以，他们的惊奇程度没有那么强烈了。

于是大家暂时不再猜测亚哈船长的真实意图，也不再随意猜测这件事了。

亚哈船长并没有听见斯达巴克和斯塔布的谈话，因为他早就出发向上风驶去了。

远非如此，他已经划到了其余的三条小艇的前面，而且超出三条小艇有段距离了。

本来，“裴廓德号”的水手们就已经是捕鲸船上最厉害的桨手了，可是跟亚哈船长现在的桨手相比，他们就显得太弱势了，可见，亚哈船长的桨手是多么的厉害。就像是密西西比河上的一只小汽艇一样，这五个大汉有节奏地冲来冲去，把小艇划得向前一蹿一蹿的。

他们似乎全都是钢筋铁骨，力大无比。

费达拉已经把他的黑衣服脱下，扔到一边去了，现在正赤裸着上身。他站在队伍的最前面,操着标枪手的桨,沉着冷静,他的身影映在了海面上。

亚哈船长挺直了他的胸膛,坐在小艇的最后头,也就是舵手的位置。他像是在舞弄着一把剑一样,掌握着舵把,锐利的目光直射向前方。

突然,亚哈船长的动作停了下来,就像是一部机器突然停止了运转。五个桨手也随着停了下来。所有的小艇和人像被定住了一样都不动了。

后面的三只小艇被这奇怪的情景弄得不明所以,也纷纷地停了下来。

"怎么了?"

斯达巴克叫道。

"停下,注意自己的桨,魁魁格,快起来看一下。"

斯达巴克命令魁魁格。

魁魁格迅速从船头站起来,目光如剑地向前方的海域看着。

斯达巴克也看向前方。

此时,弗拉斯克的小艇也停在了不远处。

弗拉斯克站在小艇后部的圆柱上,把自己矮小的身子不断地往上挺,向前望着。

"我什么都看不到,大个子,快点过来,让我踩到桨上去看看是怎么回事。"

大个子走过来,背对弗拉斯克站得很直。

"这个最管用。

"太好了,大个子。"

弗拉斯克说着,踩在了大个子的肩头,站起来。

弗拉斯克在大个子的肩上向前方望去。

大个子巍然挺立,纹丝不动。

这景象在波涛汹涌的海上,可以算是难得一见的。

但是不论是谁,他们什么都看不到,即使睁大双眼也是无济于事。

大鲸都无影无踪了。原来,大鲸们全都潜到海里了,亚哈船长看到了,而他们后面的人没看到。

但是,斯塔布却没有表示出太多的惊奇。

"也许大鲸们只是在进行一次例行的潜水呢,而不是因为感到害怕要逃跑。"

这样想着,斯塔布从帽子上取下烟斗,把烟叶装进去,在粗糙的手上划着火柴。

斯塔布表现得从容镇定,即使别人表现得慌里慌张。

塔斯蒂哥一直站在自己的座位上,瞪大双眼,死死地盯着正前方。

忽然,他像一道闪电似的跌回到自己的座位上,同时叫嚷起来:

"快坐下,快点开划船! 大鲸出来了,我看到了,就在那边!"

果不其然,在不远处的海面上,海水已经被搅混了,阵阵的烟雾笼罩着四周,周围的气氛也显得骚动起来,仿佛水下有一个通红的大烙铁在把海水烫得沸腾起来了。

虽然没有看到大鲸的影子,但是这足以表明大鲸马上要从海中钻出来了。

四只小艇迅速地向那边驶去,并且随着那激流不停地追击着,搜索着大鲸。

斯达巴克压低自己的声音,给自己的水手加着油:

"伙计们,快点,再快点!"

除此之外,他没有说其他的,两道目光就像是两只罗盘针一样一直紧盯着前面。

他的水手也一声不吭,只是拼命地划。

弗拉斯克却十分活跃又兴奋地大声地叫着。

"别不说话啊,伙计们,叫起来吧,那样你们就会力气大增的。只要你们把我拖到那大鲸的背上去,你们要什么我都给,不论是我家乡的田地,还是我的老婆孩子,随你们要,我只要你们快一点,看那白水,天呢,我都快要发疯了!"弗拉斯克急得把帽子扯下来一甩,用脚踩着,接着又捡起来,扔到远处的海面上去了。最后,他像一匹发狂的马一样竟然在艇尾站立起来。

斯塔布依旧叼着他那因为塔斯蒂哥的叫嚷而没有点着的烟斗,还是不紧不慢的样子。

"你们看弗拉斯克那家伙,他一见到鲸就是这个样子,如今他的毛病又犯了,看那家伙多高兴,随他吧,让他好好地痛快痛快吧。

"划吧,小伙子们,加把劲地划,不过要慢些、稳些,别太急了,看样子,我们晚上差不多能吃到布丁了。"

三只小艇上的指挥者就这样指挥并激励着自己的将士奋勇向前。

我们不知道亚哈船长是如何激励他的小艇上的水手的。

满脸充满杀气的亚哈船长,嘴巴上甚至因为叫嚷而满是白色的唾液。

四只小艇像是四把利剑一样直插鲸群。

这个场面是如此的让人激动。

大海一望无际,波涛翻滚,鲸群争相逃遁,毫不相让,小艇如离弦之箭,紧紧跟在后面。涛声、桨声、叫喊声、喘气声,交织在一起,像是一场万马奔腾万军厮杀的大战。要是没有见过捕鲸的人见了这场面,一定会有一种胆颤心惊的感觉。即便是第一次上阵的水手,见到这阵势,也不由得激动起来。

大船一直紧追小艇,仿佛是它们有力的依靠。

白浪越来越近了,看得越来越明显了。原来由于太远而显得模糊的雾气,现在看得清楚多了,它们正在向四周飞射着。鲸群开始四散逃命,它们不再保持一个整齐的队形了。

四只小艇现在更分散了,各自找寻自己的目标,有的已经找到了。

我们的小艇驶进了一大片大雾之中,除了自己,四周什么也看不见了。

"快点儿划,伙计们,要刮大风了,我们一定要捕到一只,我们还有时间。

"快,那边有白水了,快去那边。"

就在我们向那边划的时候,我们的耳朵听到两声欢呼,很明显是别的小艇扎中大鲸了。

伴着这欢呼声的是斯达巴克的低喝声:

"快站起来!"

魁魁格听到后立马手拿鱼叉,腾地跳了起来。

对于职业捕鲸者来说,这是一个生死攸关的时刻。

虽然当时我们还并没有感受到这一点,可是我们都看到了斯达巴克那紧张而严肃的表情。

我们听到了大鲸打滚的声音,声音大得足足抵得上五十头大象所能闹出的动静的总和。

斯达巴克指着前面,小声地对魁魁格说:

"瞧,大鲸的背峰在那儿,行吧,给它来一标枪吧。"

魁魁枪手里的标枪飞了出去。

标枪刚飞出去,我们就感觉到船尾仿佛被什么东西猛地向前推了一下,而同时前面又像是触了礁。

于是帆一下子就破了,船底如同有一只巨大的手在把小艇拨来拨去。

小艇剧烈地翻腾着,几乎要散架了。所有的水手都被颠簸得十分狼狈。这时刮起了大风。

海面上顿时一团糟。

再看那条大鲸,只是让魁魁格的标枪轻轻擦了一下边,被吓了一下,已经逃走了。

我们都落水了,在小艇的四周游来游去。我们从水面上捞起漂散的桨,把它们绑回去,然后我们又爬回小艇里。

小艇里涌进的水已经超过膝盖的位置了,我们坐在里面,像是坐在浴缸里。我们被呼啸的狂风和汹涌的海浪紧紧地包围了。我们在鬼门关前苦苦地挣扎。我们拼命地向其他几只小艇呼救,无奈在大风之中没有得到一点回音。

天开始黑了下来,所有的东西都变得模糊起来了。

我们想把小艇保全下来的念头越来越小了,现在只能把它当作我们救命的工具了。

斯达巴克找到了防水的火柴桶,费了老大力气才把灯笼点着了。此后,他把灯笼交给了魁魁格,自己便坐在旁边,望着灯笼在昏暗中挣扎。

所有人的衣服早就都被海水浸透了,大家在冷风中抖成一片。我们几乎失去了希望。

我们就这样过了一晚。

天开始放亮的时候,我们这才抬起眼睛,查看四周的动静。

迷雾仍然很大,让人看不清远处,灯笼里的火已经熄灭了,就剩下一个空壳被抛弃在船底。

魁魁格突然跳了起来,说他听到了什么声音。

的确,有一种什么东西开裂的声音,而且越来越近。其中还伴随着大风吹刮帆篷而产生的声音。

大家突然一抬头,发现我们的大船正冲开浓雾,朝我们开来,距离我们只有一个大船身的长度了。

大家吓得纷纷跳进海里。

我们的小艇被大船撞得粉身碎骨。巨大的船身从它的身上直压过去,随后,碎片从大船的后面漂起来。

我们游向大船,被拉上去了,我们得救了。

又过了一会儿,其他的几只小艇也回来了,同样也没有什么收获。

原来他们也在海上忍受了一夜。

本来大船上的人以为我们都已经完了。

49. 还是立下遗嘱吧

我被他们从海里拖上了甲板的时候,身上是水淋淋的。我的全身都在向下淌着水,就像是流动的河流一样。我边往下晃着衣服上的水边问着斯塔布:

“我说朋友,经常发生今天这样的事情吗?”

斯塔布和我一样,全身没有一处是干的,但是看他的样子,似乎一点儿也不放在心上。

“这种事见怪不怪了。”

他打着哈哈对我说。

“可是,我记得你曾说,你说在你认识的大副中,斯达巴克先生是最谨慎小心的一个,可是,像今天这样,在狂风大雾中,去追击大鲸是一件谨慎的事吗?”

这时斯塔布在蒙蒙的细雨之中已经开始安然地吸起他的烟斗来了。

“这算不上什么不慎重的事,有一次我们在合恩角,当时不仅是刮着大风,甚至我们的大船还在漏水呢。”

斯塔布一点也不在乎地说。

我看到斯塔布对这样的危险不屑一顾,于是就把头转向了弗拉斯克。

“所有的捕鲸船都是这样,把自己的船划向大鲸,朝那鬼门关里去吗?”我问他。

“我倒很想那样,要是那样的话你就成了大英雄了,可惜的是大鲸不答应。”

弗拉斯克的打趣中包含着无所谓的内容。

从这两个在捕鲸人队伍里算是杰出人物的言谈中,我弄懂了一个问题,那就是:

像今天这样在我看来已经离鬼门关很近的事,其实在捕鲸生活中都是再正常不过了。只要你是来捕鲸的,那么你就选择了与危险同行。只要你上了小艇,那你的命运就已经交给了指挥者。

就拿今天来说,我们的这条小艇之所以遇到这么大的危险,都是因为斯达巴克不顾一切地狂追猛赶。

但今天的危险还不值一提。

还是写下我的遗嘱吧,好像这已是迟早的事了。

我请魁魁格做我的顾问,帮着我起草着遗嘱。

在世间所有的职业中,或许没有哪个职业的人比水手对遗嘱更感兴趣了。

遗嘱写完了,我顿时备感轻松。

我开始觉着自己像一个灵魂了。

早晚我们都要走向死亡和毁灭,勇敢地死亡总比当缩头乌龟强得多。

50. 费达拉

在任何一条捕鲸船上,船长都是最高的指挥者,同时是最为重要的人物。他们是整条船的灵魂,他们的安危与整个航程的成败关系重大。

正是这样,使得在实际的捕鲸过程中,船长通常也只是在大船上坐阵指挥,即使是去小艇里,也不过是在战场之外巡视而已。

全船人都共同认为船长不应冒险,就像战场上的战士不会让自己的主帅亲临一样。对于战斗和捕鲸来讲,船长和将军的生命就是一切,不能有任何闪失的。作为“裴廓德号”的最高指挥,亚哈船长当然也在这最宝贵的人物之列,不仅船上的水手这样认为,就是他的船东们也这样认为。

但是亚哈船长没有这样的想法。他心里明白,自己这次的目的,并不是一次普通的商业捕鲸活动,而是一场关系到自己切身利益的惊世大角斗。他认为在这样的斗争中,自己一定要冲在最前头,以激励自己的水手们一往无前。只有这样的话,他的复仇计划才能完成。

可是按照通常的做法,亚哈船长不可能拥有自己专门用来指挥的小艇,更不可能配备五个专用的水手。

亚哈船长并没有给船东们讲这些事情,以免让他们为了额外增加人手而心疼。他自己悄悄地解决了一切。在那个叫阿基的水手听到舱底的声音前,人们根本没想过亚哈船长会留一手。

他们见他为这些备用艇不停地忙碌,原来是有大用处的。

不过,有些人也隐约地猜想到:亚哈船长之所以这样细心和专注,一定和那个莫比·迪克有莫大的关系。

如今,一切都再明显不过了,大家对亚哈船长的想法是再清楚不过了。

所有的不可思议都在瞬间消失了。

对一个捕鲸船而言,它们是最能经得起变化的了,事情很简单,他们的命运在登上捕鲸船之后都已经无法预料了,还有什么变故更能让他们感到不可理解呢?

可是,“裴廓德号”的水手对费达拉为首的那几个人抱以很大的惊奇。

他们这些人既来路不明,又充满妖气,让大家感到有些像是鬼怪一样。

对于那个领头的费达拉,大家更是猜不透他和亚哈船长到底有什么关系,因为从表面上看,他和亚哈船长是有着深厚的缘分的。

不知道他们俩是谁主宰着谁,是亚哈船长还是费达拉。

这个来自于东方的费达拉成了这艘船上的一个鬼影。

51. 海市蜃楼

不能否认的是,以牙骨做腿的亚哈船长是整个“裴廓德号”的灵魂。

要是延伸一些,说整个“裴廓德号”是用牙骨构建成的,那么从很大程度上说,尤其是“裴廓德号”现在所充满的精神力量上来说,其实并不过分。

自从上次发现大鲸以后,几个星期过去了,我们都没有任何发现。

大船就这样悄然向前驶着。驶过了亚速海,我们快到非洲的西海岸了,之后又掉头向南,到达南美南部乌拉圭和阿根廷的交界处,后来,我们再次掉转方向,自西向东穿过南大西洋。现在,我们正向非洲的中南部行进。我们已经一无所获地驶过了四个著名的渔场。虽然没捕到过一条大鲸,但是却发生了一件极为神秘的事。

在驶过大西洋的一个夜晚,天气十分晴朗。

明月高挂,碧波荡漾,一片迷人的寂静。

费达拉爬上主桅顶上,站在上面,正在向四周瞭望。

他习惯和白天一样在天气好的时候向四处瞭望。

他的白头巾在桅顶上闪烁,和月亮相映成趣,简直是一道亮丽的风景。

很多人都为费达拉——这个东方的老头所动容。

但是在黑夜里是没有人敢下去追鲸的,即使是发现了鲸。黑夜是大鲸的朋友,是捕鲸人的对头。

但就在这时,喷水出现了。喷水就在船头稍远一些的地方,在月光的映照下,显得通体透白,就像是一个精灵,从深深的海底悠然地升起来。

连续守了几个晚上的费达拉看到这种场面,他叫了起来。

“它喷水啦!”

这来自于死寂的夜间的叫声把所有的人都惊醒了。对水手来说,这种让他们打战的喊叫也许有些兴奋,里面不全是恐惧。

这种时刻捕鲸的人一生也不会碰上几次,大家都恨不得立马跳进海里。

亚哈船长摇晃着跨着大步走上了甲板。他命令扯起一切能用上的桅帆,让最好的水手掌舵,又换了桅顶的水手。

大船向着喷水的地方疾奔。

亚哈船长在甲板上不停地走来走去,不停地发出号令,他的好腿把甲板踩得“嘭嘭”响,那声音很是鼓舞人的斗志,可是他的坏腿发出的声音就像是在敲击棺材盖一样不吉利。亚哈船长的两只眼睛像箭一样盯视着前方,透出热烈和渴望的神色。

但是,那银白色的喷水在这一夜再也没有出现。所有的水手都说只看见过一回。

这件事过了几天之后，已经被人们淡忘了，大家都把它当作了一次充满神秘色彩的奇遇。

但是，就在这个时候，在同一个寂静的时刻发生了同样的事情。

我们再度起来，扬帆追击，但是仍旧一无所获。

这样的事情发生了很多次。

最终，我们谁都不再去理会那银白色的喷水，只是把它当成了一种海市蜃楼一样的幻觉。

这银白色的喷水却一直没有消失，像是在诱惑和引导着我们一直向前。

谁都觉着这事有些神秘而不可测，似乎其中有着什么无形的力量在操纵这一切，但是谁都不敢说出来，也不敢赌誓发咒地说，那白色的喷水就来自莫比·迪克。

大家开始害怕这喷水是莫比·迪克为了引诱我们而甩出的诱饵，虽然没有人这样说，但是大家感到恐怖，心里有些疑虑。

或许那个家伙想把我们引向绝路，然后将我们一网打尽。

很多人都有这样的想法。这种畏惧的心理使晴朗的天气也变得让人疑惑起来，仿佛轻柔的空气含着魔媚的成分。我们在这种气氛中感到不自在。在满心不解中，我们掉头驶向好望角。

来自好望角的南风在我们周围呼啸起来了，我们的船逆风行驶，冲开起伏不定的海浪，驶向未知的前方。

海里不知是什么奇怪的东西，总在我们的船头前窜来窜去，叫人心烦。

每天早晨都有一群大乌鸦跟在我们的船尾，停在支索上。它们总是一副无所谓的样子，不理会我们发出的号角声，好像它们栖息的是一艘在海上四处漂荡的空船。我们的“裴廓德号”成了这些无家可归的家伙的家。

这些景象产生的凄凉，加剧了我们内心的恐惧感。

浩瀚的南大西洋，对我们来说是一片苦海。

好望角来到了。

以前，由于这里风险浪大，所以被称为暴风雨角，只是后来才改的名字。

其实，在我们此刻的心境下，暴风雨角的名字才更能体现它的原始面貌。

我们的心情简直是坏透了，仿佛是迷失了方向，注定要和那些乌鸦怪鱼为伍一样。

亚哈船长依旧在指挥着这艘奋力挣扎在险恶之中的“裴廓德号”，他的脸上充满了忧郁。

他不发一言，几乎整天都不和大副说话。

他长时间地站在船尾——他的老地方，瞪大双眼，一动不动地盯着上风处，任凭狂风呼啸。有时甚至是雪雹交加，直直地打向他，把他的眼睫毛都凝结在了一起。甚至有时候他的体力殆尽，身体已经要求他去休息的时候，他仍站在那里坚守着。恶浪不断地冲向船舷，水手们想法设法地抵挡海浪猖狂的袭击。只有亚哈船长像一尊铁打的雕像岿然不倒。

“裴廓德号”日夜无声。在这样的情况下，我们只能等待天气好转，否则别无他法。

一个晚上，斯达巴克到船长室去看晴雨表。

一进门，他呆住了。刚刚从船尾回来的亚哈船长，正僵直地坐在椅子里。他的头向后仰着，脸朝天，双目紧闭。他的手里握着的灯笼照着桌子上的海图。雨水混着已经开始融化的雹粒，顺着他的衣帽流下来，流得全身都湿了。

“这可怜而又可怕的执着的老头啊，即使是在这狂风中睡着了，他还在紧盯着目标不放呢！”

斯达巴克看得自己浑身一颤。

52. 遇到“信天翁号”

最后，我们绕过了恐怖的好望角。

我们已经渐渐地驶近了位于东南方的一个捕获露脊鲸的大渔场。

就在这时候，我们遇到了一艘名叫“信天翁号”的捕鲸船，它的名字很有意思。

“信天翁号”慢慢地驶近了，我站在桅顶上，看到了一生都难忘的景象。

“信天翁号”被海水冲得雪白，活像是一头大海象，它的四周，画着一圈儿长长的锈红色，所有的桅杆仿佛都成了冬天里结了霜的橘树干。

它扯着低低的帆，再看看它的桅顶，三个瞭望者的打扮更加令人诧异：

他们有长长的胡子，都穿着破旧不堪满是补丁的兽皮，一看就是在海上已经漂流将近四年了。

我们靠得很近了，甚至可以在两边的桅杆上跳来跳去。

那三个桅顶守望者愁眉苦脸，无精打采地看着我们，什么都没有说。

亚哈船长在后甲板上发话了：

“嗨，你们看见白鲸了吗？”

那个船长靠在舷墙上，正想拿起号筒回答，奇怪的是号筒被风吹落到海里去了。虽然他大声嚷着，由于风很急，对方根本听不见他在说什么。就这么一会儿工夫，两条船已经错开了。

亚哈船长看出这是一条正准备返航的南塔开特船，于是他对着号筒，大声地对“信天翁号”喊着：

“我们是‘裴廓德号’，现在要去太平洋，有信可以捎到那里去，如果我们三年回不去的话……”

亚哈船长喊了半天，我们觉着，要不是因为风大，亚哈船长肯定会操纵着小艇，向那陌生的船奔去。

这时出现了一个奇怪的现象。

这几天，一直有一大群小鱼跟在我们的船尾，像是最忠实的最随者，前呼后拥的。就在我们的船和“信天翁号”错开的时候，那鱼群突然离开了我们的船尾，转而随着“信天翁号”去了。

“你们怎么不跟随我们了吗？”

亚哈船长瞪着船后的海面说，那声音里似乎充满了伤感和无奈。

“随你们的便吧，我们还是要去完成我们的既定目标的，好吧，伙计们，接着继续我们的环球航行吧！”

环球航行，这名字听起来倒是很威风，但是当它历尽千辛万苦之后，不还是要返回它的出发点吗？

我们一直向东前行，我们不知道是否能够完成环球航行。

53. 联欢会

亚哈船长没有到我们遇见的那艘捕鲸船上去。

天气有些变了，随时会有大的风暴到来，这是他不去的理由。

其实，大家也都知道他的这个理由是托辞，即使天气没有一点变化，他也不会过去的。

理由很简单，他没有太高的兴致，那艘船上的人没有对他提出的有关白鲸的问题做出在他看来是有用的答复。

现在亚哈船长只对白鲸感兴趣，别无其他了。

但我们还是按照捕鲸船上的规矩，同那艘捕鲸船简单地相聚了一会儿。

这里要讲一下关于捕鲸船在海上相遇的习俗。

其实这是太合情合理的事情了，就拿在陆地上来说，两个人在穿过一片很大的森林或者是平原时，在途中相遇了，这时，如果是两个正常人的话，一定觉着非常亲切，他们会停下来，互相问候，一起歇一会，一起聊聊天，之后友好地分别。

在茫茫大海上航行的船，经年累月的除了自己的人之外，没有其他人可见，让人高兴的便是与同行的船相遇。

此时，这两艘船不仅要打招呼，互相问候，还要停下来，短暂而亲切地交流一下，如果是同乡或者是彼此相识的船，甚至还要庆祝一番呢。

他们会交换彼此的信息，交换一些需要捎带着的信件，有时还有一些报纸，这些报纸能让他们知道一点儿稍新一些的陆地上的消息。

除此之外，他们之间最重要的谈话，恐怕是互通各个渔场的一些消息，互相询问一些收获的情况和未来的打算。即便是不太熟悉或者是以前从没有遇到过的船，他们也会按照规矩礼节性地交流一番。只不过，在非同乡甚至是非同国的捕鲸船之间，亲热的程度就要差一些了。

英国人总是挺拘谨的，而且总有一股优越感，好像瞧不起土气的美国人，尤其是南塔开特人。虽然他们认为自己是大都市人，而把南塔开特人归为水上农民，但是，实际上他们的优越感只是在他们的感觉上，你要知道，南塔开特人一天捕的鲸就比他们十年里捕的鲸还要多。好在加上自己也有缺点，南塔开特人并不十分计较英国人这些影响并不大的小毛病。

由此可以看出，在海洋中行驶的所有船只中，捕鲸船可以说是最讲交情的了。

而那些商船就不一样了，他们在大西洋上相见，就像是互相没有看见一样，往往连一声招呼都不打。

若非如此，也许他们还会老远地看着，对对方的船型和装备进行一些讽刺的谈论呢！

军舰相遇则是虚伪得很，他们要稍微把旗帜降低些，还要做出一连串类似于立正敬礼的举动来。

贩卖奴隶的船只相遇见时，则是最不讲礼仪的了，他们见面时只有慌张和躲避，因为他们干的不是光明的买卖。

对于海盗船见了面，一般的话是："宰了几个了？"等同于捕鲸船的第一声问句——"嗨，几桶了？"一样。

与上面说的各类船只比起来，捕鲸船可谓是又规矩又老实，热情而且坦诚，讲情谊又不拘于礼节。

不知你是否听说过，在海上捕鲸船之间，还有一种被称之为"联欢会"的活动呢！

这是捕鲸船上所独有的一种庆祝相聚的活动,虽然他们对这种活动并不屑一顾,但在捕鲸船上,人们却对此津津乐道。

那么,到底什么是"联欢会"呢?没有哪个字典里有这个解释,只有我们南塔开特人心里清楚。

简单定义一下:

"联欢会"就是两艘或者是两艘以上的捕鲸船在海上相遇后,按照互相认可的方式或风俗所进行的联谊活动。一般来说,这些活动在互致问候之后就开始了,包括访问、跳舞、会餐等,还会有些其他的小节目。这个小节目是针对船长所说的。

因为船长是要坐着小艇去拜会对方的船长的,而捕鲸的小艇上根本就没设船长专座,而全小艇的人又都得去,因此那船长就只能站在小艇上去了。

船长站在自己的水手之间,由于是在两艘大船的注视之下,所以都站得很笔直,极力表现出自己的气势来。

在如此局促的空间里,站在这么一个上下颠簸的船底,又要保持尊严,可以说这是船长最难度过的时光了。前面有桨碰到他的膝盖,后面有舵碰到他的腰,而且他还把双手插到裤兜里了,为的是显示他悠然的样子,实在是很难。要知道,仅仅是把他的大手放到小裤兜里去都很费劲呢!

如果发生意外,如果吹来的疾风把小艇吹得颠簸的话,船长就只好死死抓住靠自己最近的水手的头发,以使自己能够站稳。

这是捕鲸船上仍然可以看到的精彩节目。

54."大鲸出来了号"的故事

海上的航线就和陆地上的公路一样,也有很多交叉口,我们刚刚经过的好望角就是其中之一。

在这些作为交通要道的路口上,最容易碰上别的船。

我们的"裴廓德号"在刚刚碰上"信天翁号"不久,又碰上了另一艘正在返航的捕鲸船。

那艘船叫"大鲸出来了号",是一个很有意思的名字。

这"大鲸出来了"本是早先的一些捕鲸船桅顶的瞭望手在看到大鲸之后的一声叫喊,现在不知怎么被用来当这艘捕鲸船的名字了

并不像其他捕鲸船一样,水手来自四面八方,这条船上的水手几乎全都是玻利尼西亚人。

我们和他们按照惯例举行了联欢会。

在联欢会中,那艘船上的水手告诉了我们有关莫比·迪克的事情,并且是他们亲身经历过的,当然十分可靠了。

我们被那故事深深地吸引了。

本来,我们对白鲸的理解是很空泛的,因为我们谁也没见过白鲸,不知道它究竟长什么样子,而且即使是听来的传说,也都是经了好几手的。这个故事以其情节的完整和细节的丰富使我们对白鲸的理解变得清晰多了。

这个故事的悲剧色彩很浓。

本来,在联欢会上三个白人水手悄悄地讲给我们听后,除了我们几个水手没有人知道,亚哈船长和几个大副也不知道。

要知道,这个故事的核心成分,即使在“大鲸出来了号”上也都是秘密,只有那几个讲给我们听的白人水手知道,连他们自己的船长也不知道呢!

可是,就在我们听完了那故事之后的第三个夜里,塔斯蒂哥就在自己的梦里泄露出一些内容。等他醒来之后,所有听到他的梦话的人都追问他,于是,他不得不把其他的内容也一一地讲述出来。

有言在先,每一位听到这个故事的人都要保密,所以船长和大副们到现在也没有听到这个故事。可是我想在这里把它告诉你们,让它永久地流传下去。让我们就像是在旅馆里一样,围坐成一个圈吧。

故事是这样的:

两年前,从南塔开特出来的捕鲸船“大鲸出来了号”正在利马以西几天路程的海面上巡游着,他们正打算去赤道的北边。

一天早晨,在例行公事地把舱底的水向外抽的时候,发现抽出来的比以往要多,于是水手们开始怀疑,舱底是不是让剑鱼给戳破了。

但是船长异想天开地认为,一定有什么好运在等着他。于是他不仅让自己的船逗留在这一海域,也没把那漏洞的事放在心上,只是让水手隔一阵去抽一次水。他们的船继续巡游着。

但是,过了好些天,船长的好运还没来,船的漏洞却越来越大了。

船长开始慌了,下令赶快把船驶向最近的一个港口,到那里修船。

其实这并不是什么大不了的事,船上的抽水泵没毛病,而且每天都从舱底抽着水,所以即使是漏洞比目前还大一倍,也不必担心船在中途沉下去。

但船员之间的不和,就在这个节骨眼上导致了“大鲸出来了号”自己内部出现了问题。

大副拉泰是这艘船的股东之一,是个狂妄和傲慢的人,在水手中间人缘不太好。

这时候他紧锁的眉头表现出一副焦虑的神情。拉泰可不是一个胆小鬼,也不是一个犹豫不决的人,相反,他是那种无所畏惧但没有多少头脑的人。他担心有他的股份的这艘船的命运,所以表现出了不满。他开始对谁都粗声粗气起来,这使得许多船员都对他的行为不满。

斯基多就是其中的一个。

斯基多是北部五大湖附近的布法罗人,可是他却出生在海上,从小在南塔开特的海滩上长大。他的个子高,力气也大,是一帮水手的小头头,还被任命为一班水手的班长。他有着南塔开特人的一点仁慈心肠,但是更多的却是暴躁、好斗、心胸狭窄和报复心重。即使他一直还没有因为什么发作过,但是,现在对大副拉泰那副样子,他开始愤愤起来。

这次,斯基多和自己的几个同伴照例在抽水。他们边抽着边说着玩笑,十分高兴。这时,拉泰大副满脸不高兴地走过来了。斯基多看见了大副,看清了他那副让人扫兴的样子,也十分不高兴。他和伙伴们开着有关大副的玩笑,假装没看见大副。“我说伙计们,看这漏洞多像一个酒漏呀,拿只杯来让我们尝一口,再装一瓶带回去吧。”

“我说,这船看样子快完蛋了,真要是这样,大副的钱可就没啦,最多也就能把他名下的一截船壳砍下来,拖回家呀!”

“其实,海底的那群剑鱼才刚刚动手,如今它们正奋力地对着船底砍呢!”

“我要是大副,早就跳到海里,把那些家伙们赶跑了呢! 怎么能让它们如此破坏我的船。”

“看样子,那大副是个没脑子的人,虽然他长得很漂亮,但听说他把他剩下的钱都置办了镜子,你们知不知道?”

拉泰听到了斯基多对自己的打趣,但是不好表现出生气的样子,只好另找借口。

“你们是怎么了,难道瞎了眼了不成?没看见泵都停了吗?还不快抽。”

拉泰破口大骂。

“好吧,大副先生。”

斯基多代表大家回应了大副后就开始忙起来,一会就干得气喘吁吁了。

水抽干了,斯基多几个水手也累得满面通红,他们走到绞车附近坐下来休息。

但是拉泰心里的火并没有发出去,他朝斯基多走过去,下了一个挑起事端的命令。他让斯基多把甲板打扫干净。

斯基多非常生气,认为这纯粹是侮辱他,就像往他脸上吐唾沫一样。自己一个班长连抽水这样的活都可以不干,怎么能干打扫甲板这样船上最末等水手才干的事情。

在场的人都明白大副是在侮辱他。他愤怒地看着大副充满挑衅的眼睛,一声不吭。他忍了很久,对于一个脾气暴躁的人米说,已经很难了。很久,他还算平静地说,那不是他的职责所在,所以他不干。

拉泰听了,指着斯基多骂了起来。骂了一会儿,拉泰觉得还不解气,索性拿起一把木匠用的大木榔头,举着冲到斯基多面前。

斯基多还是忍着,一动不动,只是用蔑视的眼神看着拉泰。

拉泰的榔头在斯基多的眼前晃动起来了。

斯基多忍无可忍了,跳起来招架了。

他绕着绞车跑,拉泰手举榔头在后面追。

就这样绕了一会儿,终于斯基多决定不再退让了。他警告大副,要是他再这样,他也不会客气的。

“你如果敢让榔头碰到我,我会揍死你,我可不管你是不是大副。”

但是大副的榔头几乎已经碰到了他的牙齿。

斯基多忍无可忍地做出了反击。

他的一记重拳击向了拉泰的下巴,威力丝毫不逊色于那把大木榔头。

拉泰立刻倒了下去,嘴里喷出血来。

这下子,其他的几个大副和标枪手便窜上来把斯基多围了起来,并把他弄到了甲板上。

斯基多的朋友不干了,他们也冲了进去,和那几个高级船员扭打着,要把斯基多抢出来。

由此,甲板上围成一大团,乱成一片。

那个身体结实的船长拿着一支捕鲸枪,在人群外面窜来窜去,一面怂恿自己的高级船员们别放过斯基多,把他拖到后甲板去,一面用枪往人群里戳着,想把斯基多挑出来。

但是这些高级船员根本不是水手们的对手,没过多长时间,那些水手就胜利地撤回了自己的船头楼。

他们把三四个大桶滚成一排,自己则站在桶后面,防卫着对手的进攻。

“你们这些强盗快点出来。”

船长从茶房手里接过两支刚刚取来的枪,对着水手们大叫着。

斯基多跳上大桶,阔步走着,一点儿也不在乎船长的枪会不会走火。

他说船长要是把他打死的话,那整艘船的水手们都会暴动的。

船长也害怕这一点,因此收敛了一下,但还是命令他们快点干活儿去。

斯基多在谈着条件:

“你必须答应不会报复我们,我们才会按照你的命令去干。”

船长还是很蛮横:

“我让你们回去,我不会答应你们什么要求的,你们在这个时候停止工作,难道你们想把船弄沉?”

“我们才不在乎呢，那就让它沉好了，我们也不回去，除非答应我们的条件。”

斯基多坚定的话引起了伙伴们的一片欢呼。

船长还是不答应。

斯基多依然傲慢地在大桶上阔步走着，一边走一边说：

“我早就说过，别使我们发火，我们可不是好惹的，再说这根本就不是我们的过错，你们应该明白。

“快回去工作！”

船长大吼道。

“除非你好好地对我们。”

斯基多不肯妥协。

“快回去！”

船长大吼。

斯基多看着怒火中烧的船长：

“我们才不会和你们纠缠，除非你们先动手，当然，要是答应我们的条件，也许并不会发生什么事。

“可以不惩罚你们，但是我要把你们关到船头楼去。”

船长开始耍花招。

“我们去吗？”

斯基多问大伙。只有少数人说可以去，大多数人不主张去。最终大家都服从了斯基多，进了船头楼。

等那些水手一进去，船长和自己的手下就越过障碍物，冲到舱口，把盖板抽出来，紧紧地盖住出口，用手压紧。

船长用茶房拿来的一把大铜锁把舱口给锁住了。

在锁住之前，船长还向里面说了几句话。里面一共锁了以斯基多为首的十个人。剩在甲板上的二十几个水手的立场是中立的。斯基多他们就这样被制伏了。

整整一夜，高级船员们都把守在锁住的舱口，害怕他们跑出来。

但是一夜过去了，平安无事。剩下的水手还在抽水，水泵昼夜不停地响着。船长就把以斯基多为首的起事的十个人关在了船头楼里。太阳出来之后，船长向舱口走去，敲了敲舱板，让被关住的人上来去帮忙干活儿。

可是下面的人叫喊着拒绝了他。

于是船长叫人往下面扔了几块硬面包，又送了一些水，就离开了。

连续三天过去了，依然如此。

第四天早上，船长依旧来例行他的问询。

这次，乱糟糟地吵了一阵，舱底没有立刻拒绝。

再过了一会儿，四个人从里面跑了出来，对船长说他们可以去干活儿。

面对着投降的人，船长顿时产生了一种胜利了的感觉。

“谁能忍受里面污浊的空气，忍受饥饿，忍受对可能受到的惩罚的恐惧呢？”

船长不禁得意扬扬地这样想。他又向舱底的斯基多强硬地强调他的条件。

舱底的斯基多正在气头上，气愤地顶回了他。

第五天早上，又有三个人跑了出来，这样，剩在里面的就只有三个人了。

“还是出来老老实实干活儿吧？”

船长将斯基多嘲弄一番后，又用锁把出口锁了起来。

这时的斯基多，因为同伴的背叛和船长的挖苦讽刺，气恼得几乎要疯了。他的两个伙伴看着他，他们直到现在还是一条战线上的。

最后，斯基多提出个建议：明天早晨，等船长再来挖苦他们的时候，他们就拿着剁肉的刀冲出去，直冲船尾，见人就杀，如果能够成功的话，就把整艘船都占下来。他的两个伙伴对他的提议没有意见。他们发誓要会照办，而且都争着要第一个冲上去。

斯基多坚持自己先上，具他的两个人谁也说服不了他。

因此他们心里开始设计起同接着闹事截然相反的诡计来，那就是：

抢先投降以求得宽恕。

当天晚上，斯基多打起盹儿来。

他的两个同伴迅速行动，把斯基多绑了起来，并且塞住了他的嘴巴。

此后，他的两个同伴便大声地尖叫起来。

船长怀疑出了人命案，只几分钟便带着全副武装的人去了舱口。

他们打开锁和舱板，斯基多的那两个同伴便把绑着的斯基多推了出来。这两个人说了斯基多的阴谋，并向船长邀功。但是，船长根本没有理会他俩的讨好，叫人把他俩也绑了起来。这三个人被并排地绑在后帆的索具那里，一直到天亮。

“这些恶棍，连吃死人的鹰都不会来搭理你们。”

船长狠狠地叫骂着。

船长在天亮了以后把所有的人都召集到这儿来了。

他把闹过事人的跟没有闹事的人分开，然后先对闹过事的人说：

“本来，我想要把你们全都鞭打一顿，因为那样才公平，但是既然你们及时投降了，所以也就饶了你们。”

接着，船长对这些人一顿臭骂，然后也就放过了。

船长回过头，面对着斯基多三个人。

“对于你们，我想应该先剁烂，然后扔进炼锅里去炼。”

船长拿起鞭子，狠狠地抽打起斯基多的那两个伙伴来。

一阵鞭打过后，那两个人连骂也没力气了。

“打得我手腕都扭了，可是我还是不想饶恕你们，来人，把斯基多嘴里塞的东西拿掉，看他还有什么可说的？”

船长一边说一边开始准备惩罚斯基多。

有人拿走了斯基多嘴里塞的东西。

“我想说，如果你要敢鞭打我的话，那么我就会宰了你。”

斯基多坚决地说。

“你还敢吓唬我。”

船长举起鞭子就要暴打。

“我劝你还是别打。”

斯基多平静地说。

“我就是要打。”

船长的鞭子正要往下落。

这时候，斯基多又说了几句只有船长能听得见的话。

令人吃惊的是，船长听了这几句话后，竟吓得往后一退，在甲板上来回走了几步，随即把鞭子一丢。

“随你去吧，我不打你了，让他们放你下来。”

因此，有人来给斯基多松绑。

此时，他们的手被拉泰大副按住了。

大副自从吃了斯基多的一拳后,一直躺在吊铺上,刚刚是听到吵闹声才起来的。

他的嘴巴动了动,没人听清楚他说了些什么,但是大家都猜到了,肯定是他不想放过斯基多。

他捡起了鞭子。

“你这胆小鬼!”

斯基多骂他。

拉泰没有回应,依然举起鞭子。

斯基多又说了几句什么。

同样让人费解,大副拉泰也和船长一样地泄了气。

他踌躇了一阵,下令给斯基多松绑,不单如此,那两个人也被放了。

所有的人都回他们自己的岗位上工作去了。

船在事件平息后又归于平静。

抽水机依然响个不停。

虽然平静是表面的,更大的阴谋则在孕育之中。

除了那两个最后时刻背叛斯基多的家伙,他们不敢再和别的水手待在一起了,其他的水手却几乎全都倒向了斯基多。

斯基多和他们商定,先忍忍,等这船靠了岸,此后便集体开小差。

在此之前,就是发现了大鲸,他们也坚决不出声。

因此这艘船虽然还在继续航行,还在不断地派着瞭望水手,但是已经不可能再捕到大鲸了。

但是,船长和大副还抱着希望呢。

斯基多除了教唆水手们像上面说的那样做之外,还对如何报复自己的死敌做了精心的安排。

那个没有脑子的大副拉泰,在历经磨难之后,丝毫没有增长什么戒备,而是不听船长的劝告,和往常一样地带起夜班来。

这天夜里,拉泰坐在后甲板的船舷上,身子仰向后面,头枕着手臂,靠住吊在舷外的小艇上打盹。

斯基多已经掌握了他的老习惯。

“我将在那里送他进坟墓,而那家伙还没意识到这一点。不知死活的东西。”

斯基多计划好了一切,马上就要实施。

但是,发生了一件出乎意料的事,斯基多没能实现他罪恶的复仇计划。

正是莫比·迪克阻止了他那注定要受到上帝谴责的行为。

这个早晨,天色亮了,但太阳还没有出来。莫比·迪克出现了。

这时大家正忙着冲洗甲板,一个非洲来的笨蛋忘了斯基多的话,大声地嚷了起来。

“大鲸来了!大鲸来了!我的上帝,看它多白呀,它一定就是莫比·迪克呀!

“上帝哪,真大,怎么它也有名字吗?”

一个水手也被吸引住了,凑到舷边大叫起来。

所有人都被这两个家伙惊动了,一起涌了过来。

“天哪,这东西多让人恐怖呀!”

“它怎么会叫莫比·迪克呢?”

“让我喘口气再告诉你们,我看这家伙有些反应。”

“快给它喝点什么,它有点不对劲了。”

他们七嘴八舌地叫嚷起来,忘掉了船上一直持续了几天的不快。

这时候，船上的所有人，无一例外地都被惊动了。

他们对这只恶魔般的鲸的传说已经抛在了脑后，他们情绪激动地要急于把这只鲸捉住。

四只小艇在一阵忙活之后下水了。

一阵紧张的划行之后，他们靠近了莫比·迪克。

拉泰手里握着标枪，站在船头，他已经忘记了下巴上的伤痛，而变得勇猛无比。

斯基多在小艇的后面用力划着桨，盯着他的仇人拉泰，同时声音洪亮而振奋地喊着号令。

过了一会儿，莫比·迪克被他们刺中了，并且被拴住了。

拉泰立在船头，大喊着，让小艇靠近鲸背。

就在小艇穿过白色的泡沫，靠近鲸背的时候，似乎是在下面撞上了暗礁一样的什么东西，小艇一下子就翻了。

大副拉泰被摔了出去，刚巧落在大鲸的背上。

小艇折腾了几下，又翻转了过来。

但是大副却由于落在滑溜溜的鲸背上无法站稳而被摔到了海里，并且离小艇越来越远。拉泰在水里努力逃避着大鲸的视线，不让莫比·迪克看到他。但是莫比·迪克不会放过他。只看见莫比·迪克迅速地转了一个身，张着大嘴冲向大副，瞬间已经把他叼在了嘴里。此后，莫比·迪克的头向上一昂，紧接着又向下扎进海里去了。

斯基多一直冷眼旁观，寻找着下手的机会。

当大鲸向下一扎，小艇被拉紧的时候，他迅速拿起小刀，割断了捕鲸索。莫比·迪克被放走了，走的时候嘴里还叼着大副。等到小艇上的人再次看到它浮起来的时候，只有挂在莫比·迪克嘴边的破衣衫还在，大副已经不见了。

四只小艇接着追击，可是莫比·迪克已经无影无踪了。

这场劫难过后，他们的船终于停靠到小港里。

那是一个既偏僻又荒芜的小岛，岛上都是些野人般的居民。

斯基多按照约定，船一靠岸就全部跑了。

现在这艘船只剩下船长、高级船员和几个水手。

船长不得不请岛上的人帮忙，把大船翻过来进行修理。

他们不得不日夜警备，也同时为了防备岛上的人向他们进攻。

船修好了，可是所有的人都用尽力气了。

船长不敢再贸然出海了，他让自己的船泊离海岸，尽可能远一点，又在船头架起两门大炮，还把滑膛枪都准备上了，用以提防岛人的骚扰。

此后，船长带着一个人，坐着最好的那只小艇，去五百海里外的塔希提岛，准备雇些人回来。

船长驶到了第四天头儿上，遇到了径直向他们冲来的一只大独木舟，他们避无可避。

靠近一看，那些人正是斯基多他们，原来他们进了丛林后，抢了当地人的一只打仗用的独木舟，准备驶往另外一个大些的港口。

这个时候，冲过来的斯基多让船长停下来，说要是不停下来的话就把他弄到海里去喂鱼。

船长掏出枪对着斯基多。

斯基多对此一点儿都不在乎。

“你想要怎样？”

船长问斯基多。

“你想去干什么？”

斯基多反问船长。

“我要从塔希提雇些人手。”

船长答。

“让我到你的船上去，我什么都会不带。”

斯基多说着边下水游了过来，一下便上了船长的小艇。

斯基多嘲笑着对船长说：

“现在听我的，把你的船停在那边的一个小岛上，待上六天不准动。”

“好吧，我发誓。”

船长答应了。

斯基多看着船长的小艇靠上了一个小岛，把小艇拴在一棵椰子树上，才指挥着自己的独木舟开拔。

从此以后，他们到了塔希提，并且顺利地在那里找到了新工作，分别上了两条法国的船，随船去了法国。

他们离开塔希提十天以后，船长的小艇才到那里，他本想以法律来惩罚斯基多他们的愿望是不可能实现了。

故事讲完了，斯基多不知现在在哪呢，船长还在海上巡游着，拉泰的遗孀每天都做着有关白鲸的梦。

最后，我发誓这故事是真的。

55. 面目全非

长期以来，我一直有一个给一只大鲸画画像，画一个大鲸的真正的画像的愿望，尤其是从我开始给诸位讲述“裴廓德号”的故事以后，这愿望就更为强烈了。

然而这个愿望此时此刻却实现不了，因为船上既没有画布，我也没有画家的技能。

那我只能用嘴来画给大家听。我会画得很认真，很逼真，让所有捕鲸的人都坚信它就是他们追杀至死，刚刚拖回船边的那头鲸。要想我用嘴画出来的东西能被称为是鲸，就必须要赢得捕鲸人的赞同。

我之所以这么强烈地想画鲸，实在是因为：

在现有的描绘鲸的画像中，根本就没有一幅可以让真正见识过鲸的人认为是说得过去的。

特别糟糕的是，即使前人把鲸画得不伦不类，让捕鲸人看着就想笑，但还是让很多没有见过鲸的人深信不疑。

我非常想告诉你鲸究竟是怎样一副模样的，我想把鲸被扭曲的形象再纠正回来。

首先，让我们看看前人把鲸画成了什么样子吧。

从距现在最远的说起。

世界上最早的有关鲸的画像是在印度、埃及和希腊的雕刻作品中被发现的，这是鲸画像的最原始的来源。

可以说，鲸在古代艺术作品中，是被比较广泛地表现在庙宇、钱币和武器，以及墓穴、奖章和生活用品上，从这些东西上都可以发现鲸的影子。

这里的鲸当然是当时的作者所认同的鲸。

但是除了创作者的主观思想和宗教精神之外，原始的鲸像中几乎没有什么具有肯定意义的真实的东西了。

也就是说,没有一只鲸可以让我们认为它是鲸而不是其他的什么。画中的鲸和实际的鲸相去甚远。即使是现存公认最早的印度的鲸刻亦是如此。那么除了上古的表现之外呢?

基督教画家可以说是绘画领域中的佼佼者,但可惜的是,他们的成就并不比上古的人强多少。在他们的画里,鲸被画成是一个只敢露出水面一英寸的怪物,背上有一种被画成背椅一样的东西,嘴巴倒是很大的。

文艺复兴前后,人们大都认为海豚是鲸的一种,因此海豚的样子也就成了鲸的雏形,这是模仿而来的。无论如何,还是有了很大的进步。

除了正规的绘画之外,在一些书的插页和装饰中也可以看见鲸的身影,但大多是稀奇古怪的画法。

上面描画鲸的人多是画家或其他类的艺术家,而不是专门研究鲸类的学术家。

那么,再来看看鲸类学家是怎么来描绘鲸的。

英国的一个地理学家创作过一本航行集,里面就有几张鲸的插画。

虽然这部著作是很严肃的,可还是让人感到遗憾,这些插图无一例外充满着错误。

里面有一幅,大鲸被画成一个大木排的样子,死气沉沉地躺在结了冰的岛上,还有很多白熊在它的背上跑来跑去。

还有一幅图片中,作者把鲸的尾巴画成垂直的了。

还有一个英国海军的舰长,他也写过一本关于在墨西哥沿海捕获一只抹香鲸的书,书中介绍了捕获的经过。

只可惜,他的插图也存在错误的地方,他竟然把鲸的眼睛画成了五英尺长的大窗子。

失误和可笑充斥在即使是最应该科学准确的科学史的著作上面。

在英国的一本著名的自然史中,中间有几幅插图描绘着鲸和被解释为"独角鲸"的画面,可是,在我们亲眼见过鲸的人看来,简直是离谱得让人无语。那画面上的鲸,就像是一只被砍掉四条腿的母猪。对于那条独角鲸,更是被画成了一个像马又像鹰的四不像,和真正的鲸根本就不沾边。但是这竟然有人相信。

以上的错误和我即将说到的谬误根本没法相比。

这就是在将鲸肆意歪曲方面做得最让人望尘莫及的一个叫作退费尔的"科学家"。

在他编写的一本有关鲸的博物史里,他画了一幅所谓的抹香鲸的示意图。一只大南瓜样的东西,竟然被他当作是一只抹香鲸。

说来奇怪竟然没有一个能将鲸这种最具奇观的海洋动物准确地表现描绘的人。事实上,这倒也不足为奇,原因很简单。因为在他们当中,没有一个是真正见过活生生的鲸的人。

像大多数科学家一样,能够在面对死鲸时由衷地发一通感慨,然后再把它们描绘下来,在当时已经是很不多见的了,因为在许多描绘鲸的人中,甚至没有几个人见过死鲸。然而,死鲸究竟还具有多少鲸的特征呢?这一点只有对比过的人才清楚。

可以打个比方,活着的鲸就像一座耸立的大房子,而鲸死如同房子倒塌,这其中二者当然是大大的不同了。

只可惜,对于那些不出海捕鲸的人而言,大鲸们是不会在海面上浮得端端正正地让他们一笔一笔地画上几个时辰的。看来,不管是以前画过鲸却画错了的人,还是现在着手开始画鲸的人,对他们而言,要画好大鲸都不是一件容易的事。因此,对于那些想知道大鲸长什么样的人而言,最好最实际的办法就是:自己去捕鲸。

56. 加纳利的鲸

虽然至今描绘鲸的工作并不让人满意,但还是有些让人们觉得有些意思的。有几个人在这方面的能力还行,虽说各有缺陷,但总体而言已经有了比较准确的样子。一些表现捕鲸生活的内容在现有的一些绘画中被呈现出来。其中真实性和最具表现力的是两幅法国的版画。

作者是一个叫加纳利的旅行家兼画家,这两幅画的内容都是关于捕鲸的,只是一幅是抹香鲸,另一幅是露脊鲸。

画中的场面很是气势磅礴,能使人产生一种惊心动魄的感觉。

一只大抹香鲸正从海里冲向水面,头高高地耸向空中,一只已经失事的小艇被顶起来,搁在大鲸的背上。一位身子的一半都被大鲸的喷泉笼罩着的桨手,站在小艇的艇头,正要往海里跳,那个小艇已经破碎。

这场面可以说是很逼真,加上其他一些细节的勾勒,表现力算是很强了,虽然其中有些部分画错了。

另一幅是捕露脊鲸的,不过没有那么激烈。

大鲸在海里翻腾着,黑乎乎,黏糊糊的,让人不由得想知道它庞大内脏里到底有些什么东西。它正不停地喷着水,在海里狂冲乱撞,搅得海浪翻滚。小艇正朝着大露脊鲸的侧腹冲去,随着海浪摇晃个不停。这一切场面都是战斗即将开始之前的景象。可是在这场面的背后,却是风平浪静,一派安详,这是画面的远景。大船泊在远处,帆篷都被收起来了,船体旁还浮动着几只刚刚被捕杀的死鲸。

上面两幅画可以说是现有的画中最成功的。

我敢说,作者画得如此精彩绝伦一定是受了有丰富经验的捕鲸人的指导。

57. 各种形式的鲸

鲸的画像虽然不准确,但是却广泛地存在着。

我们在很多的地方都能发现它的存在和踪迹。

在伦敦,在出海去码头的必经之地塔山,人们经常可以看到一个乞丐。

这个乞丐是个瘸子,他的胸前总挂着一块画板。

那画板上画着他的悲惨遭遇:

三只大鲸正在和三只小艇正在进行搏斗,其中最引人注目的,是一只大鲸的嘴里正嚼着一只小艇。

那只小艇上原本坐的人就是现在这个没有了腿的乞丐。

这个乞丐在这儿展览他的不幸,已经十年了。

他始终耷拉着头,忧郁地站在那里,看着自己残缺的腿。

在各大洋的渔场和港口,只要发现捕鲸人,你一定会找到出没的鲸。

当然,我这里说的不仅仅是指活生生的鲸,是包括以各种形式存在的鲸。

大多数是捕鲸者们自己创作的艺术品,其中包括刻在抹香鲸的牙齿上的鲸形,刻在用露脊鲸的骨头做成的女人腰袋上的鲸的图形,还有许多各种精巧的以鲸为反映对象的小工艺品。

还有一种著名的工艺品,那是用木头刻的鲸。

所有的这些东西,都是水手们自己做出来的,对于心灵手巧的水手来说,一把小刀作为工具就已经足够了。

在脱离了繁闹的社会生活,长期漂泊在海上的水手而言,他们很容易恢复自己的野蛮状态,但这也造就了他们坚强、吃苦耐劳的精神。这些大量的做工精巧花样繁多的手工艺品就是证明。

只要仔细,寻找鲸的踪迹是很容易的。

在乡间的一些老式房屋的靠路边的大门上,有的人家还挂着当门环用的鲸尾,不过现在来看,也就是个摆设而已。在一些老式教堂的尖顶上,人们把用铁板做成的鲸,放在上面做风信针。在一些地区,我们还可以在一堆一堆的岩石块中发现鲸的化石。

当然,如果你是一个名副其实的捕鲸人,有足够的眼力,愿意花费相当长的时间,你完全可以在起伏的山脊间找到鲸的侧影。

要是我们有足够的想像力的话,我们也搭上小艇飞向天际,去寻找天上的大鲸。不论在北极,还是在南极,我们仰望星空时都可以看见鲸星座的存在,只是我们无法获得其中的奥秘。

58. 专横的海洋

绕过好望角以后,我们朝着东南方向行驶了一小段,之后便折向了东北方向。我们的目标是亚洲东南的马六甲海峡,于是我们开始自西南向东北穿越印度洋。

转弯之后,我们遇到了成片成片的鱼群。

这是一种很细小的黄鱼,成群结队的数量有很多,有时竟然会绵延好几海里远。因此,我们就像是在麦收季节来到了一大片看不到边的麦地一样。

这种黄鱼是露脊鲸喜爱的食物,我想我们该遇到露脊鲸了。

果真如此,这猜想第二天就应验了,我们发现了数量甚多的露脊鲸。

这些露脊鲸正忙着在黄鱼群里美餐,吃相很蠢但是它们很欢快,并没有太在意我们。它们就像是举着大镰刀在麦地里穿行,在愉悦地收获着金黄的麦子一样。它们大张着嘴巴,在黄鱼中来回穿梭,把一群群可怜的小黄鱼纳入自己的腹中。有时候它们也会停下来,稍微歇一下。

这时候爬上桅顶,从高处望去,它那黑乎乎的脊背浮在海面上,就如同是一堆乱石块,乍一看都搞不清是什么东西,就像是你走过平原,无法辨认出像一堆黑土一样躺在地上的大象一样。

陆地上的人对海洋的感情总是没有对陆地的感情深厚,对海洋中的动物也有一种不太喜欢的感觉,说那里的动物没有灵性,即便生物学家早就指出,海洋中的动物和陆地上的动物原本是一家的。

不管人类的力量发展到多大,技术发展到多先进,但是他们却永远不可能把海洋彻底征服,也不可能让他们在陆地面前俯首称臣。虽然哥伦布很早以前就环游了地球,但是海洋却永远也不会向人类低下头来。因此海洋对于人类来讲,总是未知的。

海洋虽然没有惩罚第一个环游地球的哥伦布,没有让他永远地留在海洋之中,而是放他返回了他的故乡——葡萄牙,但是它残暴的内心并没有由此改变和减弱,它一直把对人类的仇恨藏在心里,把人类企图征服海洋的雄心和企图征服海洋的人击得粉碎。

迄今为止,许多雄心勃勃冲向海洋的人都遭到了惩罚,而且这悲剧还在不断地上演着。但人类并没有从这里获得教训,对海洋依旧不那么热情,没有尊敬,甚至连起码的礼貌也没有。对于本性阴险的海洋而言,人类的这种态度无疑是对它的挑衅,所招致的后果也无疑是毁灭。

或许,这海洋真的就是《圣经》中所记载的至今还没有退去的洪水,还占据着世界三分之二的领地。

海洋不仅仅对人类无情,就是对于生息于自己的怀抱的生灵们也是如此。即使是被认为海洋中最有权威的大鲸,也无法掌握自己的命运,经常被巨浪冲向礁石,摔得七零八落,和同样零落的船只一起接受祭奠。除了海洋自己之外,没有任何什么可以控制和支配海洋,所有有这种思想的人都会是它的手下败将,它是一个六亲不认的家伙。

鲸吃黄鱼,人捕杀鲸,然后,海洋埋葬人。人、生物和自然就这么一环一环地相扣着,相互凶残地角逐着。

看看这有时还显得祥和静谧的海洋吧,这里面竟隐藏着这么多的祸心。看来真正可以寄托灵魂所在的只有我们碧绿温和的大地。虽然它也被海洋包围着,但是我们可以在那里得到上帝的庇护,而在海洋里,我们却听不到上帝的声音。

不要离开陆地。

59. 白乌贼

我们逐渐地驶过黄鱼群,向我们既定的东北方向驶去。

天气很好,海上一片安宁的气氛。我们的大船缓缓前行,三只桅杆像是三棵棕榈树一样,悠悠然地在海面上荡漾着。每隔一段时间,那神秘的银白色的喷水就会在夜里出现一次。

这天早晨,阳光明媚,微波荡漾,天空一望无际地蔚蓝,气氛宁静得叫人感到简直有些不可思议。

在桅顶上瞭望的是大个子,他看到了远处一个奇怪的东西在海里时隐时现地浮沉着。那东西是白色的,非常大,行进速度却很慢很慢。

它慢吞吞地从海水里冒了出来,越冒越高,甚至直到身体腾空于海面之上了。它的颜色是雪白的,就像是雪崩一样,十分刺眼。它在海面上闪动了一会儿,又开始慢慢地沉了下去。它就这样反反复复着。

大个子盯着那东西在心里嘀咕:

“也许这就是莫比·迪克吧?”

大个子等到那大大的白家伙再次冒出来的时候大声喊叫起来:

“看呀,出来了,白鲸,白鲸来了!”

他的声音尖得就像是一把利剑,把正在打盹的水手们都给刺醒了。

“它在哪儿?”

水手们挤在甲板上。

“就在前面,正前方,快看!”

亚哈船长立在阳光下面,顺着大个子指的方向向前望着。

他的眼前出现了一大团白色的东西。

“快放艇!”

亚哈船长下令。

四只小艇一会儿就出现在了海面上,亚哈船长的小艇冲在最前面。

他们急速地划向他们的猎物。快要接近的时候,那东西又沉到海里去了,我们只好把桨放下等着。等到那东西又在原地浮出水面的时候,我们顿时被一种奇异的景象吸引住了。这不是什么白鲸,这像棉花一样的东西,软绵绵地在阳光下闪着白光。

令人难以置信的是,那家伙竟有大概八分之一海里见方那么大,并且还从身体的中央向四周辐射出了无数条细长的手臂来,这些手臂弯弯曲曲,毫无章法地七缠八绕地交错在一起,像是一大群蟒蛇一样。

看着这怪物在波涛间不停地浮游,谁都不知道它是何物。

“我宁可和莫比·迪克大干一场,也不愿意和这个大白妖怪纠缠。”

斯达巴克看着那东西说。

“可到底是什么呢?亚哈先生。”

弗拉斯克问亚哈船长。

“是大乌贼鱼,我们捕鲸船不太经常看到这东西,只是听人说过。”

亚哈船长的小艇不知道在什么时候已经掉头回去了。

看到了大白乌贼鱼,大家都感到有些晦气,认为这是不祥的预兆。但大家毕竟开了眼,因为恐怕以前谁都没有见到过这么大的海洋生物。

只有少数略微有点见识的水手,才隐隐约约地感到,好像抹香鲸这次真的要来了。

原因也不太清楚,因为以前他们曾看到大抹香鲸吐出过什么东西的残臂,那残臂竟有二二英尺长,现在看来,那些残臂原本属于这乌贼鱼的了。

因此他们觉着这乌贼是大抹香鲸的食物。

既然见到了大抹香鲸的食物,那么恐怕抹香鲸也会在附近。

60. 捕鲸索和人生的危险

很快我在下面就要讲到“裴廓德号”开始捕鲸的事儿了。

在开始讲捕鲸的事之前,我必须先给大家讲一下捕鲸索,这是一件我们在捕鲸时最重要且最不可缺少的器具。

在捕鲸人看来,捕鲸索是不可思议的,甚至是令人害怕的。捕鲸索是用大麻做成的专门用来捕鲸的绳子。每根有三分之二英寸粗,至于长度,根据捕获对象而长短不一。

以捕抹香鲸的绳子为例,每根的长度都要有一千二百多英尺以上。做这种捕鲸索是要花很大工夫的。

要把捕鲸索做得十分结实,先把一缕一缕的大麻搓成五十一股细绳,再把五十一股等量分成三儿,每份合成一大股,最后,再把这三大股合成为一整根。有人曾测试过,仅每一小股就足可以吊起一百三十磅的重量,这样看来,整根绳子就几乎可以吊起三吨以上的重量了。

以前的捕鲸索都是以大麻为原料制成的,做成之后再在上面薄薄地喷上一层油,这样既容易编制,又能使绳索更加结实,还会有光泽。有经验的水手和编织者都知道喷油过多就会使绳索的坚硬程度下降。

如今,美国人用的捕鲸索都是用马尼拉绳做的,因为它比大麻绳更结实,更有弹性,也更美观,更适合小的捕鲸艇使用。

要是说大麻做的捕鲸索是皮肤泛着黝黑光泽的印第安人的话,那马尼拉索无疑是个皮肤泛着金色光泽的高加索的西加塞亚人。

在捕鲸船上,捕鲸索被人们缠起来专门地放到索桶里。

索桶的中间有个芯样的东西,捕鲸索就围着它来来回回绕,从中间开始向外,一层一层地,绕得十分结实。有时候绕好一根捕鲸索要花整整一个上午的时间,因此绕捕鲸索是一件很麻烦的事。

因为,绕索的人清楚如果绕得不整齐,这些绳子一旦打结或纠缠的话,那么当把绳子撒出去之后,很有可能会把扔绕索的人的手脚甚至整个身子都勒住,叫人动弹不得,一旦出现这种情况,后果就严重了。

一般情况下,在英国人的捕鲸船上,都会有两个盛绳子的桶。

他们这样做很聪明,可以不怎么费力地把这两个桶安置在船舱里。而美国人就不是这样了,他们只有一个直径和深度都在近三英尺的大桶。

要把这样一个庞然大物安放在地方有限的船舱里,实在是让人伤透脑筋,要知道,无论从哪个方面来讲,这家伙都给捕鲸小艇增加了不小的负担。

那些桨和这只大桶是捕鲸小艇上除了六个标枪手和舵桨手之外的东西了。

做个比喻,如果找一大块漆布盖在大桶上面的话,看上去就像是六个人划着小艇,给可恶的大鲸鱼送去了一个硕大的结婚蛋糕。捕鲸索被人们缠绕进桶里,而两个头儿却都被留在了外面。

把下面的头留在外面不是没有道理的。鲸鱼被标枪扎中之后,很有可能潜入海底,有时会把一整根绳子都拖尽。如果那家伙动作太迅速的话,会把小艇也一并带入海中,拖向海底,这么一来,任凭你在水中如何扑腾叫喊,也再也见不到你的小艇了。它已经被鲸鱼拖着送给了龙王。

要是你的捕鲸索两头都是露在外面的话,就好得多了。

当被扎中的鲸带着捕鲸索没命地逃窜的时候,你只需把捕鲸索下面的头和邻船的捕鲸索连在一起,这样一根绳子就变成了两根绳子,中了枪的大鲸就只能拖着两根绳子在两只船的下面游荡了。

要讲清楚捕鲸索的安放就已经是一个很复杂的事情了,而要讲清楚捕鲸索的使用则更为麻烦。

先把捕鲸索的上面一头从桶里拉出来,绕过船尾的一个起滑轮作用的圆柱,再把它笔直地拉到船头,交叉着绕在每一把桨和橹的把子上,然后拉到最前面的木楔或沟槽里,绕在沟槽里一个有扣轴的地方,别让它松脱了。

这还没结束,还得从扣轴那里拉到船头的饰物上绕一圈,绕回来,在索桶上绕六十到一百二十英尺的样子,再绕回到船舷,拉到船尾,和标枪的绳子连在一起,才算完事。

十分复杂吧?

捕鲸索就这样复杂到极点地绕在捕鲸小艇上,简直是结结实实地把捕鲸小艇来个五花大绑。对于每一个水手来讲,这些绳索都是天罗地网。要是一个没出过海的人看了这阵势,是一定会胆怯三分的。

这些绳索眼花缭乱地缠满了印第安人的全身,就像是无数条蟒蛇,小艇上的每一个水手都置身于这危险之中。

他们的危险在标枪被掷出去的那一刻就来临了。

那只被扎中的鲸鱼咆哮起来,拼了命地向前飞奔而去,那罗网也随之突然发作起来。

捕鲸小艇上的所有装置都高速运转起来了。

这时候的小艇处在激烈地摇晃之中,每个人对自己的平衡无法掌握。

他们像是上了绞刑架一样心里在颤抖着。他们知道自己已经无法主宰自己的命运了。但是就在危险没有出现以前,船上的每一个人还在尽量放松着自己。他们互相逗着,插科打诨,远比在一般的时候说得机智和精彩。

但是,谁知道他们是不是就此去了鬼门关呢?

要是你是干这一行的话,你经常可以听到这样或那样的不幸消息,某某让捕鲸索给缠住了,摔出去了,一命呜呼了。

当然,你也有机会亲眼见到。捕鲸者会面临的众多灾难,当然这只是其中的一种。暴雨来临之前的场面或许比暴雨倾盆而下的场面更让人感到恐怖。死寂,阴暗,乌云压城城欲摧。

一支来复枪,要是不告诉你它是一种武器的话,也许你并不会感到它的可怕,然而它的膛里却实实在在地装着火药和弹丸。

和上面的两个比喻一样,在捕鲸索还没有发生致命的伤害之前,它静静地绕在船上的索桶里。

要是你只是作为观光者坐在艇内的话,你也许不会觉得它是一个让人感到恐怖的东西。

可是船上要接受挑战的六个人并不这么认为,他们不知道等待自己的是什么命运。他们被恐惧笼罩着。然而仅仅是这几个人被危险笼罩了吗?

对于我们人类而言,没有谁是不生存在类似于这种危险的笼罩之中的!

无论你是否意识到,你来到这个世界的时候是戴着绳索来的。这绳索你可以意识到,但却看不到。这绳索在死神到来的时候一下子拉紧了。

这时你才深刻地体会到它的存在,但你已经永远地去了。

开始了人生,你就已经在捕鲸小艇里了。

还是豁达地面对人生吧,使自己的一生就像是坐在自己家的壁炉前,自始至终心情轻松,泰然处之。

61. 初试锋芒

斯达巴克认为他们见到那只白乌贼是一个凶兆。

可好斗的魁魁格并不在乎这些,他只感到一种要上阵了的兴奋。

“我们已经见到了大乌贼,这就意味着,我们马上就能见到抹香鲸了。”

魁魁格一边兴奋地叫着,一边在艇头上一下又一下地磨着他的标枪。

见到白乌贼的第二天,天气十分炎热。捕鲸船在印度洋上静静地航行着。除了偶尔能看到一些飞鱼等不甘寂寞的家伙以外,周围的海域没有一点声音。由于这一带基本上不会有鲸出没,所以,大家都没有什么事情可做。天气又比较闷热,因此一个个都打起了盹儿。

他们打盹儿的时候,我正在前桅顶值班。护桅索懒洋洋地晃悠着,再加上没有一点儿声音,我实在没有精神。

我回头看看,在中桅顶和后桅顶值班的同伴,这时都已经打起盹儿来了。我终于支持不下去了,也渐渐地迷糊起来。我像大钟里面的摆一样,没有意志的身体在空中有节奏地晃来晃去。整个海面都在打着盹儿。

捕鲸船在被扰醒的浪花中驶向前方。

忽然间我被震醒了,我的身体摇晃起来。我下意识地紧紧抓住护桅索,同时睁大眼向四下望去。

我的天哪！一只大鲸！一只大抹香鲸正在离我们的大船后面不到二百四十英尺的地方悠闲地玩耍着。

那抹香鲸在海面上翻来滚去，刺眼的阳光照在它黝黑而又宽阔的脊梁上。它的脊梁像一面巨大的镜子，在正午的海面上闪耀着。它就像是你邻居家的大胖老头一样，在午饭之后懒洋洋地走在花园里，拿着他的大烟斗，活神仙似的吞吐着烟雾，十分悠闲。有一点不一样的地方是，抹香鲸喷出的是像喷泉一样的水柱而已。多可怜的抹香鲸啊，它肯定想不到它的大祸就要临头了！也许，这一会儿是它此生中最后的时光了。

全船的人刚才还处在朦胧之中，刹那间就全部像从被施法术后又醒来一样。

"快看，抹香鲸！"所有的人都张大了嘴巴，声音都变了调地大叫起来。

"快，快解开捕鲸艇，放下去，接近它！"

亚哈船长下令。他一边叫着，一边已经开始行动了。

那只抹香鲸被亚哈船长和其他人的叫喊惊动了。

船上的人眼见着它不慌不忙地掉转头，背对着他们的船，向后游走了。

好像它只是不高兴被这群人扫了兴致，丝毫没有预料到他们会给它带来杀身之祸。

亚哈船长命令大家谁也不准大声说话，免得惊动了水中那个并没有把他们太当回事的抹香鲸。一行人悄悄地坐在小艇上划过去。

只见那家伙在他们快要靠近的时候，头向下一扎，一下钻到海里去了。四十英尺高的大尾巴在海面的半空中来回晃了几下，沉到了水下。

"它跑了！"

有人大叫起来。

斯塔布不急不慌地摸出火柴，点燃他的烟斗。他知道：他们需要做的事就是静静地等，用不了多久，那家伙准会憋不住自己冒出来。果然如他所料，时间不长，那家伙从在斯塔布的小艇前面冒了出来。

斯塔布心里一阵喜悦。

"你跑不了了。"

他大声地嚷着。

"行动吧，伙计们！"

所有的人都立马开始行动，只听得桨声水声此起彼伏。那只抹香鲸的头已经抬了起来，它准备加速逃跑，因为感受到了这帮人要杀死自己的危险。

"划，快点，快划，伙计们，使劲划呀，对，就是这样。"

斯塔布一边大声地指挥着，一边还不停地吸着他的大烟斗，不时地喷着烟。

水手们被他鼓动了，一个一个地开始像打仗一样地喊叫起来，有粗声的，有细声的，有调高的，有调低的，一时之间，就像是一队冲锋的士兵一样喊声震耳。

"加——拉！咕——噜！"魁魁格像嘴里在使劲地嚼着一只南美洲的蜡嘴鸟的肉那样大声地咆哮着。

斯塔布和他的伙计们声势浩大地向着抹香鲸前进。

斯塔布稳稳地坐在最前面的位子上，沉着冷静地指挥着船上的水手。

"来吧，塔斯蒂哥，刺那家伙一枪吧！"

斯塔布下了命令。

塔斯蒂哥立马站起来，摩拳擦掌。他从叉架上拿起自己标枪，用眼睛瞄着。

抹香鲸被扔过来的标枪扎中了。

只听得一片欢呼声。

“往后倒划。”

斯塔布对桨手下着命令。

捕鲸索迅速地从索桶里跳出来,被抹香鲸拖向大海。捕鲸索在船的周围急速蹦跳着,嘶嘶直响,大家甚至能够感到捕鲸索和其他东西因摩擦而产生的微微的热气和淡青色的烟雾。

斯塔布早早就迅速敏捷地把绳子在圆柱上绕了两圈,飞跑的绳子把他的手磨得火辣辣的疼。他像是在抓着一把两边都开好了刃儿的剑,拼命地抓住绳子。

“想从我的手中跑掉,门都没有。”

斯塔布一边自言自语,一边又大声地命令:

“快,往绳子上泼点水。”

桨手急中生智,一把抓下帽子,弯下腰从海里舀上一帽子水,倒在圆柱上。

浇了水的捕鲸索不再因为太干而打旋了。

然而捕鲸小艇的全身都被各处的绳索拉得紧紧的,而这被抹香鲸拖着的绳索又恨不得一下子把小艇掀翻,现在处境真的是十分危险。

抹香鲸和全船的人就在这根长长的捕鲸索上较着劲。

每一个人都紧紧地靠着自己的座位,一动都不敢动,也没法动。

有的水手为降低重心,身子甚至像虾米一样地曲起来,生怕自己不小心一动,哪怕就是微微的一下,就会被抛到大海里去了,永不会回来。

就是因为这样才发生了无数的悲剧。

小艇像打摆子一样在海面上挣扎着、颤动着,同时嘎嘎地响个不停。

似乎整个太平洋和大西洋都从他们的身边掠过了。

他们就这样不要命地追着那只鲸在海面上飞驰。

终于,那只鲸的游水的速度开始降了下来,而且是越来越慢。

“那家伙没有力气了!”

斯塔布对着舱里的伙计们嚷道:

“快,快靠近它!”

小艇驶近那只已经快筋疲力尽的大鲸。斯塔布“扑通”一声跪在了船头,上半身直直地挺着,一枪接一枪地向大鲸投去。大鲸的头上和身上扎满了一支一支的鱼枪。小艇跟着斯塔布的指挥,不时地前进或后退。大鲸流出的血早已把四周的海水染得一片血红。大鲸垂死的身体在血水之中不断地翻滚着、挣扎着向前游去。鲜血染红了好几海里的海水。船上的每一个人都被血红的海水照红了面颊。标枪还在不停地投向大鲸,一支又一支。

有些时候,鱼叉从大鲸身上拖回来之后就已经弯了。

斯塔布在船头上把它们迅速地敲打直后就再次将它们扎向大鲸。

大鲸的鼻子里不断地向天上喷着水柱,越来越低。

最后,水柱渐渐地消失了。

“过去!”

斯塔布下令。

小艇靠在近得只要斯塔布一伸手就能够得到它的躯体的大鲸身边。

斯塔布一枪一枪地在大鲸的巨大的躯体上戳着,每戳一下都把大鲸更进一步地逼向死亡。猛地,大鲸从昏迷中醒来,又开始大幅度地翻滚。

小艇向后退了一点。

船上的人在不远处看着这家伙在血水里盲目地挣扎,知道它的死期已经到了。大鲸在临死之前的样子,让人看了十分可怕。终于,那大鲸痛苦地抽搐了几下后,喷水孔里喷出一团团血红的东西,直喷向蓝蓝的天空,又落回到它的身上,血水顺着它的躯体滑进海里。大抹香鲸的心脏崩裂了。

“它死了!”

塔斯蒂哥告诉斯塔布。

“是呀,我的烟斗也灭了。”

斯塔布从自己的嘴里取出烟斗,把烟斗中的烟灰磕出来,当风扬向了海里。

斯塔布望着这只死在了自己手里的大鲸。

大鲸像一座小山一样漂浮在水面上。

62. 英雄的标枪手

每一个捕鲸过程之中,舵手和标枪手这两个人物的作用是最重要的。

在捕鲸过程中,尤其是在下到了捕鲸小艇上的最后关头中,每一项分工都是清楚明白严密有序的,各岗位之间既分工又合作,一丝不苟地进行自己的工作,谁也不敢有丝毫的大意。

若整个捕鲸工作失败或者有人因此丧命,原因仅仅是由于一点点疏忽或者说失职。

每当捕鲸小艇离开了大船,开始实施对目标的攻进之后,这时候,这只小艇的临时舵手,就成了这只小艇的指挥官,所有人都得听他的安排,而在最前面划着第一支桨的那个人,则正是我们接下来要说的标枪手。

标枪手是捕鲸小艇上的第一个进攻者,他能否成功关系到整个捕鲸过程的成与败,所以捕鲸工作对标枪手严格而又苛刻。从这个方面说,标枪手承受的心理压力是非常大的,如果你成功了,大家会拥戴你为英雄,船长也会欣赏你,要是失败了呢?就会十分的倒霉,你伙伴的取笑、挖苦甚至辱骂,就会不断地袭向你,有的甚至还没等回到大船上接受船长的咆哮就已经在小艇上气炸了肺。是否能任用一个好的标枪手,对于船长来说也非常的重要。

为什么有的捕鲸船能满载而归,而有的捕鲸船却一无所获呢?诸多原因中肯定少不了的是老板或船长没有选对一个好的标枪手。不管从哪个角度来讲,标枪手都是整条捕鲸船上的超人。

首先,他要有一只十分结实的胳膊,这支胳膊能保证他把那支十分沉重有力的标枪一下子扔出二三十英尺以上,特别是第一枪,更要保证它的高准确性和高成功率。

不仅仅是扔标枪,在没有投标枪和投枪的间隙,标枪手还要和其他桨手一起用力地扳桨。

不要认为这样就没了,标枪手还有一项十分重要的工作要做,即充当全船的号子手。

不管自己紧张到什么程度,用力用到什么程度,他都得不停地呼喊和叫嚷着,反反复复地,给他的伙伴们加油鼓劲,一直到大鲸一动不动了为止。

经常出现的情况是,最后大鲸和标枪手一样筋疲力尽,一个死去,一个累倒。

标枪手是一艘捕鲸船的重中之重,是榜样和力量所在,当指挥者大喊着:

“标枪手,起来,给那家伙一枪吧!”的时候,这个英雄便浑身闪着光彩地出现了。

他从小艇里站起来,弯着腰,转身从叉柱上拿过他的标枪,用尽力气投向即将成为他的枪下之鬼的巨鲸。标枪朝目标飞去,后面传来是伙伴们的一片欢呼。

63. 令大鲸生畏也令自己生畏的标枪

标枪在没有被使用的时候,一般是被放在叉柱上的。

所说的叉柱,实际上是用一种特殊的树杈做成的,差不多有两英尺左右的长短,垂直地插在接近艇头儿的右舷边上,也就是在标枪手座位的旁边,标枪手就像一个猎人听到狼嚎,迅速地从墙上取下自己的猎枪一样,可以随时接受命令抓起标枪。

一支叉柱总是架有两支标枪,分别是头枪和二枪,每支枪的后面都接着一根捕鲸索。

在一般情况下,如果两支标枪都能被标枪手投射出去的话,那就最让人高兴的了。因为这样一来两支枪都能发挥作用,二来也不会给留在船上给人们带来潜在的危险。要知道,当大鲸中枪之后,捕鲸小艇翻来颠去,捕鲸索在凉风中飞舞,那支闪着亮光架在人们身旁的标枪是让人们感到多么恐怖。

因为第一支枪在扎中大鲸之后,大鲸就已经疼得开始胡乱地折腾起来了,标枪手根本没机会再给它加上一枪,所以在这种情况下就只能快点把剩下的那支标枪扔掉,扔到海里去。所以大多数情况下不可能接连投出两支枪。

扔到海里去的那支标枪,它在水里浮着,随着漂来荡去,在捕鲸小艇和鲸鱼之间不时地出没着,也充满了危险,依旧让人十分担心,一旦标枪那锋利的刀锋碰到捕鲸索,把捕鲸索割断的话,那一切又是白费力气了。

当四只捕鲸小艇围着一只强壮又狡猾的大鲸作战时,场面上经常是漂着八到十支标枪,由于每只小艇上还配有备用的枪,为的是头枪没有刺中目标,又找不回来的时候,可以随手拿来用。可以知道,那是多么的让人神情紧张啊!

这些标枪的危险解除的时候也就是大鲸四脚朝天地死亡的时候。

人们这才长出一口气,平复自己的心境,从海面上捞回这些威胁着大鲸也威胁着自己的武器。

64. 斯塔布的晚餐

我们离杀死那只抹香鲸的地方还有挺远的一段距离。

好在天气不错,没什么风,也没有什么浪,这让我们能够比较轻松一点地把那庞然大物拖回到我们的大船边上去。

我们把三只捕鲸小艇串连在一起,拖着我们的战利品慢慢地往回划。现在可是体会到在中国的大运河上做纤夫的滋味了,以前我们只是听说过,我们现在的感觉比那滋味要难受得多。

三只艇上一共十八个人,三十六条胳膊在使劲地划着,划了很久才把鲸拖了一小段。

过去了一个钟头,又一个钟头过去了,直到夕阳西下,天色渐晚,我们才把鲸拖回到“裴廓德号”旁边。

亚哈船长站在船头一路看着我们。大船上三盏灯高高地挂在桅杆上,多多少少照亮点路。

亚哈船长从别处拿来一盏灯,放在舷墙上,照着我们拖过来的那只抹香鲸。

他不知道在想些什么，神情显得有些茫然。过了一会儿，亚哈船长从沉思中回过神儿来，吩咐我们一定先把死鲸捆好之后再上船。然后，他一声不响地走到舱里去了，直到第二天早晨才见他出来。

铁链子发出“哗啦哗啦”的声响，锚也被抛到海里去。

水手们在忙着把鲸绑住，大家把它的头绑在船尾，尾巴绑在船头。

亚哈船长还是不怎么高兴，甚至有些不快和失望，像是一看到这头抹香鲸的尸体，就立刻联想到他的仇敌——白鲸莫比·迪克。

他感兴趣的不是这个家伙，他的目标在于那个在脑中挥之不去的家伙，这个目的虽然伟大但是也近乎疯狂和偏激。

在亚哈船长看来，除了莫比·迪克之外的任何一只鲸，都无法引发他的兴奋和满足。

虽然一向沉着脸的亚哈船长并没有流露出兴奋的目光，但这次胜利的头号功臣斯塔布却兴奋得不得了。他得意扬扬地在甲板上走来走去，跟这个那个大声说笑，显得异常活跃。斯塔布高兴的原因有两个，一个是他胜利地捕回了大鲸，另外是他有可口的鲸肉来饱餐了。

“嘿，大个子。”斯塔布大声地喊塔斯蒂哥：“今天睡觉之前我可要吃鲸排，大吃一顿，吃个痛快！快点下去，给我弄点上来，要腰那个地方的，动作快点！”

斯塔布之所以这样做真的是出于对鲸肉十分的喜好，并不是出于对大鲸的痛恨，就像交战双方打完仗后，获胜者一定要向战败者提出索赔一样。了解这些捕鲸者的人都知道，像斯塔布一样喜欢吃鲸肉的捕鲸者有很多，有人甚至对鲸的某些小器官更加偏爱。

斯塔布的鲸排被做好送来的时候已经是半夜了。

斯塔布摩拳擦掌地在甲板上的绞盘旁坐下来，借着两盏鲸油灯的亮光，狂吃大嚼起来。

就在斯塔布喜滋滋地享用着他的美餐的时候，成千上万的鲨鱼也和斯塔布一样沉浸在用餐的喜悦之中。它们成群结队地围在斯塔布他们杀死的那只抹香鲸旁，畅快淋漓撕咬着一块块的美味，异常痛快地咀嚼着。

一帮鲨鱼吃饱以后心满意足地走了，另一帮饥饿的鲨鱼又来了。

睡在底舱的水手们隔着船板只和鲨鱼离着不到一英尺远，鲨鱼在一旁游来荡去，尾巴不时地敲击着船身，“啪啪”的声音不时地弄醒熟睡中的船员们。

如果你站在甲板上，靠着船舷望向海面，你就会发现那群凶悍且贪得无厌的东西。它们互不相让地争相享受这顿美味，在漆黑一片的水里争抢和翻滚。这群鲨鱼撕扯鲸鱼的独特的方法让人拍案叫绝。它们先用嘴咬住鲸身上的一个地方，然后身子猛地向后一仰，于是人的脑袋那么大的一块鲸肉就被它们从鲸的身上咬下来了，动作之规范，力量之惊人，鲸肉大小之均匀，实在是匪夷所思。

在这群家伙饱餐完扬长而上去之后，死鲸的身体上会留下无数像木匠为了装螺丝而事先用木钻在木板上面钻好的一个一个的孔眼那样大小一致的洞。

就在斯塔布在甲板上狂吃大嚼的时候，成千上万的鲨鱼就在他下面的海里聚着享用鲸肉呢，双方都在做同一件事，但谁以没有理会对方的存在。

在捕鲸船不远万里的巡游中，眼下正在把他们冒着生命危险捕获到的战利品当作美餐的家伙是最最忠实地跟随着他们的。

当然，这些鲨鱼跟着捕鲸船，并不是为了给他们保驾护航，而是为了免费地享用捕鲸船的劳动成果，它们的目光时时刻刻地瞪着眼盯着船上的人，等待着一次又一次机会的出现。它们躲在一旁冷眼相观捕鲸船同抹香鲸殊死相斗，在平常它们自己也望而生畏的抹香鲸被捕鲸船弄得一命归西之后，它们便蜂拥而至了。

这些鲨鱼们在海上干着这种类似于乞讨者，更确切地说是海盗一样的行径，它们追随贩卖奴隶的船只，等待着不时扔进海里的死亡奴隶的尸体，袭击海滨浴场，让游客们命归黄泉等类似行径。只有在干这种卑劣的事情的时候,这些家伙们才显得异常兴奋,神采飞扬,精力旺盛。

在人类社会,在你我的周围,不也是游荡着无数和这些鲨鱼一样的家伙吗?有的人,你能感觉到他的存在,有的人,你感觉不到他的存在,但不管你是否感觉到他们的存在,他们都始终存在,在某个角落里不变地瞪着饥饿的眼睛注视着你,等待着吃掉你的机会。

可斯塔布现在显然并不会在意这些鲨鱼的存在,只是在抱怨厨师给他做的鲸排味道不对。

斯塔布仿佛扔一支标枪一样把刀叉往盘子里重重地一扔。

"厨师,快过来!"斯塔布大声吆喝着黑人厨师。

黑人老头在暖和的舱铺里刚入睡,就被斯塔布叫醒了,显得非常不高兴,但也无能为力。

黑人老头有些一拐一瘸地从舱里走了出来,撑着他的火钳,在离斯塔布不远的地方停了下来,低头向斯塔布行礼,同时又歪着头,让那只好用的耳朵对着斯塔布,等着他的教训。

"嗨,我说厨师,你看看你煮的,我给你说过可不止一次了吧。鲸排不能煮得太老,要煮得生一些。"

斯塔布用叉子举起一块血乎乎的鲸排给老厨师看了一下,又把它迅速地扔到嘴里嚼了起来。

"煮得太烂了!"

斯塔布又接着说:

"你到船舷下面,去看看那些鲨鱼是喜欢吃生的,还是喜欢吃老得嚼不动的,去啊!"

斯塔布随手抓起附近的一只灯笼递给老厨师:

"请你顺便告诉它们吃东西的时候不要吵也不要打架,如果影响到我吃鲸排的心情,我就要不客气了!"

老厨师一脸不高兴地从斯塔布手里接过灯笼,一拐一瘸地走向船舷,他把灯笼伸到船舷外面,照着海面,另一只手则煞有介事地挥着他的大火钳,身子俯在舷上,冲着下面的鲨鱼嘀咕起来:

"我说下面的鲨鱼,如今我来传达斯塔布先生的命令,即你们要立刻停止那该死的吵闹,因为斯塔布先生正在吃着和你们一样的美餐。

"瞧瞧你们,吃的声音有多响,多么让人讨厌呀!斯塔布先生说了,只要你们嘴里不发出声音,不管吃多少都没关系,就算吃得肚皮撑了起来,一直塞到喉咙口也没事。"

斯塔布就在厨子对鲨鱼唠叨的时候站到了他的后面,他重重地在厨子的肩膀上一拍说道:

"它们是罪犯,你讲话太温柔了,你必须凶一点,得恶狠狠地骂它们,否则它们是不会改过自新的。"

厨子气得转身想走:

"那还是你和它们来说吧!"

"这可不行,你还得再说下去。"

斯塔布拦住了厨子。

厨子只好无奈地接着说下去:

"亲爱的伙计们,尽管贪得无厌是你们的本性,尽管你们无论如何也改变不了这种本性,但我还是要劝劝你们,你们就不能稍微地收敛一点吗,起码别老用尾巴把我们的船撞得他妈的这样响,你们知不知道,这他妈的有多烦人!

"但是我也知道,你们根本不会改变你们那令人厌恶的本性,否则你们就不是鲨鱼了,而成了仙了,不过,即使是现在成了仙的,也不见得脾气就是好的。

“嗨,我说你们,别无视我行不行,别这样不要面子好不好,别打架,别抢人家嘴里的东西呀！你们互相之间应该谦让点,让小鲨鱼也能吃到一点,要知道,你们现在吃的可不是本属于你们自己的呀!”

斯塔布在旁边听得很高兴：

“说得不错,接着说。”

“但它们是根本不会听的呀,它们现在正忙着装满它们那无底洞一样的肚皮,再说下去也没有用的。”

“对,我看也是,那就随它们去吧,我还想好好地吃我的晚餐呢!”

厨子听了这话,尖声对着鲨鱼群叫起来：

“你们这些见鬼的东西,吵吧,吃吧,总有一天会把你们统统都撑死!”

“你有多大年龄了?”

斯塔布一边美滋滋地吃鲸排,一边问厨子。

“这跟鲸排有关系吗?”

“告诉我就行,不要管。”

“九十岁吧,他们都这样说。”

“哈,都快一百岁了,可还不懂怎么煮鲸排,那你在哪里出生?”

“美国弗吉尼亚的一只渡船上。”

“我想你还是再投一次胎去学学怎样才能把鲸排煮好些。”

那厨子转身欲走。

“回来,你尝尝你做的鲸排吧!”

斯塔布用火钳夹了一块给老头。

老头用自己干瘪的嘴接住,有气无力地吧嗒了一阵,嘀咕着：

“我还从没吃过这么好的鲸排呢!”

“厨子,我再问你,你信教吗?”

“去过一次教堂。”

“去过一次也算信教？但我还想问你,你死后要去哪里呀?”

“我不用操心这个,到时候自然会有神仙来接我走。”

“把你接到哪呢?”

“上边。”

厨子一本正经地用火钳指着天上说。

“那是桅顶楼喽,那上面可是很冷的呀!”

斯塔布开玩笑道。

“我说的可不是那里。”

“我了解,你是说你会从那儿爬到天堂里去,是吗?”

“我想是的吧。”

“但是……”

斯塔布的话题又回到了鲸排上。

“可是你连鲸排都做不好,还想上天堂？你要记住,以后一定要按我要求的办法做,还有,明天切大鲸的时候,你要守在旁边,把鲸鳍的尖儿挑出来,收着腌菜吃,另外明天早上我要吃炸鱼球,晚上我要吃炸鲸片,明白没有？要是明白了,就给我鞠一躬,去吧。”

厨子终于被斯塔布放了。

他往自己的吊铺走去,嘴里还怨气十足地小声说着：

“上帝啊,他简直比鲨鱼还不如,还是让大鲸把他吃了吧,不要再让他吃鲸鱼了!”

65. 嗜鲸为生的人们

在自然界中,包括人在内的动物都会因生存问题而展开各种厮杀。厮杀都是很残酷的。

捕鲸可以算是最残忍的一种了。虽然,捕鲸者的行径比用自己的利爪和牙齿去撕咬对方还要野蛮。你会越来越深刻地体会到这一点。

就像斯塔布那样,借着抹香鲸的油产生的光吃着抹香鲸的肉。人类对这些动物的欲望致使他们对动物如此的野蛮。事实上,早在几百年以前,人们就已经清楚鲸鱼确实浑身是宝。

首先是鲸油,如果炼得好的话,简直比上好的葡萄酒还要贵重。

因此,最了解鲸鱼的好处的爱斯基摩人提倡婴儿要食用鲸油,在他们看来,在所有的油料之中,鲸油是最具营养价值的一种。甚至就连炼油后剩下的油渣都是好东西。鲸油的油渣呈棕黄色,又香又脆,特别像荷兰主妇做的煎油饼,让人看着就有食欲。

在捕鲸的历史上,有过油渣救命的传说。

很久以前,出现了一只英国的捕鲸船由于意外的原因被阻在了格陵兰这样一件事。那是一件无法想象的事情。按正常的想法,一切都会结束,首先结束的是他们这些人的生命。

整整好几个月,那群人没有一点食物,只是依赖于别的捕鲸船榨完油后扔在海岸上,并且已经发霉了的碎油饼维持了生命,直到获救。

但是,和鲸肉比起来,我们在上面说的鲸油和油渣就算不了什么了。

三百年以前,以好的部位的鲸肉为美食简直是一种时尚,是荣耀和地位的象征。

比如说露脊鲸的舌头吧,在法国很值钱,价钱卖得就很高,高得让人咂舌,一般人买不起。

曾经有一个宫里的厨子,发明了一种蘸烤鲸用的酱油,这一发明就得到了亨利八世的重重奖赏。发明吃鲸的调料也能得奖赏,这就足以见得宫里人是多么喜欢吃鲸肉呀。

在那个时候,如果得到国王赏赐的一只小鲸的话,这就是至高无上的荣耀。苏格兰著名的丹非莫林修道院就享受过这种荣耀。

但进入文明社会以后,除了偶尔之外,人们对鲸肉就没这么大的兴趣了。甚至对你面前摆上的一大桌都无动于衷。为什么呢?

因为现在人们觉着那东西比黄油还要腻,油腻得让人无法接受。但是,有时候还偶尔和其他的食物掺在一起吃,多半是因为新鲜。

但是鲸的有些部位现在人们依旧把它们当作美食,比如说味道有些和小牛的脑子差不多的小抹香鲸的脑髓,现在依然是上好的菜肴。

不怎么富裕的人对鲸脑还是望而止步,只有那些花花公子们在这美味面前慷慨解囊。这样也不错,这鲸脑对于这些腰缠万贯但大脑迟钝的庸俗之人来说,应该有些好处,可以给他们好好地补补脑子,让他们稍微变得聪明一点。

善良的没有出过海和鲸鱼斗争和死亡斗争的人,肯定不会像斯塔布那么残忍。他们在胸前画着十字,一边谴责同类的这种罪行,一边乞求上帝宽恕他们。

残忍是人的生之本性,你不可能免俗的,你在动物眼中永远不会成为一个没有血债的"好人"。

你在吃牛排的时候没有想到过牛是不是心甘情愿给你吃的,可你连吃牛排的刀子都是用牛骨做的柄。

你在吃肥鹅时没有想到过鹅是不是心甘情愿给你吃的,但是你在吃完鹅之后,用于剔牙的正是这鹅的羽毛。

我这样说可不是为了让你自责,就是“禁止虐待雄鹅协会”也不过才在一个多月前通过一个决议,推荐使用钢笔替代鹅翎写字,而且现在,他们自己还没做到呢。不要害怕,朋友,将来在上帝面前你并不是罪恶深重的!

66. 可恶的不劳而获的鲨鱼

对于捕鲸船来讲,每一次的捕鲸过程实际上都是由捕获阶段和处理加工阶段这两个阶段组成的。捕获阶段过去之后,通常不会马上进入处理加工阶段,因为人们都已经筋疲力尽了,根本没力气接着干下一件事。

而处理加工则需要所有人一齐上阵,而且是同样要花费力气的。

一般是大家先把死鲸从捕获的地方拖回到船边来,牢牢地将它同船绑在一起。

否则,死鲸很可能会被风浪吹走或者让其他什么动物拖走。

之后,因为明天还有更重的活儿要干,所以除了值班的人之外,所有的人都回到了各自的舱里大睡。

在天亮之前,船尾上总要留人守夜。

一般情况下,是四人一班,每班一小时,由大伙轮流着来值。

守夜时碰到最多的事情,恐怕要数鲨鱼群集体来吃死鲸了。

几乎每一次都有鲨鱼围食死鲸。

但大多时候,鲨鱼的数量并不是很多,可以随它们去争抢,最多找个捕鲸铲伸进水里,狠狠地搅和一通,把大部分鲨鱼吓走也就完了。

但是这种办法有的时候是根本不管用的。

比如说在太平洋附近的赤道上,把一只死鲸放上六个小时的话,那么天亮的时候,这死鲸充其量只会剩下一个庞大的骨架。

而其他所有的东西,早已进了数以万计的大鲨鱼的腹中。

在鲨鱼吃死鲸的过程当中,不管你怎么恐吓它们,也不会有任何效果。

此次,斯塔布他们就遇上了差不多一样的事情。

当斯塔布吃完鲸排,心满意足地来到甲板上值夜时,正好碰见魁魁格和另一个水手也在。

他们的到来使下面的鲨鱼群受到了惊动,也使斯塔布他们十分吃惊。

“怎么有这么多,他妈的?”

魁魁格一边骂着,一边放下两只梯子,又找来两只灯笼,顺着梯子放到下面去,照亮水面。

此后,魁魁格便开始用捕鲸铲狠狠地向鲨鱼戳去。

魁魁格和他的伙伴用捕鲸铲对鲨鱼脑壳的攻击无疑是致命的。

不过,由于鲨鱼受攻击之后开始横冲直撞起来,使得魁魁格他们的攻击也开始没头没脑起来了。

这样鲨鱼更是乱了套。

被击中脑壳的浮在水面上,被铲开肚子的则把刚吃进肚里的鲸肉和它们自己的肠子弄得到处都是。

鲨鱼们被魁魁格他们铲得像一群疯狗一样。

它们开始内讧起来,互相厮咬,甚至自己咬自己,弄得海面上到处是血,尸横遍野。

魁魁格他们拖了几只上来,想剥它们的皮。

当魁魁格正要把一只死鲨鱼的嘴合上的时候,那鲨鱼的嘴巴竟不知怎么回事咬了一下,险些咬掉了魁魁格的手。

魁魁格更生气了,他狠狠地剥着鲨鱼的皮,嘴里骂声不断:

“我不在乎你从天神还是地神那里来,我杀了你后,让创造你的那个恶魔看一看!”

67. 分割胜利品

天亮之后,“裴廓德号”要宰那只刚刚捕获到的抹香鲸了。

这天正好是一个星期天,是基督教的安息日。

但是,“裴廓德号”的每一个水手都成了屠夫。

这里所说的“宰”实际上就是把鲸身上有用的鲸油割下来。

这工作可是极烦琐且极要技术的,简直会让外行人看得眼花缭乱,不明所以。

斯达巴克和斯塔布站在船舷边的小挂梯上,每一个人的手里都拿着一把长长的铲子。

他们先在鲸身上靠近两鳍的上方铲出两个洞。

然后,再在这两个洞的周围铲出半圆的一圈小沟,再把从船上顺下来的钩子钩在洞上。

钩紧以后,他们向船上吆喝一声,船上的水手们就开始使劲了。

密密麻麻的水手挤在绞车旁边,一边喊着号子同时用着力量。

绞车是通过一条结实得不能再结实的绳子,穿过下桅顶上的一大串滑轮和钩鲸鱼的钩子是连到一起的。

水手们绞地十分用力。

每用一下力,船身便跟着猛地一颤。

过了一段时间,船身已经很大程度地倾向于大鲸那一边了。

这表明绳子和钩子给鲸的拉力已经足够地大了。

终于,船员们听到一阵急促的“嘶啦啦”的巨响,第一块鲸脂就从大鲸身上撕下来了。

同时,船猛烈地向后一仰,差点要翻船,跟大鲸分开了。

船这样分割鲸脂的办法和鲨鱼吃大鲸肉的办法异曲同工。

就这样,通过全船人的紧密合作,一遍又一遍地重复这过程,就像剥橘子皮一样从大鲸身上割下一大块又一大块的鲸脂。

大鲸的身子已经被吊得顶部快和主桅楼碰到一起的时候,也就是整个一条大鲸几乎要被剥光的时候。

被剥光的大鲸浑身是血,在人们的头顶晃来晃去,每一个人都小心翼翼地躲开它,害怕被这大白家伙撞到海里去,那样就麻烦了。

被割下的鲸脂源源不断地送进炼油房。

热闹的炼油房里除了偶尔有人嚷一声,骂一句之外,每一个人都在忙个不停。

68. 神秘的服装

要想知道鲸鱼这东西究竟有多大,现在我有一个数字可以让你充分地想一想。

我们这次从这只抹香鲸身上割下的油脂,差不多可以炼出一百桶左右的鲸油。

可是你要知道,只需十桶就可以凑成一吨,也就意味着我们从这只抹香鲸上割下的油脂总共可以炼出大约十吨重的鲸油。

而这还不是这只抹香鲸的全部油脂。

我们最多应该只炼出了炼出的总量的四分之三,至于剩下的四分之一,则是由于技术性的原因,被白白地浪费掉了。

因此,这只抹香鲸的鲸脂中所含的全部油量应该是十四吨左右。

想象一下,如果把这十四吨鲸油倒在陆地上,那将是一个什么样的状况。

简直可以形成一个小湖泊。

现在你可以容易地想象一下鲸大的程度了吧?

你在听我说完我们从大鲸身上割鲸脂的方法之后,会不会问这样的问题:

就像宰牛时先把牛皮剥下来一样,为什么不在割鲸脂之前先把鲸皮割下来呢?

这确实是个问题。

这是一个简单但不好回答的问题。

鲸的皮到底是什么? 又在哪里? 和鲸脂到底是不是一回事?

这些问题非常值得讨论,我就曾与许多的捕鲸人和学者反复地讨论甚至争辩过这些事。

现在的结论是这样的:鲸脂就单指鲸脂,和鲸皮没有必然的联系,就跟猪体内的板油一样,只不过均匀地包满了鲸的全身。

鲸脂又硬又结实还富有弹性,纹路很紧,差不多有一英尺左右厚,有的甚至能达到一英尺半。

既然鲸脂不代表鲸皮,那鲸皮在哪儿?

你能想到或者猜测到鲸的皮到底有多厚吗?

一般的结果你们会说它至少有几英寸厚。

你们想错了。

不是因为你们缺乏逻辑思考能力,而是从鲸的解剖学上看,鲸皮是一种和鲸的巨大不匹配的东西,它让人感到不可思议。

在鲸刚刚被杀死,身体还没有受到损坏的时候,如果有机会,你可以试着在它的表面上用手抓一抓。

或许,可以抓下一层很薄很薄的东西。

这东西薄如羽翼又像一层透明的绸子,非常柔软,还可以晾干,可以说这就是鲸的皮。

你也许绝对不会相信那么一个庞然大物,它的皮会比婴儿的皮肤还顺滑稚嫩。

可这是无可置疑的。

关于鲸的外表,还有好几样让人惊奇的地方。

第一,是它的身上满是密密麻麻的线条。

这些线条非常精美,其中很多线条可以组成有规则的图形,让人不禁联想那是不是什么象形文字。

这些图形就像是刻在鲸的身上一样,让人惊叹无比。

这些图形完全可以和密西西比断崖上的象形文字、金字塔的四壁上的象形文字、新英格兰沿海的岩石上的石痕相提并论了。

第二,鲸的全身都裹着一层厚厚的鲸脂,就好像是裹着一层天然的绒毯,或者还可以说是穿着一件毛大衣。

鲸能在各种各样的环境条件下生活自如正是因为有了这层鲸脂。

要知道,鲸和人类一样,是哺乳动物,有血有肺,它得时时保持自己的体温不变,不然的话血一冻结,它也就完了。

但鲸即使是在能冻死人的北极,它的血也同样是热的。

这是有人做过实验的。鲸在这种情况下的血比住在赤道附近黑人的血还要热。

所以我们应该由衷地赞叹这庞然大物,赞美它强大的生命力。

它也许不怕一切,但是除了人的野蛮之外。

69. 为大鲸送葬

庞大的抹香鲸终于被我们割得干干净净了。

它原本黝黑油亮的躯体现在却被我们弄得一片雪白。

它现在宛如一座坐落在风平浪静的海面上的用汉白玉雕成的坟墓。

同它还没死的时候比,它的身躯依旧是那么巨大,不见丝毫的萎缩。

我们同它朝夕相处了几乎算是整整一昼夜,一直以它为中心忙碌着。

这段时间里,它成了整个"裴廓德号"的头号主角。

可现在我们要为它举行葬礼了。

锚链"哗啦哗啦"被提了上来,"裴廓德号"和抹香鲸静静地分离了。

白而巨大的骨架开始缓缓地向船后漂去,越来越远。

除了亚哈船长和不能离开的人之外,几乎所有的人都到甲板上来为这只抹香鲸送葬。

太虚伪了,人类!他们残忍地杀死了它,割解了它,又默不作声地可怜着它还因它而内疚。

他们在胸前画着十字为它送葬。

还能再为它祈祷什么呢?安息么?

它来自海洋,最终又归于海洋了。

可即使这样它也无法得到安息。

但是它的厄运还没有在遭受了人类的蹂躏之后结束。

鲨鱼群和鸟群现在可以肆无忌惮地享用"裴廓德号"留给它们的午餐了,大抹香鲸最后的送葬者或许只有它们。

鲨鱼群杀气腾腾地冲了过去。

海水被它们激得浪花飞溅。

鸟群在抹香鲸的上空盘旋着,一次一次地向下俯冲,有的甚至就蹲伏在抹香鲸的白色的躯体之上。

又一个热闹甚至可以称得上是激烈的场面,只不过不是什么弱肉强食,而是强肉弱食。

这些鲨鱼和鸟看来比人类更加卑劣。

在人们无情地追杀着抹香鲸的时候,作为同是动物的它们,却是在一边冷眼观景,一直到人们为抹香鲸敲响了丧钟之后,它们蜂拥而至,高兴地来喝抹香鲸的丧酒,甚至为喝酒不均而互相争斗个不停。

但是这些无情无意的家伙们会说：

海洋上没有人的时候，我们会被鲸无情地屠杀。

人类，鲸，鲨鱼和鸟，以无情做武器搏斗着。

在以无情的程度作为胜利的武器上，人占了绝对优势。

或许只有莫比·迪克不服。

在海上航行或谋生的人都或多或少有点迷信，捕鲸者也不会例外。

那只抹香鲸活着的时候，捕鲸者并不害怕它，不仅如此，还要想尽办法使它死亡。

人们看着它越漂越远的白色尸体，对它的冤魂充满了恐惧。

漂在海面上的尸体就像是一个巨大的白鬼。

水手小心翼翼地记下“裴廓德号”制造这起惨案的地点，这样一来，当他们在多年后在经过这里的时候，千万要避开这地点，更要避开可能仍在这一带出没的白鬼，也许这白鬼能让他们樯倾楫摧。

他们仅仅是相信鬼吗？

要是他们不制造这冤魂，不就少了一个让他们心惊胆颤的鬼吗？

70. 狮身人面像

忘记告诉你，我们不光把那只抹香鲸的鲸脂割了个精光，而且还把它的头砍了。

要知道，抹香鲸可没有一个恰当的可以称之为“脖子”的地方。

不仅如此，在它全身最粗的地方正是我们通常叫作“脖子”的地方。

所以，要把一只抹香鲸的脖子砍下来，可不是一件容易的事。

所以有很多水手夸耀自己割鲸头的本领。

斯塔布他夸下海口，说自己只需用十分钟就可以利利索索地做好这件事。

斯塔布开始了他的工作。

他拿着鲸铲，就像是一个外科医生对漂在浊水中并且不停地随水滚动的庞然大物实施手术。

大鲸离他有十几英尺远，但他还是在头和脊柱之间准确地找到了自己要下手的位置。

他挥动鲸铲铲了几英尺厚的一圈，这一切都是在很不顺手的情况下进行的。

大鲸的头在不到十分钟的时间里就被斯塔布砍了下来。

水手们把被砍下来的大鲸头拖到了船尾，用一条大缆绳把它绑住。

放在这里，要等以后再慢慢地处理。

由于是一只非常大的鲸，所以就不可能把它拖到甲板上来。

先不用说有没有地方来放它，就是把它弄到船上来也办不到。

要知道大鲸的头几乎要占它整个身子的三分之一呢！

这么一来，吊车根本起不了作用，就像用珠宝店里用来称金银的秤去称一头奶牛一样，一点儿用也没有。

那只大脑袋就这样被拖在船后，有一半露在水面上，血淋淋的。

大家在所有的事情完成后，就回舱去吃饭或者休息了。

笑声从船头楼里传来了。

过了一会儿，甲板上又没动静了。

这时,亚哈船长从舱里走到甲板上来了。

亚哈船长在甲板上转了几趟。

拖在船尾的东西他看见了。

亚哈船长看了几眼,弯腰从甲板上捡起了斯塔布的鲸铲,对着那只血肉淋漓的鲸头狠狠地戳了几下。

然后,他又把鲸铲收回来,当作拐杖一样拄在腋下,不声不响地站在船尾,盯着那东西看。

亚哈船长说话了。

"你这个妖怪,怎么不说话?"

亚哈船长对着那只鲸头,开始自言自语。

"在这深不见底的海洋里,就数你最有发言权了,来跟我说说话吧。"

亚哈船长对鲸头态度好了很多。

"这海洋变化莫测,多少船队折楫沉沙,永远地留在里面,多少人的雄心壮志都变成了这海底里的白骨!

"可这里却是你的家,你的乐园,你比谁都更了解大海,更热爱大海。

"万事变幻,一切的一切都逃不过你的眼睛。

"灾难中,矢志不渝的恋人紧紧拥抱着,从燃烧着的船上跳入大海;阴谋中,被谋杀的人被神不知鬼不觉地扔进大海;母亲为了自己的孩子,宁可自己葬身鱼腹;卑鄙的小人,看着在死亡中挣扎的人却见死不救!

"所有的一切,只有你看得最真切呀!"

亚哈船长由衷地赞赏着。

71. 倒霉的兆头

就在亚哈船长对着抹香鲸头沉思默想的时候,瞭望水手在主桅顶上的大声地喊叫。

"有船过来了!"

"呃,是吗?"

亚哈船长的思绪从沉思中醒来。

"在哪里?"

"在右前方三个方位的地方,船长。"

桅上的瞭望者回答。

"快,靠上去。"

亚哈船长心中不禁涌上一阵喜悦,他一边下令一边向船头走去。

"这确实是个好事。"

亚哈船长兴奋地叫着。

有船驶来的消息使全船都为之精神一振。

那只陌生的船出现在亚哈船长的望远镜里。

他看到了它的小艇和桅顶上的瞭望者,断定和自己一样也是一条捕鲸船。

但是那只船似乎像没有看见他们一样要驶向别处了。

"快,发信号,看能不能联系上。"

亚哈船长命令道。

为了便于海上联系，美国的捕鲸船像海军一样各自都有自己的私人信号，而且都是公开的，所有船长都有一本信号册。

最后，那条船回答了“裴廓德号”发出的信号，联系上了。

那条船直直地朝“裴廓德号”所在的地方驶来，在不远的地方停住了。

那条船上放下一只小艇。

小艇直驶到“裴廓德号”的舷下。

可是，它的船长曼休先生却没有顺着“裴廓德号”放下的软梯爬上来。

原来，他们的船也是从南塔开特出发的，是一只名叫“一路平安号”的美国捕鲸船。

前两天，“一路平安号”上的水手染上了一种流行的病症。

虽然曼休船长和同他一起来的水手们都没有被沾染上，但是他还是怕传染给自己的同行。

于是，曼休船长就这样很别扭地隔着好几米远和亚哈船长交谈起来。

由于大船和小艇要在风浪之中保持平行，所以谈话不免断断续续，显得很费劲。

可是，也能勉强听明白。

就在两位船长隔船谈话的时候，斯塔布正在打量着同曼休船长一道过来的一水手。

那水手有点奇怪，他很年轻，身材短小，头发发黄，满脸雀斑，眼窝深陷，好像有点神经错乱的样子，让人印象深刻。

“就是他，一定是他。”

斯塔布看着这张怪异的脸，突然想起自己曾听过有关这个人的故事。

这个人是在一个神教的环境之中长大的，并且即使在那个类似于精神失常的神教中也是有名的神人，这足以看出他的疯魔程度。

不久前，他突发奇想，装扮成一个稳重本分的普通人，在南塔开特应征登上了“一路平安号”，给曼休船长做起了替补船员。

一开始还算平静。

但是等船到了远海，这家伙就开始露出了他邪魔的真面目。

他声称自己是天使长，是五大洋的代理管理者，是来拯救海洋的。

这家伙在发表了宣言之后便开始了他的种种不可思议的错乱行为。

他白天晚上都不睡觉，胡说八道，装神弄鬼的，甚至让船长跳到海里去。

因此，船上的一般船员就开始怕他，把他当作神圣不能冒犯的人物，并且这家伙越来越有市场，根本不把船长和大副、二副放在眼里。

船长对这个家伙十分讨厌，并且说在船靠岸后就把他赶下船去。

这下可坏了，几乎“一路平安号”上的所有水手都跑到船长那儿里去。

他们对船长说，如果船长让那家伙离开的话，他们也都不干了。

船长妥协了。

这下子那家伙越加地张狂了。

流行病发生以后，那家伙竟声称这场瘟疫是由他控制的，什么时候结束要看他的心情如何。

于是，水手们更害怕这家伙了，有的甚至大献殷勤。

两位船长在谈话，斯塔布也在琢磨着那个家伙。

“上来吧，伙计，我可不怕你们的流行病。”

亚哈船长真诚而又友好地邀请着曼休船长。

曼休船长还没接话，那家伙，现在告诉你他叫加伯利，却跳了起来。

“那病是很厉害的，你想象一下，寒热病呀，会使人全身发黄的，你们可得注意呀，不要让这种病也传到你们的船上啊!”

加伯利大声地叫嚷着。

“加伯利,请不要打扰我们谈话。”

曼体船长命令加伯利。

亚哈船长不理会这个很讨厌的家伙,接着和曼休船长谈别的事情。

“嗨,伙计,你们看到过白鲸吗?”

还没等曼休船长答话,加伯利就又凑上来了:

“你们可不要惹那白鲸,千万不要惹,当心它把你们的船撞个粉碎,当心它把你们都吞到肚子里,小心!”

“加伯利。”

曼休船长大喝一声,阻止着那疯子说这些捕鲸人最忌讳的话。

两边的谈话被一阵打来的浪头阻止了。

关于白鲸莫比·迪克的传说,在捕鲸船队里已经被广泛地传播开了。

“一路平安号”的船员们早已听闻了。

不仅仅这样,他们还有过亲身经历。

在这些有关白鲸莫比·迪克的传说中,莫比·迪克这个在亚哈船长看来的恶魔,被描绘的巨大无比,威力无穷,凶狠残暴,无人能敌。

随着相互之间的传告,不知不觉中,它的威力又被夸大了若干倍,以至于捕鲸船和水手们一听到莫比·迪克的名字,就莫名地感到束手无策,毫无办法,甚至是听而生畏,更别说去捕它了。

加伯利正是利用了莫比·迪克给船员们带来的这一恐惧心理,开始装神弄鬼。

他告诉船长要是向它进攻的话只有死路一条,因为这只白鲸是神的化身。

但是冤家路窄,过了一年,“一路平安号”遇到了莫比·迪克。

大副曼赛尔自告奋勇地带着五个水手去追杀它。

他很不容易地说服了五个水手。

船长很乐意让他们去杀死莫比·迪克,好狠狠地打击一下加伯利。

曼塞尔被他们在费尽千辛万苦后,好容易扎上了莫比·迪克一枪。

加伯利爬到主桅顶上去,大声呼喊。

他说曼赛尔他们如果再不回来的话,上帝将会惩罚他们的。

这时候大副曼塞尔正站在船头。

他准备鼓足劲头再投第二枪的时候,一个巨大的白影突然从水里一跃而出,小山一样的尾巴迅速甩动着。

大副还没有明白怎么回事,已经被大尾巴甩向半空。

他的身体在空中画出了一个大大的弧线,在五十米开外的地方落下了。

水手们慌乱地逃了回来。

曼塞尔永远地留在了那里。

因此,“一路平安号”对莫比·迪克的恐惧到了极点。

加伯利的神威也就登峰造极了。

曼休船长他们的遭遇使亚哈船长十分感兴趣。

他不停地问曼休船长有关莫比·迪克的事。

“怎么,你们要追击那家伙吗!”

曼休船长感到十分吃惊。

“是的。”

亚哈船长回答。

加伯利在亚哈船长的话音还没有完的时候就跳了起来。

“你们想找死呀,想想我们的曼塞尔大副吧,他可就死在这下面。”

他指着大海。

亚哈船长不想再讨论这个话题,对曼休船长说起了别的。

“我记得我们这有一封信要给你们船,好像就是给曼塞尔先生的。斯达巴克,快去拿来。”

亚哈船长叫着大副。

曼休船长长吁短叹。

“可怜的曼塞尔,他的老婆正在家等他回去呢。”

从“裴廓德号”递过去的信正好落了加伯利身边。

他捡起来,像是信烫了他的手似的毫不犹豫地又给扔回到“裴廓德号”上来。

信刚好又落回到亚哈船长的脚边。

“你还是留着自己给他吧,反正你们也快遇到他了!”

加伯利说完就让他们船上的水手奔命似的划开了。

亚哈船长的心头出现了一种不祥的预感。

72. 魁魁格的冒险

与“一路平安号”的不愉快的交往已经过去了。

这时,“裴廓德号”上的人们可是真的安静了下来。

大多数人都用沉睡来消解疲劳。

在他们沉睡的空隙里,我给你们讲一下魁魁格在艰难的环境中表现出来的伟大。

大家早就知道,要割鲸脂的话,得先用铲子在大鲸的身上铲一个洞,然后把钩子牢牢地挂在上面,靠大船上的绞车把鲸脂一块一块地拽下来。

可那笨重的钩子是不会主动地钩住割开的洞口的,需要有人去挂。

作为标枪手的一项职责,这个艰险的任务当然要由魁魁格来做。

魁魁格穿着一件衬衫和一双短袜,苏格兰人习惯这么装扮自己,显得精神抖擞。

魁魁格沿着陡峭的舷梯,来到了大鲸的身边。

魁魁格一次又一次地重复挂钩儿的工作,他的身子一半儿在鲸背上,另一半浸在海水里。

那只死鲸在海面上并不是一动不动,而是像是水车的踏板一样,不住地转来转去。

这样的话,魁魁格就像是一个踩着大球的杂技演员。

可魁魁格没有半点在玩耍的意思,虽然看上去很滑稽,但却十分危险。

为了尽可能地保护他,不让他跌下去,为他分担些危险,我找来一条绳子,一头系在魁魁格腰间的帆布带上,另一头系在我腰间的帆布带上。

因为这样做像极了耍猴人拴猴的做法,所以我们管这绳子叫“猴索”。

这么一来,我和魁魁格成了一条绳上的两个蚂蚱,我们的命运完全地连在一起了。

我们荣辱与共,休戚相关,成了一对名副其实的患难兄弟。

万一魁魁格不幸落水而且再也浮不上来的话,我是绝不会割断自己腰间的绳索,让他一个人去死的。

那样的话,我在任何一条捕鲸船上都是没立足之地的,因为我将被当成一个胆小鬼,是一个出卖朋友的人和其他种种的小人。

我要跳下这十英尺高的船舷,被他拖着一起沉入海底,这是我唯一的选择。

我们会一直沉到海底,沉到鲸鱼们休息的地方,惊醒熟睡的鲸鱼,让它们起来吃了我们。

但是这样的死可以让我名节永存。

我一边细心地照看着魁魁格,一边想着种种和我们现在的境地相同的事。

现在这境况就像是两个人合股开了一个公司一样,要好都好,要坏都坏。

就像是你把钱全部存在银行里,突然某一天银行倒闭了,你的钱也就全没了。

也像你在药铺里买药一样,你的生命完全寄托在药铺老板身上,如果他没本事,或者蓄意在药里下了毒,那么你将会见到上帝。

这样想的话,人生其实也一样。

其实魁魁格除了担心从不断摇晃的鲸身上滑落以外,还要警惕海里的鲨鱼带来的危险。

虽然昨晚魁魁格已经猛烈地对鲨鱼进行了一次屠杀,但从现在的情况来看,不仅没有产生丝毫的阻止作用,反倒激起了这些家伙的兴奋劲。

这些家伙们像一群出了巢的蜜蜂一样,精力旺盛,把浑身淌血的大鲸围了个里三层外三层。

魁魁格也被鲨鱼包围着。

他不得不用脚把靠近自己的鲨鱼一一踢开,这场面看起来惊险万分。

好在鲨鱼们的精力都集中在撕扯大鲸上,才没工夫计较魁魁格对它们的虐待。

我紧张地注视着魁魁格,不时地扯一下拴在我们俩腰间的猴索,提醒他不要太靠下。

塔斯蒂哥和大个子这时也正站在大船边的一只吊梯上,用鲸铲狠狠地铲着他们的手能触及到的鲨鱼,用武力提醒它们不要靠近魁魁格。

但是有好多次,我看到锋利的大铲差点铲到魁魁格的腿。

上帝请保佑魁魁格吧!

谢天谢地,魁魁格总算完成了他的工作。

他浑身上下淌着鲸血和海水的混合液,筋疲力尽地翻进船舷。

他嘴唇发青,哆哆嗦嗦地颤抖个不停。

按规矩,茶房赶紧上来,递给魁魁格一杯可以暖暖身子的东西喝。

天知道满脸心疼和关切的茶房递给他的竟是一杯半冷不热的姜汤。

“嗯,是姜汤,你是想要我喝这东西吗? 你能不能告诉我,这东西能管什么用?”

魁魁格生气地质问茶房。

“喝这东西比喝酒好,因为……”

茶房辩解道。

“见你的鬼去吧!”

魁魁格气得更厉害了。

斯达巴克在这个时候走过来。

“嗨,大副。”

魁魁格叫住斯达巴克。

“怎么回事,船上是禁酒了吗? 要不茶房怎么让我喝这个鬼东西,他是不是想药死我这个刚从上帝那儿回来的人?”

斯达巴克拿过杯子闻了一下。

“茶房,你怎么能让魁魁格喝这东西呢?”

他问茶房。

“是呀,怎么会这样呢?你知道现在什么东西对他而言是最好的,除非你想让他不得好死!”

斯塔布也走过来帮腔。

“好啦,我的舱里有酒,他喝什么你就拿什么。”

斯达巴克说。

斯塔布回来的时候,一只手里拎着一瓶烈酒,另一只手里则捧着一大盒茶叶。

他一边把烈酒递给魁魁格,一边把另一只手里的茶叶盒扔进海里。

“鬼才知道我们要这东西能干什么。”

73. 惹人讨厌的费拉达

我们的“裴廓德号”离开了遇见“一路平安号”的海域。

我们的船拖着抹香鲸的大头,继续向前驶去。

重新起航的第二天,我们在海上发现片片黄色的小鱼群来。

我们没有预料到这一带有露脊鲸在活动。

可是我们根本就不爱理会这种露脊鲸,更不愿浪费力气去捕它们。

在捕鲸人看来,这东西几乎没有什么用处,因此大伙都管它叫“窝囊废”。

在捕到抹香鲸之前,我们已发现了很多“窝囊废”,但我们都没有理会它们。

但现在亚哈船长突然下令,要我们今天务必捕一只露脊鲸。

这非常简单,随处一望,就可以见到那些“窝囊废”的踪影。

这不,一只露脊鲸正在那边喷水呢。

于是,斯塔布和弗拉斯克就放下小艇渐渐靠了过去。

慢慢地,他们划得几乎都不能被看见了。

抓露脊鲸这种“窝囊废”,丝毫不用那么担心。

世间的事情就是这样,花多少精力,得多少收获。

露脊鲸这东西用处不大,所以抓起来也不费什么大气力。

果然,没过多久,主桅顶上的瞭望者就告诉下面,斯塔布他们已经把那只露脊鲸扎死了。

在意料之中。

又过了一段时间,就见着斯塔布他们的小艇拖着露脊鲸回来了。

斯塔布和弗拉斯克悠闲地坐在小艇上,一边划着桨,一边聊着天。

“真不明白,亚哈老头儿非要捉这讨厌的东西干什么?”

斯塔布问。

“干什么?你难道没听过当人们抓住并杀死一只抹香鲸之后,要想保佑平安,让自己的船不翻的话,就必须在左舷挂上一只露脊鲸的头,和右舷的抹香鲸头正好相对应,这样才能一路平安。”

弗拉斯克解释着。

“这是什么道理?”

“我也不知道是什么道理。我也只是听那个自称会法术的费达拉说的。”

“见鬼去吧,那家伙肯定是在装神弄鬼胡说八道,看他那样,简直就是个怪物,指不定哪天我就把他弄到大船下面来,让他尝尝咱们这滋味。”

“是呀,看他那样子就让人觉得恶心,看他那大长牙,大长辫子。”

“亚哈老头儿把他弄到船上是什么意思呀?”

“可能两个人在干一桩买卖。”

“哪有什么大买卖,我看,准是那妖怪在想法子骗老头儿什么,我估摸着或许早晚有一天,那家伙会把那只大船给捣鼓翻了。”

斯塔布说。

“不管他。总之有机会一定把那家伙弄下来,让他到海里游上一圈才好。”

弗拉斯克狠狠地说。

“是的,到时候看他还有没有精神念他的山海经。”

斯塔布也顺从着这句话。

“哎,你说那家伙有多大了?”

“说不定已经老得掉牙了。”

捕露脊鲸的人回到了大船上。

果然被弗拉斯克说中了,露脊鲸的头挂上去之后,船身又平衡了。

“裴廓德号”一左一右拖着两只鲸的头继续巡游。

刚刚被斯塔布和弗拉斯克诅咒的费达拉平静地望着刚被吊起来的露脊鲸的头。

他好像在分析它头上的纹路,然后低下头看看自己手上的纹路,比较着。

亚哈船长和费达拉老头站在一起。

费达拉的身影遮住了亚哈船长的身影。

74. 抹香鲸头便览

说实话,鲸可以算是最大的海洋动物了。

在鲸的所有种类之中,抹香鲸和露脊鲸的知名度算是最高的了。

人们一般所要捕猎的也就是这两种。

这两种鲸虽说是一个大的种群,但是无论是在长相、性格,还是价值上都有着天壤之别。

可以做个比喻,也就是说一个是鲸类中的贵族,一个是鲸类中的贫民。

姑且让我们以治学的态度来研究这两种鲸,仔细地把它们做一个比较。

就先从它们的头开始吧。

越过“裴廓德号”的甲板,我们来到了船尾。

可以看到左舷拖着大露脊鲸的头,右舷拖着大抹香鲸的头,给人的感觉仿佛就像一架天平似的。

粗略地一看,你便会发现两者的不同,并且差别很大。

虽然它们都很大,但差别非常明显。

抹香鲸的头威风凛凛,光滑漂亮,一派贵族气质,尤其是上了年纪的,更是有德高望重之态,叫人看了不禁产生一种敬意,顶礼膜拜。

露脊鲸的头相比抹香鲸就显得逊色多了,它貌不惊人,甚至可以说很丑陋,没有一点高贵的气质,有的只是邋遢和蠢笨,难怪捕鲸的人都管它叫“窝囊废”。这十分有见地,可以说是名副其实。

就如同一种东西,比如说瓷器,做得好的可以成为工艺品,被人们用来装饰甚至是被人们收藏起来,做得差的呢?则只能将就着用,基本没有什么价值。

让我们在这宽大的脑袋上找一找它的眼睛。

你找了老半天，最后才在鲸头的极靠后的地方，在靠近嘴角的左右两侧找到了它。

你感到奇怪的是这怎么会是大鲸的眼睛呢？

那眼睛在那张脸上显得是那么的小，小到和一只小马驹的眼睛差不多大，而且周围没有一根眼睫毛，和大鲸的体态相比，简直是太不协调了。

我们人类与大多数哺乳动物一样，眼睛都是对称着长在脑门上的。

之所以会这样，是因为这样我们看到的景物能够统一，能够合成为一个相同的视觉效果，而不会使我们产生错误的视觉效果。

而大鲸的眼睛就不一样了，它们长的地方相当于我们人的耳朵的部位。

你试着想象下，如果让你用耳朵去看东西的话，那会出现怎么样的情况。

由于眼睛的视角只有三十度，所以长在耳朵位置上的眼睛看到的范围很小，即只能看到两侧的一小片范围。

并且最重要的是，两只眼睛看到的景象是绝对不一样的，一幅是它的左侧的景象，而另一幅则是它的右侧的景象。

因为这两种景象是不同的，因而鲸们绝不可能像我们人一样把它们合成起来。

因此，鲸的脑海里就会出现截然不同的两幅画面了。

之所以会有这种情况发生，一切都是因为它巨大的头颅，那头颅像一座大山一样高高地耸立在中间，而眼睛则像是山的阴阳两面的山脚下的两个小屋。

不仅仅是鲸能看到两个图像，而且它根本就看不见正前方的景物，这又是和人的差别。

当你正面走向它，即使你手里拿着一只匕首，去刺杀它，它也绝对看不见你，因此，这也可能是鲸的正面部刀枪不入的一个佐证。

人眼中的景象只能是一样的，鲸却能够做到同时盯准两样东西。

但对鲸来说意味着麻烦了，它没有那么高的智能把正相反的两边的景物迅速地在大脑里结合起来，达到一个完整统一的视觉效果。

因此，在被很多小艇一起围攻的时候，我们会看到大鲸格外地笨拙和徘徊，一会儿这样，一会儿又那样。

这样说的话，这就归因于它的倒霉的视觉。

说完了鲸的眼睛，再来说说鲸的耳朵。

要是你以前对鲸一点了解也没有的话，你很有可能在它那广阔的头颅上找不到它的耳朵。

鲸的耳朵也同样会让你很吃惊，那是一个小洞，没有像我们人一样地长在外边的部分。

你可能会说这怎么能叫耳朵呢？通常我们所说的耳朵是指我们可以用手揪住的部分呀。

但这就是鲸的耳朵。

鲸的耳朵不仅没有露在外面的部分，而且非常小，那个叫作耳朵的小细圆孔里，甚至连一支写字用的鹅毛管儿笔都容不下。

几乎忘了告诉你，鲸的耳朵竟然长在眼睛靠后一点的位置。

要是可以的话，我们就做个大胆的猜测。

我们手提灯笼，走进巨鲸的口腔之中去。

当然，现在大鲸的头和身子被我们切成两半了，否则的话我们可以一直地走到它那像钟乳石岩洞一样的肚子里去。

看到的第一个景致是鲸的牙，竟是那么地洁白，像象牙一样白，一共有四十二颗，整齐地排在两边，像是鬼门关的入口一样，让人害怕。

要明白，如果这些像一排铡刀的东西在你走进它口腔的时候开合几下，你将瞬间变成肉酱。

不知多少捕鲸者丧命于这排铡刀之下。

要想把这些牙拔下来,单靠人力是不行的,是要动用滑车的;而且,往往像拔树一样地困难。

很多精美的工艺品都可以用这些牙齿来制成。

看完牙齿,我们抬起头来环顾这个如厅堂一样的口腔,它是那么的漂亮和豪华,从地板到天花板,都被一层白色的薄膜装饰着,像是裱了一层缎子似的,到处都泛着洁白的光泽。

奇妙的鲸须是在你战战兢兢地从它的口腔里出来的时候看到的。

这东西可以用来做手杖、马鞭的把儿等等,都是不可多得的奇珍异宝。

75. 露脊鲸便览

上一章我向大家粗粗地介绍了一下抹香鲸的概貌。

这一章里,我再带领大家来对露脊鲸做一个直观的了解。

我已经在上一章里反反复复地强调了抹香鲸的雍容华贵,想必大家也从实际看到的情况中得到了印证。

露脊鲸在抹香鲸面前简直有些不值得一提。

就像参观完了皇家宫殿再去参观贫民窟一样,根本让人接受不了。

但是,露脊鲸是鲸类中非常重要的种类,因此有必要深入地了解一下。

好了,跟上我的思路吧。

记得两百多年前,有一个荷兰的航海家写了一本关于鲸的专著。

他在这本有关鲸的专著里,把露脊鲸不客气地比成了一个鞋匠的鞋样。

他说得很具体:

这只鞋样又细又长,很大很大。

不知露脊鲸自己听了之后会有什么感想,然而由这只大鞋而衍生出来的,里面生活着一个老奶奶和成群儿孙的故事,却很是让人喜爱。

他们在里面生活得非常舒服。

带着这种喜爱,我们首先来看看它的头。

有句颇具哲理的话是这样说的:

横看成岭侧成峰,远近高低各不同。

这句话的意思是同一种东西,从不同的角度去看,其形状都是不一样的,给人的感觉也不尽相同。

我们马上就要观察的露脊鲸的头就是这么回事。

站在露脊鲸的头顶向下看,它的头就像是一只低音大提琴,那声孔正好就是大提琴的壁孔。

有一个像鸡冠子一样的东西长在露脊鲸的头顶上。

那东西高高地隆起着,显眼而特别,通体碧绿,能像很高的鸡冠一样甩来甩去。

各个地方有各种各样的称呼。

格陵兰人管它叫“王冠”。

南海人管它叫“帽子”。

这都差不多,可见那东西的形状是公认的。

只是，不论雌雄，它们一概要戴“绿帽子”。

你常常能看见有活蟹趴在这顶“绿帽子”上，有时是爬来爬去，大鲸都容忍了它们。

所以说，“绿帽子”的叫法是有道理的。

然而，这露脊鲸虽然头戴王冠，却没有一点气势和机会来做海上或鲸类的霸主。

当不了霸主，也就没有霸主的可怕。

什么事都是这样，君主是让人敬畏的，敦厚的人做不了君主。

可那大厚嘴唇还是挺让人害怕的，足有二十英尺长，五英尺厚，恐怕是所有嘴唇中最不温柔的了。

可这大嘴唇能出五百多加仑的鲸油呢。

就在我们看它的大厚嘴唇的时候，意外地发现这大厚嘴唇竟是豁的。

这露脊鲸难道和兔子还有关联？

绝对不可能，那可能只是一场灾祸或者说是一场事故的纪念。

我们有些畏畏缩缩地跨进嘴唇这道门槛，走进了大露脊鲸的嘴里。

这个屋子实在是大得很！

它的高度足足有十二英尺，像是当初印第安人居住过的，只不过地点有点不太对。

屋子里面有像是远古一样叫人惊异无比的陈设。

最吸引人眼球的是一边一排的鲸须，各三百根儿，总体上是垂直的，只是稍稍有些弯。

这两排须是露脊鲸吞嚼食物的蓖子，它靠这篦子把食物留下来。

须骨的形状也各有不同，有经验的捕鲸人就是靠这些不同来判断大鲸的年龄。

这些须同样是鲸身上的宝贝之一，它的用途很多，早些时候简直是供不应求，不过现在就不行了。

暂且让我们在这个大堂里面安静仔细地观察一下四周的景观吧！

像是置身在四周是满满一圈儿巨大的廊柱的古罗马的竞技场里。

像是处在荷兰出产的大风琴的内脏里，四周是多得数不过来的风管。

脚下的大露脊鲸的舌头是再好再舒服不过的地毯了，可惜我们拿不走它。

粗略地游览完露脊鲸的头颅，现在我们可以把它和抹香鲸的头颅互相做个比较了。

可以毫不犹豫地说出来的是：

两者的头颅是有着明显的不同。

它之所以不受欢迎是因为露脊鲸的头颅里，不含有抹香鲸那么多的油。

露脊鲸没有抹香鲸的牙骨那样的齿。

露脊鲸没有抹香鲸那么修长的下颚。

抹香鲸的嘴里也没有露脊鲸的须。

抹香鲸的嘴唇比露脊鲸的要小。

抹香鲸的嘴里更没有露脊鲸那样的舌头。

露脊鲸有两个喷水口，但是抹香鲸只有一个。

以上这些我们算是作为一个鲸类学的旁听生，上了一堂关于鲸头的对比课。

现在我们的课讲完了。

露脊鲸头被无情地扔下了海。

抹香鲸头则要先被取走有用的东西，当然它的最后结果也是如此。

它们都来自于大海，现在又要回到大海。

抹香鲸依然是高傲不可辱没，即使是在即将被抛下海的的时候也照样是一副临危不惧、视死如归的表情。

而露脊鲸则双唇紧闭，愁眉苦脸，一点大义凛然的样子都没有。

76. 可怕的大脸

你站在庞大的抹香鲸的头颅前，认真观察着这仅仅三分之一的躯体，但已经足以使人惊骇。

它的庞大和种种不可思议会让你感到惊讶，会让你不停地思索。

现在让我问你：

你觉得自己了解抹香鲸了吗？

暂且缩小一下问话的范围，就只是它的仅占全部身长三分之一的头这部分吧。

你也许含含糊糊地点一下头：

“唔，大概吧。”

请允许我从生物学的角度问你一个问题。

问题就是：这只抹香鲸的头颅在运动时究竟可以产生多大的力量？

不用说，你肯定回答不上来。

因为你只知道很大，究竟达到什么程度你并不清楚，我说得对吗？

我要是再问你，抹香鲸这么大的力量是从哪里来的呢？

可能你就更不知所云了。

还是让我们来看看抹香鲸的头的构造吧。

从正面观察一只抹香鲸的时候，如果它是正常地游着的，那它的面部完全就是和水面垂直着的一面墙。

抹香鲸的所有的面部器官，眼睛、鼻子、嘴、耳朵都不在面部的正面，却是在两侧、下方和头顶。

它的面部没有骨头，所以这么大的一张脸就像是一座棉花山。

它看起来软软和和的，但它的里面可是鲸脂和无骨的坚韧体啊，正是这坚韧体使它产生了人们无法估计出来的力量。

在水手们中间生活过的人们都能很好地理解这种坚韧体的功能和作用。

比如两个力大如牛的水手打架，各自握紧什么武器冲向对方的时候，怎样才能更有效地拦住他们，让他们停止搏斗呢？

水手们习惯的办法就是用生牛皮包上满满一包像绳子一类的东西，然后想方设法把这包东西塞到那两个闹事的家伙的中间去。

这东西能保准让那两个马上就要撞在一起的家伙各自向后退去。

抹香鲸的面部就和这种东西差不多。

即使是最大力气的水手，用世界上最锋利的标枪，也无法扎透它，只能被挡回来。

我觉得这面部的坚韧体还起着一个掌握浮沉的重要作用。

大家都了解一般的鱼有鱼鳔，鱼靠它的伸缩自如来调节升降。

虽然鲸没有这东西，但也能浮沉自如，你看它一会儿沉到水下，一会儿又浮出水面，而且每一次的升降都是它的头来开路的。

所以我总感觉它的头部中有一种至今没被发现人类的物质，这物质使大鲸的头吸收和排放空气，使鲸可以沉浮自如。

这怪异的刀枪不入的大脑袋就像是一列强大马力的火车头，统领着它庞大的身躯以非常快的速度前进，这威力可想而知了吧。

“不可抗拒”“所向披靡”这些词用在这儿一点也不过分，同大鲸进行正面接触，其后果就连刚懂事的孩子也很清楚地知道。

现在即使我说抹香鲸能把伯丁运河打通，把大西洋和太平洋连接起来，这时候你也许也不会反对。

77. 海德堡大桶

大家都知道，都是因为鲸这东西身上蕴藏了无限的价值，所以才有那么多条捕鲸船冒着生命危险，在波涛汹涌之中出没。

什么在鲸身上最宝贵呢？

是蕴藏在海德堡大桶里的鲸脑。

前面我们清楚明白地讲了如何割油，那么如何获取这最珍贵的鲸脑呢？

一点解剖学的知识是首先要了解的。

从后上方向前下方斜着把一只鲸头剖成两半，下面的一半就是鲸的脑盖骨和牙床骨。

把上面的一半再横分为两半，下面的一半我们称之为脑块。

脑块里面满是由纵横交错的白色纤维构成的细窝，它们相互渗透，是个藏油的地方。

这里有些鲸脑，但是绝对不会太多。

再次切下来的上面的一半，就是鲸脑的所在。

按照捕鲸界的说法，水手们通常都称它为“海德堡大桶”。

“海德堡大桶”实际上是对鲸脑的形象的称呼。

实际上，鲸脑是用一层极其华贵的衣服包裹着的，至今没人知道这是什么。

“海德堡大桶”的称谓来自于德国那个莱茵河畔盛产好酒的地方——巴登。

可能意思是说鲸脑珍贵得和好酒一样，抑或是这种鲸脑只有用海德堡大桶才能够装得下。

更直接的是说这形状就像是一个海德堡大桶。

以一只中等大小的鲸为例，它的头颅中的海德堡大桶就大概得有二十六英尺的纵深。

鲸身上的至宝就是鲸脑。这名贵的东西质地纯净，晶莹剔透，并且芳香扑鼻。

当鲸还活着的时候，它是一种透明的液体，当鲸死了以后，一旦被人取出来，一遇见空气马上就会凝结成一种结晶状的固体。

当向外取鲸脑的时候，一定要千万小心，不要让它溢出或漏掉。

尤其是在割鲸头的时候，更要小心谨慎，因为鲸铲下去的地方紧挨着“海德堡大桶”，稍有一点失误，把它铲坏的话，便会损失惨重。

78. 塔斯蒂哥的香艳之旅

现在该给大鲸的脑窝出油了。

和农民收割麦子一样，捕鲸人把出油的时刻当做是最大收获的时刻。

追捕时的危险早已在他们的兴奋和激悦中烟消云散。

塔斯蒂哥像只猫一样，沿着向外伸出的大桅的桁臂一直爬到了被吊起来的鲸头的上方。

塔斯蒂哥把手里拿着的小滑轮绑到了桁臂上,又把一条绳子从滑轮的正中间穿过,一头扔到船上去,让同伴儿拉好。

他自己则是手一松,漂亮而又准确地落在了那只大鲸头的顶上。

塔斯蒂哥异常兴奋地站在抹香鲸的头顶儿上。

他居高临下,兴奋地向同伴们叫喊着。

他的样子像是在教堂的顶上下发人们要去教堂做祷告的通知一样。

下面有人递给他一只鲸铲。

塔斯蒂哥开始干自己的活儿。

塔斯蒂哥像一个寻宝人一样专注,找准位置,用鲸铲打开了"海德堡大桶"的盖子。

一只吊水桶被绑在穿过滑轮的那条绳子上送到了塔斯蒂哥的面前。

塔斯蒂哥接过下面递上来的一根长长的棍子,用棍子抵住吊桶,以把吊桶塞进"海德堡大桶"里去,塞到大桶里的油面以下。

就像是用辘轳从井里取水一样的情景。

等油浸满了吊桶,塔斯蒂哥一声令下,满满的一桶油就被吊了出来。

等被吊回到船上,油就被倒进了一只大木桶里。

就这样一桶一桶地运送,不一会已经装满了十八九大桶。

这时候,海德堡大桶里的油也快没有了,塔斯蒂哥用那根棍子使劲儿地向里杵着吊桶。

就在这时发生了意外。

不知是塔斯蒂哥一不小心没抓住头顶的缆绳,还是因为大鲸顶上太滑了,他没站住,总之只听得塔斯蒂哥大叫一声,掉到海德堡大桶里去了。

众人清楚地听见了塔斯蒂哥掉进油里的"咚"的一声。

"糟了,他掉下去了!"

首先喊叫的是大个子,首先想到办法的也是他。

"快,把我弄上去。"

大个子一只脚跨进吊桶,一只手抓住缆绳。

众人把大个子迅速升到鲸头顶,也就是塔斯蒂哥刚才站的位置。

大个子还没站稳,又发生了祸事。

他刚才用的小吊车不知为什么撞到了大吊车,这一撞,使吊着鲸头的钩子掉了一只。

鲸的头部开始摇晃起来。

加上掉到大桶里面溺在油中的塔斯蒂哥拼命挣扎,鲸头可能有随时掉到船下的海里的危险。

"下来,鲸头要掉了!"

众人开始喊叫。

大个子不管这些,救人第一位。

他紧紧地抓住头顶上的大吊轮,一边像刚才的塔斯蒂哥一样把吊桶塞到井里去。

"或许,塔斯蒂哥能抓到这桶,那样的话他就有救了。"

大个子心里想到。

终于,仅存的一只吊钩已经无法承受鲸头的重量了。

只听"轰"的一声巨响,巨大的鲸头掉到海里去了,像一座小山倒塌了一样。

掉下来的鲸头在海面激起巨大的浪花。

"裴廓德号"的船身如释重负。

船身剧烈地摇晃。

大个子抓着大吊轮,在空中来来回回地晃悠着。

可怜的塔斯蒂哥则和海德堡大桶一起,沉入了翻滚着波涛和泡沫的大海。

就在众人吓得目瞪口呆的时候,只听得一声大喊:

“都让开!”

在水雾之中,大家回头看到只见魁魁格赤条条一丝不挂,手里举着一把剑,飞快地奔向船舷旁。

到了船舷旁,他一纵身,跳到水里去了。

众人拥到舷边,看着下面的魁魁格。

魁魁格在海里向大鲸头游去。

魁魁格游到了大鲸头下沉的位置,不见了。

众人十分着急地注视着水面。

时间过去了很久。

“哈哈,有了!”

还吊在高处的大个子叫道。

人们顺着大个子的声音望去。

远处汹涌的波涛之中,伸出了一只手臂。

“两个人了!”

叫的还是大个子。

过了一会儿,只见魁魁格一只手用来划水,一只手拖着塔斯蒂哥,向“裴廓德号”游来。

两人被大家七手八脚地拖到了甲板上面。

塔斯蒂哥一时半会醒不过来。

众人围着魁魁格问他是怎么救的塔斯蒂哥。

大家明明看见魁魁格是拿着剑跳下去的,原来魁魁格一下到水里,就游到鲸头旁边,并且穷追不舍。

他估摸着塔斯蒂哥的位置,为了做个记号,他用剑在那位置上割出了一个大洞。

割好之后,魁魁格扔了剑,开始从洞外伸进手去找塔斯蒂哥。

第一次,他摸到了塔斯蒂哥的一条腿。

“找到了!”

他心中一喜,但又立马把腿塞了回去。

魁魁格知道拉腿是没用的,只可能越来越麻烦,这一点他很明白。

第二次,魁魁格摸到了塔斯蒂哥的头。

他先把人顺好,再一用劲儿,人出来了。

当魁魁格拖着塔斯蒂哥游回来的时候,抹香鲸的大头已经漂出很远了。

勇敢而又睿智的魁魁格就是这样救了塔斯蒂哥,就像是从死神的子宫中靠剖腹产给他接生出来一般。

这种接生比妇科的接生可是精彩得多了。

你想想看,有泅渡,有潜水,有击剑,还有拳击,多精彩哪!

“海德堡的大桶”里的油是芳香醉人的,但对塔斯蒂哥而言,要是真死在里面的话,生命的结尾固然甜蜜,但却永远地到了尽头。

塔斯蒂哥倒霉但是却十分走运。

79. 给抹香鲸相面

作为一张脸,定义它的最重要也是最基本的条件究竟是什么呢?

是脸上的五官。

五官中给人印象最突出的又是哪个部位呢?

我觉着鼻子是给人印象最突出的。

不仅仅是因为鼻子在整个面部最高,最突出,鼻子在排列在面部的所有零件之中起绝对的操纵性。

在所有人种里,有关五官的差异,鼻子的形状和眼睛的颜色是最具有区分力的,而特别是前者,也就是鼻子的形状是最突出,也最容易区别的部位。

古希腊雕塑大师对鼻子特别执着,他们的作品中有很多著名的鼻子,可没有那么多出众的眼睛。

所以说,鼻子对一张脸来说意义不同寻常。

现在让我们来看看大抹香鲸的面相。

按照我们刚才的鼻子理论,我们先来观察观察抹香鲸的鼻子。

但在大抹香鲸的宽阔的脸上找了半天,我们竟没有找到抹香鲸的鼻子在哪儿。

按说,像抹香鲸这样的威风凛凛的庞然大物,绝对应该有个阔大挺拔的鼻子来给它装门面。

但是,别说是一个好鼻子,我们竟然没有发现一个可以称作是鼻子的东西,鼻子在大鲸脸上竟然踪迹难寻。

一张面孔的五官就像是一座设计精妙的园林一样,一亭一阁,一砖一瓦,一碑一石,一草一木,一塔一桥都是很有讲究的,少了一样东西叫人看了都会觉得少了什么。

一张脸上竟没有鼻子,这是多么糟糕的一件事呀,按正常规律难以想象。

但是抹香鲸没有因为没有鼻子而失去尊严,反倒因为面孔的开阔平坦而使它别具壮观。

没有鼻子,而且嘴巴和眼睛以及耳朵也都在侧面,不能从正面一眼望尽,所以前额成就了大抹香鲸的庄严的面相。

大抹香鲸的丰满开阔的前额在动物中也是少有的,它像是无尽的苍穹一般高耸着,威严圣洁,一副凛然不可侵犯的王者之相。

正是这额头,为抹香鲸的前进扫清一切障碍,让所有抹香鲸的敌手都胆战心惊。

甚至是要射杀并享用它的捕鲸者都小心翼翼地避开它,转为攻击其他的软弱之处。

无数的捕鲸者、小艇和大船,在这前额之下粉身碎骨,葬身大海。

大抹香鲸虽然失去了一个漂亮的鼻子,却得到了无比的威力,这更划算。

想象一下,如果它的正前方长了一个高挺的鼻子的话,它是断不会用鼻子把你打个人仰马翻的。

我的鼻子理论在抹香鲸这里并不适用,这是个意外,抹香鲸正是由于这个意外才成为了一个天才,一个看似沉默寡言,但实际上却是充满智慧和力量的化身。

因为它的额头上的像天书一样的褶皱,所以才说大抹香鲸充满智慧。

这褶皱就像是刚刚被犁过的田地。

人的智慧来自于他的头脑,而额头的宽阔正好象征着智慧。

不单单是人的额头,就连一只大牯牛的额头,一只大象的额头,都会让人觉得振奋和激昂。

可在大抹香鲸面前,其他渺小得都不值一谈。

人类的历史藏在图书馆里,而大抹香鲸的历史却藏在它额头的褶皱里。

有谁能看懂大抹香鲸额头上的这些褶皱呢?

大鲸的光荣与苦难记录在了这褶皱里。

记述了鲸与大海和人类抗争的历程。

家族的兴衰也被记录在这里。

还记录了走向灭绝的呐喊。

你要真能读懂这些褶皱的话,你一定会被它深深地震撼。

人啊,你一边无情地捕杀着鲸,一边读着它,一边赞美着它。

80. 鲸脑

大鲸的长相我们已经介绍过了,从中估计你已经初步认得了它的那副尊容。

不管你是否喜欢的那副尊容,是否觉着它威风凛凛或者仪表堂堂,抑或是丑陋不堪难以入目,但这都不影响我下面的这个小结论,即:

你对大鲸的头有了一个初步的认识,或者说,有了一个直观的印象。

即使,你可能觉着它的头太奇怪了,是像古埃及狮身人面像一样的东西,但这不影响我的结论。

但是如果从解剖学的观点来观察,也就是说鲸的脑袋只剩下骨头的话,那么再问你看了之后的印象是怎样的,恐怕就难说了。

因为它实在不接近任何形状,无法用几何学的任何概念去定义。

一个成年鲸的头骨,它至少要有二十英尺长,这就是它大小的概念。

如果把它的下巴卸下来,那么剩下的部分就有点像一个斜面体了。

在那里面的是脑块和鲸脑。

你能猜的出鲸的脑髓是多少吗?

估计猜对的不会多。

因为,如此庞大的家伙,它的脑髓还不满一磅。

如果按比例划分脑髓的重量和整个身体的重量,那么鲸的这个比例恐怕是世界上所有动物中占比例最小的。

还有一点,鲸的脑髓位于大脑的深处,距离头的最前端竟有二十英尺远,恐怕这又是一最。

所以应该反驳一下有些捕鲸人持有的两种观点了。

第一种观点认为鲸的最前端的海德堡大桶是鲸的脑髓的观点是错误的,虽然我们确实称那大桶里的油为“鲸脑”;

第二种观点认为鲸没有脑子的观点,这也是错误的,因为鲸作为哺乳动物不可能没有脑髓。

如此说来,鲸的脑袋还真是奇妙和复杂得很,竟然会让人产生这样多的误会。

81.“处女”给“裴廓德”带来霉运

在捕鲸业刚起步的时候,荷兰人和德国人是这个行业的引领者。

那时候,在全世界所有有鲸出没的海域,都可以看到荷兰人和德国人骄傲的身影和他们满载辉煌的捕鲸船。

世界的捕鲸史应该从荷兰人和德国人开始写起,这话说得其实没什么过分之处。

但历史应该是由大家共同来编写的,只有这样,才能算公平。

因此,曾经风光无限的荷兰人和德国人,现在已经悄无声息地把他们称霸多年的舞台拱手让了出来。

更具冒险精神和勇往直前气质的美国人成了新的领导者。

而他们自己却越来越沉默了。

现在这两个国家的捕鲸船几乎失去了踪影。

和在世界各大洋满是飘扬着的美国国旗相比,他们的旗帜实在是少得可怜。

但是这一天,“裴廓德号”竟然很难得地碰到了一只德国捕鲸船。

这只船叫“处女号”,遇到“裴廓德号”好像让它很兴奋。

它好像急于要同“裴廓德号”见面,像是一个总嫁不出去的老姑娘遇到了一个肯要她的男人,生怕错过了机会就再也嫁不出去了,着急要结婚。

在离着“裴廓德号”很远一段距离的时候,“处女号”就已经停了下来。

“处女号”的船长很快放下小艇,并径直驶过来。

从“裴廓德号”上看,“处女号”船长的手里在拿着个壶状的东西不断地晃来晃去。

“斯塔布,他的手里拿的是什么东西呀?是只咖啡壶吗?他是来给我们送咖啡的。”

斯达巴克高兴地说。

“去你的吧,德国人不会这样好客,难道你没看见他身旁的那只大油桶吗,看来他是要来向我们借油的。”

“不会的,我在海上巡游这么多年,还从来没有碰到过捕鲸船向别人讨油用的呢,那样岂不是太丢脸了吗?”

斯达巴克对此有些怀疑。

斯塔布说对了,当“处女号”的船长德里克上了“裴廓德号”之后,事情得到了验证,“处女号”真的是来讨油的。

亚哈船长照例问他见没见过白鲸莫比·迪克,但“处女号”船长的回答令他很失望。

处女号”的船长说他们已经出来很久了,不用说莫比·迪克,就连一条飞鱼他们也没有捉着。倒霉的“处女号”。

现在,他们连油都用完了,不得不苦苦熬过一个又一个漆黑的夜晚。

“那么说他们的船现在还是空舱,一次还没有捕到鲸,这下确实真的是处女了。”

斯塔布打趣道。

德里克手里拿着“裴廓德号”施给他们的油,心满意足地下了大船上了他的小艇。

就在德里克坐在他的小艇上,正要驶回他的“处女号”上去的时候,“裴廓德号”和“处女号”的主桅顶上的瞭望者不约而同地大喊了起来。

“有鲸了!”

就如同是得到了一封挑战书,两只船上同时放下了小艇。

德里克急坏了，索性带着刚要回来的油就掉转了船头，向大鲸喷水的方向全速追去。

对德里克来讲，他的心情是不难理解的。

一条捕鲸船到了没有油用的地步，船长是很丢脸的，现在对他而言，那条鲸纯粹就是一个巨大的装满了油的油桶。

因为"处女号"原本所在的位置离大鲸喷水的地方比较近，所以"处女号"上放下的小艇早在斯塔布他们的前面了。

德里克更是冲在最前面。

他们这次发现的鲸群一共有八只鲸，可以说是很不错的了。

可是，鲸群现在已经发现了这伙人的企图，它们加速前进，肩并肩像八套马车一样，咆哮着一路向前，留下又宽又粗的水痕。

七条小艇在后面紧跟不舍。

渐渐地，鲸群中，有一条老鲸掉队了，而且距离越拉越远，快离开大队几十英尺了。

这老鲸浑身肿胀，老态龙钟，背峰高高地向上耸起，前行的速度越来越慢。

明显的是它已经筋疲力尽了。

奇怪的是，这老鲸浑身泛着淡黄色的光泽，和其他的鲸很是不同，好像是正在患有什么病似的。

它的喷水很短促，同时很慢，显然是有些力不从心了。

"它该不会是个烟鬼吧？你看它那样子，像烟瘾犯了似的。"

斯塔布一边猛划，一边说。

在斯塔布说话时候，鲸的样子越发不在状态了。

它的头一会朝东一会朝西，好像一条船失去了舵一样。

"看，它的右鳍已经断去一大半了，难怪它会这么狼狈。"

有人把秘密指给大家来看。

"嗨，我借你条绳子吧，伤兵，把你那半截胳臂吊起来吧。"

弗拉斯克向大鲸开着玩笑。

"快划吧，我们要抢在德国人前面。"

斯达巴克大喊着。

现在一共是七只小艇，都在卯足了劲拼命追着那条注定要成他们囊中之物的大鲸。

对于他们来说，这是个绝好的机会，因为碰到这么个又大又笨重的鲸实在是太难得了，何况它已经筋疲力尽，离他们已经是很近很近了。

没多久，斯塔布他们已经赶超了"处女号"上放下来的三条小艇，并把它们甩到了后面。

现在前面只有德里克一个人的小艇了。

德里克看着斯塔布他们追了上来，并没有顾虑什么，因为他本来就比斯塔布他们早出发了半天，离那个大鲸很近了。

按照捕鲸业的规矩，在很多小艇同时围攻一条鲸的情况下，谁的标枪先插在了大鲸的身上，大鲸就归谁属所。

因此，德里克才更加信心满满，肯定会先下手为强。

想着想着德里克不免得意起来。

他站在"处女号"上，转过身，向后面的斯塔布他们晃动着他的油壶。

做着鬼脸儿，一副嘲弄的神情。

斯塔布在后面被这家伙气得不轻。

"这个忘恩负义的白眼狼，见鬼，伙计们，快点划呀，超过那德国人的船，你看那德国人多得意，他正在嘲笑我们呢！

“快点划呀,你们怎么不生气呢?你们难道心甘情愿让那个流氓把大鲸弄到他的船上去吗?那样我们就没钱可拿了。”

“怎么划不动了?你们没吃饭吗?好了,再加把劲,晚上我们炸油饼,吃蚶子,吃烤蛤蜊,吃松饼,有人不想喝白兰地吗?我保证可以让他喝个痛快,只要我们能追上那德国人。”

在斯塔布对着自己的伙伴大声嚷嚷的时候,他自己的小艇已经渐渐地赶了上来。

德里克开始有些慌了,他拿着油壶,做了一个要把油壶扔向斯塔布他们的举动。

斯塔布他们更是气急败坏了。

“塔斯蒂哥,难道你能忍受被这个德国划子这么欺负吗?要知道,你以前可不是这么没用的,你这英雄可不要从此成了脓包啊!”

“裴廓德号”的三只小艇像箭一样地冲向前去,已经很接近德国人了。

大副二副三副同时站了起来,给自己的桨手打气。

德里克在恶狠狠地咒骂着自己的桨手。

终于,斯塔布他们全力向前一划,几乎要和德里克的船并驾齐驱了。

四条小艇在大鲸留下的海浪之中争相向前。

场面十分地壮观和刺激。

大鲸已经在前面不远的地方露出了头,连续不断地喷着水,与此同时怕得要死地拍着伤残的鳍,游得一路歪歪扭扭,好像是一只被枪击中的大鸟,在天空中拼命地挣扎着,随时都有可能支持不住掉下来。

我们开始对大鲸有了一丝怜悯,不,也许,应该是毫无疑问,它即将成为我们的枪下之鬼。

可我们不敢有丝毫懈怠,要知道,这家伙就是在临死之前的最后一击,也足以让我们命丧黄泉。

德里克现在不禁嘀咕起来,他知道照现在的形势发展下去,过不了多久,自己就会被甩到后面去。

到那个时候别说是一条让人眼馋的大鲸,恐怕连一小桶鲸油都见不着了。

就这样眼睁睁地看着大鲸被人掠走吗?德里克于心不甘。

干脆冒个险,先下手为强,一个长投把大鲸占上,或许这是自己最后的机会了。

就在德里克下定决心,暗示他的标枪手开始投枪的时候,“裴廓德号”的三个标枪手已经齐刷刷地站了起来,那样子十分地威风。

他们从身边的叉柱上取下标枪,隔着前面一点儿的德里克的标枪手的头顶,动作几乎是一致地用力把手中的标枪掷了出去。

三支标枪带着冷风齐刷刷地飞了出去。

三支标枪在空中画过三道弧线后同时扎在了大鲸的背上。

被扎住的大鲸顿时冒火了,向前猛冲起来。

如此一来,大鲸带着三只小艇向前飞奔而去,一下子就把德里克甩到了后面。

这还不算,就在斯塔布他们的船向前冲的当口,碰了一下德里克的小艇。

德里克的小艇一晃,德里克和标枪手一下子全摔到了海里。

“抱紧你的油罐子吧!”

斯塔布嘲笑了那家伙一下。

“我们可要去装钱了,哈哈!”

受伤的大鲸带着斯塔布他们狂奔了一会儿之后,突然停了下来。

它长吸了一口气,潜到海里去了。

三条小艇上的捕鲸索被大鲸飞快地给拖了下去,一千二百英尺长的捕鲸索不一会儿就被拖光了！

大鲸在拖完捕鲸索之后就停了下来。

因为这时捕鲸索已经使上了劲，艇头的舷边已经快和水面持平了，而艇艄现在正高高翘起，活像一个人撅着屁股趴在水面上。

现在大鲸同斯塔布他们的三条小艇较上了劲，双方都处在危险中，只是谁也不肯让步。

大鲸此时潜在海平面一千二百英尺以下的水里，要明白，大鲸的受力面积总和在两千平方英尺左右，何况这个深度的海压有海平面的五十倍，因此可以想象，大鲸要承受多大的压力呀。

有人计算过，此时大鲸承受的压力有二十只战船的重量；而且，这二十只战船可不是空船，而是满载着枪炮、物资和士兵啊。

大鲸此时的危险和痛苦有强大的海压和三只钩在它的背上的标枪的倒钩。

这三只倒钩可以说是让它吃尽了苦头，这苦头既是来自于它的肉体，更多的是来自于它因为忍受不了这种苦痛而冒出水面后，那等待了它多时的来自于三条小艇上的另一顿标枪。

就在大鲸饱受折磨的时候，水面上的斯塔布他们同时也在经受着考验。

要是大鲸还有足够的体力，而且健壮强大的话，它完全有可能把三条小艇一起拖到龙宫里面去，以前就曾经发生过这样的事，叫人惊惧万分。

虽然说现在他们的情况是风平浪静，但是斯塔布紧紧地盯住那捕鲸索。

捕鲸索露在水面上的长度只有八英寸，而且，看起来是那么纤细，你实在难以想象就是这三根细绳吊着几十吨重的大鲸在下面折腾。

安静的大海上捕鲸手正在做短暂的休息，虽然眼睛还在盯着捕鲸索。

傍晚，夕阳将三只小艇的影子拉得长长的，像三个幽灵在海面上飘来荡去，不肯离开，叫下面的大鲸看了更加害怕。

“快看，伙计们，它要上来了。”

斯达巴克大叫了起来。

每个人都感觉到三根绳子开始颤抖了。

过了片刻，三条绳子向下拽的力量小些了，这说明大鲸开始向上游了。

“拉绳子，把绳子往上拉，它浮上来了。”

斯达巴克又喊着。

绳子被不断地收上来，小艇里满是湿淋淋的捕鲸索。

最后，像泉眼向上冒一样，水面一阵翻腾。

大鲸从前面不远的地方浮了上来。

它首先不是向前奔去，而是拼命地喘气，很明显它已经筋疲力尽了。

它的血已经快流得差不多了，到了现在这种地步，那么它就只有挨宰的份儿了。

现在三条船都划到了待毙的大鲸的身边，斯塔布他们非常清晰地看清了这只大鲸的面目。

它果然已经很老了，又有伤残，叫人不免对它产生几分怜悯。

它的上半身已经露到了水面以上，伤鳍无力地拍打着海面，虽然已经起不了多大的作用了，但仍垂死挣扎着。

它的眼睛让人看不清楚轮廓，只是一个大泡泡模样的东西，原来还是一个瞎子。

本来，如果不是遇到斯塔布和德里克他们的话，它还可以颐养天年，在大海里悄然无声地度过它最后的岁月，再被海浪安葬。

但是新的使命让它不可能这样了，它要奉献出自己的油照亮人类的婚礼和其他欢快的场面，奉献出自己的肉给贪嘴的人们，虽然它就快要油尽灯枯了，可它没逃脱掉。

一支又一支的枪连续不断地刺中它的身体,每一次它都痛苦地抽搐一下。

就在这个时候,弗拉斯克发现它的下腹部露出了一个大疙瘩,样子很特别,大概有三四十公斤那么沉。

“在这里捅他一下。”

弗拉斯克一边说着,一边已经拿着标枪捅了上去。

善良的斯达巴克没有拦住他。

大疙瘩被弗拉斯克捅破了。

大疙瘩里向外面猛地喷出了血,直喷了小艇上的人满身都是。疼到极点的大鲸垂死挣扎着,甚至还弄翻了弗拉斯克的小艇。

这大概是它唯一可做的报复了。

然后大鲸做了最后一次喷水,翻了一个身,神秘的白肚皮也朝上了,死了。

水手们没有像第一次杀大抹香鲸的时候那么累,因为比第一次要容易得多。

水手们坐在各自的小艇上,一边平复心境,一边闲聊着,等着大船开过来。

突然,斯塔布发现,刚被杀死的大鲸好像正要往海里沉。

他吃了一惊,赶快行动起来去阻止。

大伙七手八脚地找来绳子,把大鲸牢牢地绑住。

这样的话,大鲸和三只小艇成了一体,三只小艇就像是大鲸的三只救生圈一样,即使它想被淹死,也根本就没有办法沉下去了。

大船跟上来了。

大家又是一阵忙乱,终于把大鲸弄到了船的一侧,并用猫爪把它紧紧地拴起来。

“这下你跑不了了。”

斯塔布恨恨地说。

水手们在大鲸的身上东戳一下西割一刀地,弗拉斯克更是对刚才的大疙瘩感兴趣。

他用一只鲸铲彻底剖开了那个大疙瘩。

刚铲了几下,就在大疙瘩里面发现了整只腐烂的标枪头。

“嘿,这老家伙还真吃过不少的苦头呢!按这个标枪头儿的款型和腐烂程度来看,时间可是很久远了。”

“可不是,这家伙中这一枪的时候,可能还没有我呢!”

接着出现的事情更不可思议。

一块石头就在鲸身上发现标枪头儿的地方的旁边被发现了。

“这是什么东西?”

众人围了个水泄不通。

“难道大鲸的肉里会长石头吗?”

“这明明是一支石枪的枪头呀!”

“怎么会呢?现在没有人还用这东西来扎大鲸了”

“是呀,现在是没人用了,可以前的印第安人就是用它来对付鲸的呀!”

“这么说来,这是印第安人留下的了。”

“不可能,离现在已经几百年了。”

“不是他们,那又是谁呢,反正在我爷爷的爷爷的那个时代,就已经没有人用这东西了。”

“这样的话,那这家伙岂不是已经活了几百年了,我的上帝!这还不早成了一个大精怪。”

“要不我们还是放了它吧,抓住这种精怪是要倒霉的。”

“就你害怕,放它?你没瞧见这家伙有多大,多肥,它身上要出多少油!”

“鬼知道这家伙身上还有什么稀奇古怪的东西。”

就在大伙儿七嘴八舌地议论着石枪头,并由石枪头的历史而感到大鲸的神秘的时候,新的险情不可避免地出现了。

“我的上帝,它又在向下沉呢!”

“拽住它!”

斯达巴克大叫。

但是这一次,任凭他们使出吃奶的力气,仍然无法制止大鲸继续下沉,除非他们下决心让“裴廓德号”和大鲸一起经受考验。

真要那样,“裴廓德号”恐怕要陪着大鲸一起去见上帝了。

没有办法,斯达巴克下令舍弃大鲸。

“见鬼的!”

他很是不平。

可是他下令时已经有些迟了,根本无法解开,大鲸已经把所有的猫爪儿和绳索拽得紧紧的。

船被拽得一侧已经严重地倾斜了,这样下去的话,用不了多久,大鲸就会把整个船拖翻的。

“不要松手啊,伙计们。”

斯塔布大喊着。

“快去找一把斧子来,砍断这些锁链。

“再找一本《圣经》来,向上帝祈祷,别这样为难我们了。”

不知道魁魁格从哪找来一只大斧头,磨了磨,他弯腰探身出了舷窗,对着那些猫爪一顿胡砍,只见得火花飞溅,紧接着,紧拽着的绳索一下子断了。

大船晃着又恢复了平衡。

大鲸像一个幽灵一般地沉入海底。

大家惊慌失措地转过身。

魁魁格在关键时刻又立了大功。

本来已经到了手的一条大鲸,现在却没了,所有的人都很沮丧,同时又感到奇怪。

谁也说不明白这是为什么,但是隐隐约约地感到有一股力量,一股让所有人都抵挡不住的力量,附着在大鲸的身上,使自己无可奈何,如果真的坚持要斗到底的话,或许“裴廓德号”就会成了这大鲸的陪葬品。

这使“裴廓德号”上的所有人都以为是遇到了魔怪,因为以前这种情况从未出现过。

82. 为捕鲸业而骄傲

捕鲸业在世界上的各行各业中算是一个非常特殊的行业。

或者说是一个极具魅力和传奇色彩的行业。

产生这一切特点有历史的原因,也有本身的特点以及人物的原因,可以说是多种多样。

虽然是惊险万分、困难重重,但因为我自己加入了这个光荣的行列,并且为与最卓越的船长和水手同行而感到庆幸和骄傲。

但还不够,我们还要完成有史以来捕鲸业中最辉煌的一次战斗。

要知道,我之所以说捕鲸是个光荣的行业,是有着令人激动不已的原因的。

我曾经仔细地钻研过捕鲸业的发展历程,在它源远流长的大河一般的历史进程中漫游。

我折服于它的光荣、悠久和惊心动魄的历史。

在古往今来的所有行业中,没有任何一个行业有捕鲸业这么的规模宏大,对于真正的男人充满吸引力。

也没有哪个行业像捕鲸业这样,因为所需的种种卓越的品质和能力,而成为了一个令世人瞩目的英雄的发源地。

虽然不能成为英雄,但是也为能在这个行列之中和众多的英雄为伍而备感荣幸。

我就是这样。

在我的记忆中和鲸有这样那样的关系,并且由于和鲸的战斗而成为英雄,并由此而受人敬仰的人物,可以说是不胜枚举的。

丘比特的儿子柏修斯就是如此人物。

从某种程度上来说,是柏修斯开了捕鲸业的先河。

对我们所有的捕鲸者而言,我们都应该视他为鼻祖,尊称他为我们的祖师爷才对。

这里有一个关于他的传说。

美丽的安特洛美达是埃塞俄比亚王和王后的女儿,她的母亲为她的美貌所自豪,经常夸赞安特洛美达比龙女还美丽。

然而,有天这话传到海神的耳朵里,于是不幸降临到安特洛美达的头上。

海神由此大怒,于是埃塞俄比亚全国发起了洪水,各种妖魔鬼怪随洪水而来到处吃人。

这时国王做了一个梦。

梦中有声音说,要想免去灾祸的话,需要他把自己的女儿投到海里,给妖怪进贡。

为救国家免于灾难,国王忍痛将自己的女儿投到海里。

安特洛美达被绑在海边的一块大石头上,很快就会被扔到海里。

她悲痛万分,伤心地流着眼泪。

英勇的柏修斯在当大鲸张着大口正要把安特洛美达掳走时来到了。

柏修斯举起自己手里的标枪,勇猛地冲向前去。

只一枪就戳死了大鲸。

柏修斯挽救了安特洛美达的生命,也救了埃塞俄比亚。

安特洛美达和柏修斯久久地凝视着对方。

安特洛美达钦佩着柏修斯的勇敢,而柏修斯则被安特洛美达的美貌深深地吸引。

由于这个奇缘,勇猛的柏修斯和漂亮的安特洛美达结为了夫妻。

当然,这是一个并不会发生在我们身边的现实里的美丽而圆满的爱情故事。

(现实的捕鲸故事是不会这么完满的)

柏修斯和我们不一样,他不是为了得到鲸油而战,但他的勇敢,他的力量,却是现在的任何一个人,包括最优秀的人所望尘莫及的。

因此到现在他仍然是我们捕鲸人特别是标枪手的榜样。

在英国,也流传着一个类似的故事。

英国的守护神圣乔治杀死一条大鲸,而后倾其所有帮助穷人,因此得到了大家的尊敬。

那时,人们总是把鲸同龙或者是海豹、海马甚至是鹰等等混为一谈,对鲸的特性认识不够,当然这一切都是因为那个时代的愚昧。

虽然这些故事里的主人公都不是以杀鲸为生,而是杀鲸救世的,但他毕竟是我们捕鲸人的始祖。

因此,我们捕鲸人的伟大行列自古里就有英雄、圣人以及神人。

引导着我们去为了成为英雄而奋斗的,正是他们给予我们的强大的精神力量。

我为我们从古至今的捕鲸人由衷地感到骄傲。

83. 约拿的真伪

土耳其人最相信关于我们以前讲过的约拿和鲸的种种传说。

早在三百年前,一个到过土耳其的英国旅行家就证实:

在土耳其有专门为纪念约拿而修建的寺院,那寺院中,有一盏根本不需要加油自己就会亮的神灯。

这神灯之“神”是因为约拿。

这么说来,土耳其人是很开通的了。

但是也有很多人不相信约拿。

这里说的是希腊人、罗马人,甚至有些南塔开特人也不相信约拿。

除了南塔开特人之外,希腊人和罗马人可以称得上是怀疑主义者,他们怀疑的东西不单单是约拿,还有很多很多,几乎数不胜数。

有一个来自沙克港自称捕了一辈子鲸的老头,就是这些怀疑者的代表。

他用许多论断来反驳约拿的传说,下面我们可以为他罗列出来:

第一,他有一本不知是哪朝哪代的《圣经》,上面画着许多稀奇古怪的图案,他根据这些图案,并加上自己的经验,推断出鲸的食道很窄这一结论,说鲸根本吞不下约拿;

第二,约拿即使被鲸吞进肚里去了,那他是怎么在鲸食道里生存的呢?

第三,传说中约拿是在地中海被鲸吞下去的,可是三天后就被鲸在底格里斯河的上游吐了出来,可是大鲸三天的航程比这距离可长得多了。

他的这些疑问都可澄清:

第一,鲸的口腔那么的大,所以不见得约拿待的地方一定是鲸的肚子;

第二,约拿可能是在一只死鲸的肚子里,或者是在一艘名叫“大鲸”的船上;

第三,大鲸可以带着约拿绕过好望角,这正是传说中说他们曾到过土耳其的原因。

很明显,这个来自于沙克港的老头儿的这些论断是很没有依据和水平的,只不过是让人觉着愚蠢和可笑的强词夺理罢了,不值一提。

其实,他的学问并不深,又总是道听途说,所以早已被权威的鲸学家们驳斥得一无是处了。

84. 饮酒歌

遇到“处女号”和发生大抹香鲸神秘沉入海底事件,给“裴廓德号”带来了不愉快,阴郁一度笼罩了全船。

可没多久,事情就都已经烟消云散了。

“裴廓德号”恢复了往日的平静,又在苦心积虑地寻找着新机会了。

这一天,魁魁格一大早就起床了,开始给自己的小艇擦油。

由于艇是吊在舷侧的,所以他不得不钻到艇底下。

他使劲地擦拭着,比平常要更卖力气,好像是想把这小艇擦得光可鉴人。

捕鲸的人明白油和水是绝对不相容的，如果在小艇的底部抹好油的话，对行船会有很大的好处。

这么一来，会减小很多小艇的底部和海水的摩擦力，小艇就会驶得更快。

“嘿，魁魁格，怎么这么用心，难道你闻到了抹香鲸的气味了不成？”

伙伴儿开着玩笑说。

“我有一种预感，抹香鲸马上就会出现了。”

魁魁格一边给小艇的底部抹油，一边大声地说。

果不其然，快要到中午的时候，随着顶桅上瞭望者一声大叫，他们又发现大鲸了。

魁魁格他们的小艇迅速地向那个方向驶去。

鲸群见有捕鲸船过来，吓得慌忙掉头，想要抢在他们到来之前赶快逃走。

一时间，鲸群纷纷逃离，场面乱成一团。

小艇在鲸群的后面追赶着。

过了一会儿，塔斯蒂哥击中了一只鲸。

那条被击中的鲸并没有像往常一样沉下水去，而是继续在水上游着。

因为速度的加快，那支插在它身上的标枪头随时都有被大鲸甩掉的可能。

如果那标枪头真的被大鲸甩掉的话，那么一切都将前功尽弃。

结果可能和上次的情况一样。

“现在该让它尝尝投杆的厉害了。”

斯塔布镇定自若地站在船头，一边诙谐地说着，一边取过了一支投杆。

这投杆并不是我们前面说过的标枪，两者无论从制作上还是在使用上都不同。

投杆是用钢做枪头，用较轻的松木做杆，全长有十或十二英尺。

虽然长但是重量要比标枪轻了不少。

投杆儿是专门用来对付像现在这样挨了标枪之后还能狂奔乱跑，因而离艇比较远的鲸的。

投杆的尾部绑着一根又细又长的绳子，以便在扎中之后能把它收回来再扎。

斯塔布站在迅速行驶的小艇的艇头，身子站得直直的，把投杆拎在腰间。

他看准前方四十英尺的飞也似的逃窜的大鲸，用手里的投杆瞄了瞄。

然后就迅速地出了手。

投杆带着绳子，闪着光刺向天空，在天空中做了一个抛物线。

接着枪头准确地扎在了大鲸的背上。

从大鲸的背上喷射出鲜红鲜红的血来。

“看那喷出来的血呀，就像是打开了陈年的威士忌酒一样，多么令人陶醉啊。

“快呀，伙计们，快点划，快划到那家伙的身边去，让我们对着嘴喝个尽兴吧！”

斯塔布就这样大声地叫喊着，让周围所有的人都感到无比地振奋。

斯塔布一次次地把投杆扔出去，反复地投掷和收回。

他就如同是指挥着一只凶残的大狼狗，一次次地出击，直咬得大鲸全身都冒出了血。

“看，那里不仅有甜美的奥尔良的酒，还有俄亥俄的甜美的酒和巴拿马的甜美的酒呢，快冲上去吧！”

大鲸在斯塔布的胜利的号叫中丧命于此。

85. 自然奇观

在人类所有的捕猎活动之中,猎手们都是依靠动物留下的痕迹,来辨别和确定自己的捕猎对象的。

当然,这里所说的痕迹这个概念比较宽泛,它同时包括:

动物留在自然环境中的自身的脚印,改变自然景象时留下的痕迹,气味,声音,身影……诸如此类。

譬如一个猎人,他可以通过野鸡的鸣叫来发现野鸡,通过熊的脚印来找到熊,通过野狼的气味来追捕野狼。

鲸既不会号叫,又没有脚印,那么捕鲸人靠什么来发现鲸的影踪呢?

不可否认,鲸的身上有一种特殊的气味,能让捕鲸的人闻到,但是这并不是根本的痕迹。

你若认真地听了我们在前面讲的故事,你就能知道答案了。

的确,大鲸的喷水让捕鲸者发现了它。

"裴廓德号"每一次战斗,都是在这样的一声大叫之后开始的:

"瞧,那家伙又在喷水了!"

从开始有文字记载的历史来看,人类早在六千年前就发现鲸的存在了,那么在此之前,鲸可能已经生存了几百万年,甚至可能比人类更早存在。

从这六千年的历史来看,人类一直以喷水作为鲸最显著的特征,在所有的文字记载里和图片的记载里,无一不是这样。

可见喷水的景象是鲸在生存过程中不可缺少的存在,同时也是它生存于自然界的最重要的特征。

那么,鲸的喷水又是怎么一回事儿呢?

这要从鲸的生理特征来解释。

了解一点动物学的人都知道,一般的鱼类动物都属于鳍类动物,而鳍类动物都是用特别灵活的鳃来呼吸的。

鳍类动物在用鳃进行呼吸的时候,总是把空气和水一起吸进去,吸进空气后,再排出水,因此它们根本用不着把头从水里露出来直接呼吸空气。

正是因为这样,除了气压极低的情况外,人们几乎看不到鱼类游在水面上。

也正是如此,海鳖可以在不见阳光的海底生存几百年。

可鲸类像我们人类一样,作为哺乳动物,有着和我们人类一样的肺,它们直接用肺而不是用鳃来呼吸。

因为肺只能接受纯净而不含有水的空气,所以鲸就必须定时地游到水面上来呼吸空气了。

鲸没有鼻子,又不能靠嘴来呼吸。

这是因为它的嘴总是藏在水面以下八英尺深的地方,而且它的气管儿和嘴不相通。这一点,和我们人类是有所区别的。

正是因为这样,鲸有一个喷水孔,实际上也是个吸气孔。

这个长在头顶的孔,对鲸而言是最为方便呼吸的地方,可以说是恰到好处。

于是,鲸就用了这个长在头顶的孔儿呼吸,把空气送入肺部,再把和空气一起吸进的海水喷出去。

这喷出去的海水就是我们常常看到的喷泉，也就是我们赖以发现鲸的渠道了。

众所周知，人和所有的哺乳动物一样，离开空气是不能存活的。

以人为例，无论你是醒着还是睡着，是在陆地上还是在水里，你都无法摆脱这个事实。

如果你非要试一试，摆脱你固有的呼吸模式的话，多了不说，只要半个小时不呼吸，那迎接你的就只有死亡了。

傻子都不会干这种事。

几乎所有的哺乳动物和人在呼吸方面都是一样的。

我在这里没有说全部，是因为也有个别的哺乳动物不是这样，比如我们一直谈论的鲸。

所有呼吸空气的动物，都是靠空气中的氧气来维持生命的，氧气是血液循环的根本条件。

人类之所以不停地呼吸，就是因为要不断地供给血液以氧气，因为人的一次正常呼吸所取得的氧量，只能供应两三次脉搏跳动所需的氧气。

如果吸收一次空气就足以维持血液一个小时甚至更多的耗氧量的话，那该多好啊，人类就可以挑战许多不能涉足的领域了。

可事实并非如此，人类只能遵守规律。

于是人类就只能羡慕鲸类了，因为鲸类可以达到我们刚才说的那种程度——一个多钟头不呼吸。

因为它体内的一种杰出的装置或者说是构造使得鲸类有超越人类的本领。

在鲸的肋骨和脊骨两边，各有一种人类不具有的东西，这种东西就像是一堆曲曲弯弯地连成一根儿的管子，加起来可能很长，是用来储藏血液用的。

这也就意味着，鲸类在做完一次呼吸活动之后，它体内所有的这些管道里就已经储藏好了补充好了氧气的血液，只等待着被使用。

这些血液储存在鲸的体内，在鲸潜入水底的时候在它的体内循环使用，供它使用一个多小时不成问题。

难怪它可以长时间待在水下，原来鲸的体内有这样一只储藏器，这是人类和其他的哺乳动物可望而不可即的。

鲸的换气有着固定的规律，也就是说，要是不受干扰的话，鲸每一次在水面上所停留的时间是一样的，喷水的次数也是一样的。

道理很明显，鲸的体内存储有氧血液的储蓄器是固定不变，因此它每一次需要吸进的氧气的总量也是一定的。

如果你见它在没有人打扰的时候下从海底浮上来，喷了七十次水，也就是意味着它呼吸了七十次，如果之后又沉了下去的话，那么它下一次浮上来，也一定会呼吸七十次，除非它受了你的惊吓而提前潜下去。

但是即使它受了惊吓而提前潜进水底，也不会潜在水里呆一个钟头再出来。

如果那样的话，那么世界上也许就没有捕鲸这个行业了。

这是因为，如果真是如此的话，世界上所有的捕鲸船即使有天大的本事都将一无所获。

因为鲸没有一次性呼吸够，所以，它还得再一次露出水面来呼吸，为的是给它的储藏器里补足，否则，它是不会彻底地潜到大海深处去的。

鲸在没有喷够七十次水的情况下，它的有氧血液的储藏功能会大大打折扣，这就迫使它一次又一次地浮上来呼吸，因此也就留给了捕鲸者捕杀它们的机会。

捕鲸者恰恰利用了鲸的这个特点，一次又一次进行攻击并屡屡得手。

因此，就是再强大的东西，也会有弱点，一旦被它的敌人掌握了它的弱点并加以利用的话，那它就只有在敌人的攻击下失败的份儿了。

它的喷水构成了大自然一道惊人的奇观。

可是,你却不能靠近它。

任何一个捕鲸者都对此深知。

原因有两个。

第一个是,大鲸绝对不会允许你靠近它,更别说是钻进它喷泉的中心去了。

能追上它,跟紧它就已经很吃力了,你要是能做到上面的事,除非是在神话里,或者你以自己的生命作为代价,无法挽回的代价。

第二个是,即使你有本事进去,你也不敢。

这里抛开鲸本身的危险不说,只说它喷出的水。

如果你接触过喷泉的话,你就会明白。

所有和水或水气接触到的地方,都会火辣辣地疼,就好像沾了一种强腐蚀性的化学物品一样。

要是严重的话就会把皮肤弄裂。

如果进到眼睛里,那眼睛就会瞎掉。

没有人能够解释这是为什么?

86. 壮丽又让人魂飞魄散的鲸尾

在已经做了海鬼的捕鲸人之中,只有少数是死于被大鲸生吃活剥的。

绝大多数都是被大鲸的尾巴打发掉的,就像我们在前面讲过的。"一路平安号"的大副曼塞尔去见上帝时的情景一样。

让我们再来回忆一下曼塞尔去见上帝的情景。

"忽然,一个巨大的白身影从水里一跃而出,小山一样的尾巴一阵猛烈地扇动着。

"曼塞尔愣住了,还没等他回过神来,就已经被大尾巴扇了出去。

"大副的身子在空中画了个弧线,在五十米开外的海面上落下。"

这就是大鲸的尾巴的恐怖之处。

这情景叫人听了不禁打一个寒站。

有经验的捕鲸人知道鲸的尾巴能带来凶险,一旦和它相触就要丧命。

所以,他们对大鲸的尾巴唯恐避之不及。

对于捕鲸人而言,可能不见得是"谈鲸色变",但一定是"谈鲸尾色变"。

有人赞美羚羊的眼睛,说它虽不明亮但却祥和;

有人赞美鸟的羽毛,无法感觉但很漂亮。

我比起这些多愁善感满怀诗意的人,更加喜欢的是大鲸的尾巴。

虽然它并不漂亮,但它充满威力,而且在它的威力的表像之下,竟有着翩翩的风度和儒雅的举止。

我们先了解一下抹香鲸有多大的尾巴。

一般来说,尾巴是从它的和人腰差不多粗的地方——尾根开始计算的。

自此向上算下来,至少有五十平方英尺左右。

从结实浑圆的尾根向上,尾巴逐渐开始分岔并最终分成两个部分,并且越来越薄,大概只有不到一英寸厚。

这两片尾巴光滑而厚实,彼此分开,中间隔得很远。

如果从尾巴的一端量到另一端，横里应该在二十英尺以上。

肌肉构成了它的整条尾巴，三层的组成都是筋。

第一和第三层的筋又长又直，第二层的筋虽然很短，但这样能使上下两层联结得更紧实，也就使这尾巴更加结实，更具有强大的威力。

尾巴的结实程度还不仅仅如此，就是鲸的整个躯丁上的筋，也都是和尾巴上的筋交错着连在一起的。

比如说，鲸的全身几乎就是罩着一层钢筋网，而这网最终在鲸的尾巴上相遇。

从这个意义上来说，所有的力量也都凝聚在尾巴上。

可见，鲸尾巴的巨大力量是来自于它的全身的。

它的尾巴很有重量，但是这并不使得它笨拙。

每当你看到它在不被人打扰的情况下在海上悠然驶过，你都会被它优雅的身姿吸引到。

大鲸的优雅在于它的泰山般的稳重，君主般的雍容，绅士般的举止和长辈般的庄严。

当然，只有在它不受惊吓的情况下才会让你感觉到所有这一切。

等到你把它惹急了，如果不是你送它去见上帝的话，你所领略到的，就是它送你去见上帝的巨大的力量了。

鲸尾可以说是鲸的全身最重要的地方之一，同时兼有多项功能。

推动作用是它的第一作用：

它长在大鲸的最后，就像是在一条大船的船尾安了发动机一样，只要它的尾巴在水里向前一弯，再向后迅速一收，大鲸的身体就能借助鲸尾的推力猛烈地向前一蹿。

就这样一次又一次地向前狂奔。

第二，鲸尾是鲸战斗的武器。

除了鲸鱼们同类之间争斗时，用头撞和用嘴咬外，其余的情况下一律是用它的尾巴。

在它被捕鲸人惹怒，向小艇进攻时，只要有一定的空间能让它把尾巴摆动起来，那么所有的被攻击目标都将受到毁灭性地打击。

无论是人还是小艇，在它的尾巴的威力之下，都显得是那么的脆弱和不堪一击，或者是被卷上九天魂归黄泉，或者是船碎桅断漂流四海。

在大鲸的尾巴面前，唯一聪明的办法就是赶紧躲开，躲得越远越好。

第三，触觉能力是它的一个作用。

据我观察，鲸的尾巴十分灵活，触感非常灵敏，在这一点上可不输于任何动物。

大概只有大象的鼻子可以和鲸的尾巴媲美。

在平时，大鲸摆动着尾巴，像一个贵妇一样悠闲自在地在海面上摇来摇去。

可是这尾巴一旦要是碰上什么东西，哪怕就是无意间的，那感觉可就不那么美妙了。

在很大程度上这个人的末日就来临了。

哪怕是一点点危险在向它靠近，它的尾巴好像都能感觉到。

第四，好像只能说大鲸的尾巴是它自己的一个玩具。

在大鲸在自认为安全的海里嬉戏玩耍的时候，你经常会看到它把自己的大尾巴高高地举向天空，紧接着又向海面上平着一拍，只听得一声巨响，就像是放了大炮一样，震人心魄。

传出好久的声音在远处飘荡。

或许，这就是大鲸自得其乐的游戏。

第五，尾巴是大鲸的旗帜。

大鲸在潜入海底，而尾巴露出海面时，露出的部分差不多有三十英尺高。

这是多么壮丽的景象呀，大鲸就是用这种方式，向海底的所有生物彰显着自己至尊的王者地位。

我在一次出海的时候曾经目睹过鲸群竖起尾巴前进的壮观景象，我顿时产生了一种崇敬之情，我为它们整齐而坚定地向着太阳所在的方位前进的场面而激动，我觉着在世间万物之中，鲸是最虔诚的动物。

上面这些只不过是简单地通过我们对鲸的最直接的观察而得来的。

这都是一些最表象的东西。

说实话，这同鲸类本身所具有的特性相比，只不过是非常小的一部分。

而有些部分，根本不是以我们的能力所能了解的，至少不是我们在大鲸活着的时候能够了解的。

而对于死去的大鲸，我们又无法真实地知道它在活着的时候，在某一方面究竟是如何的。

死去的无法代替活着的，这是动物的共同特征。

身体死亡就意味着一切消失，即使是那曾经存在的威力。

若死后还能余威尚存，那就说明死者生前的威力简直可以说是登峰造极了。

对捕鲸人而言，虽然和鲸打了一辈子交道，可谁也不敢说对鲸有着全面的深刻的认识。

鲸身上的有着无穷无尽的谜，而每一个谜就是一个奇迹。

等奇迹都被解开，鲸的生命也就到头了。

也许有一天，鲸将在人类的手里灭绝。

终究会有这么一天。

但那个时候，人类仍不能把鲸说得明白透彻。

在赞美大鲸的同时，我发觉了自己的渺小，人类的渺小。

我越来越发觉自己同大鲸相比的话，竟是那么的孱弱和无能。

但是比鲸弱小的人类却把鲸凶狠地残杀了。

87. 海峡奇情

自我们打南塔开特出发以来，除了捕鲸和碰到同行时的短暂停留外，一直在沿着世界的各大渔场有抹香鲸出没的地方，做着环球的巡游。

我们梳理一下我们航行经过的路线：

先是由西向东地横穿了大西洋的北部。

然后从亚速海掉头。由北向南纵贯大西洋几乎到了南美洲南部的东海岸。

横穿南大西洋，绕过南非的好望角。

自西南向东北穿过了整个印度洋。

如果仅仅是一次环球航行的话，我们现在差不多已经走完了一半多的航程。

我们一路上都在追寻着白鲸莫比·迪克的踪迹，一路上都在不停地向过往的船只打探莫比·迪克的消息。

但是，除了关于它的种种劣迹和对它的无比恐惧之外，我们几乎是一无所获。

我们的“裴廓德号”在亚哈船长由于找不到他的敌人而开始焦躁起来的时候逐渐驶近了马六甲海峡。

马六甲海峡位于亚洲大陆的最南端，是印度洋经南中国海驶向太平洋的必经之道。

狭长的马六甲海峡的南面，有苏门答腊、爪哇、答厘和帝汶等许多岛屿。

这些岛屿像一串珍珠项链，把亚洲大陆和澳洲连接在一起，又像是一个巨人从亚洲走向澳洲的垫脚石。

这些岛屿和许多其他相对而言比较小的岛屿一起,形成了一条时断时续的大堤,像一条有意构筑的堡垒一样,把西边的印度洋和东边的太平洋隔开了。

自古以来,无论是东西方的船只,还是环游世界的鱼类,都会经过这些堡垒或者说是城门之间的空隙,因而这些通道就显得异常地繁忙。

可能只是前不久,我们一直追踪的莫比·迪克就刚刚从这里经过。

它带着一身的血债,明目张胆地进入了太平洋,进入了它更辽阔的天堂。

在西方人看来,巽他海峡和马六甲海峡的东面的诸多群岛简直是一个富庶的天堂。

那里位于赤道之上,终年常绿,有着让西方人渴望不已的财富:香料、丝绸、珠宝、黄金和象牙。

恰恰这些财富使这些美丽的东方岛国富饶起来,也正是因为这些财富使他们的国家饱受西方人的掠夺。

他们失去了自己的财富,也因为捍卫这财富而流淌着鲜血。

这些东方人和西方人不一样,比如说不像地中海人、波罗的海人和普罗蓬提斯海人那样,在自己领海入口的地方上筑起要塞,保卫自己的国家。

他们也不像北欧的丹麦人那样,一定要别国路过的船放下船帆,以示友好。

所以在过去的几百年间,本属于岛国的大批的财富,都被西方的船只昼夜不停地运到西方去了。

可是,来自东方人的海盗船却不肯让他们轻易地把宝贝运走。

海盗们常常隐匿在各岛之间,遇有商船就屡屡出击,用枪来逼迫着西方人留下宝贝。

虽然欧洲人为了保护自己的船队而派出了巡洋舰,同袭击他们商船的海盗全力抗击,并且收到了一定的成效,但是海盗仍没有被消灭殆尽。

但是他们对西方船只的抢劫变得更加激烈,出现了许多让人毛骨悚然的传说。

亚哈船长心里知道,对于马上就要进入海峡的"裴廓德号"来说,太平洋海域很可能是他们追捕莫比·迪克的最后海域和机会了。

亚哈船长的计划是这样的:

经过巽他海峡和马六甲海峡,进入爪哇海,向北穿过南中国海,沿着菲律宾群岛的西海岸,直上日本海,在日本海的捕鲸季节中设法寻找莫比·迪克的踪迹,并与那家伙决一死战。

虽然至今亚哈船长还一无所获,可他对自己的计划还是充满了信心。

按照一般规律,这个季节的太平洋渔场是莫比·迪克经常出没的地方。

"或许莫比·迪克正在太平洋等着我,它选择了那里作为它的最终的坟墓。"

亚哈船长坚定地想。

自从"裴廓德号"从南塔开特出发到现在,一直在茫茫大海中行驶着。

虽然也看到过大陆的影子,像靠近西非、南美和南非时,可从来没有靠过岸。

亚哈船长心中除了莫比·迪克之外,没有一切,他像过筛子一样地巡视和搜索着莫比·迪克可能出现的海域,他的心如同赤道上空的太阳一样焦灼。

亚哈船长由衷地崇拜太阳,他觉着自己的"裴廓德号"就应该是一艘像太阳一样强大的捕鲸船。

它应该坚韧、强大,用不着任何人的帮助,为了达到目的,勇敢地向前奔个不停。

再看"裴廓德号"所遇到的那些商船,他们都很忙,忙着载大批的货物,一会儿停在了这个港口,一会儿又停在了那个港口,船上所有的人都风光得很。

而"裴廓德号"除了自己的船员和必需品以外,就只有足够的水了。

那宛如一个湖泊那样多的水装在它的宽大的舱里,是他们从南塔开特出发时装上去的。

要知道，一只捕鲸船很有可能在海上漂荡三年的时间，没有充足的淡水的话，日子简直没法想象。

这些上好的水不时地让他们回忆起自己的家乡。

按常理来说，捕鲸船上的人除了从同行那里得到很少的一些家乡的情况之外，基本上是与世隔绝的，他们能看到的只有广阔的大海和在海里生活的鲸。

经常是这样，当他们捱过了三年的捕鲸生活，怀里揣着钞票回到家里，原来的家早已是物是人非了。

巽他海峡开始渐渐地显现出来了。

从船头看去，尽头是陆茵茵的大地。

棕榈树在摇曳，桂树的香气迎面扑来，这一切都让“裴廓德号”上的人们备感亲切。

按以往的经验，这一带是抹香鲸频繁出没的地段，捕鲸船在这里曾经有过辉煌的胜利。

因此，亚哈船长吩咐下水手们一定要格外小心地注意观测。

可是进入这片海域已经好半天了，还没有见到一处喷水的地方。

主桅上的瞭望手都显得有点失落。

船马上就要进峡了。

就在这时，主桅顶上一声愉快地大叫：

“有鲸了！”

“裴廓德号”的面前出现了一幅壮观的景象。

在船头的正前方两三英里远的地方，一大队抹香鲸正有序地穿越海峡。

它们好像是一支长途行军的部队，一直行走在宽阔的平原上，现在进了海峡，像是走进了充满危险的山谷，它们加快速度，想赶紧走完这段路。

远远望去，这阵形十分壮观。

尤其是在所有的大鲸一齐喷水的时候，整个儿前方云雾缭绕，形成了一片壮丽的景色。

“裴廓德号”好像是要去爬过一座山一般，简直是让人目瞪口呆。

在正午的阳光下，喷出的水闪着亮光，像无数金属的亮片儿在闪耀着你的眼睛。

刚才一只都没见，怎么一下子出现了这么多呢？

原来，随着捕鲸船的大批量的增加，鲸受到了越来越多也越来越猛烈的追击和捕杀，这危险来自四面八方，落了单的鲸鱼无一不被追杀至死。因此鲸们也开始聚集起来，组成强大的队伍，互相帮助，以此来给自己壮胆。

这样的话，碰上成千上万的鲸群也是很有可能的。

现在“裴廓德号”已经扬帆起航，向着鲸群追击前进。

标枪手们早已坐到小艇里了，虽然小艇还挂在船舷没有放下去。

标枪手们紧紧地握着手里的标枪，高声大喊着。

每个人都知道等追过了这海峡，鲸群肯定就会乱了阵。

等它们四下逃窜的时候，它们之中的某一个或两个的末日也就会到了。

“也许，莫比·迪克也在这群家伙之中也不一定呢！”

船上很多人都这样想。

“也许，莫比·迪克正是前方这群家伙的头儿，正在带领着它们做战略转移呢！”

“裴廓德号”一边这样想一边加速前行。

突然，塔斯蒂哥大叫起来：

“看，后面！”

人们以为后面也发现了鲸群，于是向后面望去？

“这不大可能吧？”

亚哈船长自言自语道。

他拿起他的望远镜立刻向后望去。

等看清了之后,亚哈船长大吃一惊:

“马来人!”

他本能地喊叫起来。

“伙计们,快,快给帆篷泼上水,后面来的是马来人,他们正在追我们。”

原来,早在“裴廓德号”还没驶入海峡之前,就已经被海盗发现了。

但这些家伙藏得悄无声息。

等“裴廓德号”驶进了海峡之后,他们才突然冒了出来,在后面拼命地追赶着。

一时间,海峡内波涛翻滚,“裴廓德号”拼命地追着鲸群,而马来人拼命地追着“裴廓德号”。

“裴廓德号”和鲸群一样,都被人盯上了,都在拼命地逃窜着。

这个情景十分有意思,就好像马来人在后面甩着鞭子,赶着“裴廓德号”去奔赴战场一样。

亚哈船长站在甲板上看着这一幕,心中不禁一颤:

“这多么像是残酷的人生啊,螳螂捕蝉,黄雀在后。”

亚哈船长实在是没有预料到,自己在驶过这海峡追杀自己仇人的时候,竟是这样的一个场景。

可船上的其他人没有这样的想法。

他们使出所有的力气,一面紧盯着前面的鲸群,一面忙回头看着后面的海盗,一面不停地追击着前面的猎物,一面不停地躲避着后面的猎人。

渐渐地,“裴廓德号”驶出了海峡到了辽阔的洋面上。

最后,“裴廓德号”甩开了后面的马来人。

他们听见马来人在后面嚷着,根本不用想,肯定是在恶毒地咒骂。

在甩开马来人的同时,“裴廓德号”也逼近前面的鲸群了。

逼近胜利的喜悦已远远超过了摆脱危险的喜悦。

三只小艇已经从“裴廓德号”放了下来。

水手们脱得只剩衬衫衬裤,跳进小艇里。

小艇直冲进鲸群喷出的迷雾之中去了。

原本已经散开的鲸群发现了人们的企图,便又重新聚集在一起,形成一支紧密的队伍。

鲸群加速向前游去。

我们在后面紧追不放。

我们就这样一直追了几个钟头。

鲸群就在我们精疲力竭,几乎要放弃的时候,却首先乱了阵脚。

原来,在我们长时间的追击下,鲸群终于被吓怕了。

这在捕鲸过程中也是屡见不鲜的。

现在停下来的鲸群显得不知所措。

这些大家伙们傻傻地陷入了进退两难的境地。

它们像是被狼群围起来的羊一样,乱窜着,横冲直撞,毫无目的。

更有甚者,就像不会游泳了似的,毫无生气地漂在水面上。

但是,如果把鲸群作为一个整体来看的话,它们依旧维持着整齐的阵容。

这样,我们就不敢冲进它们的群里去,只能寻找落单了的鲸鱼开刀了。

三只小艇在鲸群的外围转着,随时等待目标的出现。

没用三分钟,他们就找到了一只。

魁魁格手里的标枪投了出去。

被扎中的大鲸像一道闪电似的从我们的眼前疾驰而去,一直冲进了鲸群的中央。

我们早估计到鲸被扎中后会出现这样的情况,对此我们毫不奇怪。

然而,不管它跑到哪里,我们都会追到哪里。

有时,我们要一直被它拖到鲸群中心去。

这对我们来说是异常危险的。

如此说来,我们如履薄冰,心都快跳到嗓子眼儿了,而致命的危险随时都会降临。

于是我们被那条鲸拖进了鲸群,被一只只发狂的大鲸团团围住。

这些大鲸在我们四周冲来撞去,直把海面弄得波涛翻滚,把我们的小艇弄得颠来倒去。

我们现在的命运已经掌握在了鲸群的那里,就像是暴风雨中的舢板,随时都有可能被拍个粉碎。

我们苦苦挣扎着设法在大鲸的重围中打开一条向外的通道。

魁魁格在这个危机四伏的时刻担任了我们的舵手。

在这种情况下,这不是一般人能够胜任的事情。

临危不惧,眼观六路,耳听八方的魁魁格,引领着我们的小艇在大鲸之间穿梭往来。

我们就在鲸的周围来回穿梭。

没有哪一次比这次能让我们更直观地欣赏到大鲸在生龙活虎的时候的全貌了。

我们十分清楚地看到它们那威震大海的头、愤怒的小眼睛、地狱入口一样的大嘴、铡刀一样的牙齿。

而最让我们恐惧的是现在正在我们的头顶上摇动着的大鲸的尾巴,要是它准确地落下来,我们就全要去见上帝了。

魁魁格的耳目是船上的所有桨手们。

他们叫喊着,提醒着魁魁格小心从海里突然冒出来的鲸,提醒着魁魁格让开和我们的小艇一起并驾齐驱的好事之徒。

不知道拼杀了多长时间,我们小艇周围的大鲸渐渐地少了起来,那让人心惊胆战的声音也小得多了。

原来鲸群的最中心离我们已经不远了。

等到了鲸群的最中心,我们的脑袋一下子清静了下来,仿佛随着暴发的山洪一起,被冲进了一个幽静祥和的山间湖泊。

鲸群还在四周吵闹,但是我们不再那么紧张,慢慢地开始适应。

我们就这样静静地待了一会儿,静静地看着外围的鲸群围着我们像走马灯似的转个不停。

我们的周围都是一些老弱病残的鲸,看来作为动物的鲸们也很懂得些道理。

不知是不懂得人类的危险还是因为过分地自大,小鲸们不时地来到小艇旁来探头探脑。

魁魁格甚至用手拍了拍这些小家伙的脑门。

斯塔布有时会用鲸铲在背上给它们挠着痒痒。

此刻,海上非常的祥和。

尤其令我们惊奇的是我们竟看到了母鲸哺育幼鲸的情景。

透过迷蒙的水雾我们看到许多母鲸正在哺育小鲸,这是在海洋生物中难得一见的哺乳情景。

它们怡然自得,不知是没看见我们还是不想搭理我们,尤其是小鲸,竟然边吃着奶边看着我们。

可能在它们的眼里我们就像没有生命的海藻一样不值一提。

这些小家伙们，一边吸收着母体的滋润，一边享受着天伦之乐，在被人类不断地追杀，几乎是穷途末路之际，该是多么幸福的啊。

一只比较特别的小鲸出现在我们的视野之中，从它的样子来看，它大概生下来还不到一天的光景，因为它还没有摆脱在母体中的样了，全身上下都打着皱。

可就是这个婴儿，它的身长大概有十四英尺，腰围也有六英尺左右。

可能一到明天，这鲸群里许多粗着腰身的母鲸就要成为母亲。

现在我们粗略地计算了一下，这个鲸群的全部面积已经达两三平方英里。

鲸群逐渐平静下来了，有的已经开始休息。

这一下使得它们的包围圈开始越来越小。

“发生了什么事？”

魁魁格指着不远处问：

“谁一下子拴住了一大一小的两条鲸呀？”

“是呀，这是谁做的？”

斯达巴克也叫了起来。

大家看去，只见一条被扎中的大鲸拖着绳子潜入水底后，又浮了起来。

不仅如此，她似乎刚刚做了母亲，脐带都还没有脱落，和捕鲸索紧紧地缠在了一起。

小鲸也一起被拖了上来。

在这一过程中，我们亲眼见到小鲸在围着妈妈不断地亲昵。

我们和鲸群一起，沉浸在这温情之中。

谁也不曾想到这一幕发生在你死我活的拼杀之中。

对于鲸们来说，能够不顾自己的生死，悉心照顾自己的孩子，可见它们是多么地看重这一点。

就在我们和鲸们一起沉溺在天伦之乐中的时候，其他的小艇正在奋勇战斗。

一条大鲸被弗拉斯克已经拴住了。

这只力气特别大的鲸不甘心被捕获，在拼命地冲破重重围堵，几乎叫弗拉斯克他们无能为力。

在平时对付这种力大无穷的鲸时，总要想法设法弄伤它们的尾巴，让它这个在全身作用最大的部件失去作用。

如今，弗拉斯克他们已经把一只绑着身子的短把儿的鱼铲扎了上去。

这下子更不得了，大鲸疼得发了疯，更加疯狂地绕着圈子胡乱地扭动着，那情景真是吓人。

渐渐地，扎在它尾巴上的鱼铲掉了，但是由于鱼铲上的绳索和标枪上的绳索缠到一起了，所以大鲸依旧拖着鱼铲，只不过没有刺入它的身体。

这次大鲸的同伴开始倒霉了。

受伤的大鲸拖着鱼铲在它们当中奔来跑去，还不停地挥舞着尾巴。

这样一来，一会儿鱼铲碰到了这个鲸，一会儿又割着了那个鲸，使整个鲸群对它都产生了恐惧。

似乎这受伤的大鲸也是故意把同伴儿喊醒似的，让同伴们从呆滞的状态中恢复过来。

大鲸的行为终于起了效果，鲸群开始往里挤，中心的祥和的气氛被打破了，安静平和的景象转眼间就消失了。

鲸群围成的中心开始缩小，里面的我们几乎失去了立足之地。

我们开始艰难地向外突围。

不然的话，这中心地带就会是我们的葬身之地了。

“快点划呀，伙计们。”

斯达巴克大声叫嚷着：

“要是不想死的就快点打起精神来。

“魁魁格，快把你前面那只鲸推开，用铲子戳它，让它快点滚。”

我们的小艇差不多就是在鲸门的脊背之间，在那窄得不能再窄的小道里寻找着突围的道路。

找到了一丝缝隙，就赶紧拼命似的逃出去，总算是逃出了一层包围，抬起头来接着再找下一层的突破口。

我们就这样一层一层地从鲸阵的中心逃了出来。

惊心动魄的时刻终于过去了，大家累得直喘气。

庆幸的只是魁魁格让大鲸的尾巴扫掉了帽子，其他的没有什么损失。

可这也叫大家出了一身冷汗。

如果大鲸的尾巴扫得再低一点的话，魁魁格就要魂魄归天了。

鲸群混乱了一阵之后又整齐了，它们现在重新排起了队，向前疾驰而去。

谁也没有再去追击，因为已经没用了。

大家清理着战场，收着散落在海上的武器和用具。

弗拉斯克扎中的那条成为这次战斗唯一的收获。

“遇到的越多，往往捕到的就越少。”

这条谚语看来似乎不假。

88. 妻妾成群

大体上来说，鲸群的数量并不是每一次都这么多，我们更经常地是看到规模在每群二十只到五十只不等的鲸群。

这时，我们就会管它叫鲸队。

有意思的是，几乎全是由清一色的同性鲸组成了这些鲸队。

换句话说，或者几乎全部是由雌性鲸组成的，或者几乎全部是由雄性鲸组成的。

我们至今搞不明白鲸群为什么这样组合，但有一点可以肯定，绝不是因为要像封建时代东方的一些国家那样，用这种形式来限制雌雄之间的交往。

上面我们在说到组成时用了“几乎”这个字眼儿，也就是说这种事并不是绝对的。

比如说，在每一队主要由雌鲸组成的鲸群中，都有一只雄鲸跟随。

这唯一一只跟在雌鲸队中的雄鲸一般说来年纪不大，身体都非常健壮。

他在雌鲸队中的任务既是随从又是保镖。

每当雌鲸队遇到像被人追杀一类的紧急情况，雄鲸就会奋不顾身地掩护雌鲸队的太太小姐们先走，而它自己呢？则要一直游在队伍的最后。

雄鲸在整个鲸队充当了牺牲者的角色。

但是在没有危险到来时，这位雄鲸可就骄奢淫逸地不得了了。

那时候，它魁梧健壮的身躯在美女群中左右逢源，太太小姐们前呼后拥，纷纷紧随其后，活像东方国家妻妾成群的帝王在出行。

这些太太小姐们的身段最多不超过它身体长度的三分之一，因此显得纤细苗条。

它们簇拥在它的前后左右,不断地献着殷勤,让它感觉简直是妙极了。

这个雄鲸率领着雌鲸队,一年到头儿过着神仙般的生活,在世界的各大洋里怡然自得自由自在地游荡着。

天热的时候它们去北海避暑;

它们一准如期在赤道地区的美食季节开始时赶来;

等酒足饭饱之后它们又要去东方的海域赶秋凉了。

在这悠闲舒适的日子里,也并不是没有争斗,但绝对不会发生在雄鲸和本鲸队的雌鲸之间,这争斗只会发生在雄鲸和贸然闯入的另外的雄鲸之间。

这样的情况是经常发生的,一个外来的雄鲸被这大批的雌鲸中的某一个所吸引,或者说是想混入雌鲸队中占些便宜,或者是干脆想取代原来的雄鲸的令人垂涎的位置,所有这些原因都是有可能的。

一场大战就会在雄鲸之间上演,如果外来鲸不听从原来的鲸的劝诫的话。

这就是像人类为了爱情而战的决斗一样,起因自然是因为那些年轻貌美的雌鲸。

两只雄鲸开始用下巴决斗,如同两只麋鹿用角争斗一样。

双方充满仇恨般互不相让。

经常以两败俱伤收场。

脑袋上开了道沟,牙掉了,鳍被弄得像扇子似的,甚至有的时候,连嘴都被弄歪了。

如果原来的雄鲸败了,那结果自然是把王位让出来,悄悄溜走了事。

如果它大获全胜,把那只想取代自己的雄鲸赶走了,那它就更显得威风凛凛了。

它得意扬扬,凭借一副胜利者的姿态,在自己的女眷面前彰显自己的强大和尊严。

可在平时,只要还有其他的鲸可捕,我们是不会捕这种鲸的。

很简单,就是因为这种鲸整天地在雌鲸队里眠花宿柳,早就把身子掏空了。

虽然儿女到处都是,但却弄得自己全身没有什么太大的油水儿了。

对于捕鲸者而言,油水是最为重要的。没了油水捕它也没有什么用。

只要不被别的鲸取代,这只雄鲸就会安逸地在雌鲸队里度过它的青壮年时期。

等年龄渐长,准确地说是不能再进行交配之后,它的使命就算是彻底地完成了。

它心不甘情不愿地从自己的位置上退下来,看着新的雄鲸意气风发地进入。

它在此之后就惆怅地永远从鲸群中消失了。

此后,它的余生便会在孤独的隐居生活中度过。

它独来独往,不再加入任何一个鲸群的行列,精神也开始和身体一起渐渐地衰老了。

它回顾着自己的一生,不时地沉醉于往事之中,直到生命的尽头。

我们在捕鲸生涯之中经常可以看到这样一些对任何事对都不感兴趣的老孤鲸,它们我行我素,看破红尘。

它们年轻时的辉煌影子时隐时现。

说完了雌鲸队,再来说说雄鲸队。

雄鲸队可没有那么多花花事儿,它们年富力强,身体壮实,勇敢好斗,浑身上下都是取之不尽珍贵无比的宝贝。

捕鲸船寻找的主要目标就是它。

雄鲸队可是由绝对清一色的雄鲸组成的,里面绝对不会有一只雌鲸存在,否则雄鲸队就会天天有战争发生。

雄鲸队总是气势浩大,每一只雄鲸都有着发泄不完的精力,所以它们都十分地好胜和好斗,简直就像是一群互相惹闹不停的小伙子。

等长大成人了,有了寻找伴侣的念头之后,它们便各奔前程,寻找自己的恋人去了。

我们通过在遇到攻击时的表现可以判别是雄鲸队,还是雌鲸队。

当雄鲸队中的一只受到攻击时,没有一只鲸会去帮助受到攻击的鲸。

它们全都弃它而逃,昔日的友情荡然无存。

当雌鲸队中的一只受到攻击时,它的同伴非常关心受到攻击的同伴。

它们围在它的四周游来游去,有的甚至为它做了替死鬼,让人颇为它们的情分动容。

雌鲸和雄鲸的这种反应,似乎和人之间,也就是男人和女人对同类事情的反应恰好相反。

89. 法律为所有者而设

在早期的捕鲸业之中,成千上万的来自各个国家的捕鲸船,它们星罗棋布地散落在世界上三大洋的每一个有鲸群出没的渔场。

几乎是年年都有无数起流血冲突发生的消息传来。

在每一艘捕鲸船的捕鲸生涯中,不可能不发生流血事件。

可我们在这里所强调的并不是所有流血事件,而是专指在捕鲸过程中发生在捕鲸船之间的流血事件。

在捕鲸业,特别是早期,司空见惯的是捕鲸船之间无休止地争斗,或者是打架。

其中的原因是多种多样的,最常见的是由于争夺鲸而引发的。

大家都是来捕鲸的,你捕你的,我捕我的,有什么好争夺以致于都见血了呢?

事情可并非如此。

在捕鲸的时候,一般都是很多捕鲸船同时围着一群鲸进行攻击。

其中的一条船,或许在费尽九牛二虎之力后才捕住了一条鲸,但不知什么原因又给它跑了。

结果,这条鲸没游出多远,就倒霉地又被另外一条船给逮住了。

双方开始冲突。

气急败坏的早先的捕鲸船说:

“这是我们捕到的鲸。”

现在的得意扬扬的捕鲸船说:

“那怎么会在我们这里?”

一方气急败坏地说:

“它又逃掉了。”

一方得意扬扬地说:

“谁让你们不绑牢它的。”

一方气急败坏地说:

“不管怎么样,这鲸是我们的。”

得意扬扬的那一方说:

“我们又不是去你们船上抢来的。”

气急败坏的那一方说:

“你们不费吹灰之力就得到一条大鲸,哪有这么便宜的事?”

得意扬扬的那一方说:

“反正我们是从海里打来的,谁叫你们运气不好呢?”

气急败坏的那一方说：

“你得还给我们。”

得意扬扬那一方说：

“简直是个笑话。”

再进行几个回合的舌战之后，事情就会演变为武装冲突。

由于流血冲突的事接二连三地发生，于是从荷兰人开始，设定了捕鲸业的法律条文。

第一个立法是在1695年，出现于荷兰国会颁布的有关法典。

从那以后，美国的捕鲸业也有了自己专门的立法者和律师。

但无论是荷兰的捕鲸法还是美国的捕鲸法，都是十分简单。

只有这样两句话：

一、被绑住的鲸为有主鲸，归绑住它的人所有；

二、没被绑住的鲸为无主鲸，可以自由捕捉，谁逮到归谁所有。

这两条法律是专门给捕鲸者看的，一般人还是不太能理解，关键就在于什么是有主鲸，什么又是无主鲸。

一条鲸，不论它是死鲸还是活鲸，只要它和一条捕鲸船有什么联系，比如它身上拖着这条船上的标枪和绳索，并且绳索的另一端还在那条捕鲸船上，或者是这条鲸的身上有什么地方和那条船连接在一起，那么我们就可以认为这条鲸就是所谓的“有主鲸”。

一条鲸，不论它是死鲸还是活鲸，不论以前有没有人拴住过它，只要现在它没和其他的船有什么地方连在一起，那它就是我们所谓的“无主鲸”。

虽然这两条法律过于笼统，可毕竟有了一个明文规定。

只是这法律只对君子有效，对小人根本不起作用，所以尽管有了法律，可冲突依然没有断绝。

五十年前在英国发生的一起纠纷可以算是捕鲸业这种纠纷中的一个范例。

原告在追到的一条鲸上扎上了标枪，并拴住了它。

可由于大鲸的殊死抵抗，使他们处于危险的境地，他们不得不放弃了大鲸、标枪、绳索甚至小艇。

后来，被告逮到了这条大鲸，连同前一条船上的所有器具，还有小艇。

双方弄到打官司的地步，原告要求被告归还死鲸、工具、武器和小艇。

被告的律师赫斯金引用一个通奸案的案例说服了法官，使原告败诉。

赫斯金引用的例子是这样的：

从前有一对夫妻，妻子不检点，丈夫屡屡制止和规劝，都以失败告终，丈夫在一气之下就把妻子赶走了。

过了几年，丈夫开始有些后悔了，后悔当初不应对妻子那么苛刻。

于是，他四处打探妻子的下落，想把妻子找回来，破镜重圆。

但是妻子在被他赶出家门以后，已经和别的男人好上了。

于是丈大无可奈何，后悔万分。

赫斯金就是引用这个例子，形象生动地解释了有主鲸和无主鲸的问题。

案例中的女人在和自己的第一任丈夫保持婚姻关系的时候，她是有主鲸，原因是她的身上有自己的男人的标枪，还有自己男人栓着她的绳子。

在她被自己的第一任丈夫抛弃之后，她就成了无主鲸，由于丈夫撤回了标枪，也收回了绳子，不再拘束她，任她逍遥自在。

既然她已经成了无主鲸，所以当然谁都可以去拥有她，于是她现在的丈夫看上了她，用自己的标枪扎中了她，将她据为己有了。

这个案例把有主鲸和无主鲸的问题说得非常明白了。

看起来有主鲸和无主鲸的问题并没有多么复杂,其实这只是人类所有法律的一个基本的原则,同样也是一个最根本的原则,是人类所有的五花八门的法律的基石。

所有权问题是这个所有法律的基石和核心。

有人说过一句话,即有一半儿的法律是为了解决所有权问题而设立的。

这句话我觉得很有道理。

我觉着还应该再有一句话,即谁拥有所有权谁就在相当程度上拥有了法律。

通过有主鲸和无主鲸的问题,我们弄清了法律对于所有权的定义,于是可以举一反三地联想到很多的例子。

比如说我们最熟悉的美国,1492 年哥伦布发现美洲之前,美洲就像是一条无主鲸。

哥伦布来到美洲,把自己的旗子插下了,像在鲸身上插了标枪,此后如果哥伦布不离开的话,那美洲就是有主鲸了。

可惜他离开了,因此美洲就又成了无主鲸,直到再有人来并且定居此地,它才永久地成了有主鲸。

那你我呢? 究竟能定义为有主鲸还是无主鲸,还是又是有主鲸又是无主鲸呢?

90. 至高无上的王权

无论如何,有关有主鲸和无主鲸的判断已经被写进了法律,得到了大多数捕鲸者的认同。

这意味着这法律基本上还算是比较公正的。

并不是所有的法律都公正吧?

也可以说成,所有的现行的有关捕鲸的法律都是公正的吗?

如果你知道布雷克顿制定的英国著名法典,并且阅读过法典里的第三卷第三章的一段内容的话,恐怕你就不会这么认为了。

布雷克顿的这条法律是这样规定的:

无论谁在英国沿海捕到了一条大鲸,由于我们的国王是我们名誉上的最伟大的标枪手,所以你必须把鲸头献给英国的国王。

同时,你必须把鲸尾献给王后,没有什么原因。

我们已经讲了很多有关解剖鲸的事情,所以我们都清楚,一只鲸去掉头和尾巴,还能剩什么?

就像是一只苹果,一分两半,左手的一半献给了国王,右手的一半献给了王后,剩下的是捕鲸人的。

天知道捕鲸人手里还剩什么。

至今英国都在遵循着这一条法律。

这条法律和我们上面说过的有主鲸和无主鲸的法律相比,是多么让人无语呀。

这么来看的话,所有在英国海域出没的鲸都是英国国王的有主鲸了,那么,英国国王是用什么拴住它们的呢?

皇家特有的权力。

且先不要遗憾,如果让你像下面将要提到的捕鲸者一样,遭遇如下一件事以后,你感觉到的就不仅仅是遗憾了。

事情发生在两年前,地点不是在多佛尔海峡就是在萨德维奇或辛格港,总之是在英国海域。

历尽千辛万苦的几个英国捕鲸人,把一条大鲸从远海海域一直追赶到了近海的海岸边上。

把大鲸打死之后,他们兴高采烈地准备把那上好的大鲸拖到海滩上。

捕鲸人一边费大劲地把大鲸往岸上拖,一边盘算着它能带给自己多少好处。

要知道,这是他们唯一的财路,他们就是以此为生的。

正在这时,腋下挟着一本法律手册的一个警察向他们走来。

走到大伙儿和大鲸面前,这警察扫视了一下眼前的状况,把书放在了大鲸头上。

"嘿,伙计们。"

他说:

"不要白费力气了,这鲸不能属于你们。我把它没收了,这是属于港监先生的鲸。"

几个捕鲸人同时怔住了,望着警察,抓耳挠腮地欲言又止。

过了好一会儿,才有一个水手壮着胆子可怜巴巴地问:

"那么,先生,谁是港监啊?"

"是公爵大人。"

警察很傲慢。

"可这鲸跟公爵大人不沾边啊。"

"鲸是他的。"

"可这鲸是我们费尽千辛万苦把它从远海拖上来的呀,怎么成了公爵大人的呢?"

"鲸是公爵大人的。"

"公爵大人又不是没钱,怎么会这样做呢。"

"鲸是他的。"

"上帝啊,我还得用它换钱给我的老妈治病,她现在还病在床上呢,警察先生。"

"鲸是公爵大人的。"

"先生,我们愿意拿出四分之一,不,一半,行吗?"

"鲸是公爵大人的。"

每个有良知的人都很生气。

当地有个牧师知道了这件事就给公爵大人写了封信。

信中请公爵先生手下留情,不要苛刻地对待这些本来就很潦倒的水手们。

公爵先生在把油水装进腰包后回信说:

"你最好少管闲事!"

没有什么好说的,公爵代表着国王,而国王拥有至高无上的权利。

鲸是一种至高无上的动物,就注定了它要归至高无上的国王所有。

这就是解释,不知道讲的什么理。

可是王后为什么非要尾巴不可呢?

英国本土一位名叫威廉·普林的老作家,曾在一本书里,写道:王后之所以要鲸尾,是由于王后看重了鲸尾中的鲸的骨头的用途。

他说这话时,英国有钱的太太小姐们正流行用格陵兰鲸或露脊鲸的软骨来做乳褡呢!

可软骨是长在鲸的头上的呀,威廉老头儿可真是聪明一世,糊涂一时呀!

另据考证:

在英国,一种极为珍贵和难得的鱼——鲟鱼,和鲸鱼一起被划到了至高无上的国王的特权之内。

91. 智取龙涎香

时间随着航行在不停地消耗。

从我们上一次在马六甲海峡和遇见的鲸群大战后,到现在已经过去了两三个星期了。

在这两三个星期里,我们只要把上次捕来的那条鲸收拾好了就没什么要紧的事要做了。

也没有再遇到别的鲸群。

大家都觉着心里没找落,焦虑地愁着:

不知道我们此行的冤家——白鲸莫比·迪克,究竟躲在什么地方。

现在,“裴廓德号”正缓慢地行驶在西太平洋的洋面上。

海面上雾气弥漫,太阳正悬在头顶上,船上所有的人都昏昏欲睡。

渐渐地,一股奇异的味道从海面袭到船上。

这味道很难闻,让人恶心,但又很特别,说不清究竟是什么味道。

斯塔布首先打破了寂静。

“我敢肯定这附近有死鲸鱼,而且正在发臭,这味道就是从它身上发出来的。

“说不准那些鲸是上次我们刺伤的。”

有人附和道,因为他们上次确实用一种叫“得拉格”的工具栓住过不少鲸。

凡是被栓住的鲸都是命不久远了。

“裴廓德号”又往前驶了一段路程。

这时候雾气逐渐消散,他们发现前面不远的地方停着一艘捕鲸船。

这艘捕鲸船显然是法国人所有的,因为船上挂的是法国国旗,这艘船现在正拖着一条鲸,因为它的船帆都已经卷起来了。

两条船相距还有一段路程的时候,斯塔布就敢断定:他们拖的是条瘟鲸。

因为数不清的秃鹰正在他们船的四周盘旋着,扑向他们拖着的鲸。

鹰们只有对瘟鲸才会产生这么大的兴趣。

在捕鲸者看来,瘟鲸和死鲸是有区别的,瘟鲸是没有经过任何伤害而自己死在海里的,其中大部分是病死的,有经验的捕鲸人从它漂在海上的样子就能看出门道。

按理说,瘟鲸应该是很让人忌讳的。

但是不知道为什么法国船要拖着它。

瘟鲸散发出的气味难闻死了,几乎所有的捕鲸船都会避着它行驶。

因为除了晦气之外,这东西几乎一无所值,虽然从它的身上也炼出鲸油,但这鲸油既无香气,又不具营养价值,油质还非常地差。

一听到“瘟鲸”,几乎没有人不退避三舍,当然山穷水尽的捕鲸人除外。

在这些废物的意识里:差总要胜过一无所有。

因此我们开始对法国捕鲸船不屑一顾了。

可驶近一看,让我们诧异的是:在那艘法国船的船舷的另一边还拖着另一条鲸,而这一条鲸的气味,竟比上一条更加难闻。

“这本是我们恐避之不及的东西,怎么反倒被他们当成宝贝了。”

斯塔布开始嘲笑起来。

后面的东西更加值得嘲笑。

就在“裴廓德号”和法国船靠拢的一瞬间,斯塔布认出来:其中一条鲸的尾巴上插着的是自己的鲸铲,而且,鲸铲上还裹着绳子。

"这些可怜的法国佬。"

斯塔布对他们抱以嘲笑。

"他们还是很有自知之明的呢,早在出海的时候就知道自己什么也捕不到,所以带了充足的牛油蜡烛,这一点倒比那条向我们讨油的德国船强多了呢!

"但是干巴巴的身体也没有多少油水啊?我敢打赌,还不够他们船长点灯用的呢!就是把咱们的桅杆劈开榨了也比这两条瘟鲸出的油多呀!

"哪一个发善心给他们一点油吧。再说,就是把油榨出来又有什么用,只配给死囚当灯使,正经人谁会用。"

斯塔布越说越起劲,不停地挖苦着他们,突然像是想起了什么:

"嘿,我倒是忘了,这瘟鲸里面还真有一种比油可要值钱的好东西呢!不如去找他们试试看,或许那帮傻瓜根本就不懂呢!"

斯塔布说完后就出了船长室。

他叫来他的水手,下到了小艇里,向法国船划去。

小船划到了法国船的下面。

斯塔布抬头望着船头,看到上面飘着一大根被漆成绿色像枯树干一样的东西,周围是一些被漆成铜色麦穗一样的花,树干的底部是被漆成红色一个球根。

"这就是法国人的艺术?"

斯塔布自己说给自己听。

再看看它的船舷,上面写着船的名字:Bouton - de - Rose.

斯塔布不懂法语,可看明白了 Rose 这个词,他不无讽刺地道:

"玫瑰号,这船的名字竟然是玫瑰号,我现在闻到的就是玫瑰的花香吗?天呢!我被香得都快晕过去了。"

他边说边捂着鼻子做着要晕过去的样子。

斯塔布的小艇绕过船头,划到右舷去,以便于同"玫瑰号"上的人沟通。

斯塔布在右舷的下面,边用手捂住鼻子边向上面大声地叫着。

"Bouton - de - Rose。"

斯塔布读出船头上的字:

"你们有没有会说英语的?"

"有什么事吗?"船头闪出一个人来,"我是这艘船的大副。"

"太好了,那么请问一下,你们碰到过白鲸吗?"

"什么白鲸?"

很明显大副闻所未闻。

"哦,是白鲸莫比·迪克,谁都知道它。

"我们闻所未闻,更不用说见到了。"

"那好吧,我过一会再过来。"

斯塔布划回到"裴廓德号"的身边。

他告诉等在船头的亚哈船长,"玫瑰号"上没有人见过莫比·迪克。

报告完之后,他就又划回到"玫瑰号"旁边去。

"玫瑰号"的大副用一只袋子堵着鼻子,正在用一只鲸铲收拾发臭的大鲸。

"嗨,伙计,你的鼻子撞坏了,还是怎么了?"

斯塔布明知故问。

"要是坏了倒省事了。"

大副生气地回答，一边瞧见斯塔布也捂着鼻子，就问：

“你的鼻子也有问题了吗？”

“这是只蜡鼻子，我怕它会化了。”

斯塔布开着玩笑，又说：

“今天天气晴好，我都闻见你们的玫瑰花香了，扔下一把给我们怎么样？”

“你到底有什么事？”

大副被斯塔布的嘲笑弄得生气了。

“哈哈，别这么急吗，伙计，别嫌我说话难听，我看你还是别在这两条鲸的身上瞎忙活了，你看呐，这干巴巴的哪里会有油呢？”

斯塔布劝着大副。

“可不是嘛。”

大副的火儿下去了一点儿。

“可船长不相信呢！”

“怎么会呢，谁都明白这是白费力气的。”

“我们船长他以前是做香水出身的，这是他第一次出海。”

“嗨，难怪你们船长给船起了这么个名字。”

“嘿，伙计，你上船来劝劝我们的船长怎么样，让他别白费工夫了，也许他会听你的。”

玫瑰号的大副请求道。

“好说，没有问题。”

斯塔布一边愉快地答道，一边攀上了“玫瑰号”的甲板。

玫瑰号的甲板上，水手们正准备吊起那两只瘟鲸。

水手们都抬着头，他们的鼻子都向上翘着，一副很滑稽的模样。

有的人不时地丢下手上的工作去呼吸新鲜的空气。

还有人怕被瘟鲸传上瘟疫，让棉絮沾上煤味，凑在鼻孔下闻个不停。

还有人则靠不断地抽烟来抵抗这股恶臭。

斯塔布正觉着好笑，一阵争吵从船长室里传来。

原来，船上的医生在和船长正在争论着能否宰杀瘟鲸这事。

医生劝说无效后，他自己也钻进了密不透风的船长室里。

“我不喜欢那个家伙。”

大副说，很明显，他这句话指的是他们的船长。

“那家伙连基本的捕鲸常识都没有，要不是他的独裁专制，大伙也不会这么腻歪。”

大副接着指责。

从大副的口气里，斯塔布听出来他们对这瘟鲸里面有好东西还一无所知。

“何不借此让他们把瘟鲸放掉，这样就省得自己再费口舌去说服他们把瘟鲸让给自己了。”

斯塔布在思考着计策。

“那你们为什么不找个机会把这条瘟鲸扔掉呢？”

斯塔布诱导着大副。

“是呀。”

大副好像刚刚才想到这一点。

“但……”

他表现出一副恐惧的样子。

“要怎么办呢？

“让我来帮你吧,也许我的话能起作用。”

斯塔布凑在大副耳边咕哝了几句。

大副不禁笑容满面。

就在斯塔布和大副走向船长室的时候,他们的船长从船长室里走出来了。

这船长除了胡子之外,没有其他能让人觉得他是个船长的地方,那细小的身材配上黝黑发亮的皮肤,不管从哪看都不是那么招人喜欢。

大副向自己的船长介绍了斯塔布之后,就做起两个人的翻译来了。

“他怎么像一个娃娃似的?”

斯塔布看着他的红背心和吊在腰间的表坠儿。

这位先生特地来告诉我们:

“有一艘捕鲸船,因为拖了一条瘟鲸的缘故,船长、大副和六个水手都得热病死了。”

大副告诉他的船长。

船长被大副翻译过去的话吓了一跳,忙问为什么会产生这么大的危险。

“你这样子怎么能当船长呢?”

斯塔布看着那船长,戏弄地说。

“他说那条干一些的鲸危险更大,他提醒我们还是早点儿扔了吧,免得给自己带来麻烦,他也是冒着生命危险好心来告诉我们的。”

大副做着翻译。

大副翻译过去的话把船长给吓坏了,他奔向前去,大声地命令水手:

“快砍断绳子,扔掉那见鬼的东西!”

伙计们这次行动非常迅速。

“非常感谢您的忠告,我想请您去我的船长室,让我们来喝一杯吧。”

船长热情地招呼斯塔布。

“我表示十分荣幸,可是我实在不愿意骗了您之后还去喝您的酒,那可不是我会干的事。”

斯塔布老老实实地对船长说。

“斯塔布先生说他感谢您的好意,可遗憾的是,他向来是不喝酒的。”

大副翻译道。

斯塔布越过船舷,下到自己的小艇里。

他看见船长和大副还在向他热情地挥手致意。

“这些傻瓜们!”

斯塔布开心地骂着。

法国捕鲸船扔掉两条瘟鲸后,一溜烟儿地跑了。

斯塔布高兴地看着法国人的捕鲸船向远处驶去。

斯塔布一边招呼自己的大船,把自己的打算告诉亚哈船长,一边指挥自己的小艇靠近那瘟鲸。

现在斯塔布开始挥动鲸铲寻找他的宝贝了。

虽然我们一直在说斯塔布绞尽脑汁想得到这瘟鲸身上可能有的宝贝,可是一直也没有告诉大家是什么。

现在法国人的船开远了,我可以大声地告诉你是什么了,是龙涎香。

这是一种只有在瘟鲸身上才能找到的香料和药材,可以说是价值连城的。

斯塔布用鲸铲在瘟鲸鲸鳍稍后一点的地方铲着。

看他那样子,就像是在认真地挖着地窖似的,干得如火如荼。

一会儿工夫,挖到鲸肋骨的位置了,斯塔布开始小心翼翼起来。

他就像是考古学家在挖着古罗马的墓葬一样地小心谨慎。

他的伙计在一旁看着他为他打气。

刚才在法国人的船边就围着死鲸的大批兀鹰现在又围过来了,在斯塔布的身边盘旋着。

气味越来越刺鼻,熏得斯塔布直皱眉头。

斯塔布开始有点感到失望。

因为如果真有龙涎香的话,应该会发出淡淡的香味了。

就在斯塔布打算停手的时候,一股在他的意识中出现已久的香气轻盈地钻进了他的鼻孔。

斯塔布精神一振,手下顿时加快了速度。

“有了!”

斯塔布大叫一声,因为他的铲子已经铲到了一样他盼望已久的东西。

斯塔布兴奋地丢掉铲子,把双手插进了散发着恶臭气味的鲸肉之中。

等他的手再拿出来的时候,手里面已经抓满了龙涎香。

92. 出淤泥而不染

斯塔布异常兴奋。

他一把又一把地抓着,每抓一下都满是喜悦。

香气已经弥漫了整个的小艇。

不算掉到海里面的,一会儿的工夫,斯塔布就抓出来了六大把。

本来,斯塔布还可以抓出更多的。

但是亚哈船长在大船上已经等得不耐烦了。

他大声嚷着要开船,说他们再不上来就把他们丢在这儿,斯塔布才意犹未尽地住了手。

斯塔布兴高采烈地上了大船。

他手里捧着龙涎香不住地笑。

要明白,只要能把它带回去,随便往哪个药房的柜台上一放,药房老板都会笑眯眯地过来招待你的。

每两要值一个几尼呢。

到现在为止你可能还不知道龙涎香为何物。

龙涎香是鲸鱼在消化不良的时候分泌出的一种东西,也就是说是它的痛苦的产物。

许多动物在它们痛苦的时候都能给人造出宝贝来,就和鲸一样。比如说珍珠,就是蚌在极为痛苦的时候产生的。

龙涎香的颜色一般说来是蜡黄色的,有时发黄中带灰,有时黄中带红。

因为它不是固体,所以龙涎香没有固定的形状。

它跟乳酪差不多,只要用手一捏就能把它捏得变形。

龙涎香是一种非常珍贵的商品,它的用途十分广泛,可以用来做香料,也做名贵的蜡烛,做发粉,做香油。

土耳其人用它来做调味品使,有的酿酒坊则用它来提高酒的香度。

最初,人们根本不知道龙涎香是怎么产生的,它又产自哪里,解开这个谜是过了很长时间以后。

原来高雅时髦的先生太太小姐们天天擦抹的东西，竟是来自于瘟鲸肮脏不堪且臭气熏天的肚子里，这是多么让人诧异的事情啊。

这样的例子不胜枚举，就拿著名的科隆香水来说，在它制作的最初阶段，它的味道也是无法忍受的，可做成以后则远近驰名。

因此我想到了这样一个问题：

既然这些让上层社会如此爱戴的东西，龙涎香也好，珍珠也好，科隆香水也好，最初来自于肮脏的腐臭的地方，那么上层社会的贵人们为什么一边对这些东西爱不释手，一边又大肆进行攻击捕鲸人呢？

问题的根本并不在于，捕鲸人能为社会发现和贡献龙涎香，那么社会为什么不能接受他们的形象这件事上。

问题的根本在于捕鲸人是不是果真如有些人所说得那样，肮脏、邋遢、满是来自于鲸身上的恶臭、简直让人难以接近呢？

应该说，在最开始的时候，捕鲸业的名声确实不怎么样，这并不是因为捕鲸者打的鲸的肉不好吃，鲸油不好用，而是由于捕鲸者对环境的影响。

那时候，捕鲸船不是在船上炼鲸油，而是把鲸脂割好之后带回岸上炼油。

这样一来，捕鲸船带回的鲸脂基本上都不是新鲜的，而是像刨出的腐尸一样，其气味就可想而知了。

那时候，格陵兰的斯麦楞堡就是一个以专门炼油而出名的地方。

那时所有的荷兰捕鲸船都把这儿作为一个中转站，把在这里炼好的油带回去。

这个地方有成套的炼油设施，当这些设备运转的时候，就可以想象这个地方的空气是什么样子了。

但是，我要提醒您的是这种做法在二百年以前就被禁止了。

现在，所有的捕鲸船都是在船上现捕现炼，从不拖延。

由于技术的发展，炼油已变成非常容易的一件事了，比如一艘捕鲸船在海上航行四年，其炼油的时间最多不过五十天，速度非常快。

当捕鲸船凯旋归港时，除了满舱清香的鲸油之外，没有一块散发着恶臭的鲸肉。

另外我还想说的是：

鲸绝不是一种浑身散发臭气的动物，它健壮强大，整天在清澈的海里不停地运动，有什么理由说一只健康的鲸身上有异味呢？

我甚至觉得鲸的身上充满着芬芳气味，在它摇动着它的尾巴时，就如同是一个擦了香水的贵妇，在暖洋洋的客厅里抖动着她那华美的衣裙。

93. 物竞天择适者生存

自从“裴廓德号”起航到现在，除了偶尔的阴郁外，全船一直笼罩在高高兴兴的氛围之中。转眼间，征服大鲸的快乐就替代了在追捕鲸时有过的短暂的紧张。

然而就在我们遇到法国的“玫瑰号”之后不久，发生了一件悲剧的事情。

虽然这事发生在整个“裴廓德号”最不起眼的人身上，可是对“裴廓德号”来讲，无疑也是一件很令人不快的事情。

因为这就是它的悲剧命运交响曲的第一个的音符，虽然他们一直是神采飞扬，一点也没有预料到自己的结局究竟会是什么样子。

这倒霉的事情是这样的：

在捕鲸船上有严密的分工，谁下到小艇里，谁看船，相互之间是不能相抵的。

以前我们讲了很多下到小艇里去追击鲸鱼的水手的事迹，其实，留在大船上看守的人的作用也是很重要的。

因为在伙伴们去追捕大鲸时，他们要操控大船，要保证大船的安全，要遵从船长的命令，跟随或等待小艇，有时候还要助阵。

一般来说，无论是下到小艇里的水手，还是留在大船上的水手，都应该是一样的强大、勇敢和能干，原因很简单，哪一个环节都不能出问题。

可这次，"裴廓德号"上偏有一个一点也不符合上述任何一个品质的小家伙。

之所以称他小家伙，不仅因为他的年纪小，还因为他的个子小。

他的名字已经记不清了，反正我们都叫他比普。

还记得我们以前曾说过的那个欢乐的午夜吗？就是那个敲着他的小手鼓，小手鼓里流露出他的忧郁的比普。

或许，在那时候他就已经预料到了自己的悲惨结局。

比普是个黑人，身体瘦弱，笨手笨脚，胆小怕事，叫人既看不起又有些同情。然而他的内心是很温厚的，也并不呆傻，正像是他的民族的特性一样，活泼开朗，让人看了会产生一种亲切感。

在没有被人引诱上"裴廓德号"之前，比普自由自在无忧无虑地生活在自己的家乡——康涅狄格州的托兰郡。他活泼开朗，精神焕发，热爱生活，虽然贫苦，可平静安宁。

比普的小鼓是他的精神寄托，也是他的心情写照，他用自己的小鼓加入了故乡欢乐的人群，而且乐在其中，尽情表达着自己的欢快。

不知道为什么，比普竟登上了和自己的性格截然不同的"裴廓德号"，并成了它的水手。

就这样，他的悲剧开始了，他开始了同以前截然不同的每天战战兢兢的生活。

现在我想，令人同情的比普多半儿是被他的伙伴骗上"裴廓德号"的。

就在斯塔布智取龙涎香的当日，他的一个后桨手一不小心把自己的手给扭了，一时不能动弹。

因此，比普被叫去暂时替代那个后桨手。

比普第一次跟斯塔布下到艇去追击大鲸的时候，显得坐立难安，十分地紧张。

斯塔布可看到了这一点，他鼓励比普不要害怕，要勇敢点，只有这样他才能成为一个好水手。

那一次他们没有和大鲸正面交锋，对比普来说，也得以逃脱了一次危险。而对于现在已经做了水手的比普来说，危险迟早是要面对的。

比普第二次下海的时候，他碰到了大鲸。

当时，大鲸让塔斯蒂哥扎上了第一枪，急得胡乱得扭动着身体，正好游到了比普的身旁。

因此还没有绷紧的捕鲸索就网住了比普的胸口，把比普给缠住了。

比普被吓得乱了阵脚，从小艇上跳了下去，"扑通"一声掉到了海里。

开始逃跑的大鲸一下子就把捕鲸索给扯直了。

这么一来，比普就被捕鲸索死死地缠在了海里，而且从胸口到脖子一直缠了好几圈儿。

比普被勒得脸发青，一句话也说不出来，只是瞪着眼看斯塔布。

塔斯蒂哥气急败坏，但又不能见死不救，他拔出短刀，把刀锋放在捕鲸索上，回头看着斯塔布说：

"割吗?"

"割吧！见鬼的！这该死的比普!"

斯塔布大声地叫骂着。

紧绷的绳子被割断了。

可怜又可恨的比普得救了。

大鲸在受伤之后就跑了。

当比普好不容易才恢复神志的时候,所有的水手都对他进行了无比恶毒的咒骂。

斯塔布在大家骂完之后才开始教训比普。

斯塔布先是半含挖苦地骂了比普一通,发泄完自己的怒火之后,便认真地教起比普如何避免危险。

斯塔布说了很多,但是最为重要的是:

一定不要离开小艇!

“只要不离开小艇,你就不会出事的!”

斯塔布强调着结束了自己的训话。

“不过,你要是再跳出小艇的话,我可就不管你了,我不能总是为了救你而给了大鲸逃跑的机会。

“你知道一条大鲸能卖多少钱吗? 我跟你说,是你的身价的三十倍!”

斯塔布气势凌人地对比普敲着警钟。

也许是命中注定的,在比普第二次扎中大鲸的时候,他又从小艇里跳出去了。

其实这一次远没有上次那么危险,绳子这一次根本没有缠绕比普。

这样一来,虽然比普不至于被捕鲸索勒死,但由于小艇被大鲸大力地拽着飞驰而去,因此,比普被小艇给远远地丢在了后面。

没有人对他抱以同情,因为斯塔布有言在先,比普不能再耽误大家的时间了。

这天的天气真是好极了,晴空万里,海面平平的像铺着一层缎子。

可对比普而言,这一切都令他恐惧。

他在海面随着波涛起起伏伏,只有头露在水面上,像是一簇丁香树的树冠。

就一会儿的工夫,斯塔布他们就已经离得很远了,比普只能依稀辨认那有着强健的背影的人是斯塔布。

在比普被抛弃的整个过程中,斯塔布始终没回一下头。

此时,大海上只有比普一个人了,他急得像一只就要被宰割的鸡一样拼命地挣扎着。

说句实在话,斯塔布并没有那么狠心,非要扔掉比普来兑现他说过的话。

他气恼地想着:

“后面还有两只小艇,让他们把那家伙捞起来算了。”

但是巧合的是,后面的两条小艇都在专心致志地寻找鲸群,根本没有看见比普。

由于他们在自己的侧方发现了鲸群,因而没有沿斯塔布他们前进的路径向前,一句话说到底,没有人理会比普。

比普就要丧身大海的时候,幸好大船开过来了,水手们发现并救起了比普。

从比普被救起的那时起,他的神经就开始出问题了,并且一直持续了下去。

现在,我们经常看到比普在甲板上踱来踱去。

小东西目光呆滞,嘴里念念有词,头发也乱七八糟的,一副可怜的样子。

总有人和比普开玩笑:

“比普,大海到底有没有把你淹死呀?”

还有人在说:

“说淹死你了吧,你的身体还在这;说没淹死你吧,你的魂早就跑了。”

比普回道:

“我已经无所谓死活了,我告诉你们我已经到那个地方去过了。”

比普描述着：

“那是一个深渊，深不见底儿的深渊，走在中间时，简直上不见顶儿下不见底，里面有无数活在世上的人见不着的怪物。”

比普还说：

“我还看见了上帝正在纺线，不知道为什么他还要做这样的工作。

“我还见到了上帝创造的另外一群生活在海里的人，我和他们一一打了招呼。”

所有的人都认为比普疯了！

没有人埋怨斯塔布，因为选择了这行谁都无法保证能不能见到明天的太阳，这种事时常会见着。

人迟早都会去见上帝，或者灵魂先出窍，接着肉体再慢慢地腐烂；或者身体先腐烂，灵魂却还在四处游荡着，无家可归，最终飞向天国。

要是你听下去的话，那么在最后你就会知道，我也被“裴廓德号”抛弃了。

94. 捕鲸生涯中的幸福时刻

那条弄疯比普的抹香鲸正在被我们收拾着。

它已经被拖到了船的一侧。

大伙干劲十足地开始割鲸脂。

鲸脂割完了以后一些人又开始忙着汲鲸脑。

我刚刚忙着拉了半天的绞车，已经完全没力气了，累得气喘嘘嘘的。

因此，我得了一个美差。

船上有一个大得足有罗马皇帝康斯坦丁在 4 世纪修的浴池那样的大池子，所有从海德堡大桶里汲出来的鲸脑都被倒进这个池子。

可过来一会儿，它们都开始凝结了起来，一大块一大块的。

鲸脑块儿漂在池子里面就像是冰山一样。

我和其他几个伙伴的任务是：把这些凝成块儿的鲸脑再分开，捏碎，然后让它们再恢复为液体。

我们围成一圈，心里美滋滋地坐在甲板上，开始了我们那惬意无比的工作。

天气一片大好。

蓝天白云，碧海悠悠，四周安静而祥和，大船缓缓前行，一切都宛如梦境。

但还有更好的感觉，那就是捏那些鲸脑块。

我的双手浸在池里，找到凝成块儿的鲸脑，抓住它们就把它们一一地捏碎。

不需要用太多的力气它就在大池子里，消散最终消失。

我在享受着手在抓捏这些抹香鲸油块儿时的感觉，这感觉实在太棒了，滑滑腻腻的，让你逐渐地无力，像是摸着一个妙龄少女的肌肤。

渐渐地，我的手像已经沉醉了般，仿佛已经开始不是我自己的了。

手在尽情地享受着，鼻子也在尽情地享受着，鲸油不断散发着浓郁的香气，我们的鼻子里和整个呼吸道里都满是那纯粹的香气。

这香气如同是来自上好葡萄酒，又像是来自春天的紫罗兰。

也许都不是，更准确地说，我们此时正置身于一片芳香弥漫的大草原上。

我们已经神情恍惚，忘乎所以地溶化在这荡漾的抹香鲸油之中了。

我们整整做了一个上午,在这段时间里,我们忘却了一切的烦恼、危险和邪念,以及这一路上所遭遇的一切不快。

我们似乎变成了既无所求,也无所怕,只是尽情地享受,再享受的仙人。

好几次,我都忍不住抓着同伴在池子中的手,充满深情地望着他。

我的心里在说:

好兄弟呀,让我们忘掉人世间所有的不公吧,让我们共同享受这么美好的事,我们还有什么可奢求的呢?我们还有其他的什么可值得我们钩心斗角的呢?

伙伴们也许有同样的感受,他们也是充满了情谊地看着我。

要是能永远地像这样坐在鲸油池边该多好呀!

人的一生都会幸福和安宁。

可惜的是人的幸福和安宁不是靠幻想而得来的,往往是他所应得的远远少于他所付出的。

要是能把所有的人都叫到鲸油池边来该多好啊,让我们一起用捏鲸油的办法来享受我们的人生。

把鲸脑块捏成液体是炼油前的准备工作,这种工作还有很多,我可以再给你们罗列几种。

首先我说说该怎么处理“白马”。

所谓“白马”,就是从大鲸的尖梢和裂尾割下的准备炼油用的原料。

虽然上面有很多的肌肉或筋,但是油也少不了。

在炼油之前,要先把这些白马弄到粉碎机中去搅碎,弄成像布丁大小的样子,我们称这东西为“葡萄干布丁”。

“葡萄干布丁”的底色是雪白的或金黄的纹,上面点缀着深红或紫红的斑点儿,好看的颜色让人看了很有食欲。

我就曾偷偷地尝过这东西,好吃极了,叫人永远也忘不了。

说完了“白马”,接着说“泥衣”。

“泥衣”是鲸脑中一种非常稀的黏膜状的东西,叫人不知道该怎么描述它。

捏完鲸脑之后,把液体倒出,它就会在鲸油桶里面被发现。

再说说“碎肉”,它是从格陵兰鲸或露脊鲸的背上割下来的一种东西,黑乎乎的,很像胶皮。

最后说的是“滚子”,“滚子”原来并不是捕鲸业的专用词汇,只是后来加进来的。

所谓“滚子”,就是从鲸的尾梢上割下来的腱子肉,这东西一般说来有一英寸厚,而且很硬,硬得能在甲板上滚动,因此得名。

只听我说的话,你是搞不清楚这些玩意儿的。

最好的办法是你下到鲸脂间去,边看着这些东西边听正干活的水手讲给你听。

没必要害怕,随便一个生手都是会有这样的感觉的。

两个人正在工作。

一个人用钩子钩住一块鲸脂,另一个人则用铲子把鲸脂铲成一片一片的。

鲸脂间里光线暗得像是让人看了就像是地狱一样。

那两个水手就像是地狱里不停忙碌着的两个鬼。

鲸脂间里很滑,水手走在里面,就像是踩着一只雪橇上,随时都有可能滑倒。

如果水手真的滑倒了,那锋利的鲸铲就不知要铲到哪儿了。

事实上,铲到哪里的时候都有。

你有没有留意过,经常在鲸脂间里干活儿的水手,脚趾头很少有完整的。

95. 黑衣大法官

如果你看完我们解剖鲸尸的全过程的话,你就会发现鲸身上许多叫人惊奇的东西。

鲸头上的花纹和水槽称得上是一件,像地狱入口般的嘴巴算一件,奇迹般匀称的尾巴也可以算作一件。

其实,鲸身上有数不胜数的让你惊奇的东西。

你看到鲸的这些部件时一定会很惊慌,然而当你看到下面一样东西时,你简直会骇然的。

这是个来自于鲸尾下端的那个奇怪的圆锥物,它的高度简直要比最高大的肯塔基黑人还要高得多,底端的直径几乎要有一英尺左右,颜色黑得就像黑檀木一样。

这高大又黑森森的家伙看起来让人心惊胆战,极像是一个恐怖的雕像。

我们来了解一下到底有何用处。

剁肉手拱起双肩,步履蹒跚地了走过来。

由于他背着水手们称之为“大法衣”的东西,所以他不得不让同伴扶着自己。

从远处望去,他好像背着一具尸首。

剁肉手把自己背上东西放到甲板上,开始剥它的黑皮,就像是在剥一条非洲大蟒似的。

黑皮被剥下来之后,剁肉手把里儿翻过来,让它朝外,再使劲一拉,把它拉松了一倍。

最后,它被挂在索具上面晾好。

晾干之后,把它取下来,从窄的一端裁掉三英尺长的一截儿,又在适当的地方扎了两个孔做袖口。

之后,剁肉手就钻进这里面去了。

现在的剁肉手就像一个穿着黑衣服的法官,不过他所要做的事可不是开庭审案。

他要把大圆锥体剁碎,剁成“葡萄干布丁”,然后放到一只大桶里,留着用来炼油。

剁肉手站在高处,他要开始剁肉片了。

他迅速地挥动铲刀,肉片儿飞快地落在木桶里。

远远望去,穿着黑色的圣服站在高处的剁肉手,就像是一个正在讲经的主教,目不转睛地看着圣台上的经纸。

在下面不断喊叫地同伴说:

“剁细点,再细点。”

因为剁得越细,出油就越多。

对于剁肉手为什么要穿上这黑衣这个问题,按照捕鲸业古老的传说,这黑衣能保佑他。

96. 鬼影

在一望无际的大海上,当一艘船从你的视野中驶过,如果你是一个有经验的水手就会一眼看出那船是不是捕鲸船。

因为捕鲸船的特征都很鲜明。

首先,是它们挂在船舷上的小艇。

其次,就是我要在这一章中提到的——炼油间。

在一艘捕鲸船上,无论怎么看,炼油间都是一个庞然大物,它占据了整个捕鲸船上很大的一块面积,也占据在最显著的位置,从这两点来看,只有驾驶室和船长室能与之媲美。

炼油间通常设在前桅和主桅之间。

这个地方是全船最为宽敞的地方。

我们的炼油间足足有十英尺宽,八英尺长,五英尺高,这规模可以和陆地上的一座砖窑相媲美了。

事实上,炼油间基本上就像把一座陆地上的砖窑整个搬到了捕鲸船上。

同陆地上的砖窑一样,炼油间也是由砖块和灰泥垒成的,显得非常笨重,但也非常坚固。

因为是砖和灰泥的产物,又是在船上,无法打地基,所以不得不用其他方法把它牢牢地固定在甲板上。

一般情况下是用许多大曲铁,把炼油间的四个边角牢牢地箍住,然后把这些曲铁和甲板紧紧地联结起来。

如同一个船舱一样,炼油间也有一个舱盖。

爬到炼油间的顶上,揭开舱盖,你就可以居高临下地总观炼油间的全貌了。

首先是一对大得出奇的炼油锅,铿明瓦亮的,光可照人。

每一只大锅的容量都能有好几大桶,这可以说是我此生见过的最大的锅。

如果平常不使用,这锅都被刷得干干净净,之后再用滑石粉和黄沙再擦一遍,直擦得像银器一样亮。

这么一来,就是长年累月不用,也不用担心它会生锈。

擦这两个大铁锅可谓是费时又费力,我们经常是一边聊天一边擦,这样还觉着舒服一些。

在当班的时候,经常有困极了的水手偷偷地溜下来,在大锅里蜷着身子,半蹲半躺地眯上一会儿。

那时候,这大锅就成了我们的天堂一般。

现在让我们来看这两扇灶门,它们是用最硬,最结实的铁板煅烧而成的,活像是监狱的两扇狱门。

要是让灶里的火舌冲到甲板上的话,那恐怕要比监狱里跑出犯人来还要可怕。

同样,为了安全起见,炼油间的最下面隔开了一层,成为灶底和甲板的隔离层,里面还装有一个浅浅的储水器。

储水器有一根管子和外面通着,这样方便人们往里面续冷水。因为储水器里的水是会被蒸发的。

整个炉灶的外面并没有专门设烟囱,而是从后墙一直伸到外面去了。

我们第一次用这对大锅炼鲸油是晚上九点的样子,那是斯塔布第一次杀死一条大抹香鲸之后的一个晚上。

那一次,整个炼油工作在斯塔布的监督之下完成。

“快,准备好,把灶口打开。”

斯塔布有条不紊地指挥着大家。

当大家把所有的准备工作都做好之后,斯塔布就开始下令了:

“好的,点火!”

火夫听到命令点着了灶里的燃料。

一下子灶里火海一片。

这时大家手足舞蹈着,要知道,灶上点火意味着过一会儿就要出油了。

这是所有出海捕鲸的人梦寐以求的呀,大家出海正是为了这个。

说实话,点火算是相当容易的。

早在斯塔布下令之前,灶里早就塞满了刨花,只一点火星,就会熊熊燃烧起来。

等到灶里燃起来以后,就不再需要燃料了。

因为随着鲸油的炼就,也随之产生了炼鲸油的燃料。

这就是鲸脂在被炼出油之后,剩下的一堆堆边脚料,其实也就是油渣。

因为油渣儿里多少含有点的油分,所以这可以说得上是上好的燃料了。

不断地把油渣儿扔到灶里,鲸油被不断地炼出来,新的燃料不断地供应着,灶里火势熊熊。

这鲸太可怜了,人类杀死了你,取了你的油,而这还不是最残忍的。

最为残忍的,是人们是用你的肉体来炼取你生命的精髓。

灶上的油脂和灶下的油渣,它都来自于你曾经活灵活现的庞大身躯呀!

是你在自焚吗?

你为什么要这样?

是为了殉道? 还是因为厌世?

不,都不是,我清楚地听到从炉火里传出的你的呼喊,你是在遭受人类的火刑呀!

只可惜,这对于人类而言妙到了极处的鲸却不能自己吸收自己冒出的令人窒息又难闻的烟气,真要是那样的话,这动物修行得可就功德圆满了。

我这样想着,同时为自己的行为感到无耻。

夜半时分,炼油的工作达到顶峰。

“裴廓德号”已经扯起了风帆,风渐渐大了起来。

海面越来越黑暗。

灶火却发疯似的越来越旺盛。

火舌不断地从烟囱里冒出去,像一个胆大包天的鬼魂,伸出头去打量着茫茫海面。

海面时不时地显示出一片红彤彤的景象,如同一张变幻莫测的脸。

“裴廓德号”就像是一只古代的战船,满载火焰,用火焰做自己的风帆,向前进军。

全船都被映得火红一片,就像是古希腊斗士的雄心壮志一般在海上闪耀着。

不知他们想用自己的火焰去焚烧谁,也许他们连同自己都被这火焰摧毁。

这将是“裴廓德号”的可怕的命运吗?

如果把炼油间的顶舱盖打开的话,这炼油间就成了一个大火炉。

伙夫们手里拿着粗大的铁叉柄,有的站在炉火旁,有的围着炉灶游荡着,铁叉柄在空中被挥来挥去。

这些人全都是一副烟熏火燎的样子,脸都变成了茶色的,眼睛也向外冒着浓烟和烈火。

只有牙齿依旧是洁白的,但在这样的环境和气氛里,却显得异常骇人。

这时候,所有的伙夫都鬼使神差一般。

他们时不时地搅动一下灶里的炉火,于是火舌从灶门冲了出来,扑向他们的双脚,同时成团成团的浓烟也随之滚滚而出,把他们裹在黑云之中。

他们又时不时地伸着叉子,翻弄起油锅里的鲸脂块儿。

油脂块在锅里发出嘶嘶的响声,在大油锅里冒着气,打着滚,就像是大鲸的灵魂在忍受来自地狱之火的焚烧。

油锅里的鲸油沸腾着滚来滚去。

船的每一次颠簸都使它像海浪一般地涌动,每回都几乎要涌出好几米,都几乎要泼到围在四周的火夫们狰狞的脸上去。

而伙夫们却一点也不在意。

他们一边手脚不停地忙着自己手中的活计,一边兴高采烈地高谈阔论着。

此时,他们的话题永远只有两个,即两种经历,一种是和女人有关的经历,一种是和恐怖有关的经历。

他们一边任凭火舌在自己身边蹿动, 边沉醉于自己的经历之中。

他们不住地哈哈大笑,这笑声与灶里蹿动的火焰一样疯狂,一样地不安分。

海风在呼号,海水在翻滚。

“裴廓德号”坚定地在黑暗之中前进,没有丝毫的畏缩。

它满载大火,载着大鲸的焚炉,像是在举行一场盛大的火葬仪式,一刻不停地奔向黑暗的深处。

可能这就是亚哈船长。

我一直在掌舵,整整好几个小时一句话也没说。

“裴廓德号”在我的导引下在海上前进。

我听着从炼油房传出的说笑声,虽然我没有看见那些伙夫,但是我深刻地感觉到了他们的疯狂。

我的脑海中闪现着这些人被火照得通红的脸,感觉到他们简直就是一群恶鬼。

因此,我的头脑里全是鬼的幻影。

午夜的时候掌舵,本就容易犯困,现在又被这些鬼影笼罩,于是我不自觉地昏沉起来。

一种奇怪又可怕的幻觉就在我小睡片刻的时候产生了。

我在一阵惊悸之中醒来,竟不知自己身处何地了。

更为恐怖的是,我的意识里分明觉着就要大祸临头了。

我的耳朵听见帆被风吹得变了调,不住地发出呜咽声,双手向前伸去,原本在我手边的舵也没了去向。

我怀疑这是个噩梦,于是使劲地甩了甩自己的脑袋,又把手指放在眼皮上,把眼皮掰得开开的。

我清醒了一些,但是我的眼前依旧是什么也没有。

罗盘呢？那指引着全船生存的罗盘呢？

天呢,它们不见了！

我顿时被惊出了一身的冷汗,不知该如何是好,好像末日马上就要来临一般。

就在我除了向上帝祷告之外什么也不能做了的时候,突然有东西猛地打到了我的后腰。

这下我才看清楚舵柄！

天啊！我一转身猛地抓住舵柄,撑住了舵。

这才转危为安。

原来,就在我迷迷糊糊的时候,不知不觉地掉了一个身,原本是面对着前方的,后来却成了面对着船艄了,真是虚惊一场啊。

我的心怦怦直跳,幸亏转身的及时,才免于这致命的幻觉。

否则,如果船被逆风冲起来的话,很可能就会翻船,那么一切也就完了。

也许是那些伙夫的鬼影让我如此的,这些该死的不人不鬼的家伙。

也许是那燃烧鲸脂的火焰让我如此的,这为人类所点燃的鬼火。

别相信这为人类所点燃的鬼火,它们只能在黑暗中装神弄鬼。

等太阳出来后,它们就魂飞魄散了。

只有太阳才是真正能照亮你的心的灯火。

这是无可置疑的！

97. 享受光明

海上的每一艘船,如果它在海上待过一年半载的话,都经历过苦海的洗礼。

经历风暴,忍受寂寞,甚至是遭遇海盗。

但是这一切对于水手而言,很可能都不是最不可忍受的。

那最不可忍受的是什么呢?

告诉你,答案是黑暗。

在苍茫的大海上,折磨得人死去活来的是黑暗。

每一个有过航海经历的人都永远不会忘记那种滋味,那种在黑暗中生存的滋味。

摸黑穿衣吃饭,摸黑上床睡觉,摸黑谈天说地,看不到一切让你欣喜的东西,甚至是伙伴神采飞扬的脸。

黑暗使很多船只沉默,让它们没有一丝活力。

黑暗使很多船只就像是一个迟暮的老人。

于是,对于很多商船而言,能帮助他们摆脱黑暗的灯油就是船的灵魂,是船的目光。

从某种程度上来讲,在陆地上再平常不过的灯油在海上堪比王后的乳汁,甚至更为珍贵。

捕鲸船上的船员并不怕黑暗,因为这是他们的使命。

因为他们能靠自己的双手获得制伏黑暗的法宝,所以他们逃脱了黑暗本应对他们的折磨。

当别的船在黑暗中默无声息地前行时,捕鲸船却像天堂里光明的神殿一样灯火辉煌。

当然,捕鲸船里也有无能之徒,就像是我们以前碰上的向"裴廓德号"讨油的"处女号",他们恐怕早已经习惯了黑暗。

或许,这时候你可能会转变一些看法,多少意识到伙夫们的叫喊是对光明的一种呼唤吧。

在炼油——这个捕鲸船完成自己出海使命的最后一个环节之后,所有的水手都兴奋不已。

"裴廓德号"的炼油间开始出油了,水手们拿着手中的灯,通常只是些大大小小的瓶子,走到冷却器的大铜锅旁,一大杯一大杯地灌着。

每一个人都灌满了自己的容器。

看他们随随便便毫不在意的样子,任谁都会诧异地叫起来,他们灌的可是珍贵无比的鲸油呀!这在陆地上可是相当于一个个的太阳和星辰呀!

你到船头楼去看一看就不会惊奇了。

不当班的水手已进入梦乡,但楼里却灯火通明。

仔细数一数,你会发现竟有二十多盏灯,这二十多盏灯照在躺在三角形像木窠里的水手身上,于是,每一个水手都成了一个在沉思默想着的青铜雕像。

黑暗之中的光亮也照亮了航行的大船。

新被提炼出来的鲸油像是春天里郊外的花草一样,在整个"裴廓德号"上弥漫着,芬芳扑鼻。

于是你明白了,水手们有权享受自己创造的这一切成果,他们是带给陆地光明的使者,他们理应先照亮自己。

如同在草原上游猎的人一样,当他们拿自己捕到的猎物做晚餐时,他们就会体会到无尽的快乐与满足。

98. 愉快的周末

到现在为止,我已经完整地向你讲述了我们捕猎一头鲸鱼的全过程,简单概括就是:

发现它的踪迹;

在一望无际的大海上追杀它,把它杀死在波涛之中;

拖它回大船;

把它的鲸脂割下来,把它的头挂在舷侧;

烧起灶火,炼出鲸油。

直到如今,一条在大海里悠然生活的大鲸终于被我们彻底地消灭且处理完毕了。

我们得到了梦寐以求的鲸油和其他珍贵的东西,而大海里却少了一个庞大的生物。

炼完了鲸油以后,现在一个流程中唯一剩下的就是把炼好的鲸油装入桶里,存入底舱。

实际上我们一直是一边炼油一边把热乎乎的鲸油装进桶里的。

和装五味酒一样,我们把鲸油装入大桶,于是被装满了油的大桶在甲板被放得到处都是。

有的油桶随着颠簸倒了,便在滑溜溜的甲板上快速地滚动着,让人们不停地闪躲。

等油全都炼完并灌装入桶之后,我们就开始给这些桶加上铁箍。

锤子声在全船的甲板上络绎不绝,全船的人都在干这个,因此谁都成了箍桶匠了。

等油冷却下来以后,我们就要把这些满装鲸油的大桶滚到舱里去了。

我们让它们在那里安息,直到我们回到陆地的那一天,再把它们从舱底吊上来,给我们的买主。

甲板上像是一条大鲸张开了好多张大嘴一样打开许多大舱口。

这些大嘴吞食着大油桶,直到甲板上一桶鲸鱼油都没有了,它们才咣当咣当地合上了。

现在的甲板就像是刚刚经历了一场旷世战争一样,一片狼藉。

血污和油污处处可见,后甲板还堆着鲸头块。

还闲置着的生了锈的大空油桶就被放在一旁。

炼油时的烟熏得船舷黧黑一片。

你顿时觉着这船上糟糕透了,简直叫人无法忍受。

可是你如果等一两天以后再看一看的话,你可能就要大吃一惊了。

如果不是船舷还挂着小艇,主桅和前桅之间还矗立着炼油间的话,你可能根本就不会相信这是艘捕鲸船,尤其不会相信是一条刚刚经历了一场血战的捕鲸船。

你会觉着这是一艘商船,并且它的船长一定还是个很爱干净的人。

可这就是"裴廓德号"。

一切痕迹都被水手们用剩下的鲸渣灰清洗得干干净净,这东西本来就是上等的碱料,再加上有鲸油的缘故,任何污浊都不成问题。

甲板上雪白透亮,连一些碍眼的工具都被洗刷得干干净净,放在了该放的地方。

包括油锅都被收放好了,更别说是原本乱成一堆的大小滑车了。

如今我们的"裴廓德号"简直就是一个刚从最爱整洁的荷兰国里出来的新郎一样。

所有的人,无论是高级船员还是一般的水手,此时都是趾高气扬的模样,一副富人气派。

他们在各处(亚哈船长后甲板除外)一边悠闲地散着步,一边和周围的伙伴们小声谈论着客厅、地毯、沙发等各种高级奢华的东西。

他们这时候就像是上流社会的贵族一样,说话轻声细语,而且富有幽默感。

还有更加美妙的事,那就是:皓月当空,在船头楼外的走廊里,喝上一杯茶。

就在这个时候桅顶上也有人在注视着海面。

如果此时他们中的一个人大嚷一句:

“又有喷水啦!”

那这一切就会立马烟消云散。

99. 面对金币

在以前我们曾经讲过,亚哈船长在率领他的水手们宣誓的时候,曾经把一个金币钉在主桅上,这让水手们眼都直了。

那枚金币被钉在那里,不分昼夜地闪着光,随时提醒着人们睁大眼睛寻找白鲸,为了这只金币而向它宣战。

事实上,这只金币不光对水手起着刺激作用,就是对亚哈船长本身而言,也是一种强有力的警示。

每天,亚哈船长都会在后甲板上,在罗盘和主桅之间踱来踱去。

每当他心情不如意的时候,眼前的东西总是成为他注视的焦点。

当他盯着罗盘针的时候,他的眼色就像刀锋一样地锐利,简直就像是一只蓄势待发的标枪。

当他的眼睛盯着那枚金币看的时候,一种只有狂人才会有的神色在他的眼睛里不断地闪现。

这天早晨,亚哈船长站在这枚金币前,这枚金币又将他深深地吸引住了。

他每当看见这枚金币时,都会有一种新的感觉,似乎他疯狂的血液又被注入了新的因子和新的力量一样。

这时候他注视着这个金币,同时又希望重新发现点什么。

这只杜伯仑是用最最纯净的黄金做成的,是西班牙最有名的东西,虽然它现在被一枚已经锈得不成样子的铁钉牢牢地钉在这里,风吹雨打,但它却是一尘不染,仍旧熠熠生辉。

图案精美的金币每个人都会被它的美丽所吸引,为它拍案叫绝。

按理说,这只金币被钉在这里,置身于这些劣迹斑斑的水手之间,早该是无影无踪了。

就这群什么事都做过的水手,他们每天都要经过这枚即使是在夜里也会闪着光的金币,窃为己有根本不费吹灰之力。更何况,同他们以前在陆地上做过的羞于启齿的事迹相比,这又能算得了什么呢?

但是,竟没有一个人这样做,没有一个人想把它据为己有,因为在他们眼里,这枚杜伯仑是一个圣物,是指引大家去完成使命的圣物,是莫比·迪克的夺命符,没有谁敢私自占有它。

他们一直想着当自己发现那只白鲸的时候,就可以名正言顺地到亚哈船长那里去领赏,到时候金币就可以归自己所有了。

“也许自己有花它的命呢?”

水手们都这么想着。

亚哈船长全神贯注地看着金币上的精美的图案,他被深深地吸引住了。

金币上面刻有许多的景物,有棕榈树、火山、羊、太阳、星宿、旗帜等等,都是极富诗意的。

这只金币上最让亚哈船长流连的图案,是三个好像是安第斯山脉一样的高峰。

这三个山峰不尽相同,一个的峰顶儿冒出火焰,一个的峰顶上有座高塔,一个的峰顶站了一只昂首长鸣的公鸡。

“看这三座傲然鼎立的山峰呀,是多么得让人敬重和羡慕呀,看那座稳重如山的高塔,那就是我呀!看那正喷涌着岩浆的火山,那也是我呀!看那胜利者一般鸣叫的公鸡,那还是我呀!

“这金币就如同是我们的地球,又像魔术家的水晶球,它照在我们每一个人的身上,映出我们神秘的内心世界。

“看那太阳,看那被乞求着为人类消灾解难的太阳,它刚摆脱了风暴,才喘息了没有多久,就又回到了可怕的风暴里去了,看它那痛苦的样子,看它那尴尬的神情,它怎么能给我们消除苦难呢?

“谁也无法拯救谁,痛苦与每个人如影随形。”

斯达巴克靠在舷墙上,看着对金币发着感慨的亚哈船长。

“我敢说,即使是精灵,她也绝对得不到这枚金币,因为这金币从一开始起,就注定会属于恶魔。

“亚哈老头现在去舱里了,让我走上前去,也看一看那枚著名的金币吧。

“看来还真是精美呀,以前我还没有仔细地看过它,不过我从中看出了不祥的征兆。

“那三座山峰虽然高大不可动摇,但在山麓中却有着一道异常阴森的溪谷,那可是一道死谷呀,谷底的泥土都已经发霉变色了。

“我想,我们最终会被一只魔手紧紧地按在这死谷里。

“虽然我们抬起头时能看到太阳,虽然我们也会暂时地高兴,以为有了依靠,可是要知道,太阳也会躲避的呀,要是在一个无际的黑夜,可怜的我们是得不到一点点安慰的呀!

“让我快点离开这只金币吧,虽然它看起来又聪明又老实,可是谁知道它会把我们都带到哪里去呢?”

与此同时,站在炼油间旁的斯塔布,看着亚哈船长,也在喃喃自语。

“同样的一枚金币,却让亚哈船长和斯达巴克两个人的感觉截然不同,一个像着魔了一般,另一个则像是遭霜打了一样。

“不过有一点两人的反应是一样,就是脸都拉得足有三十六英尺长。

“如果我得到这枚金币的话,那我二话不说先把它花掉,才不会这样看来看去呢!

“在以前的巡游中,我早见过许多杜伯仑了,也没有什么了不起的,只不过还是让我也来看一看吧。

“啊,我看到了那条被世人称为黄道的东西,还有许多说不清的星宿,还是让我把历书拿过来,对照着看看吧。

“历书来了,让我看看,这分明是一篇我们人类的历史呀,历书呀,该不是你在胡扯吧?

“瞧那黄道,瞧那太阳每年必经的十二宫,就像是我们走过的人生之路呀,我们经历了一切:善恶与美丑,幸福与悲伤,挫折与顺利,灾难与欢乐……

“让我永远地快活吧,虽然我地位卑微,不像太阳那样高高在上,可我不想经受磨难,我只想快快乐乐地活着。”

弗拉斯克在炼油间四周隐藏了很久,现在他也向金币走了过来。

斯塔布于是躲到了一旁想听他说些什么。

弗拉斯克站在金币前,说起来。

“我只是看到了一个金晃晃的东西,在这东西面前有什么可感叹的呢?我只知道这东西值十六个钱,按两分钱一根雪茄来算的话,能够买到九百六十支雪茄,也不知我算得对不对?

“我可喜欢抽雪茄了。这样说来,我注定要爬上桅杆,在浩瀚无垠的大海里发现那家伙,得到这块金币了。

“但是,即使我这样想,我还是不清楚,我究竟是聪明还是愚蠢?

“还是看看那个长岛的老头怎么说吧。”

弗拉斯克躲到一个角落里,长岛水手来到了金币面前。

“我敢保证,一个月零一天之后,我们就会找到莫比·迪克,但是还是让我看看那时候太阳究竟在哪里,是预示着凶还是吉吧,我可是跟一个丹麦的老巫婆学过星宿学的。

“我的上帝,那时候我们将到达狮子座所在的位置呀,我的‘裴廓德号’呀,你的命运怎么会这么不幸呢?我可是伤透了心了。

“看,魁魁格过来了,看他那虎虎生威的样子,你简直会认为太阳藏在他身体的某一个部位。

“看,费达拉那个魔鬼也过来了,看,他在向金币鞠躬,因为金币上有太阳。

“我可怜的比普也过来了,每一次看到他,我都不知道究竟是他死了还是我死了,弄得我犹疑不定。

“听听比普在念什么。”

比普一边看着金币,一边吟诵着。

“我们大家都来看呀,我们大家都来看呀。

“你们大家都是蝙蝠,而我是一只乌鸦。

“我站在这高高的松树顶上,难道我不是一只乌鸦?

“看看下面立着的稻草人,它用骨头当作腿,用骨头当作手呀!

“谁都想要得到你,可是绝不可能的呀,要知道,钉在桅杆上的东西,一定是倒霉的象征!

“亚哈老头呀,那白鲸会把你像这个钱币一样钉在船上的。

“有一回我父亲在家乡砍倒了一棵树,发现树洞里竟然有一枚黑人结婚时用的银戒指,所以,将来人们在复活节捞起我们的时候,也会发现如今的这枚杜伯仑的!”

100. 同是天涯沦落人

当我们把“裴廓德号”清扫得干干净净,一尘不染,所有的水手都颇具绅士风范,享受着来之不易的安逸和宁静的时候,我们又遇到了一条捕鲸船。

亚哈船长站在自己的船尾,远远地就看到了那艘捕鲸船上挂的英国国旗。

过了没多久,“裴廓德号”已经和那只英国捕鲸船靠得很近了。

近得亚哈船长已经能看清他们船上的人了。

“裴廓德号”似乎引起了那条英国船的兴趣。

他们的船长正靠在小艇头上,看着亚哈船长他们越驶越近。

与此同时,他也看见了亚哈船长的牙腿。

那船长有六十上下,身体很壮实,慈眉善目,从他黑黑的皮肤看,一定是个捕鲸的老手。

那船长穿着一件很肥的短上衣,不知为什么其中一条袖筒是空的,正随风飘摆着。

亚哈船长举着号筒,大声地问他:

“嘿,船长,你们遇到过白鲸吗?”

那船长没有多惊讶。

他把伸出一只手臂向着亚哈船长高高举起来。

“为什么没见过呢？看那是什么呀？”

亚哈一看，心里竟一沉，原来那船长的手臂和自己的腿一样，都是用抹香鲸的骨头做成的。

这一切都这么类似。

“该死的莫比·迪克！”

亚哈船长破口大骂。

“快把小艇放下，我要到他们船上去。”

亚哈船长自己打破了自己从不上别的捕鲸船的规矩。

水手们都清楚亚哈船长的脾气，所以只一分钟的工夫，亚哈船长就下到了小艇上。

没过多久，小艇就到了英国人的大船下。

等英国人把舷门索甩下来的时候，亚哈船长开始生气了。

一个独腿人怎么能攀着舷门索到达那高高的舷墙上面呢。

亚哈船长气恼而又绝望地抬头瞪着上面。

一下子双方都很尴尬。

还是英国人的独臂船长看出了门道。

“嗨，伙计们，不能这么上，快把吊车弄过来。”

这英国船前几天正好捕到一条大鲸，刚刚用完的吊车还没有收起来，这下正好给亚哈船长用。

于是亚哈船长把自己的一条腿跨上吊车的弯钩，就像是跨骑在树杈上，同时双手用力地抓紧绳子：

“好嘞，伙计们。”

一会儿的工夫，亚哈船长就从舷墙上翻进了英国人的船里。

“欢迎你，我的朋友。”

英国船长迎了上来，边豪放地说着边径直地伸出自己的骨臂。

“让我们用骨头来握握手吧！”

亚哈船长一样兴奋地说。

“一条胳膊和一条腿，这是多么有意思的组合，它们谁也不会跑。

“还是说下白鲸吧，你们是在哪里遇见它的，有多长时间了？”

亚哈船长赶忙问道。

说到白鲸，英国人的神情有些忧郁。

他把自己的骨臂向东方一指：

“就在上个季节，在赤道上。”

“这么说来，老兄的胳臂就是那家伙弄的了？”

“是的，你的腿也是喽？”

“没错，那白鬼！”

亚哈船长充满仇恨地说道。

“怎么样，老兄，跟我说说吧，到底是怎么一个光景！”

“我打了一辈子的鲸，可那一次是第一次在赤道上巡游。”

回忆开始了。

“有一天，我们放下艇去追一个四五条鲸的小鲸群。

“本来，我们已经把其中的一条给拴住了，正像陪着马戏团里的动物一样，在无天际的大海上来来回回地绕圈子呢。

“此时从我们船边的海底里，突然就冒出一条大鲸，这家伙整个脑袋和背峰都是白的，而且脸上满是皱纹，十分丑陋。”

“没错，就是它，就是它——莫比·迪克！”

亚哈船长听到后禁不住大声喊叫。

“我当时还不知道什么白鲸，什么莫比·迪克的，只觉着这家伙有些不一般，因为当时它的右鳍还插着几根标枪头儿呢！”

“对，没错，那是我的标枪头，我的！”

亚哈船长听到英国人说着自己熟悉得不能再熟悉的仇敌，竟然兴高采烈地喊叫起来。

“不要打断我，朋友。”

英国船长和气地阻止了亚哈的叫嚷。

“那白鲸搅起翻天的巨浪之后就钻进了鲸群，就如同是一个侠肝义胆的勇士要营救它的伙伴一样，之后，它就开始凶恶地咬起我们拴着鲸的那些绳子了。”

“确实，那家伙就是那样，那是它惯用的伎俩了，这一点我可比谁都清楚，它以前就是这样干的。”

亚哈船长忍不住又插嘴说。

“我们不了解这个家伙要想干吗，只是看到捕鲸索绊住了它的牙。

“当我们拼命拉着绳索的时候，那家伙一用力，我们全部都‘扑通扑通’地歪出了小艇掉在了它那雪白雪白的背上了。

“这一来，其他的鲸全都被吓跑了。

“我们气坏了，发誓一定抓住它才行。

“于是，我从那大白家伙的背上跳进了大副的艇里，并找到一支标枪，我要让这家伙尝尝我的厉害。

“可就在这时，那大白家伙的尾巴从海浪中竖了起来，天呀，活像一座塔一样，眼看着就要砸到我们了。

“我不管这些就投出了两根标枪。

“就在我摸索着找第三根标枪的时候，那家伙的尾巴甩动起来了，仅仅一下子我们的小艇就被斩成了两截，被海浪一冲，完全成了两堆碎片。

“我落在海里，成了落汤鸡，为了安全起见，我紧紧抓住钩在那家伙身上的第一支标枪的枪柄。

“就在我琢磨着如何摆脱危险的时候，大祸临头了，那家伙往深海里猛地一钻，甩开了我。

“这时，我正好碰到了第二次甩出的标枪的钩儿，那钩子一下就扎住了我的肩膀，而且一直顺着整条胳臂滑下来，直滑到手腕才停下来。”

英国船长眉飞色舞，手舞足蹈，边说边比画着。他的作战事迹首先感动了他自己。

“剩下的让医生告诉你吧。”

下面要说到自己最坚强的部分了，英国船长叫来自己的船医。

在旁边的朋克医生是一个整洁严肃的人，一派很典型的英国绅士作风。

在两位船长谈话的时候，他一直在以一个鉴赏家的眼光专心地审视这两位船长的残腿和残臂。

朋克医生很礼貌地向亚哈船长鞠了个躬。

然后他清了清嗓子，开始接着他的船长把话讲下去，内容没有变。

“是啊，当时船长身上的伤真是吓死人了，经过我反复的劝说，他才同意把船驶离赤道，要知道，赤道那炎热的气候对他的伤是绝对有害无益的。

“我每天都陪着他,照顾他吃饭和治疗伤口。”

“是呀,他照顾我的饮食,你不知道他把我管得有多严格,尤其是在饮酒这件事上。”

他的船长听到这里,禁不住也像亚哈船长刚才一样插起嘴来。

“他每天都陪我一起喝柠檬威士忌甜酒,直到喝得神志不清,连绷带都换不了,不过这样省事了,我倒宁肯这样让你治死。”

英国船长一口气说了一大堆。

“我们的船长很善于引人发笑。”

朋克医生依旧是一本正经。

“顺便提一下,我以前是一个牧师,是从来不喝酒,滴酒不沾的。”

“错了,朋友,你说得不对。”

医生的话再一次被英国船长打断了。

“你不是滴酒不沾,而是滴水不沾,你有厌水症,是吧?”

“不要打断我,让我接着讲下去。”

朋克医生还是不苟言笑。

“虽然我竭尽全力,而且一心一意,可那两英尺多长的伤口还是越来越糟,已经发黑了,于是我劝船长还是早点把胳膊锯掉,否则是件很危险的事。

“再到后来,船长的手臂被锯掉了,木匠就给他做了一只骨臂,还装上了一只木榔头,那木榔头是专门用来敲人脑袋的,我就在他大怒的时候被他敲过,不信你看。”

朋克刚说完就摘下帽子,撩开头发,脑壳上露出一个碗口大小的洞痕。

亚哈船长大吃一惊。

“哼,天知道他那是怎么回事,简直就是个暴君,再也找不出第二个来了,你这坏家伙不会好死的,一定会死在腌菜缸里,这样你就会被腌存下来,让后代看看你这德行。”

英国船长豪放地骂着朋克。

“但是,那白鲸怎么回事了?”

亚哈船长早就被这两个家伙弄得不耐烦了,不由得打断他们的话。

“奥,那个家伙跑到水里后就没有再出现。

“我们当时并不知道它的名字,直到后来才听人说起它的事。”

“那你们没再追击他们吗?”

“当然没有,即使追到也不想再捕它了。”

“怎么?”

“很明显,已经掉了一只胳膊,我还不想再失去另一只胳膊。”

英国船长又有些侥幸又有些世故地说。

“再用另一只胳膊尝试一下吧,船长。”

朋克打趣地说。

“去你的吧,流氓,我当时还不晓得它是莫比·迪克,稀里糊涂地就让它把我的胳膊弄走了,我知道了它的厉害,我从此不敢再惹它了。

“虽然杀死它是一种莫大的荣耀,而且那家伙价值连城,可我还是离它远一点吧。我说得对吗?我的船长。”

英国船长眼睛盯着亚哈船长的腿问。

“不,我——一——定——要——抓——住——它!”

亚哈船长看着英国船长的骨臂,一字一顿,坚定不移地回道。

“天呢,您还要去冒险吗?”

朋克一边喊叫,一边围着亚哈船长转着。

“我想您是发烧了。”

朋克像一条狗一样吸溜着鼻子。

“我来给您量一下体温。”

朋克掏出一只温度计来,凑到亚哈船长的臂旁。

“走远点!”

亚哈船长生气了,一把把朋克推到一边,而自己则走向舷墙。

“你们的船长是不是让白鲸弄疯了?”

朋克悄悄地问和亚哈一起过来的费达拉。

“嘘!”

费达拉把手指放在唇边,制止了朋克的问话。

一会儿的工夫,亚哈船长就回到了自己的小艇上了。

小艇向“裴廓德号”划去。

亚哈船长一脸坚毅的神情,背对着英国人的船,连英国船长跟他打的招呼都没理会。

小艇一直划到自己的“裴廓德号”下面。

“这人简直是疯了!”

朋克告诉自己的船长。

101. 冒险生涯中的享乐

我们和英国捕鲸船分道扬镳各奔东西了。

现在,英国捕鲸船已经慢慢地消失在我们的视野中。

望着远去的英国捕鲸船,我想起了有关它的辉煌的历史。

这艘英国的捕鲸船叫“撒母尔·恩德比号。”

乍一听这个名字,会觉得叫起来并不响亮,可知道世界捕鲸史的人都清楚,它所包含的意义可谓非凡。

它的不一般来自于“撒母尔·恩德比”这个称呼,这个名字是个令所有捕鲸人都敬畏的人名。

他是现在闻名世界的恩德比捕鲸公司的创始人,虽然他已经故去了,但他开创的业绩是值得我们为他在世界捕鲸史上大书特书的。

翻开世界捕鲸业的发展史,我们可以看到,虽然我们南塔开特人早在1726年就已经有组织地出海捕鲸了,但终究只是在南北大西洋一带游弋,并没有多大气候。

恩德比捕鲸公司才真正开创了世界捕鲸业的新纪元。

就我们手头现有的文献来看,恩德比公司应该成立于都铎和波旁王朝联合执政的时期。

无法确知具体是哪一年。

总之,在1775年,他们的第一批专门猎捕抹香鲸的船队正式起航了。

1778年,一艘同样来自恩德比公司的叫作“亚美利亚”号的捕鲸船起航了。

“亚美利亚”向南绕过好望角,作为世界上第一艘捕鲸船来到了南海,并且满载着鲸油胜利返航。

于是“亚美利亚”号成了捕鲸业争相效仿的典范。

世界捕鲸业一夜之间发展迅速。

恩德比公司依然在做着超前的努力,竟说服了英国政府,让政府派出炮舰参加他们开辟南海捕鲸航线的工作。

虽然结果我们不知道,但在世界捕鲸史上,这是史无前例的。

1779 年,恩德比公司又派了一艘叫“海怪”的捕鲸船去日本海做了一次探险,这次探险大获成功。

因此又开辟了日本海的捕鲸场。

无论怎样,恩德比家族是一个为世界捕鲸业做出了杰出贡献的家族,他们应该享有捕鲸业的最高荣誉。

这是众所周知的。

说实话,恩德比公司留给捕鲸业的不仅仅是荣誉和地位,还有着更实惠的待遇。

这一点在捕鲸业中也是众人皆知的,令今天的很多外国船只上的水手羡慕。

早在我们这次遇到“撒母尔·恩德比”号之前,我就曾上过他们的船,记得是在巴塔哥尼亚海的什么地方,是在午夜时分。

那一次我们去他们的船头楼里面去喝酒。

那次聚会真是痛快极了,我们充分感受到了英国捕鲸船的热情和富有,就像是他们的民族——萨克逊民族一样,令人感到非常愉快。

捕鲸船上的水手们碰到一块,除了喝酒还是喝酒,只有酒才能代表他们的心情。

对于水手来说,他们就是在刀口上过日子的人。

他们每天都提心吊胆,可能今天你还在这里喝酒,明天你就可能在一次追捕中丧身鱼腹,因此每一次的聚会都有可能是最后的一次情分和友谊,每一次喝酒都有可能是最后一次享受快乐的机会。

水手们信奉今朝有酒今朝醉,不然的话,他们觉着死得会更不值。

那次我们喝的是烫啤酒,香甜而又痛快,这在我记忆中是最好的一次。

我们平均每一个钟头就要喝掉十加仑,直到喝得醉眼惺忪,词不达意,但心里却涌动着阵阵快活。

虽然牛肉有点硬,不太合我们的习惯,可是却有相当好的味道。

我不太喜欢的只是那面包。

可惜的是他们的船头楼不太亮,否则的话,那真是十全十美了。

但是这一点也不影响我对他们的好感,他们是一群顶天立地的英雄,个个是好手,还有好吃的东西和好喝的酒,不管从哪个角度来说,都是一艘最棒的捕鲸船。

其实不仅恩德比的捕鲸船这样,其他的英国捕鲸船也都是这样。

虽然英国商船以其苛刻在航海业界闻名,但他们的捕鲸船的待遇却是首屈一指的。

正是这个原因吸引了很好的捕鲸手。

事实上,在欧洲,比英国人捕鲸还早的荷兰人、芬兰人和丹麦人在捕鲸船的供给上也是相当豪爽的,几乎叫人感到惊诧。

我在研究鲸史时曾看见过一本发霉了的书,从它散发出的鲸味来看,我敢肯定它的内容必定和鲸有关。

但是我无法看懂上面的荷兰文。

于是我请我的朋友斯诺给翻译了一下,代价是一桶抹香鲸油。

他告诉我:

那不是一本有关捕鲸的书,而是一本商业书,但幸运的是里面有一篇关于捕鲸业的文章。

在他翻译过来的文章里,我看到一张表格,是关于当时荷兰的一百八十艘捕鲸船在一次巡游中所配备的饮食补给的统计表。

现在我写在这里：
牛肉四十万磅
佛里斯兰猪肉六万磅
鱼十五万磅
硬面包五十五万磅
软面包七万两千磅
牛油两千八百小桶
泰克塞尔和来顿奶酪两万磅
奶酪(次等)十四万四千磅
杜松子酒五百五十安克
(约合五千五百加仑)
啤酒一万零八百桶

看了这张表格,我彻底震惊了,天哪,荷兰的捕鲸船简直是把整个食品库都搬上了船。

虽然我们在看这张表格时,会联想到那些美味,不禁食欲大增,可这么多的东西,我们不知道荷兰人究竟是如何消灭掉的。

由此我开始计算一个荷兰水手在一次航行中要吃掉多少东西。

首先是牛油和奶酪,他们消耗之多令人感到诧异。

不过认真想一下这也不难理解,荷兰捕鲸船那时所去的地方是荷兰北面的海域——格陵兰附近。

那里常年是冰天雪地,身上没有足够的油分不足以抵御严寒,所以这也养成了他们爱吃油的习惯。

要知道,在北极附近的爱斯基摩人都是以油代酒的,在追击胜利后,大家举着盛满鲸油的杯子一饮而尽。

如今来看是很难想象的。

不知道荷兰人是不是入乡随俗,但有一点可以确认的是他们对油的消耗量是大大地增加了。

让人惊骇的是啤酒竟达一万零八百桶。

一艘荷兰的捕鲸船每次巡游的路线是:从本土出发,到格陵兰附近再返航,这样一来,他们每一次需要的时间大概半个月左右,多也多不了几天。

一百八十艘船,就算每艘船上有三十人的话,一共五千四百人,正好每人平摊两桶啤酒。

你要知道一个人十二个星期才能喝掉两桶啤酒!

现在他们两个多星期就要消灭它,难道他们每天都喝得酩酊大醉吗?

可这还不包括数量同样可观的杜松子酒。

这让我十分地怀疑。

但怀疑归怀疑,但事实是荷兰人不仅没醉还常常是满载而归。

这里面一定是有原因的。

想了好长时间,我不得不认为是极地地区的寒冷气候在作怪,在那里一切都不是按常理来的,而啤酒正好是荷兰人保持体能的好办法。

因为这与他们的体质很相宜。

如果在赤道下的我们也这样喝的话,会有什么样的结果呢?

在桅顶打盹儿甚至掉到海里,在小艇上醉倒被鲸尾甩走,总之,只会是这类的结果。

通过上面的举例主要想说明的就是:

从二三百年前捕鲸的始祖荷兰人开始,捕鲸船在饮食方面就是多么的奢侈呀。

英国人将荷兰人的这一点继承得极为优秀,而且发展得有过之而无不及。

在英国的捕鲸船上有这么一种说法,即:

即使你巡游一圈,一条鲸也没捕到,空船而返,你也一定要把你随船带出去的酒都喝光。

102. 世外桃源

我深情地看着她,同时轻轻地解开她衣服上的纽扣,又脱去她的连裤袜,卸开胯间的吊带,这样,她的全副武装就仅仅剩下胸前的一对铜丝钩了。

当我颤抖着双手扳开这铜丝钩时,她也同样颤抖着对我说:"我投降了,我无条件投降。"

可接下来并没有春风沉醉。

你问为什么,原因很简单,我面对的并不是什么女人,而——是——一——条——鲸,一条小鲸。

你的兴趣可能立刻就没了吧? 你也不想想,从起航到现在,我们的船上几时出现过女人?

如果我们船上真的有女人的话,多了不说,只要有一个,那就不是我们能不能捕获到鲸的事了,而是我们会不会统统丧身鱼腹了。

你也许不高兴地问,为什么要故弄玄虚呢?

其实,我只是想打个比方,我们已经对抹香鲸的外表有了相当多的了解,下一步就要像对待一个你喜欢的女人那样,把她的全部秘密都弄清楚了。

对鲸不可能像对自己的女人那样随心所欲,或用动情的话把她哄得不知道东南西北。

否则,即使是再没见识的人也会说你是在吹牛了。

不单单只有我一个,我敢说,从约拿以来,没有人清清楚楚地见过大鲸肚里的情景。

幸运的是,我碰到了一次解剖小鲸的机会。

那次是为了用鲸鳔来做标枪钩和鲸枪头的套,所以人们把一整条小鲸都吊在了甲板上。

我肯定不会放过这千载难逢的机会,自告奋勇地解剖小鲸。

要说我第一次完整地了解鲸的结构,准确地说是鲸骨骼结构的知识,应该是在所罗门群岛南面一个名叫阿萨西提的小群岛上。

多年以前,我跟着阿尔及尔的商船去了那里,并在那里度过了一个为期几天的难忘的假日。

我认识了当地的前任首领,我的假日就是在他退隐的别墅中度过的。

这位前首领叫多朗哥,人品极好。

并且他有收藏各种各样的古董的爱好,也让我十分地感兴趣。

只是他收藏的古董和一般的古董收藏家收藏的不一样,他收藏的都是一些稀奇古怪的具有当地特色的东西。

像内容不明的木雕,镌刻着图案的贝壳,镶嵌的枪矛,装饰精美的桨,香木做的独木舟等等,这些都是他收藏的东西。

很多奇珍异宝都是他的收藏,这些东西得自于海浪冲刷。

这些天然的奇珍异宝里,有很多就是我们现在所追击的大抹香鲸。

这些大抹香鲸中有一条是被一阵飓风刮到海滩上搁浅致死的。

人们发现它时,它的头正抵着一棵大椰树,嘴上还挂着一簇羽毛一样的东西。

人们把它的皮肉剥光,晒干了它巨大的骨架。

然后，就把骨架搬到了多朗哥隐居的地方，也就是他的博物馆来了。

大骨架被安放在一株繁茂的大棕榈树下，被大棕榈树的枝叶庇护着。

在我随着多朗哥家里的人走进这片绿荫的时候，我不禁被深深地迷住了。

这真是一个世外桃源，所有的树木都傲然挺立，高耸入天，绿得像是马萨诸塞州冰谷里的苔藓一样，密得让人看不到天空。

地面上也满是绿色植物和花朵，就像是铺了一层绿色地毯一样。

微风习习，香气逼人，人在繁枝暗影中感到神清气爽。

阳光在树顶的叶隙间闪动，就像是一个织布的梭子，在不停地忙碌着。

这大片浓荫大概就是太阳这勤劳的织工织出来的吧，它实在是太厉害了！

阿萨西提的绿荫之中就安放着那巨大的鲸骷髅。

远远望去，生前曾生龙活虎翻天搅海呼涛唤浪的它，现在却显得十分的安静。

它就那样静静地待在那里，一声不响，以至于翠绿的葡萄藤已经悄悄地织满了它的全身，就像是为它披上了绿色新装。

新的生命附着在死亡的躯体上，有朝气地发展着。

我和与我同来的人一起，围着这巨大的古董转着观赏着，对这奇绝景观赞叹不已。

我撩开葡萄藤，钻到了鲸骷髅的肋骨处。

真好比是钻进了一个曲径回廊的私家花园一般。

在大鲸生前你是无论如何不可能钻进它的肚子之中的，除非你丧命于它的口中。

我进去的时候，手里拿着一团本地产的麻线，一边向前走着，一边放着手里的麻线。

但是不一会儿线放完了，没办法，我只得又顺着绳子出来。之后我做了一只拐杖，也可以当尺子使，再一次钻了进去。

我用我的丈量具量着大鲸的肋骨，记录着它的身形，但这却引起了围观的僧人们的不满：

“你怎么竟敢量这个大神呢？你就不怕得罪了它会遭报应吗？这应该是由我们来量的呀！”

就在他们对我的行为感到不满，并七嘴八舌地讨论起来，最终引发为他们之间的争论乃至争斗的时候，我已经完成了我预定的工作，从里面走出来了。

这时候，外面的僧人们正用作为量具的木杆，互相敲打着对方的脑袋。

世界上有很多地方都有鲸的标本，或者干脆说是有着各种鲸的骼髅。

英国的赫尔港有一个专门的鲸博物馆，里面保存着十分精美的脊鳍鲸和其他鲸的标本。

一只格陵兰鲸和一只河鲸的标本藏在新罕布尔什的孟彻斯特博物馆中。

英国约克郡有一个名叫克里夫特·康斯坦布尔的爵士，家中收藏有一只抹香鲸的骼髅。

所以，既然有这么多的标本，那么必然就有数不胜数的鲸的专家。

因为在这些场合，往往是一些看起来颇有学问的人围着一只鲸骷髅，转来转去。

因此我将本打算把我量得的数据告诉你们的念头就此打住了，如果乱讲的话恐怕要贻笑大方了，虽然我的顾虑可能多余。

但我声明：上述这些鲸标本，就体积来看，这些鲸在生前是绝对没有我在阿萨西提见的那条鲸大的，两者相比恐怕要差远了！

我把我量好的大鲸肋骨的尺寸，以及大鲸骷髅的其他地方的数据，都一一写在了我的右臂上。

后来，为了保险起见，我干脆把这些数据都纹在了我的右臂上。

生活的颠沛流离让我无法更好地来保存这些珍贵的数据材料。

现在看来，还好我当时这样做了，不然的话，这些东西就会和我很多像“裴廓德号”上的朋友一样,永远留在大海里了。

但我并没有把全身都纹满这些数据,我身上还有一些空白的地方。

因为这些地方我想留着构思一首诗。

103. 失去气概的鲸骷髅

我已经在各个不同的场合讲解了鲸鱼的脑袋、喷水口、嘴巴、牙齿、尾巴、前额、鳍以及鲸的其他的各个部分。

下面我要讲的是它给人的整体的印象。

就整体印象来说,鲸鱼给人印象最深的无疑是它的躯体。

按照我的计算,最大的格陵兰鲸足有六十英尺长,体重有七十吨重;最大的抹香鲸的身长在八十五英尺到九十英尺之间不等,身体最粗的地方有四十英尺左右,重量应该在九十吨以上。

这一切没有经过测量,但是是经过精密计算的。

因为,没有哪台秤能称得起这庞然大物,这个能顶一千人以上重量的家伙。

由于不可能把一条活生生的鲸带到你面前,展示给你看,所以我们只有来看它的死后的骨架,也就是我们平时说的鲸骷髅,借此来增加一点认识了。

现在摆在我们面前的这条鲸骷髅总长七十二英尺,按照推算,它活着的时候身长应该在九十英尺左右。

按常规来看,鲸活着的长度比死后的鲸骷髅要长个五分之一左右。

在这七十二英尺的长度中,脑袋和嘴已占了将近三分之一,剩下的是它的大脊椎骨,约为五十英尺。

它的胸骨,实际上是同脊椎骨连在一起的肋骨,只有脊椎骨总长度的近三分之一。

胸骨在鲸的生前包裹着它的内脏。

肋骨每侧有十根,从颈部开始算起,每一根有六英尺长,第二根比起一根要长一点,第三根又要长一点。

按此增长下去,到了第五根的时候,就已经长达八英尺多了。

第六根可能和第五根一样长。

但是从第七根开始,长度就开始等量地递减了。

直到第十根,只有五英尺多一点。

长度有别而粗细等同,只是中间的略弯一些。

于是有的地方拿它来架在小河上做桥用。

可以做个比喻,这大鲸的骨架摆在这里,很像一艘放在造船架上的就要造好的船。

只要略微加工一下,就可以下水了。

说实话,这些鲸骷髅已经无法再现它在世时的威力了,我们可以看这个实例。

这条鲸骷髅中间最大的肋骨有八英尺长,而据我所知,它在世时最粗的地方的直径有十六英尺长,而最粗的地方恰好就是最大的肋骨的所在位置。

因此,同裹着数以吨计的大量的鲸肉的活鲸相比的话,现在的鲸骷髅仅仅只能反映鲸的一部分规模。

大量的像鲸肉一样无法保存的部分都失去了,例如原来丰满有序的鳍,现在只剩下一堆零乱的骨节。

原来威风凛凛让捕鲸者胆战心惊的鲸尾，更是荡然无存找不到踪影。

因此，光来看一看鲸骷髅是无法完整准确地想象到鲸的全貌的，那充其量不过是一架标本意义的骨头罢了，是它生前的缩影。

你眼前的鲸鱼和真正的鲸鱼还差之千里呢！

可是你若不做一个真正的水手，亲自到惊滔骇浪的大海上去，乘着小艇，手拿标枪，向鲸宣战的话，你又怎么可能充分地体会鲸的雄伟，被它的伟岸气概所震慑，并从中完整地领略大鲸恢宏的精神呢？

可以想见，所有东西，即使生前再强大再威武，死后也逃脱不了灰飞烟灭的命运。

104. 鲸的化石

我想告诉大家的是，要想写出一部巨著来，就必须先选择一个大的题材。

从跳蚤身上是永远也发掘不到震撼世人的题材的，因为以跳蚤为主题的作品是不可能伟大和永远流传的。

鲸和捕鲸的人们成了我的作品的主人公，我从他们非凡的身上找到了我取之不尽用之不竭的灵感。

他们身上有着我永远抒发不尽的感慨，有着我永远汲取不完的思想。

我因为要写这意义非凡的内容而情绪激昂起来。

他们总是不自觉地影响了我。

比如，我总会把稿纸上的字写得跟招贴上的字一样大，总希望我的笔用一只秃鹰的羽管做成，总希望用维苏威火山的喷火口来做我的墨缸。

而一旦我的思绪围绕着鲸运转，想把它描绘下来的时候，我又总是很快地感到疲惫。

牵涉面太广，如果把它们写清楚的话，我的著作恐怕要堪比大鲸的身躯了。

要做好这些准备，我需要付出大量的精力去研究与它有关的资料，其中之一就是必要的考古。

在进行相关考古工作之前，我必须向大家提供有关我从事过发掘工作的履历证明：

我的履历证明是从事过石匠和泥水匠的工作，曾经开挖过壕沟、运河、水井、酒窖、地窖以及各种水渠。

如今，有关鲸的考古开始了。

首先我们要研究大量的鲸化石。

我们现在所能接触到的鲸类化石，最早的是第三纪的，这些化石和现在的鲸类是不完全一样的，可基本上还可以算做是一类。

最近三十年间，一些鲸类化石在下列地方陆续被发现了：

阿尔卑斯山山麓的伦巴第，法国、英国、苏格兰、美国的路易斯安那、密西西比和阿拉巴马。

其中阿拉巴马州的鲸化石是 1842 年发现的，当时把把这只大骷髅挖出来的农民给吓坏了，竟然怀疑它是从天上掉下的天使的尸体。

当地的医生一致认定它属于一种大的爬虫类，一直到把其中的一些骨头送到英国后，才被英国的鲸类学家认定是鲸。

我身处于这些鲸化石之中，我的周围到处都是鲸骷髅：鲸的头盖骨、牙齿、嘴巴、肋骨和脊骨。

我在努力寻找着这些鲸化石和现在的大鲸们之间的相似点。

我感到每一块儿都是那样的熟悉,却又陌生。

我的思绪返回了人类刚刚降临到地球的那最初的年代。

那时候地球的表面处在一片洪荒和浑沌之中,人类已经走进了安第斯山脉和喜马拉雅山脉,现在的热带地区根本看不见星星点点的土壤,那正是大鲸的世界。

大鲸把我吓坏了:

既然它比我们人类更早地来到这个世界,那么是否会在我们人类灭亡之后接着存在下去呢?

我的这种猜测在尼罗河畔的一个神庙里是有着暗示的。

发现那个神庙的时候是五十年以前,它的天花板上刻画着和现在的地球仪上相似的天体图,那其中就有一只正在游动着的大鲸。

还有一个事例,在非洲海岸不远的地方,一个古庙附近,竟然还有着一尊甚为壮观的鲸骷髅。

据北非的一个旅行家记载,那是一只巨大的鲸撞在海岸上死去后留下的。

当地百姓认为神庙拥有一种上天赋予的神秘力量,无论是什么样的鲸只要在它面前经过,就必然死无葬身之地。

不管他们怎么说,我想说的只有:如果我们南塔开特的捕鲸人去那个神庙的话,一定会悄悄地拜一拜的。

105. 鲸会退化吗？鲸会灭绝吗？

我们在深入地研究鲸类的同时,一定会有这样的问题:鲸类自从我们知道的它存在的那个年代开始,到现在为止它究竟是进化了还是退化了。

这要根据我们目前所掌握的信息来推断。

以我们现在捕到的抹香鲸和被发现的第三纪鲸骷髅相比,我们发现,现在的抹香鲸的身躯要长于第三纪的鲸类化石的身躯。

若以第三纪鲸骷髅和早期的鲸骷髅比,我们又发现第三纪的要大些。

因此我们可以推断出:鲸的身躯并不是在不断地缩小。

上面我们说过阿拉巴马那只大鲸骷髅,那是现存最大的鲸骷髅,它的脊架不到七十英尺长,可我们现在捕到的最大的一条鲸,它的脊架有七十二英尺长,而且据权威的人讲,它刚被人们捕到时,身长有一百多英尺呢。

虽然以前的鲸学家们对大鲸的长度各有各的说法,而且有的竟然认为最大的鲸有八百英尺长,但是那些说法都没有什么切实的依据,现在的捕鲸人没有谁会相信他们。

另一个提出的问题是鲸类会不会灭亡?

要明白,现在的捕鲸船几乎遍及世界的每一个角落,船上的瞭望者站在桅顶上,可以看见世界上所有种类的鲸。

这些捕鲸船几乎在世界上的所有有鲸出没的海域巡游着,船上的标枪手高举着标枪,不放过每一条从他们面前游过的鲸。

鲸类究竟能否经得住人类这样穷追猛打呢?

它们会不会在人类的打击下灭绝和消失呢?

鲸的命运会不会落得个和野牛群一样的下场呢?

三四十年以前,在美国伊利诺和密苏里州的大草原上有着成千上万的野牛,它们自由地生活着,繁衍生息。

可是现在,仅仅是三四十年以后在人类野蛮的猎杀下,它们绝了迹,就再也找不到它们的踪影了。

难道鲸的命运有朝一日也会和野牛一样吗?

我们冷静地分析一下就知道了。

分析的结果是:我们认为鲸类是不会被人类灭绝的。

首先,我们的捕鲸船绝对不会像那些捕猎野牛的人那样能有那么多的收获,即便我们的一只捕鲸船有四十个水手,航行四年,按最多捕到四十只大鲸来算的话,那么同量的猎手会在同样的时间里猎杀起码四万头野牛。

其次,如今的鲸比以前有安全意识了,它们开始成群结队地组织在一起,用浩大的声势来对抗人类的捕猎。它们会不断地转移,不断地躲避人类的追捕,你认为它消失了,可能它正躲在其他的什么地方逍遥自在呢。

第三,南极和北极是鲸类两个天然的堡垒,这两个地区是人类的禁区,对鲸而言却是它们的避难所,人类可能永远也攻不破它们。

第四,鲸的活动范围要比陆地上的一些动物大得多了,回旋的概率也大得多,而生存在陆地上的动物,比如说是象吧,已经遭受了人类几千年的猎捕而没有灭绝,那么鲸怎么会灭绝呢?

它们也在不断地繁殖呀。

第五,鲸的寿命要比人类长很多,可以活到一百岁,可以想象一下,如果现在我们把和我们同时代的没有活到一百岁的人都弄活过来,那么我们的世界得容纳多少人来呀!

因此基于以上种种的因素,我们会说:鲸是不会为人类杀尽的,虽然它们在个体上会有死亡的存在,但是从总体上来讲,鲸是不死的。

106. 新腿

对于任何一个人来讲,他一生都要享受某些的幸福,但也要承受某些不幸。

有无数的警世箴言都告诉人们:

你享有多少幸福就要承担多少不幸。

也可以说:

你经历多少不幸必将会得到多少幸福。

可以概括来说:

在人的一生当中,他经历的不幸和得到的幸福一定是持平的。

可亚哈船长却不同意这一点。

他在被莫比·迪克带来的无尽的痛苦之中看得十分透彻,因为现在围绕他的一切痛苦的根源都来自于这家伙,来自于这家伙先前带来的巨大的祸患。

现在看来这些祸患又产生了更多小的痛苦的分支。

在人的一生之中,他所经历和承受的不幸总是多于他所享有的幸福,而并非是和它等量持平的,即使上帝也不会分得这么公正。

这是亚哈船长从自己身上得出的经验之谈。

不仅如此,一切比这更为严重。

那就是:

幸福不会像是一个忠实的奴仆一样时时伴随你的左右，往往是换了一个环境就不再开花结果。

但是，不幸呢？

它们却往往像一条甩不掉的恶狗，紧紧跟在你身后，并且接二连三地为你带来一系列层出不穷的祸事来。

这不幸或者说是祸患就像是一只巨大、残暴而又让人恶心的巨蟒。

它浑身冒着湿气，如同盘踞在一个山洞中一样，盘踞在亚哈船长的心里，随时可能因它而产生一个巨大的祸患，将它的主人公彻底毁掉。

亚哈船长不能追寻这不幸的源头。

他认为，那可能是一个无法穷尽的深渊，如果你一定要打破砂锅问到底的话，那你终将走进鬼神的阵中去。

也许我们所羡慕和敬仰的神仙和我们一样有时候也被无数的忧愁所困！

亚哈船长之所以突然发出这么多感慨，是因为他在和“恩德比”号的交往中，他的牙腿让他感到了前所未有的悲痛，这悲痛让他不堪。

不是他忍受不了痛苦，而是他不能让这种痛苦成为他的累赘。

在他从“恩德比号”上回到自己的小艇上的时候，因为他用力过猛，使得他的牙腿像被拆裂了一样震动不已，他开始为牙腿感到不安起来了。

他回忆起“裴廓德号”快要离开南塔开特的时候，所发生的一次险情。

那一次是在晚上，人们突然发现亚哈船长人事不醒地倒在地上。

不知道出了什么状况，大家十分惊慌。

只有亚哈船长自己知道，这灾难来自于他的牙腿——它脱了臼，很厉害地戳进了他的腿窝里，那伤口经过很长时间之后才被治愈。

“我必须把这腿治好，否则的话，谁知道还会有什么麻烦。”

亚哈船长十分明白现在到了什么时候了。

亚哈船长叫人找来了木匠，让他马上给自己做一只新的牙腿，以替代那只已经叫自己信不过的牙腿。

另外，亚哈船长还吩咐大二三副，叫他们把出航以来收集的所有的牙骨不论大小都拿出来，让木匠挑着使。

亚哈船长亲自检验了木匠挑的材料，并吩咐一定要配好各种附件，原来的牙腿上的零件一个都不许用。

“今天晚上一定要把新牙腿给我做好！”

木匠接了亚哈船长的一道死命令。

之后，亚哈船长便又走进了自己的领地里去了。

在新的牙腿做好之前，没人见他从里面出来。

在“裴廓德号”上，这似乎是个让人总也搞不太明白的秘密。

那就是亚哈船长像是一个深居简出的大喇嘛一般，总是把自己藏在自己的舱里不出来。

这种行为方式令人费解，更使亚哈船长身上有了一层神秘的光环。

事实上，就是熟悉亚哈船长的亲友们同样也不明白亚哈船长为什么变成现在的这副模样，不明白乐观豁达开朗的亚哈船长怎么会变得如此得谨言慎行。

只有亚哈船长自己清楚，他总一个人呆在舱里不出来的根本原因。

在他的内心深处，隐藏着自己的对莫比·迪克巨大的仇视，隐藏着自己在海上用生命来进行一场决斗的不可动摇的信念。

但这不可动摇的信念从一开始就让船上的所有人惊慌不安。

107. 万能而机械的木匠

上面我给你讲述了木匠给亚哈船长做腿的故事。

也许你会禁不住地问：

“我们怎么没听说过这个木匠？一个木匠怎么还会做假腿呢？”

不忙着问这么多的问题，我一件件地告诉你。

在一艘航游世界的捕鲸船上，除了专门以捕鲸为生的水手以外，还有些其他的人。

这些人是有着维护捕鲸船和水手们在两三年的时间内的各项杂务的责任。

木匠就是其中之一。

“裴廓德号”上的每一个人都是著名的人物，即便是木匠也不例外。

虽然，他不是那种从人群里一眼就能识别出来的能代表人类的神人，但是也绝不是一个让人看了没有一点灵性的浑浑噩噩的庸人。

与许多捕鲸船上的木匠一样，“裴廓德号”上的木匠老头也是一个经历过惊涛骇浪的人，在无数的风险之中摔打出来的好手。

可以想象的是如果一个木匠没有相当高的本事，是没法在捕鲸船上占有一席之地的。

要明白，在捕鲸船上，木匠的职责可不仅仅是我们通常所理解的活计，而是要比我们想像的重要得多了。

他那条粗笨的长凳是他最重要的工具了。

这长凳往往是放在炼油间的后面，上面有好几个大大小小的老虎钳，有铁制的，也有木头制的。

他要应付一下日常的事务：

修补破了的小艇、损坏了的各种木制的用具。

改进各种不顺手或者是不适用的木制用具，比如小艇的桨叶等等。

在甲板和舷上安装各种需要的装置。

这些都是常规木匠应该干的事情，这也是我们所能够想象到的。

而事实上，我们的木匠负责的事情远远不止是这些，而且很大程度上纯粹是风马牛不相及的事。

要是一只索栓太大了，插不进栓洞里，木匠就得想办法把它挫小一些，好让水手们用的顺手。

要是一只往往是在陆上的漂亮的飞禽迷了路，跑到了船上，并且被水手们抓住的话，木匠就要用露脊鲸的细骨头给它做一只像鸽棚一样舒适的笼子。

要是一个水手扭伤了手腕，木匠就会给他调制出一种可以外涂的药水来。

要是斯塔布想给所有的桨叶都漆上一颗朱红的五角星的话，木匠就得把所有的桨都插在条凳上的大虎钳里，给它们漆上星星。

要是一个水手想戴耳环的话，木匠就得给他打耳洞。

要是一个水手牙疼得受不了了，那么木匠就得用手里的大虎钳把那家伙的牙钳住，虽然那家伙早就被吓得有些打战了。

看看吧，这就是木匠的工作，是不是包罗万象，有点像是全船的总工程师。

实际上，一个木匠要想在捕鲸船上过活，就要掌握各种本领，对各行各业都无所不通，只有这样他才能应付各种突如其来的事情。

你要明白的是一个在海上要航行两三年的捕鲸船,可能会遇到各种各样的事情,这些事情很多都需要木匠来处理。

“裴廓德号”的精明能干的老木匠就是这样履行着他的职责。

他总是默不作声,但从不闲着,以至于有人竟把他当成傻子。

无论船上发生什么事,他总是一声不响地干着自己的活儿,即使天塌下来也是如此。

因此,有时候人们会怀疑他到底是不是这个船上的人。

他好像是有些迟钝,因为他不受任何情感的束缚,叫人觉着他很不近人情。

但有些时候,老木匠竟也十分健谈,还能表现出一种古朴的诙谐,甚至能说出半新不旧的俏皮话来。

与他的举止相比,让人感到十分的奇怪。

说不清是什么东西在导引着老木匠的手不停地干着,好像一点都用不到他的脑袋,因为老木匠从一开始似乎就根本没有自己的头脑。

他只凭自己从师傅那里学来的照葫芦画瓢的工作方式,颇有成效地工作着。

从某种程度上说,老木匠简直就像是一部没有灵魂的机器,这部机器从来不知疲倦。

他已经六十多岁了,不停地嗡嗡响,他总是自言自语,生怕自己睡着去见上帝了。

108. 亚哈船长对木匠的演说

地点:甲板

时间:第一个夜班

(熔铁炉里冒着熊熊的火光,映照着铁匠劳作的身影)

同时,熔铁炉旁的木匠也正在紧张地制作亚哈船长的牙腿。

他借着两只灯笼的光亮正在忙着锉一块骨头。

这块骨头是用来做哈船长的脚的,现在正被木匠钳在他厉害的老虎钳里。

木匠的身旁到处摆放着他用来做活儿的东西:骨头,皮带,衬料,螺丝钉等各种工具。

木匠一边干活,一边不住地念叨着。

仔细一点儿就可以听得出来,他是在骂现在和他有关的所有东西。

“见鬼,这可恶的锉,怎么这么软,这可恶的骨头,怎么这么硬。

“该软的不软,该硬的又不硬,实在难做,这究竟算是怎么回事呀?

“还是算了吧,干吗非得用这块儿牙门骨和胫骨来做,这块硬得锉不动,还是另外找一块儿来吧。

“哎,这一块儿就好多了,看锉得多快,可是,啊嚏,锉出来的灰,啊嚏,太多了,让我,啊嚏,简直是连话也说不完整,啊嚏。

“难怪没有人愿意使用,啊嚏,这老骨头,这灰实在让人,啊嚏,受不了。

“要是锯倒一棵活树就没这样的灰了,砍一根活骨头也不会向现在这样,啊嚏。

“喂,我说铁匠。”

老木匠冲熔炉那边喊道。

“准备好小铁箍和镟钉,我,啊嚏,很快就要用了。

“只做一块胫骨就很省事了,啊嚏,要是做膝节骨那才叫费劲呢,啊嚏,但愿能快点干完。

“再有一会儿,我就可以给他做出一只顶好的脚来了,啊嚏。

“那样的话他就可以在客厅里把右脚向后一退,给他的太太端端正正地行个礼了,啊嚏。

“也不知道亚哈船长这种人知不知道怎么行礼，又会不会向他太太行礼？

“看看，这有多漂亮，可比店铺的橱窗里摆的漂亮多了，那可是泡过水的，啊嚏，要闹风湿症的，那样的话还得去，啊嚏，看医生。

“现在我要去问问船长的看法，比一比尺寸，看看该从哪里锯开，可别出错喽。”

老木匠要去找亚哈船长。

一阵脚步声传来。

“要是他来就再好不过了。我可不愿意到那舱里去。

“要不就是别人。”

亚哈船长向木匠走近。

木匠仍在不住地打着喷嚏。

“事情怎么样了，老师傅，弄好了吗？”

亚哈船长问木匠。

“船长先生，您来得刚好，我正要去找您，让我量一量尺寸，做一个记号。

“量一只脚吗？好吧，这也不是头一回了。”

亚哈船长让老木匠量脚。

他看到了老虎钳。

“嘿，你这里有一把很棒的老虎钳呢，让我来试一试它的钳力，可以吗，看有多大？

“您可要小心呀，它可以钳碎一个人的骨头呢。”

老木匠小心谨慎地说。

“怕什么，我就喜欢威力大的家伙，喜欢一碰上就能钳住的家伙。”

亚哈船长一边试着老虎钳的钳力，一边问老木匠。

“普罗米修斯，我是指那铁匠，他在熔炉那边忙些什么呢？”

“先生，他肯定是在忙着打镟钉。”

“哦，他在和你一起忙活呀，瞧呀，他把炉火烧得多旺呀！”

“对啊，船长先生，做镟钉这活，没有这么旺的白火是不成的。”

“对啊，我想那个古希腊的普罗米修斯在创造人类之前，一定是个铁匠，要不他创造出来的人类怎么会是这么火气十足呢？”

老木匠回答不上来。

亚哈船长接着说了下去。

“那烟升得就像地狱一样。

“再让他打一对儿钢肩胛骨，咱们船上还有一个倒儿爷呢，他的东西快把他压得透不过气来了。”

亚哈船长让老木匠给铁匠传话。

“可是，船长？”

老木匠呆呆地，不知道亚哈船长在说什么。

“别打断我，这还没完呢，趁着铁匠还忙，再让他给我打造一个让我满意的铁人来，我要整个的，得五十英尺高，臂膀和腕子得三英尺长，胸膛要像泰晤士河的隧道一样，前额得有四分之一英亩那么大，要用钢打造。

“另外，脚要能生根一般地固定。

“至于要不要给它打一双眼睛，嗯，我想一下，不用了，在它的头顶上开一个孔吧，能把里面照亮就行了。

“好了，就这样吧，我的要求就这些，快过去传达我的命令吧！”

“天哪，他是在跟我说话吗？我搞不明白他跟我说什么呀。”

老木匠傻了似的。

“只有最没本事的建筑师才会设计什么顶盖一样的东西，就像是刚才说的铁人头顶儿的那个天窗，不行，我必须要一只灯笼。”

“是这个吗？先生，我这里有两只，我用不了两只，一只就够我用了。”

“你这是什么意思，怎么把灯笼直塞到我的脸上来了，要明白这比用枪指着人家还要糟糕。”

“不好意思，先生，请问您是在和木匠说话吗？”

“木匠？有什么不对吗？难道你不觉得这是一种十分整洁优雅的工作吗？难道你更愿意去当一个邋里邋遢的泥瓦匠吗？”

“去和烂泥打交道？不，不，还是让那些专门挖阴沟儿的人去做吧。”

“你这家伙怎么了？你怎么一直不断地打喷嚏？”

“锯骨头弄得尘土飞扬，先生。”

“那你死的时候可千万别当着活人的脸下葬。”

“恩，先生，我也是这样想的”

“你听着，木匠，你可能觉着你是一个老实本分并且有能耐的人，你甚至想，只要我一用你给我做的这假腿，你就可以让别人都见识的你的厉害了，对吗？

“这干巴巴的骨头怎么能代替我以前有血有肉的腿和脚呢。”

“是呀，先生，有句古话不是说：一只桅杆断了，就算是换了新的，人们也不会忘了旧的，他会永远为那旧的桅杆心痛不已。”

“对啊，就是这意思，虽然你现在给我安上这只假腿，可我心里并不认为这是一双，我看着这假腿，心里想的却是我失去的那只，这就是生命给我的刺激。”

“先生，这很难让人理解。”

“听着，木匠，虽然我现在觉着我的腿不再有疼痛的感觉，可我心里却总感觉它在痛，它在疼呀，这感觉恐怕永远不可能消失不了。

“当然，我之所以这么说，是因为我们的肉体都还在，如果哪天我们的肉体没有了的话，我想我们也就不会害怕地狱的存在了。”

“先生，我以前没有考虑过，让我好好想想。”

“哼，我想也是对牛弹琴。还是回到正事上来吧，还有多长时间能做好？”

“差不多一个钟头，先生。”

“好，不管怎么样，弄好之后就送到我这里来。”

亚哈船长转身离开了老木匠，边走着还边高声地感叹着：

“唉，我的高傲的生命呀，为什么非得用一块骨头来支撑呢？就像是欠了谁似的，我这一生不会再还清了。

“我多想像空气一样自由呀，可是我真的没有一点办法。

“还是跳进一只坩埚吧，把我熔化掉算了。”

亚哈船长离开后，老木匠不由得低声叫了起来。

“天呢，他说了些什么呀？他简直是个疯子，像是中了谁的魔。

“难怪斯塔布说他是个怪物，看来斯塔布比谁都了解他。

“他真是个怪物，也许一切原因都来自他的那条腿。

“那条腿像他的老婆一样是他最忠实的伙伴，他每天要和它一起睡。

“这个亚哈船长，他的一条腿已经没了，还想用另一条腿去战斗，谁知道等着他的会是个怎样的结局呢。

“可是我呢？我虽然有两条腿，但我又矮又小，不想跟着船长到水深的地方去。

"要真的去了,海水很快就会漫过我的头,我大喊救命也没用了。
"哎,我说铁匠,我这就要完工了,快把你做的螺丝钉递过来吧。
"快一点吧,别再让那老头再来催了,他已经等不急了,他怎么可以没有腿呢?
"看,这是多么完美的一只腿呀,多么像是一条真正的腿呀!
"从明天开始,船长就拥有这漂亮的腿了。"

109. 亚哈和斯达巴克的争执

两天之后,"裴廓德号"自西南向东北逐渐驶近了台湾群岛和巴士群岛。
从这两个群岛之间驶过去,就意味着离开了中国海而驶进了太平洋。
亚哈船长已经把他的新骨腿穿上了,挺立在自己的船长室里。
那骨腿雪白得有些耀眼,直抵着已经用螺丝钉旋紧在地面上了的桌脚。
一张日本群岛的地图在亚哈船长面前的桌子上摊着。
他的手里拿着一把锋利的小刀,正背对着门口,在研究他的行程。
从后面看去,他的样子很是古怪。
"快到了,总算快到了!"
亚哈船长喃喃地说,显得既兴奋又急躁。
"亚哈船长。"
斯达巴克走进了船长室来报告船长舱里存的鲸油正在泄漏的消息。
"谁?"
亚哈并没有回过头去,更没搞清来向他报告的人是谁,他明显感到了不耐烦。
"走开,回甲板去,别打扰我。"
亚哈船长不高兴有人在他思考的时候来干扰他。
"是我,斯达巴克,船长。"
斯达巴克以为船长看错了人,赶紧自报家门。
"舱里存的鲸油漏了,我们得赶紧收拾一下。"
斯达巴克为了整个船的利益继续说道。
"什么?还要收拾那些破桶?你知不知道,我们就要到日本了?"
"我知道,但是……"
"但是什么?难道你是想让我在这里再停上一个星期不成吗?"
亚哈船长不耐烦地说。
"如果不这样做的话一天就要漏掉我们一年得来的油。"
斯达巴克一点也没有夸大问题的严重性。
"可我不愿意在这里去弄那些烂桶箍。"
"可我们跑了这么远的路,不就是为的这些油吗?"
"对啊,我们已经跑了这么远的路,怎么还遇不到它,这该死的白鬼。"
"我在同您说我们的鲸油,先生。"
斯达巴克对亚哈船长无动于衷的态度不禁有些疑惑。
"但我并没有想这事。"
亚哈船长有些气急败坏。
"出去,随它怎么去漏吧,不要管它们,我自己还在漏呢,'裴廓德'还在漏呢,谁又理会我们了?”

“船长先生,我想您得冷静下来好好想一想,我们必须保管好我们的油,不然的话,回去之后我们是无法向船东交代的。”

斯达巴克苦口婆心地劝。

“见鬼,让他们在南塔开特的海滩上叫喊去吧,跟我没关系,我才是‘裴廓德号’的主人,我想怎样就怎样,船长是我,不是你说的那些小气鬼。”

亚哈船长显得有些激动。

他指着斯达巴克。

“到你的甲板上去,别干扰我的兴致。”

斯达巴克面红耳赤,但又不肯放弃。

他向前跨了一步,很坚决,可是又极力不想表现出自己行动的激烈和对老头儿的不敬。

“我认为,您会听取一个正确的意见,当然首先得请您原谅我的冒犯。”

“我用不着你这浑蛋来教训我。”

亚哈气得伸手从网架上抓起一只装着子弹的滑膛枪,直指着几步外的斯达巴克。

“我告诉你我是船长,我说了算,听见没有,滚。”

斯达巴克气得满脸通红,眼睛看着黑漆漆的枪管,眨个不停。

可他并没有惊慌,而是从容地转身走了。

“你别以为这是在污辱我,这简直是行暴,可你要想好,可不能这样下去。”

斯达巴克仍然坚持着。

“这大副变得勇敢了,可还算是听话。”

亚哈船长收起了枪,思考起大副的话来。

“是呀,亚哈,不能这样,你现在可不能得罪他们,如果你得罪了他们,那样你的计划就会出问题了。”

亚哈走出船长室来到甲板,靠近斯达巴克。

“还是你说得对,斯达巴克,你真是一个善良的人,不要介意我刚才的话。”

他对斯达巴克笑脸相迎。

“快,把帆收起来,装上大桅下衍,去把吊车推过来,打开主舱,准备清理漏油桶。”

亚哈船长下令。

“一切听斯达巴克指挥。”

他又补充了一句。

110. 魁魁格虚惊一场

斯达巴克开始领着水手们寻找漏油的原因。

这件事非常麻烦。

他们把吊车推过来,把原先好不容易才放进舱的油桶一一地倒出来。

天气很好,风平浪静。

他们进展得很快。

为了找到漏油的原因,他们不仅翻出了上次刚放进去的油桶,而且越翻越深越翻越远,甚至都快翻到最底层的大桶了。

但是,漏油的地方还没有找到。

舱里的东西几乎被悉数倒了出来,"裴廓德号"被弄了个天翻地覆。

甲板上到处是陈年的大桶,一串串箍桶的铁丝,淡水、面包和牛肉,破旧的饭桶,总之一片狼藉。

甲板上快要寸步难行了,舱里也要空了。

走在甲板上,不是碰到这就是踩到那,总会发出咚咚的声音,"裴廓德号"开始头重脚轻起来。

好在现在海面上没起风,否则的话,像现在这种样子,可真够悬的。

如今且不要在说那什么大桶了,还是来看看可怜的魁魁格吧。

魁魁格发生什么事情了?

他是全船最勇敢最健壮的人啊!

但是现在……

就在斯达巴克领着水手们给"裴廓德号"实行"剖腹手术"的时候,我们最亲爱的朋友——"裴廓德号"上最勇敢的水手——魁魁格,由于患了寒热病,已经快要不行了。

其实死亡在捕鲸这个行当之中是很经常的事。

别说魁魁格只是一个标枪手,就是一个统领千军的将军,也同样避免不了危险的存在,因为他们的职业决定了他们永远与危险为伍。

可是,我们勇敢的魁魁格没有死在变幻莫测的大海里,没有死在大鲸的背上,而是要死在一场寒热之中,而患寒热而死则根本算不上是英雄的死法。

这是多么的波澜不惊,对于一个捕鲸的英雄来说,又是多么的不适合和不公啊!

魁魁格已经在自己的吊铺上躺了好几天了。

死神已经把他耗得没有了一点力气,只剩下一个刻着文身的躯壳了,他全身已经瘦得皮包骨头了,颧骨高高地凸起,令人害怕。

但是,他的眼睛依然没有失掉神气。

朋友们围坐在他的身边,看着他。

大家感到一阵恐惧袭上心头。

看着可怜的魁魁格就将这样被上帝召唤去了,他的脸上已经出现了神秘的晕色。

可水手们从没想过魁魁格会是一个弱不禁风的人,他们怎么也不会相信,生龙活虎的魁魁格竟会落得这样一个结果。

但是魁魁格似乎已经意识到自己的结局,这从一件事情之中就可以得到证明。

在一个灰蒙蒙的早晨,他把一个处的很好的朋友叫到了他的面前。

他抓住那人的手,告诉他一件事。

他说:

"一个偶然的机会,他在南塔开特的时候,他看到人们用一种黑木头做的小独木舟给死了的捕鲸人送葬。

"死了的捕鲸人被放进黑色的独木舟里,全身抹满抹香鲸的鲸油。

"人们把小舟推到了海里,任凭海浪将它带走,一直带到星罗密布的群岛之中去。

"我就想让你们把我放进这样的一只黑色的独木小舟里面,我想这样离开你们,而不想让你们把我的尸体扔进海里

"我是一个捕鲸人,请你们答应我要按照南塔开特给捕鲸人送葬的方式来给我送葬。"

魁魁格的请求被报告给了亚哈船长。

亚哈船长同意了魁魁格的请求。

木匠迅速来到了魁魁格的身边。

他拿着尺子,手脚麻利地量着魁魁格的尺寸,还用粉笔在魁魁格身上像在木头上画记号

一样画了一道又一道。

他那毫不在意的样子,看不出来他将要面对的是成为一个垂死之人。

正好船上还有一些可以做棺材的木头,是很久以前在呜呼哀哉岛的原始森林里砍来的,一直都没用,这下倒派上了用场。

丈量好之后,本匠就开始在自己的条凳和老虎钳前面忙碌起来了。

他翻来覆去地量着,态度兢兢业业,精心为魁魁格打造着最后的床铺。

钉上最后一根钉子之后,老木匠满意地看着自己的作品。

然后,他扛起魁魁格所要的东西,走到魁魁格身旁,问是不是该需要了。

甲板上魁魁格的朋友们很不高兴,有些愤怒地要老木匠把他的东西弄走。

但是魁魁格听到了他的话,让他赶紧把棺材拿过来。

伙伴们拗不过魁魁格,最后只好把棺材放到他的面前。

魁魁格靠在吊铺上,眼睛专注地望着自己的棺材。

随后,他叫人拿来了自己的标枪,卸掉木柄后和一只桨一起放进了棺材里。

这还没完,按照魁魁格的要求,棺材的四周放了一圈硬面包,头部的位置放了一瓶淡水,脚底的位置撒了一把泥土,至于枕头,则是用一大卷帆布卷成的。

一切都布置好之后,魁魁格就让伙伴们把自己抬进了那口黑色的棺材,说是想感受一下。

魁魁格这样就躺进了自己的棺材里面。

他又叫人从自己的提包里取来约约,把它搂在胸前,之后他让把棺材盖上。

魁魁格舒舒服服地躺在棺材里,神态十分安详,他喃喃自语:

“不错,多舒服呀。”

一直在旁边钻来钻去的比普就在魁魁格正要让伙伴们把自己抬出去的时候,钻到了他的面前。

比普轻声呜咽着,一只手抓着魁魁格的手,一只手摇晃着他的小鼓。

“可怜的流浪汉呀,你是否厌倦了这种生活了,你是不是想换个地方呀,那你又想去哪里呢?”

比普一边哭一边说。

“你是要去一个叫作安第烈斯的地方吗?潮水会把你送到那美丽的地方去的。

“要是你真的到了那地方,请你帮我找一个人,他叫比普,他老早就失踪了,可能已经去了安第烈斯。

“你要是真的找到他的话,请一定要帮帮他,要知道他的心中很烦闷呀。

“还有,你再告诉他,他留下的小手鼓就在我这,现在我就用它来给你敲死亡进行曲吧。”

斯达巴克对比普的话不禁感到困惑。

他喃喃地对周围的人说:

“人在得了热寒病以后,总爱说一些看似疯疯癫癫的话,其实这些话一点也不疯癫,都是他们小的时候曾发生的或有关的事,只不过他们在清醒时忘记了。

“看来比普的这些话还是很可爱的,且让我们接着往下听,说不定还要说出什么让人感兴趣的来呢。”

果不其然,比普没有停下。

“请大家站成两排,让我们像送一个将军一样地为魁魁格送行,把他的标枪横放在这儿。”

比普边摇着他的小鼓边指挥着大家。

“看呢,一只会斗的公鸡停在了魁魁格的头顶,让我们看看它要做什么?

“啊,它在说魁魁格是斗死的,大家听见了吗?它说魁魁格是斗死的呀!但是,比普呢?比普又是怎么死的呢?

“啊,比普是被吓死的,大家听到没有?比普是被吓死的,这懦弱又可恶的比普,真让人丢脸,这个胆小鬼他是从小艇里跳出去的。

“让所有的安第烈斯人都知道吧,让所有懦弱的人都像比普一样去死吧!”

比普在魁魁格面前大声地叫嚷着。

魁魁格始终双目紧闭,像是睡着了一般躺在自己的棺材里。

人们终于把如同中邪了的比普带走了,魁魁格也被搬上了他的吊铺。

所有准备工作都结束,就等魁魁格最后时刻的到来。

就在这时候,魁魁格突然睁开了双眼,并且精神也为之一振。

大家怀疑魁魁格是不是中了什么魔法被吓了一跳。

可看魁魁格越来越清醒的样子,很显然他的病痛已经消失了。

看着大家惊奇的样子,魁魁格描述了自己刚才为什么没有去见上帝的原因。

其实原因很简单,就是他在马上就要去见上帝的时候,突然想起岸上有一件事还没做完,所以他决定继续活下去。

他的解释让大家非常震惊,原来他活下来的原因竟然这么简单,简直有些不可思议,难道魁魁格能自己掌控自己的生死吗?

可魁魁格说得轻描淡写:

“那是自然了,我自己的命运当然要由我自己做主,区区疾病是不能打倒我的。

“只是……”

魁魁格沉吟了一会儿的工夫。

“如果碰上一只大鲸的话,就不能确定了。”

魁魁格就这样神奇地康复了。

就是这样,一个意志坚强的人可以把自己的命运握在自己手里,而一个意志薄弱的人就只能眼巴巴地看着上帝把自己带走。

可魁魁格也说:如果碰上一条大鲸的话,就不能确定了,难道是……

之后,魁魁格只是静静地坐在绞车上休息了几天。

几天后,他突然跳进他的小艇,拿起一支标枪,对伙伴们说:

“我又可以和大鲸搏斗了!”

魁魁格的转危为安成了全船的话题,大家都在谈论着这个奇迹。

比普也引起了大家的兴趣。

他原来被人看不起,现在也由于魁魁格事件而带有了一丝神秘的色彩。

魁魁格则更是对自己的棺材产生了一种莫名的感情。

他把自己的东西全放到这棺材里,并在棺材的盖儿上刻上了各种稀奇古怪的图案,那些图案明显是模仿他自己身上的文身。

这图案是他故乡的一个先知的预言,至于这预言是什么,包括魁魁格自己也搞不清楚。

所以,魁魁格起初就是带着预言走上“裴廓德号”的,由此可见,“裴廓德号”的命运也是一开始就注定了的,这仅仅是一个预兆而已。

一天清早,亚哈船长碰见了魁魁格,他转头就走。

他的嘴里还连声喊着:

“天呀,鬼都要急死了!”

111. 太平洋

从星罗棋布的巴士群岛驶过
我们从太平洋的东面驶进这浩瀚之地
当“裴廓德号”在梦境般的洋面上向前驶去
我的激动几乎抑制不住
这是我从童年时代就魂牵梦萦的地方
现在我投入了它的怀抱
看着大洋滚滚东去
我的心也禁不住地荡漾
这看似宁静的洋面下隐藏着不安
那或许是远在洋底的不安的灵魂们
这广阔无垠的牧场起伏不定
是多少人永久安息的墓地呀
他们为了梦想而来
为了梦想而死
他们留在这里就如同留在了自己的梦乡
他们翻来覆去
搅得无垠的洋面波涛汹涌
这太平洋是世界的心胸
它囊括着我们借以生存的一切
印度洋和大西洋如同它的两条手臂
加利福尼亚的护堤只是它不屑去摧毁的孩子的沙器
它冲刷着古老而又暗淡下去的亚洲
冲刷着无法进入的日本和无数的群岛
所到之处让一切都向它低头
让一切都向它顶礼膜拜
它涌动着整个世界的潮流
以自己的神圣和奥秘
在我向着太平洋感慨的时候
亚哈船长也在紧盯着这洋面
他要透过海水去寻找他的朋友和仇敌
谁也无法将他阻拦
巴士群岛的麝香气并没有迷惑他坚强的意志
他的夜夜不止的梦境越来越清晰
出来吧,我的朋友
出来吧,我的仇敌
我知道你也在这里
我迫不及待地冲向你
就像你一直在等着我一样

也许有一天我就会高喊
我们又见面了,莫比·迪克

112. 伯思的悲惨遭遇

每一艘捕鲸船都有一个充满风险的故事,结局或是欢喜或是悲哀。

捕鲸船上的每一个人也都有属于自己的故事。

虽然他们一上了捕鲸船,各自的故事就汇集到了一起,他们要一起接受考验,共同经历一个个欢乐或悲伤的故事。

可是,他们在来到捕鲸船上,开始捕鲸生涯之前,各自的故事却是独立的。

虽然,一条捕鲸船上的人在捕鲸生涯中的最后结局可能是一样的,可是诱惑他们开始自己捕鲸生涯的原因,却绝对不会是千篇一律的。

如果你不信你可以试着问一下,一百个水手就会有一百个真实的原因或故事。

前面我们已经说过了几个人是怎么加入"裴廓德号"的,现在我们再来说说铁匠。

叫伯思的铁匠,将近六十岁的样子,谁也不知道他来自哪里。

据他自己说,他原本是一个老实本分的铁匠。

他的手艺在家乡一带远近闻名,因此找他干活的人很多,他的活根本接不过来。

他有自己的房子和家庭,他的妻子年轻漂亮的就像是他的女儿一般。

他的三个活泼健康的孩子。

他们一家人过着幸福快乐的日子。

精明能干的铁匠把作坊就设在自己住屋的地下室里,每天都在那里忙个不停。

铁匠做活儿的声音传到妻子和孩子们的屋里,让她们感到非常开心。

有时,年轻美丽的妻了也会站在丈夫的作坊门口,笑容满面地看自己的丈夫劳做,心里充满快意和希望。

一周中最令他们高兴的日子是礼拜日,他们全家都要到教堂去。

他们一路唱着,步履轻快地穿过教堂周围的小树林,去聆听主的声音。

但是这幸福的日子终于在一天被破坏了。

在一个严冬的午夜,老铁匠从别的镇子往回赶,当走到了两个镇子之间的时候,他突然觉着身体开始逐渐地麻痹起来。

一会儿的工夫他就开始昏迷。

他摸索着进了一间破屋,从那以后,他的双脚就再也支持不住了。

祸不单行,从此他的悲剧就一场一场地上演了。

一个漆黑的晚上,一个小偷溜进了他们家,借着夜色将他们家偷得一干二净。

除了家人以外,老铁匠几乎失去了一切。

一个快乐的家从此以后走向了衰落。

老铁匠渐渐衰老了,妻子快乐的声音也听不见了了,作坊里的声音一天小似一天,一天比一天少。

最后,风箱拉不起来了,熔炉里积满了尘土。

妻子看着自己不停哭泣的孩子,脸上流着泪,死在了窗子旁。

不久之后,孩子们也跟着她去了,她们一起去了教堂的墓地,本来那里是他们最爱去的地方。

老铁匠眼看着自己的家被毁掉了,他戴着黑纱,摇摇晃晃地离开了自己的家乡,开始了流浪的生活。

他跛着腿,晃动着白发,在别人的白眼中吃力地活着。

正在伯恩在流浪生活中痛不欲生的时候,海洋的召唤唤醒了他的意识。

“与其说是让人厌恶,还不如死在海里,也许那里是我最好的归宿,那里有着我的墓地。”

伯思这样想着,来到了“裴廓德号”。

如果盼望着死神早一点儿到来而自己又不愿意自杀的时候,有一个办法就是投入到一种恐怖的新生活中去,去经历冒险和死亡。

每当有死亡的念头产生的时候,你都会听到大海在召唤你的声音,它说:

“来吧,伤心绝望的朋友,只有这里才是你彻底解放的所在,接受我的召唤吧,你将在这里得到真正的生命。”

在人们的再三追问之下伯思才把自己的遭遇向人们诉说,当人们听完了之后,不禁唏嘘不已。

从那以后,每当人们听到伯思的敲打铁器的声音,都会为他悲凉的身世所悲伤,即使那声音是轻轻的慢条斯理的,也绝显不出半点轻松的气氛。

113. 欲善其事先利其器

眼看着离日本群岛越来越近了。

离日本群岛越近,亚哈船长的心情就越紧张,同时也就更惴惴不安。

他心里清楚,也许突然有一个时刻,那个大白鬼影就会在自己所处的海里一跃而起。

到那时才是此次航行的真正使命。

血战不可避免。

一想到决斗,亚哈船长的心里就不禁激动起来,但同时又有些不安。

他渴望那场战斗,同时害怕在战斗中失败。

“我必须及早给这战斗做准备了。”

亚哈船长在心里想着。

首先是武器。

伯思不理会照在头顶的太阳,依旧在他的火炉旁忙碌个不停。

炉火正旺,火花四溅。

亚哈船长手里拿着一个铁锈色的小皮袋儿,走向老铁匠。

看他正忙着,亚哈船长没吭声。

亚哈船长站在离熔炉不远的地方,似乎是心事重重地看着伯思。

伯思没有发现亚哈船长,依旧在铁砧上“乒乓”地敲打个不停。

他的周围火星乱迸,有的甚至溅到亚哈船长的身边。

“嗨,我说伯思。”

亚哈船长说话了。

“瞧你打出的这些火星,就像海燕在围着你飞呀,这可是个好兆头呀。”

“是呀,船长,我们大家都有好兆头。”

“这话不对,你的好兆头不见得对别人也都是好兆头,要不在这些火星之间,怎么可能只烧不到你呢?”

亚哈船长对伯思说。

“我的身体都已经被这些东西烫遍了，船长，因此我才不怕了，你们可不一样，要是你们不小心被烫上一下，恐怕要受不了的呀。”

“好了，不谈这个了，我说伯思，你整天这样没完没了不停地干活儿，其他什么事情都没有，你不烦闷吗？我真奇怪，我要是这的话，恐怕早就疯了。”

“船长，这么多年就是这样过来的，我已经习惯了。”

“你现在在干什么？”

“在焊枪头，先生，你看它的上面，全是裂纹儿和疤瘌。”

“你能恢复原样吗？”

“没问题，先生。”

伯思自豪地说。

“那么你是不是把一切坏掉的东西都能恢复原样呢？”

亚哈船长试探性地问。

“除了一样东西我都可以，先生。”

“那好吧，伯思。”

亚哈走上前去，双手放在铁匠的肩上。

“那你看看我的额头是否还可以修补得好？”

亚哈船长指的是自己额头上的皱纹，其实就是说自己的脑袋。

“要是你能的话，我情愿把我的头放到你的铁砧上，随你敲打，让我的脑袋也来尝尝你的铁锤的滋味儿。”

亚哈船长补充说道。

老铁匠无奈地摊开了双手：

“但是船长刚才我说的就是这一样修不好。”

“是啊，人就是不能把自己的头脑和创伤修补好，要不然的话……好了，不说这些了，你现在正做什么呢？”

“我正在打枪头儿，船长。”

“别再做别的了，先帮我打一支标枪吧，我要一支只要一刺到鲸的身上，它就永远也别想跑了的那种标枪。”

“那需要非常好的材料呀。”

“你看这是什么？”

亚哈船长打开自己的小皮袋，倒出一堆马蹄铁和钉头钉脚来。

“这可是最好最硬的材料了。

“这是我收集了好长时间收集到的，赶快帮我打一支标枪吧，我要一支用十二股叉条绞在一起的，快点，我们得抓紧时间，我来打下手，给你拉风箱。”

一阵忙碌过后，十二根叉条终于打出来了，亚哈船长一一试过之后，又让老铁匠对其中的一根重新打制，接着，他亲自焊起了自己的标枪。

费达拉不知从哪出来了，站在了亚哈船长和铁匠伯思的后面。

他面对着火，缩着肩膀，低着脑袋，不知是怕火，还是恨火。

在打造完了之后，老铁匠把红红的枪头插进旁边的冷水桶里。

这一下可不要紧，滚热的水汽顿时冒了起来，水汽直冲到旁边的亚哈船长的脸上。

亚哈船长疼得直眨眼，吓得老铁匠赶忙道歉。

“这枪难道是去对付白鲸吗？”

老铁匠想着法子和亚哈船长说话。

“对,就是对付那白鲸的,这一次我可要让它尝尝这枪的厉害。”

亚哈船长的神情庄严有力。

“下面你来打制枪钩儿吧,用我的剃刀。”

亚哈船长下着命令。

“您不用这剃刀多可惜啊。”

“不要再说了,从现在起,我不刮胡子,不吃饭,也不做祷告,直到……”

亚哈船长停了下来,没有说再说话,其实不论谁都知道,他所谓的“直到”是什么。

枪钩过了一会就做好了。

就在老铁匠让亚哈船长离远一点儿,方便他给枪钩淬火的时候,亚哈对着旁人说起了话。

“魁魁格,塔斯蒂哥,大个子,你们愿不愿意用你们的血来给我的枪钩淬火呢。”

“当然行,船长。”

一直待在一边看着的三个人齐声回答。

“好吧。”

亚哈船长用枪钩在这三人身上各扎了一枪,于是,亚哈船长的枪钩便用血淬了火。

“我不是奉上帝之名,而是奉魔鬼之名为你洗礼。”

亚哈船长面对着自己的武器喊道。

114. 海之歌

我们的捕鲸船在宁静的日本海行驶
在西太平洋温暖的怀抱里安详地休憩
我们悠然地划着小艇去追击鲸们
泰然自若,谈笑风生
在辽阔的海面上等着鲸们露出头来
等着鲸们来向我们挑战
而我们却并不想和它们决斗
因而也没有流血和胜利
大海的怀抱从没有这样的温暖
像是在寒冷的冬天倚在屋内暖和的壁炉旁
像年少的儿子倚在慈祥的父亲旁
心也如同海面一样,波澜不惊
漂在梦境,使人沉醉
全然忘却了海洋下面那危险的所在
我们全然忘记了这原本是海洋
是曾经波涛汹涌的海洋
是吞噬过无数兄弟的海洋
是容纳我们和鲸们战斗的海洋
我们忽然觉着它仿佛是可信赖的陆地
是正在绽放着绚烂的鲜花的草原
远处的帆顶隐约驶近

如同西部牧民的骏马穿过草原
在一片苍茫之中
露出它们竖起的耳尖
我们走过人迹罕至的溪谷
走过青绿的山腰
在生机盎然的春色之中
我们屏住呼吸,闭上双眼
尽情地享受着这五月的春情
把一切忧郁和艰险抛在一旁
我们把采下鲜花围绕在身旁
在神秘和幻想之中酣睡一场
我们从这春天的自然之中汲取着生命的养分
用来浇灌我们本已快龟裂的心田
我们吸取着取之无尽的甘露
愿它能将我们点化为不朽
从孩提时代我们牙牙学语
到少年时代我们意气风发
成人的时代我们互不信任甚至怀疑自己
直到我们得到一切又放弃一切
伴我们一生的还是这神秘的轮回
最终我们把自己抛在了一个不知名的港口
我们的灵魂从此成了孤儿
开始奔波着找寻生前的自己
阳光下斯达巴克注视着夕阳映照的金黄的海底
呢喃咏诵他心中的新娘
那像海底深渊一样的可爱
一定不要展示出你无穷的欺诈
让信念代替事实吧
让理想代替记忆吧
我向你祈祷
我向你保证
斯塔布像一条自由自在的鱼
在金碧辉煌的阳光下粼粼地闪着光
我的大海呀,我是斯塔布
让我告诉你我来自何方
我为我的来历而高兴万分
可是你要允诺我
让我永远这样下去
我在太阳底下跳跃着向你乞求

115. 东望故土

亚哈船长的标枪已经焊好了好几个星期了,可是一直没有莫比·迪克的消息。

不用说是莫比·迪克,就是别的抹香鲸也没有碰到。

直到现在,亚哈船长信心满满打造出来的标枪还没有被派上用场。

因此,亚哈船长的心情开始忧郁。

这就使得全船都笼罩在一种阴郁的气氛中,几乎是每一个人都清楚地感觉到:

"裴廓德号"的命运已经越来越明显地被亚哈船长复仇的念头控制了。

一艘充满快乐的捕鲸船——"单身汉号"迎面驶来了,这时候船正在寂静无声中向前驶去。

从"单身汉号"的吃水程度和船上洋溢着的欢乐气氛来看,他们的船已经装满了最后一桶油,正在渔场中做完意气风发的巡视后就要凯旋了。

"单身汉号"现在可以说是踌躇满志,不管从哪点来看,都可以看得出他们现在的心情,甚至可以说,离着好远就能从空气中嗅出来。

全船都装饰着花花绿绿的东西,首旗和其他各种信号旗,就连桅顶上三个水手的帽子后面都飘着长长的红色垂带,好让别的船离老远就看得见。

两桶抹香鲸油被斜绑在它的三个桅楼之间,斜绑着,在中桅的横桁的地方,也绑着两个细长的油桶,里面肯定是同样贵重的鲸油。

看这个样子,"单身汉号"真的是满载了,这判断直到后来才得到证实。

"单身汉号"此次的收获几乎让人吃惊,就是在大海里打了一辈子鲸的人也不禁有些目瞪口呆。

跟在大渔场里常年累月的巡游但却一无所获的捕鲸船相比,"单身汉号"简直让人羡慕得眼珠子都要红了。

他们不仅把舱里装满了油,之后又把本来是装牛肉和牛油的桶腾了出来用来装了油。

甚至,连水手们自己盛东西的箱子都被贡献出去了,用沥青修补了缝儿之后装了油。

还有甚者,厨房最大的锅装满了油,茶房里的咖啡壶装满了油,水手们把自己的标枪头拨下来,将油灌进了承口,总之,除了船长衣服上的那几个口袋儿以外,船上可以做容器的所有东西都装了油。

还有他们和其他的捕鲸船换来了许多桶装上鲸油堆在甲板上。

甲板上堆不下了,索性就堆在了船长室和其他高级船员的房间。

为了空出场地,连船长吃饭的桌子都被拿掉,船长只好在大桶上面将就。

没有什么事情比这更令人兴奋无比了。

"单身汉号"上充满了喜悦的气氛,大炼油锅被罩紧一张鱼鳔(也有可能是黑鱼的肚皮)充当人鼓,被豪气地擂着。

后甲板上,三个长岛的黑人正在用提琴弓演奏着美妙的乐曲,神采飞扬的大副和标枪手们正在和一些女人们热烈而节奏欢快地跳着舞。

那些女人们皮肤是棕色的,想来是她们从波利尼西亚群岛跑出来的。

剩下的一些船员正忙着拆除炼油间,这件差事让大家十分快活。

砖头被不停地抛向海里,随之传来一阵阵狂笑声,简直就像是当年法国人在攻打巴士底狱。

船长衣衫笔挺地站在后甲板上，以高高在上的姿态看着自己的船员们狂欢，似乎是正在欣赏一场专门演给自己的喜剧。

蓬头垢面而且愁眉苦脸的亚哈船长，站在自己的后甲板。

“裴廓德号”和“单身汉号”相遇了。

“嗨，朋友，上我们的船来吧，让我们庆祝庆祝。”

“单身汉号”的船长手里拿着酒瓶和酒杯，热情友好地向亚哈船长发出了邀请。

“嗨，朋友，你看到白鲸了吗？”

这是亚哈船长的唯一目的。

“没有见过，只是听说过有这么回事，但是我可不信，来船上吧！”

“你们真痛快呀，我们现在还不能去啊，我们还要找那家伙。”

“别费力气了，看把你愁的，还是上我的船来，让我们好好喝几杯，就什么烦恼都没了。”

“谢谢，但是我们……”

“那我也没什么好办法，你们接着去找白鲸吧，我们可要满载而归了。”

“你这家伙是在嘲笑我们么？走你的吧，我们互不相干。”

亚哈船长有些愤怒。

“把帆都升起来，继续前进！”

亚哈船长大声地下了命令。

“裴廓德号”的人们不禁有些黯然地看着同乡的船向家乡的方向驶回去。

亚哈船长倚在船尾的栏杆上，从兜里掏出一只装满了半瓶黄沙的小瓶。

他望望逐渐远去的“单身汉号”，又看了看手里的瓶子，不禁思绪万千。

瓶子里面的沙子取自南塔开特。

116. 亚哈对抹香鲸的挽歌

遇到“单身汉号”多少给亚哈船长带来了些不愉快，或者说是伤感也未尝不可，也或者说是焦急。

总之，亚哈船长有些垂头丧气，可是这更刺激了他的目的。

一时间，“裴廓德号”上的人大气不敢一出。

可是，许多古语说得好，否极泰来。

就在我们的船遇到了“单身汉号”的第二天，我们就遇到了大鲸队。

一番苦战，我们打到了其中的四只。

重要的是，其中的一只是亚哈船长一个人打到的。

当血腥的战斗结束的时候已经是傍晚了。

大鲸和太阳一起沉了下去，美丽的天空和美丽的海面被笼罩着一片哀怨又忧愁的气氛之下。

亚哈船长坐在自己专属的小艇上，一边缓缓地向后划离被自己打中的那条大鲸，一边全神贯注地看着大鲸在海面上做着最后的挣扎。

不管怎么样这都让人很伤感。

这样庞大的动物，它死的时候也远比那些小动物们死的时候更荡气回肠。

他在思考着一个奇怪的现象。

这现象来源于垂死的抹香鲸。

每一条临死的抹香鲸都是如此,它的脑袋先对着太阳转一会儿,然后才会慢慢地咽气。

谁都对这个奇特现象无法解释。

现在亚哈船长眼前的就是这幅景象。

虽然他以前看过多次,但在今天这样的时刻,似乎又多了很多很多叫人不可思议的东西。

也许是特定场合特定的时间里的特殊感受。

“它的头对着太阳转着,转着,很慢,但很稳。

“为什么在生命的最后时刻它要向着太阳呢?”

亚哈船长想这个问题已经很多次了,如今他又想了起来。

“看它那一副虔诚的样子,它分明是在生命的最后一刻向着太阳倾诉,分明是在表达自己对太阳的信仰。

“它是信仰火的吗?是呀,只有看到这一幕你才会明白,它是太阳最忠实的信徒呀,它比我们任何人都更加信仰太阳。

“在广阔无垠的大海中你发现自己是如此的渺小和微不足道。

“你听不见大海对自己的回答,但它却以自己的广阔的胸襟来容纳一切,包括死了的生命,就像刚才打转的大鲸。

“这鲸呀,你这么忠信于太阳,即使是在临死的时候也是如此,究竟是为什么呀?

“即使是到了生命的尽头,也丝毫不放弃自己的信仰,这太值得我们去敬仰了。

“但是,鲸啊,你难道没有看见你崇敬的太阳已经落下去了吗?

“它的光辉已经快要消失殆尽了!

“它根本已经无法挽救你了。

“这忠心耿耿却又单纯的可怜的鲸呀,让我送你到生命的尽头吧!

“不单是你,要不了多久,还有你们之中最优秀的一员,也许你们都知道它,它就是:莫比·迪克。

“它是你们之中的王者吗?

“你们信服它吗?

“我们要将它追赶,追到天涯海角,直到把它送到你们现在就去的那里。

“你信吗?

“我们赌一次吧!”

117. 太平洋夜话

杀死这四条鲸的海域面积相当的大,因而它们都相隔很远。

一只待在上风处,一只待在下风处,一只待在前边,一只待则在后边。

除了上风处的那条鲸外,其他的三条都很快地被拖到大船边上了。

三条鲸被绑在“裴廓德号”的侧边,这可以算是此行的一大景观了。

由于上风的那一条鲸离我们太远了,又在上风,所以要等到明天早晨再拖。

因此,杀死那条鲸的小艇就要整夜地守候在那只死鲸旁边了。

这其中原因我们在以前就讲过。

那条小艇正是亚哈船长的小艇。

入夜之后,小艇陪伴着死鲸荡漾在海面上。

这像是给死去的大鲸守灵一般。

死鲸庞大的身躯在黑暗笼罩的海面上漂浮着,一动不动地像是进入了梦乡一样。

一只浮标杆笔直地插在它的喷水口处,杆顶上挂着一盏灯笼。

灯笼闪着一丝犹疑不定的光亮。

海水轻柔地在巨鲸的身旁翻滚着,像是海浪在无声地冲刷着海岸,又像是一只伙伴的手在轻轻地抚平这大鲸的创伤和悲痛。

亚哈船长和水手们一起留在小艇上看守大鲸。

亚哈船长和所有的人都枕着阵阵的波涛渐渐地入梦了。

对于从事捕鲸生涯的人来讲,这很正常。

只有费达拉还像鬼灵一样地醒着。

他蹲坐在船头,目光有些呆滞地看着一大群围绕着大鲸的鲨鱼。

有的时候大鲨鱼的嘴巴就离熟睡的人们的头几英寸远。

鲨鱼的尾巴敲击着船板,不时地让人毛骨悚然地发出一声声奇怪的声音。

亚哈船长从自己的梦中猛然惊醒。

他一睁眼,正好和费达拉大眼瞪小眼。

他怔怔地看着费达拉。

“那个白鬼又出现在我梦里了。”

亚哈船长低声说。

“有灵车吗?”

费达拉问的时候十分平静。

“怎么可能有? 这是在海上。”

“不,您听我说,如果您死在这次巡游中,您一定会见到灵车,一只是鬼魂们送来的,另一只却绝对是正宗的美国木头做的。”

费达拉说得有模有样。

“怎么会是这样呢? 灵车怎么能漂洋过海?”

虽然亚哈船长对费达拉还算有些尊重和信任,可对这话还是有些不解。

“信不信由您,只不过……”

费达拉有点迟疑。

“什么?”

费达拉终于说了出来。

“我的话只有在您死后才能验证。”

“我会记得的,但让我问一下,你会怎么样呢?”

“我么,您别不信,是要走在您前面的。”

亚哈船长又表示不解。

“怎么可能呢?

“我要给您做领港人啊。

“如果你这样说,那么这一趟肯定就会有结果了,不是它死,就是我亡。”

118. 焦躁不安

我们的船继续地穿越日本海。

自此之后,我们再没遇到别的鲸。

马上就要接近炎炎盛夏了。

滚滚热浪开始袭来,太阳整天挂在头顶。

到处都明晃晃的,刺人眼球,似乎要把这像草原一样的海面点燃。

所有的人都在太阳底下忍受炎热。

天空碧蓝碧蓝的,像是用油漆刷出来的一样,没有一丝云彩,一直延续到海天相接的地方。

亚哈船长不高兴地从他的舱里出来。

他望向天空。

他走向那个钉着的金币旁。

他开始转动四分仪,观测起来。

舵手装模做样地掌着舵,眼睛却不住地向亚哈船长那边瞟着。

所有能离得开的水手们都跑到了转帆索那里,水泄不通地挤在一起。

他们全神贯注地盯着亚哈船长看。

他们明白,等亚哈船长观察完以后,按以往的习惯,正是他下命令的时候,他们急切地想得到一个掉头向赤道的命令。

这命令决定着他们的命运。

四分仪是一种在海上用来观察太阳,并以此来判断方位的仪器。

如今,亚哈船长正在用它来判断"裴廓德号"的方位。

亚哈船长在四分仪里观测着热辣的太阳,好在他的四分仪上的玻璃是染了色的,才使他敢于直视耀眼太阳。

船身不停地摇晃着。

亚哈船长凑在镜片儿上看着。

他十分想知道太阳究竟什么时分才能挪到正确的子午线上。

就在亚哈船长凑在镜片儿上认真观测的时候,费达拉也正跪在亚哈船长的小艇的下面。

他样子有些滑稽地仰着脸观察太阳。

只不过,他的眼睛不得不眯起来,因为他可没有染了色的玻璃。

过了一会儿,亚哈船长终于观察完了。

他拿起铅笔,在自己的骨腿上演算起来。

他算一会儿,沉思一会儿,又抬头看看太阳。

很明显他也弄不明白。

他生气地自言自语道:

"太阳啊,你这伟大的灯塔,请你告诉我,我现在究竟是在哪里,我又该到哪去呀?那可恶的白鲸在哪儿?请你告诉给我呀!给我点暗示吧!"

亚哈船长呆呆地看着四分仪,把四分仪上的零件一一拿起研究。

亚哈船长终于对这个神秘东西生气了。

"科学,你是科学,都去见鬼吧,你有什么本事?啊,你连那该死的家伙都不知道在哪里,你有什么资本来嘲笑太阳,你这见鬼的破东西。”

亚哈船长越来越愤怒,索性把四分仪往甲板上恶狠狠地一摔:

“你是跟莫比·迪克一样让人讨厌的东西,我不需要了,我的罗盘和测程仪会告诉我该往哪去的。”

亚哈船长狠狠地踹着四分仪,用他的好腿和坏腿轮流踢着,一脚比一脚用力,一边踩还一边狠狠地骂着:

“你这个浑蛋。”

船长的举动把水手们吓坏了,拥挤着躲在船头楼里,看着船长发泄。

费达拉见情况不好就跑了。

亚哈船长在甲板上走来走去,咬牙切齿。

最后,亚哈船长下了命令:

“到转帆索那里去,转航,直行!”

斯塔布一直看着亚哈船长的一举一动,他嘀咕道:

“亚哈老头儿,你现在就是个赌徒,你靠这个赌局而活,也一定会死在这赌局中。”

119. 力挽狂澜

世界上的所有事情都是有正反面的,福祸相依。

孟加拉的酷热的天气使当地长满了出产香料的长绿的丛林,但是你知不知道,闻名的孟加拉虎也正趴在那里,虎视眈眈。

它随时可能将来收获香料的人吞到肚子里。

所以,当天空一望无际的时候,你要想到随时有可能打雷。

就像现在的“裴廓德号”,虽然航行在晴空万里,一望无际的日本海上,可谁知道,竟会突然地刮起使航海者感到最可怕的台风呢?

风暴在这个夜晚来临了。

仿佛谁在海面上扔了一颗重磅炸弹。

“裴廓德号”的帆布全被风吹跑了,只剩下几根桅杆,光秃秃地在夜空中摇晃个不停。

狂风之后就是雷雨。

电闪雷鸣,就像一把把利剑从天上射下来,一直射入海底。

无数火舌在海里蜿蜒,熄灭又产生,重复上演着。

海天连在了一起。

“裴廓德号”在海天之间苦苦挣扎着。

斯达巴克正站在后甲板上,手中牢牢握着一根绳索,紧张地看着船上的东西遭受打击。

斯塔布和弗拉斯克正指挥水手们把小艇吊高一点,以免被大浪卷走。

可是他们越来越灰心,因为他们的努力没有结果,他们做的都是无用功。

滔天的海浪已经冲向了亚哈船长的小艇。

“真他妈倒霉!”

斯塔布大声地骂着。

“我们怎么一点办法都没有呢?就这么眼睁睁地看着海浪向我们进攻吗?该不会沉船吧?”

他问斯达巴克。

没有人回答他。

“这些来势汹汹的东西,我一点都不怕。”

斯塔布一边躲着冲向自己的海浪,一边类似嚎叫般地竟大声地唱了起来。

可恶的大鲸
扇动着尾巴
海面上风急浪大
啊,这就是大海,
好玩却又可笑
爱逗爱闹
争强好胜
把我们都骗了
泡沫四处飞溅
好像拌香料
有一杯啤酒多好
啊,这就是大海
好玩却又可笑
爱逗爱闹
争强好胜
把我们都骗了
雷声咋一响
把船劈开了
还说这酒味道好
啊,这就是大海
好玩却又可笑
爱逗爱闹
争强好胜
把我们都骗了

斯达巴克喝住了正在得意扬扬地唱着的斯塔布。

“不要唱了!”

斯达巴克大声叫道。

“听台风唱还不够吗? 还要听你唱,你给我安静些吧。”

斯塔布解释道:

“我这样唱是为了给自己提提神,我害怕,让我停下来还不如你现在就割断我的喉咙算了。

“谁跟你扯淡,你还不赶紧看看,到了现在这地步,我们这是在找死呀。

“我可看不清,我又不是神,怎么能在漆黑的夜里看得清是非。

“你听着,我告诉你!”

斯达巴克抓着斯塔布的肩膀。

“风是从东边来的,亚哈船长就是要去那边找莫比·迪克,你再看一下船长的小艇,船长平常站的地方已经被打穿了啊。”

斯达巴克的话里满是恐惧。

“你在说什么？我怎么听不明白？

“去你的吧，这是在警告我们，如果我们一意孤行，接着找莫比·迪克的话，我们就不会有好下场的。

“如果我们现在掉转船头，向下风的话，我们就会顺顺利利地绕过好望角回到南塔开特。”

斯达巴克的话刚说完，就见一道闪电落下，紧接着一串炸雷在他们的头顶上响了。

炸雷响的时候，亚哈船长正从自己的舱里出来，要去他的镟洞。

只见一道光电正射在他的面前，如果他要走得再快一点的话，那么就会挨上那致命的一击。

“雷公，你这老东西！”

亚哈船长愤怒而又心有余悸地骂着。

“快把避雷针都扔到海里去，快一点儿。”

斯达巴克看见了劈在亚哈船长面前的雷，忽然想到了避雷针，于是赶紧大声提醒大家。

原来，船上装有避雷针，但并没都把它插进水里，因为在一般情况下那东西没有作用，而且还很碍事，所以大都在用的时候才抛下海去。

“慢点，不用了。”

亚哈船长紧接着斯达巴克开口了。

“我还想把这些避雷针给捐出去，把它插到喜马拉雅山和安第斯山的顶上去呢！”

“但是船长，桅杆被击中了！”

斯达巴克指着桅杆让亚哈船长看。

亚哈船长回头看向桅杆。

果然，三根高高的桅杆就像点着了三根红蜡烛一样已经开始慢慢地燃烧起来。

就在这时，旁边的斯塔布叫嚷起来。

原来，就在他绑好舷边的小艇时，他看到了闪电和火焰。

斯塔布顿时变了调地叫嚷起来。

“闪电呀，求求你，饶了我们吧！”

这是斯塔布对上天的畏惧，虽然他随时把诅骂放在嘴边，遇到什么不顺心的事的时候都要咒骂几句，但当上帝把炽热的手伸到他面前，对他说“你的劫数到了，跟我走吧”的时候，他却由衷地害怕了起来。

“胆小鬼！”

亚哈船长轻蔑地说。

桅顶上的火还没有熄灭。

水手们拥挤在船头楼里，看着电和火摧残着“裴廓德号”。

每个人的眼睛都被映射得亮亮的，远一点望去，如同是夜空的群星一般。

逆光望去，大个儿的身躯黑乎乎的，比白天时看起来又大了好几倍。

塔斯蒂哥的鲨鱼牙比以前更白了，还闪着光。

魁魁格身上的刺花也闪着如同恶魔的眼睛一样的青光。

人们看着火在桅顶燃尽，之后一切又一起沉浸在黑暗之中。

过了段时间，斯达巴克在行走中碰到斯塔布，他问：

“嘿，你现在感觉如何啊？刚才见到雷电的时候，我听你的声音好像都变了调了？”

“我可不是在哭，那是在为全船的人祈祷，向电光乞求，这不？它饶恕了我们。”

“事实上，我倒觉着桅顶的火光是个好兆头，正因为桅杆的底端立在舱里，吸收了舱里的鲸油，才燃烧得像三根鲸油蜡烛一样，这对我们来说是个好兆头呀。”

正说着,斯达巴克发现斯塔布原本黑着的脸又开始能够看清楚了。

他抬头看见又亮了的烛光。

就像是桅顶上面有个神一样地不可思议。

“电光电光,可怜可怜我们吧!”

斯塔布又开始乞求了起来。

船上所有的人一下子如同被定住了一般。

他们全都停下了手头上的事,抬着头,呆呆地望着三根蜡烛。

在主桅的根脚处,也就是钉金币的地方,费达拉跪在亚哈船长前面,头朝后仰着。

亚哈船长十分亢奋。

“伙计们,把头抬起来,大家好好看看,看看这神赐予我们的白焰!就是它,将照耀和指引我们,去追杀那恶贯满盈的白鲸。

“把主桅的链环递给我,我要给这神蜡脉搏,就让我们的血和它的脉交汇在一起吧!”

说完后亚哈船长就一转身,左手抓着一个链环,同时脚踩着费达拉的背,站起身,笔挺地站在了三股火焰的前面。

亚哈船长眼睛望着上面的火焰,右手挥得高高的。

他在火焰面前如同宣誓一样,铿锵有力地说着:

“火呀,你这火才是真神呀,不管我们怎么对你顶礼膜拜,其结果都会掉在你永恒不熄的圣火之中,都会被你烧得满身疤痕。

“可是,这样我们才真正认识了你,那就是不管是爱,是恨,是崇拜,是敬畏,都无法引起你的同情,其结果都是招来杀身之祸。

“于是,没有一个人敢来冒犯乖虐的你,他们害怕你的威力。

“我承认这一点,但我不会屈服,我即使死去也绝不放弃我的人格和我抗拒的权利。

“如果你温和,我们就会拥戴。

“如果你只是一味地用威力炫耀你的强大,那么我们将以同样的方式和力量对你进行反击。”

就在亚哈船长说到这的时候,仿佛真有神意的存在一样,火光竟然一下子大了起来。

火焰直往上冒,蹿出三倍高,以至于亚哈船长他们不得不紧闭双眼。

“没错,我承认你是强大的,可是我要告诉你,即使你把我的双眼烧瞎了,我还可以摸着走,把我烧死了,我还是灰,总而言之我不会放弃的。

“虽然,火焰灼痛了我的脑袋和眼睛,使我痛苦不堪,我禁不住要满地乱滚,可我还是要告诉你,你是从黑暗中跳出来的,可我是从你而来的,无论如何,你拿我没有办法。

“我想我会为我的家族增光,我骄傲,可是看看你!你竟根本不知道自己的出身,也不会有后代,所以你虽然是神,但并不是全知全能的。

“这么看的话,你的存在并不见得是永恒的了,你的创造也不见得会得以永久下去了。

“我知道你的来历,你也有自己的苦恼,因此还是让我们一起忘掉悲伤吧,让我们跳起来吧,直跳到天上去,我和你一起跳,我心甘情愿,因为我——崇——拜——你!”

“快看你的小艇,船长!”

斯达巴克指着亚哈的小艇叫了起来。

亚哈船长向后面望去。

只见原本绑在叉架上的那支自己精心打制的标枪,被海浪冲掉了鞘皮,锋利的钢钩上竟毫无原因地燃起了一股灰蒙蒙的火焰。

所有的人都惊诧无比。

“天哪,上帝也反对你的行为呀!”

斯达巴克抓住亚哈船长的胳膊。

“小心吧,老人家,还是让我们结束这不吉利的巡游,掉头回去吧,啊?”

斯达巴克的话触动了本在发呆的水手们。

大伙儿一窝蜂似的跑向转帆索那里,虽然现在上面连一张帆也没有了。

亚哈船长着急了,把手里的链环往甲板上一扔,抓起燃烧着的标枪就向那群人冲了过去。

“谁敢解开索头,我就让他尝尝这标枪的滋味。”

亚哈船长说得信誓旦旦。

亚哈船长把众人都吓住了,大家都沮丧地离开了。

亚哈船长看自己镇住了大伙儿,接着又说:

“我们应该遵守我们当初的誓言。我亚哈已经把自己交出去了,我的肉体,我的灵魂,我的呼吸,我的良心,没有什么可以害怕的,不就是火吗?大家看着!”

亚哈船长把燃烧着的标枪头儿凑到脸前,张大嘴“呼”地一吹。

他吹灭了枪头上面的火。

水手们吓得逃开了。

120. 不顾一切

夜里的驾驶舱里。

亚哈船长站在舵边,目光直视前方,没有一丝的游移。

斯达巴克走进驾驶舱,见到亚哈船长这副模样,犹豫了一下,可还是走了过去。

“亚哈船长,我们是不是应该把主中桅帆的下桁卸下来,带子已经松了,下风的吊索马上就要开了。”

“不用管它,绑紧就行了。如果我还有一面帆的话,我会立马把它扯上去。”

亚哈船长说得十分坚定。

“可是,亚哈先生,以上帝的名义,这样做太……”

“唔,你不用管。”

“还有,锚链不起作用了,我是不是应该把它收进来?”

“不要动,我不已经说了吗?什么都不要动。”

“但是……”

“但是什么?起风了吗?为什么我的脑门儿一点儿感觉都没有呢?啊呀,斯达巴克,你把我当成什么人了,是浅海里的小渔船里佝偻着脊背的小船长吗?”

斯达巴克在倔强自大而又专横的亚哈船长面前,不敢再言语。

亚哈船长见斯达巴克不吭声了,心里一阵冷笑。

他没有停地继续说:

“看啊,现在的风多好,我觉着我好像是正在腾云驾雾,这时候怎么能把主帆卸掉呢?我不是胆小鬼,我是不会那样做的。

“这是一件多么惬意的事情啊,多么伟大的事情呀,去吧,斯达巴克,去把你该做的事做了就行了,你在这里会影响我的心情。”

121. 朋友别怕

风雨交加的午夜。

“裴廓德号”在风雨中艰难地前进。

远方漆黑一片,谁也不知道前面会有什么在等着他们。

斯塔布和弗拉斯克趴在舷墙上,正在给舷墙上的锚用绳索加固,怕它在这风雨交加中出问题。

两人边干活儿,边聊起天来。

“我说斯塔布,我记得曾听你说过,不管亚哈船长开着哪一条船出海,那么保险单上都要再加保点什么,好像是艘满载着火药和黄磷的船一样。”

“就算我说过,那又能怎样,我的思想也在不断地变呀,再说,就算是我们的船现在真的满载着火药和黄磷,那又能怎样呢?”

“看看现在这雨不停地下,哪儿都湿得能拧出水来,就是你有魔法也点不着它们呀!”

“你没有看到我的红头发吗?”

“即使是一头火炬也没有用。”

斯塔布接着说下去。

“其实这根本没什么好怕的,你想想,在这样雷雨交加的船上,你举着一根避雷针站在桅杆下和你什么也不拿站在桅杆下,有什么区别呢?

“除非是桅杆先被雷电弄断了,否则,你什么事都不会有。

“所以,现在根本没有必要装避雷针。

“你还是相信我吧,你,我,亚哈船长以及这船上所有的人,不会有什么危险,你根本没有必要这样害怕,相信我。

“我的话你听明白了没？你怎么会不明白呢？就是再笨的人也该明白了呀!

“你想想,如果真像你担心的那样,世上每个人都在自己的帽子上插着一根避雷针走来走去,那不让人笑掉大牙吗?”

“但有些事情一下子是弄不清楚的。”

弗拉斯克说话了。

“是啊,尤其是一个浑身湿透了的人。”

斯塔布开玩笑道。

“哎,我说弗拉斯克,你看,我们现在把锚链这么绑上,像不像把人的手给反绑起来呀?可是,真这样,这双手该有多大呀!”

“对呀。”

弗拉斯克搭腔说。

“我觉着整个世界都抛锚了,但不知是抛在哪里了,那要有多大的一根绳索呀!”

斯塔布的话里充满了忧怨。

两个人在说话间就完成了工作。

“弗拉斯克,你能不能把我外套的衣角给拧一下?”

“好吧。”

弗拉斯克回道。

“说实话,在这暴风雨的天里,倒挺合适穿燕尾服,那衣服的尾巴从不会沾水,不像现在的衣服,这么让人讨厌。”

斯塔布在这时候对燕尾服羡慕万分,并不是因为它漂亮,而是因为它够实用。

“我回去之后就脱掉这身衣服,我要穿件燕尾服,再戴上一顶高帽子,那样就会像一个有钱有教养绅士风度的人,怎么样啊?”

就在斯塔布想象着他归去后的衣着时,一阵疾风扫过,他的雨衣被刮到海里去了。

雨衣转瞬就消失了。

“这天气太可恶了!

“这风太可恶了!”

斯塔布狠狠地诅咒着。

他的诅咒一点也没有让风雨变小。

122. 别打雷了

塔斯蒂哥正在给主中桅帆加上绳索。

空中响雷不断,闪电也不断地在头顶闪耀。

一边干活儿的塔斯蒂哥一边和老天爷说着话:“我的妈呀,我说你有完没有,不要再打雷了,总打雷有什么用,我们现在又不需要,我们需要来点甜酒,哪怕一杯也好啊!哎呀呀。”

123. 流产的阴谋

现在这个时候台风刮得最厉害。

从驾驶室里望出去,天海一片苍茫,难以分辨。

“裴廓德号”就像是一只毽子一样,在强劲的台风中颠来倒去。

驾驶室里的罗盘针疯了一样让人心惊胆战地在撞来撞去。

但是你又必须去看它。

好几次,由于大索松动的原因,舵柄剧烈地摇晃起来。

那个掌着牙骨舵的舵手被舵柄撞得趔趔趄趄的,重重地摔在了驾驶室的甲板上。

除了亚哈船长在船长室里之外,全船的人都在拼命同台风战斗着。

这一夜是出发以来最为艰险的。

斯达巴克负责船头,斯塔布负责船艄,两个人就像拼命驯服一匹受惊的马一样地“调教”着“裴廓德号”。

前桅和中桅上那些飘零的三角帆都被刮了下来。

它们就像是一只大风里的信天翁被风刮下的羽毛一样飞向了海里。

台风在尽情地肆虐一番后,也终于消停了。

在午夜前后的时候,风势变弱,人们也借此可以暂时休息。

三副新的帆篷都被收拢了,在船艄的后面,大家齐力扯起了一副暴风雨用的斜桁帆。

于是,船又能比较准时地按照既定的方向前进了。

人们稍微平静了一下。

亚哈船长的命令被传了过来,方向:东南东。

之所以选择这样的一个方向，是因为风虽然变小了，可是毕竟还在不停地影响着我们，所以舵手只能顺应风势，随机应变地掌握航行的方向。

突然间舵手感觉到风好像从船艄那儿来了，是个好兆头，顺风变成逆风了。

于是，突然间，全船都快活起来了，把这一阵笼罩在船上的阴霾一扫而光，大伙儿叫了起来：

"顺风啦，加把劲！"

这个空里，大家在暴风雨中的恐惧就烟消云散了。

大家兴高采烈地忙碌着，似乎是躲过了一场大难似的，原先的对前途的忧虑已经忘得精光了，甚至有人产生一种庆祝的感觉。

可斯达巴克还是没有什么精神。

因为他十分清楚自己和"裴廓德号"不可避免的结局，但尽管这样，他也要履行自己的职责，他是这艘船的大副，他要向亚哈船长负责，要向船员们负责。

现在，斯达巴克正机械式地向船舱走去，去向亚哈船长报告顺风的消息。

船上规定，甲板上的情况一定要向船长报告。

斯达巴克现在站在了亚哈船长关着的门前。

敲门前，他开始犹豫。

舱里的那盏灯晃得很厉害，在亚哈船长的门上投下了一阵影子。

影子不停地晃动，忽明忽暗。

亚哈船长的门上边没有装嵌板，而是帏幔遮着，隔着帏幔，可以听到里面的亚哈船长正在打呼的声音。

斯达巴克向四周望望，发现网架上有几支正在闪着寒光的滑膛枪。

斯达巴克不禁吓了一跳。

虽然他是一个诚实正直的人，可此时他的头脑中也产生了一丝邪念。

一时间，斯达巴克被这邪念牢牢地控制住了。

"上次我来这里劝他清舱的时候，他就是用这支枪指着我，让我滚出去，还差点儿杀了我。"

斯达巴克嘀咕到。

"我摸摸这是什么滋味。"

斯达巴克拿起一支滑膛枪。

"奇怪，我的手怎么会抖得这么厉害？"

他自言自语道。

"怎么？难道枪里已经放好了火药？这是什么情况？不好了，肯定是亚哈船长放进去的，我来给他倒了。"

"为什么要倒掉，我还要用它来解救我自己呀。"

斯达巴克勇敢地抓着枪。

"我是来向他来报告顺风的消息的，这消息能给亚哈船长带来巨大的刺激，因为那样他就可以尽快找到白鲸了。

"但是，我们给我们自己带来什么？

"死亡和毁灭，只有死亡和毁灭。

"与其说是要告诉他我们离莫比·迪克和死亡更近了，还不如用这把枪把那个狂魔干掉，因为即使那狂魔不用枪把我和全船所有的水手都杀了的话，他也会很快地把我们带到另一只狂魔——莫比·迪克的身边去。

"对于我们而言，不论是死在他的枪下，还是死在白鲸的魔力下，这两个结果无疑是一样的。

“这狂魔已经摔了他的四分仪，只凭他的错误百出的航海日记摸索着向前。

“这狂魔已经放弃了自己船上的避雷针，任凭自己和全船的人经历雷电的危险。

“他的意志已经到了不和白鬼决战就无法保持的地步，如果这样发展的话，任何人都明白，只有死路一条。

“如果真是那样，这狂魔简直就是一个故意杀人犯了，因为是他以自己的专制霸道来威逼着全船三十多个无辜的人陪他一起同归于尽。

“对于这狂魔来讲，现在什么也说不通了，无论是说理，是劝告，是恳求，都没有作用了，你唯一的选择就是乖乖地陪着他去死。

“要是那样的话，还不如把他解决掉，也使得他免于犯罪。

“这样的话，现在正是一个好会，他正睡得正香，只需把枪架起来，对准他的脑袋，再轻轻地一扣扳机，一切就都消停了。

“除此之外的任何方法都没用，把他关起来，像对待犯人一样地把他押回南塔开特去吗？

“不行，因为只有傻瓜才会尝试和幻想着剥夺他的自由和力量。

“要不就把他绑起来扔到他的屋里的地板上？

“也不行，因为他的咆哮和叫嚷会让人时不时地想起关在笼里的老虎，在这整个的航程中这船都将不会安宁，任何人将无法安眠。

“只好这样了，但是法律怎么办？

“什么是法律，我现在只知道，我和法律之间还隔着两个大洋和一个大陆的距离呢。

“要是是雷电把这狂魔给杀死在他的床铺上的话，那么雷电也算杀人犯吗？”

这样想着，斯达巴克缓缓地举起枪，枪口对着亚哈船长的头，把它架在了门上。

“他的头正朝着我这个方向，我只要一碰扳机，那么一切灾难都没了，一切危险也就消失了，我就又可以回南塔开特去陪伴我的妻儿了，噢，我的玛丽，噢，我的孩子呀。

“快点，倒划，加油，莫比·迪克，我终于直刺你的心窝了。”

就在斯达巴克把枪口对准亚哈船长的脑袋的时候，亚哈狂魔说起了梦话，而且声音很大，洪亮的声音把斯达巴克吓了一跳。

斯达巴克猛然震颤了一下子。

然后，他把枪从门的窗台上拿了下来，放到原来的网架上去，离开了。

弗拉斯克走回甲板去。

他的心被吓得“怦怦”直跳。

仿佛刚才他真的做过一样。

走上甲板，斯达巴克叫住斯塔布：

“船长正在睡觉，你去把他喊醒，告诉他这里的情况，我还有些其他事要做。”

124. 拨乱反正

第二天清晨，大海还没有完全平静下来。

海浪还在大声咆哮着，像一张张巨手拍打着“裴廓德号”，推着它前进。

风虽然还很强劲，可还是很厉害。

船上的帆篷就像是一个挺着大肚子的巨人。

台风让天空显得雾蒙蒙的。

根本看不见太阳的存在,只是凭着它发出的光线,才能分辨出它的所在。

阳光洒在海面上,大海就像是一只熔金的坩埚,沸腾着,闪着光和热。

亚哈船长此时正在驾驶室里,眼睛盯着前方,看着海面上的景象。

他像是入迷了一样一言不发。

一夜拼搏,而亚哈船长似乎没有受到多大影响,依旧精神饱满。

亚哈船长嘀咕道:

"啊呀呀,我的'裴廓德'呀,看看现在的你,多像是被太阳指挥着的水战车呀,我们劈波斩浪,鞭策着海洋前进,把光明带到每一个我们将要到达的国度。"

他的话像史诗一样震动自己。

亚哈船长的心情非常激动,他看着船只的牙墙不断地起伏摇晃着,心中充满安慰。

但是,不知不觉间,"裴廓德号"转了个弯,把太阳甩在了身后。

亚哈船长看了看位于船后的太阳,突然间,他的神色僵硬,又一下,他开始愤怒起来。

他几步跑到舵旁,看着舵手,用诡谲的音调问他现在船前进的方向。

"是东南东,先生。"

舵手恐惧地说。

"胡说!"

亚哈船长一拳打了过去。

"大清早船往东驶,太阳反倒在后面?"

亚哈船长的话把大家都弄傻了。

对呀,船向东驶太阳怎么会在后面,大家怎么会没有注意这一点呢?

所有的人都被令人眼花缭乱的阳光弄得晕头转向了吗?

亚哈船长伸出自己的脑袋,往罗盘看里,看着罗盘针的指向。

这一看让亚哈船长也是大吃一惊。

斯达巴克此时正站在他的身后,也跟着伸头看了一下罗盘针,奇怪呀,现在两只罗盘针明明指着东方呀。

可"裴廓德号"现在确实是向着西方驶进着。

"有鬼吗?"

大家一阵茫然,所有的预兆又显现了。

突然间,亚哈船长却哈哈大笑起来。

"我知道原因了!"

他叫着,像是胜利又有些自嘲。

"这种情形以前也曾发生过,是雷电这坏东西在捣鬼,是它把罗盘针给转了向了,你们怎么会没听过呢?亏你们还是捕鲸人呢!"

"可我以前从来没有碰到过类似的情况,船长。"

大副斯达巴克脸色灰白,郁闷地说。

虽然这是一个误会,但是有必要解释一下。

在暴风雨的天气里,闪电对船只造成的破坏是非常严重的,有的时候把船上的一些圆材和索具都击断。

这么大的威力,如果作用到了靠磁力来工作的罗盘上,你猜猜会有怎样的结果呢?

它会把弄得罗盘针失常,连老太婆的一根缝衣针都不如,而且再也无法恢复。

要是再严重一些,罗盘盒子被影响了的话,那船上的所有罗盘针,包括插在船底内龙骨内的罗盘针也无法避免那样的命运,那样的话就全部完了。

亚哈船长站在罗盘针前认真想了一会儿,开始自己确定太阳的方位。

等到他认为差不多了,便开始发布命令了:

"掉头,转向,向真正的东出发。"

如今,"裴廓德号"重新又逆风而行了。

斯达巴克一声不吭地执行着亚哈船长的命令,但心里却是打着自己的算盘。

斯塔布也和他想的差不多,大家都默认了亚哈船长的命令,开始听令行事。

虽然有些水手们心里暗自嘀咕,对亚哈船长的命令十分反感,但是没有人敢吱声,因为他们保命的勇气实在是敌不过对亚哈船长的畏惧。

只有标枪手们还和以前一样,只不过是让亚哈船长刺激得更坚定了。

亚哈船长拖着自己的骨腿在甲板上跨了一步,差点被什么东西绊倒。

亚哈船长一看,原来是自己昨天砸坏了扔在甲板上的四分仪的瞭望管儿,已经碎了。

"他妈的,世界上的事就是这样因果循环,昨天我把它砸了,今天雷电就来砸我的罗盘针,可是这难不倒我,我会让那罗盘再次运转起来。

"斯达巴克,请你给我找个标枪头,一只大锤子和一只缝帆针来,动作快点。"

亚哈船长命令道。

显然,亚哈船长想再造一个罗盘针。

事实上,现在的罗盘针虽说是倒了向,但将就着还能用,亚哈船长之所以要用自己的手再造一个,无疑是为了向大家证明自己的能力,以便帮那些认为凶兆不断的水手们打消一些顾虑。

一会儿的工夫就把所有东西找齐了。

亚哈船长开始动手了。

"你们信不信我能再造出一支罗盘针来?"

大家将信将疑地看着亚哈船长。

只有斯达巴克没有看着亚哈船长。

亚哈船长用大锤把标枪的钢尖儿砸开,叫大副把枪头悬空笔直地拿着,又用大锤对钢尖儿一顿大力地锤。

然后,便把粗钝的针倒插在枪头儿上,又轻轻地敲了几下,还做了一些令人费解的动作,不知是出于什么动机,估计只是在故弄玄虚罢了。

现在亚哈船长走到罗盘盒子前,闪过那两支倒向了的针,悬着把缝帆针平吊在两支针之间。

起初那针还转来转去,但没多久就定住了。

亚哈船长看好方向之后,悠然自得地站起身来。

"你们自己去看看吧,我的罗盘针是不是正指着东方,指着太阳?"

大家都凑上去看。

每一个看过的人都神态虔诚地直起身,在看看神一般的亚哈船长,之后悄悄溜走。

亚哈船长看着这一切,眼里满是运筹帷幄的骄傲,同时又隐约不定地有一些蔑视。

"我亚哈就是这天然磁石之神!"

甲板上回荡着他的声音。

125. 两个疯子

虽然离“裴廓德号”最后的劫数已经不远了,可是我们还没有把捕鲸船上的重要用具都详细地介绍一遍。

虽然我们以前没有引用过测程器和测程绳,但是这些就是剩下的最重要的东西。

但从名字上我们也能想象到这两样东西是干什么用的,测速和测程。

但是,对于许多有经验的捕鲸船来讲,他们根本不用这东西来测量航程,他们有各种简便易行的测航程的方法。

与那个棱形的怪模怪样的测程器相比,他们更相信自己。

于是测程器就被闲置在一旁了,就如同现在的“裴廓德号”一样。

他们把它挂在了后舷墙的栏杆下面,任凭风雨把它腐蚀掉。

在一个偶然的机遇下,亚哈船长看到了这东西,这使他联想到自己打碎的四分仪,以及让雷电击毁的罗盘针,于是他就对这测程仪产生了兴趣。

亚哈船长喊了两个水手,让他们用测程仪做一次测量。

一个是金黄色头发的塔希提人,一个是满头白发的长岛人,一起走了过来。

亚哈领着他们来到船艄,他们站在下风向,几乎要和海浪搅在一起了。

“你们去一个人把卷线框拿好,我要开始抛了。”

亚哈船长告诉他。

那个长岛人把线框举得高高的,等着亚哈船长行事。

亚哈船长走上去把线从他举着的线轴上拽出三四十圈来,绕在手里,下一步就要扔到海里。

一直全神贯注地看着亚哈船长的那个长岛人开始说话了:

“船长先生,你看这东西,长期风吹日晒的,我不相信还能管用。”

“怎么会不管用呢? 老先生,我看你也整天在太阳下面,可你也没被弄坏呀,你现在不是还挺好的吗?”

亚哈船长很不喜欢别人损害自己的兴致。

“可那线卷怎么能和我比呢? 亚哈船长,我是有血有肉的人呀,也许我不该和您抬杠,您是我的上司呀,而上司总是没有错的。”

虽然不服,但是长岛老头不敢说话。

“哈哈,你又博学又会拍马屁,你家哪的呀?”

“长岛,先生,一个满山岩的地方。”

“难怪,你这么爱抬杠,跟你们那里的石头倒是挺像的。”

白头发的水手不再说话了。

“把线框子举起来,再高点,可以了。”

亚哈船长把测程器扔到了海里,绕线框一下子就开始旋转了。

测程器在海里随着波涛跳跃不定,拖力把拿着线框的老头弄得站都站不稳,十分艰难。

“拿好。”

亚哈船长大声喊着。

话音还未落,绳子便因为卡了船艄的一块雕花的饰物而断了。

测程器脱离了束缚,很快就不见踪影了。

“报应，又是报应，先是罗盘针，再是测程器，就因为我砸了四分仪。

“可这不会使我畏惧，我偏要用测程器，你们听好了，赶快让木匠再做一个测程器，然后接上线，接着测，听见没有，动作快点。”

木匠很快就做好了新的测量仪器。

于是，两个水手开始了新的测程工作。

“虽然他像个没事人一样，可我觉着这家伙不太对劲呀，他肯定是中邪了，要不就是……”

“不要想那么多，快干活儿吧。”

两个水手边撒绳边议论着。

比普在甲板上痴呆呆地和人讲话。

没有人搭理他。

“嘿，比普，过来帮忙。”

长岛老头儿叫他。

比普正在甲板上，他被叫了过来。

“管谁叫比普呀？我吗？你们弄错了，我可不是比普，他已经不在这条船上了，他早就从斯塔布的小艇上跳出去了，没人知道他现在在哪儿呢。”

比普一本正经地说。

“快帮着往上拉绳子。”

一个水手对比普说。

“您想把他捞起来吗？那可麻烦了，何况我们又不拉胆小鬼，还不如把他甩掉算了。”

比普的话仿佛看透一切的样子。

比普看见测程器在漂在海面上，大嚷起来：

“他的肩膀露出来了，快用斧头把绳子弄断，别让那胆小鬼上来。亚哈船长，比普又跑回来了。”

“滚，你这疯子，到前甲板去。”

长岛水手骂着比普。

“小傻瓜总是要挨大傻瓜的骂，好像总是这样的。”

亚哈船长听到吵嚷声走了过来，他对长岛老头儿骂比普很不高兴。

“不要指责他，他可是个圣人。”

亚哈船长让水手不要对比普这么无礼。

“嘿，你说你看见比普在哪儿呢？”

亚哈船长问比普。

“就在后面的海上，船长。”

“那你是谁呢？”

“我是船上的鼓号手呀，船长，可是我无比了解比普，他才五英尺高，一百英磅重，他生来就是个胆小鬼呀，我一眼就知道了。”

比普英雄一样自豪地说。

“这孩子太可怜了，这跟你没有关系都是上天的造孽，上天呀，你怎么这么麻木呀。你让这孩子诞生了却又把他抛弃了，还是让我来弥补你的过失吧。”

亚哈船长看着比普感叹道。

“好了，可怜的比普，以后只要有我在，我的舱房就是你的家，跟我走吧，到我的舱里去。”

亚哈船长伸手拉比普。

“这是您的手呀，船长。”

比普抓住并抚摸着亚哈船长的手。

“多么有力量的手啊,如果可怜的比普能早一点摸到的话,他就不会选择跳出去,跑丢了,这只手可以让他抓牢的话,那他就不会害怕了。

“船长,可不可以叫铁匠把这两只手钉在一起呀？一只白手和一只黑手。”

比普问得有些天真而又有些邪魔劲儿。

“不用再害怕了,比普,以后有我拉着你,就没有什么可以害怕的了。”

亚哈船长带着比普回舱里去了。

“这两个疯子可是天生一对儿。”

长岛的老头小声嘀咕道。

“一个胆大包天的疯子和一个胆小如鼠的疯子。”

126. 第一个水手告别我们

这时候的“裴廓德号”正在太平洋的腹地做着自西北向东南的航行。

用不了多长时间就要到达赤道了。

上次,亚哈船长就是在那里和莫比·迪克相遇的。

亚哈船长已经亲自校对好了罗盘针,又亲自设计了测程器,所以不会再弄错方向了。

“裴廓德号”由此再也没有在航向和航速上出什么毛病,可谓是一帆风顺。

但是这一帆风顺恰恰意味着离灾难也越来越近了。

“裴廓德号”孤独地巡游着,他们已经许久没有碰到一只船了。

他们寂寞极了,他们觉得只有自己所在的这艘船在做这么枯燥乏味而又漫长航行。

他们现在就像是一个为了自己的目的而苦苦煎熬的苦行僧一样。

连风也平淡无奇地吹着,还没遇到风暴的时候有意思呢。

“裴廓德号”平稳地行驶在平静的海面上,像是在休闲一般。

让人忍受不了这种出奇地安静。

可你要真的静下来听一听,四周的寂静又使你心慌,你的血液就会不自觉地骚动起来。

因为不安之中似乎有什么东西在掩藏着。

一直尾随着“裴廓德号”的危险。

越是寂静,就越代表那危险离得近了,就像一只豹子蹑手蹑脚地朝你走去,你知道它来了,带着危险,但是你却听不见任何声响。

另有一句古语是说:暴风雨前的宁静。

终于,“裴廓德号”驶近了赤道渔场。

他们的面前出现了一幅热带海洋景色。

在进入赤道渔场的最后一个黎明前,海上漆黑一片,气氛使人不由得紧张起来。

“裴廓德号”此时正在经过一群黑乎乎的岛屿。

谁也不清楚黑而且神秘的岛屿里面到底有什么东西隐藏着。

当时弗拉斯克正在领班。

忽然间,他听到一阵叫声。

那声音凄厉哀怨,又有些癫狂,让人听了毛骨悚然,浑身都不由自主地紧缩起来。

弗拉斯克左右看看,发现那声音就来自那些黑乎乎的岛屿。

他紧张起来。

船上的好多人都被这叫声给惊醒了,他们从睡梦中爬起来,像着魔魇似的,呆住了。

他们不知所措地相互对视,就如同被魔魇镇住了一样。

那叫声越来越响亮,叫个不停。

有的水手吓得开始战栗。

这声音使本来就为自己的前途担忧的他们感到了一种无尽的恐惧。

很长时间大家才回过神来,并且开始猜想那就是什么东西。

基督教徒和文明的水手都说是人鱼,而那个长岛的老头说是有人落了水。

双方各执一词,互不相让。

但是异教徒们却毫不在乎,他们看着人们争论着,竟没有一点惧色。他们一直争论到黎明的来临。

亚哈船长在黎明之中走上甲板。

弗拉斯克把这件事向他进行了报告。

亚哈船长一直躺在自己的吊铺上睡着,整整一夜没动过。

听完弗拉斯克的叙述,亚哈船长看着弗拉斯克缩头缩脑的样子,不禁大笑。

亚哈船长说,那既不是什么人鱼,也不是有人落水了,更不是什么游荡的孤魂野鬼,那声音来自于——海豹。

海豹多年以来就栖息在这黑乎乎的岛屿上。

到过这里的人都知道,一旦母海豹失去了自己的幼豹,就会悲痛万分。

在这时候,它们常常紧跟着过往的船只,在船只的周围时隐时现,同时发出凄惨哀怨的啼哭声。

这啼哭总是大大地影响着船员的心情,因此很多的船员都对海豹存有几分迷信,觉着这东西不吉利,碰到它就代表不幸。

事实上不仅仅是海豹的叫声,还有它的外表,圆圆的脑袋,和人相似的五官,所以极像是一个溺水的人,叫人看了心里不由地胆战心惊。

在海洋上,常把海豹当作了人。

见多识广的亚哈船长的一番解释顿时打消了大家的顾虑。

虽然亚哈船长解开了这个谜,可是对大部分水手而言,他们仍认为这不是个好兆头。

这种不吉利的凶兆自始至终都和水手们纠缠。

终于,在不久后的一个早晨,应验了。

"裴廓德号"发生了第一个灾祸。

那是在太阳刚刚出来的时候。

"裴廓德号"上的一个水手从吊铺上爬起来,去甲板上值班。

这个水手迷迷糊糊地来到桅下,开始往上爬。

还没过多久,就听得桅杆上传来一声叫喊和一阵"哗啦哗啦"的声音。

大家抬头看见那个水手从高空中掉进海里了。

刹那间,海面上只剩下一小撮白色的泡沫。

大伙连忙把救生圈——一个细长的木桶——从船艄解下来,扔到海里。

但过了很长时间也没看到他浮上来抓住那个大桶。

又过了一段时间,他还是没有上来,这下,大伙儿真的有些慌了。

再说那只桶,由于长期闲置,有些糟了,并且让太阳晒得发皱了,现在让海水一泡,干枯的木板就开始迅速吸水,等吸到了一定的程度,那镶着铁箍的木桶就和刚才的那个水手一样,渐渐地沉进水底去了。

一切都在海面上消失了。

大家这时候才意识到那个水手永远葬身海底了。

那木桶就好像是伙伴们抛给他的一个枕头,虽然它有点硬。

“裴廓德号”上整整一天都笼罩着一股不祥的空气。

本来,这水手是去瞭望白鲸的,可是还没等看到白鲸,他自己却被大海吞掉了。

因此那凶兆再次在人们的脑子里清晰起来,亚哈船长的话也遭到了质疑。

这次事件似乎是应验了那个凶兆,可是没人感到诧异,因为他们已经不再为有没有凶兆担心和悲伤,现在的情况是:那些早就显现出来的凶兆正在一步一步地落实。

可能昨晚的叫声只是一个信号。

现在的船上已经没有了救生圈,为了以防万一还需要再做一个。

斯达巴克把这任务交给了木匠。

可木匠不停地抱怨说,这船上根本找不到质地较轻的木头,索性就别瞎忙了。

“没救生圈也无所谓了。”

那木匠无所谓地说。

斯达巴克明白大家在这个时候都不愿意干活,现在只有等待最后的时候,对其他的都没啥兴致。

可救生圈是一定要有的。

魁魁格半是认真半是打趣地说,他那口棺材应该还可以当救生圈使。

“用棺材做救生圈,天哪,这简直是风马牛不相及的事。”

斯达巴克说。

“虽然古怪,但是可以考虑一下。”

斯塔布说。

“可以试试。再说,除了它也没有别的东西了。”

弗拉斯克很支持。

“那也只好这样了,可始终有些不伦不类。”

斯达巴克叫过木匠,让他用魁魁格的棺材把救生圈弄好。

“还要不要钉上盖子?”

木匠问,他觉着这事有没有都一样。

“要。”

斯达巴克回答道。

“要不要把缝儿都补一补?”

木匠又问,他总是在每一次做事前都这么问。

“好吧。”

斯达巴克也同意。

“用不用再抹上一遍沥青呢?”

木匠还在没完没了地问。

“你有完没完了?”

这回,斯达巴克生气了。

“我只要一个救生圈,我要快,其他的,你看着办,不要什么事都问我。”

他阴郁而愤怒。

斯达巴克和斯塔布、弗拉斯克一起离开了。

老木匠开始把棺材改做成救生圈。

他一边做,一边嘀咕着。

“我看我还是做三十根救命绳比较靠谱儿,真要是遇到白鲸,这一个救生圈根本不够用,全船有三十个人呀,三十个人不能都来抢这口棺材吧。”

127. 棺材改做救生圈

木匠在自己的钳台旁忙前忙后。

他正在用麻絮堵着那只棺材的缝儿，那只棺材摆放在旁边的两只索桶上。

仿佛是船上有什么祸事降临了一般，这情景看起来让人心里很紧张。

亚哈船长不慌不忙地从自己的舱里出来，比普紧跟在他的后面。

“你先回去，比普，在舱里面等我，我很快就回来，行吗？”

亚哈船长就像是一个老人在哄自己年幼的孙子一样地哄着比普。

此时，亚哈船长那和颜悦色的样子真让人不敢相信，因为“裴廓德号”上的人基本上没有看到过他这样子。

亚哈船长到了木匠这里。

“我说你在做什么呢？弄得甲板上就像是教堂正中的过道一样。”

“船长先生，大副先生吩咐我做一个救生圈。”

亚哈船长摆弄了一下那棺材。

木匠赶紧请他注意点。

“我说木匠，你除了帮我做了骨腿外，怎么还接这种殡葬的生意？”

亚哈船长满是讽刺地说道。

“哪里呀，船长，这东西本来是为魁魁格准备的，可魁魁格没有用，现在船上急需救生圈，又没有别的合适的东西，所以只能用它来代替了。”

木匠说得绘声绘色，井井有条。

“那么木匠，你会做骨腿，会做棺材，还会做救生圈，你无所不能啊！”

还是讽刺。

“那可不敢当，我只是听令行事而已。”

“瞧你的口气是多么得无可奈何，可是我问你，当你在做棺材的时候，你是不是还哼着小调呢？就像是我曾见过的一些掘墓人一样，一边给死去的人挖墓地，一边快活地说笑。”

“没有，船长，我不会唱歌，也没有兴趣。”

“那我听到的声响是从哪里来的呢？”

“一定是这个锤子发出来的。”

木匠极力证明自己在面对棺材时可没一丝痛快的感觉。

他拿起锤子敲起棺材。

“您听，这声音还共鸣呢！”

“是呀，就像抬着棺材进墓地时，碰在墓地的门上的声音一样，对吗？”

“对的，先生，但是……”

“但是什么？”

“唔……”

“别说了，抓紧给我把你那些麻呀什么东西的收起来，看你那满身塞着麻的样子，简直和一条自己给自己织丧衣的蚕没区别。”

亚哈船长离开木匠走了。他一边走，还一边说：

“这木匠还不如比普那孩子能让我稍微地顺畅些呢。

“那木匠长得一定很难看，而且还是个黑心的丑八怪，他敲打着那东西，与其说是在做救生圈呀,不如说是在给全船的人做一件丧衣呀。

“用那个东西做救生圈呢?如果真的是一个救生圈的话,那么它能够在全船人都危险万分的时候起到作用吗?不能,肯定不能。

“其实,我干吗都把人想得那么阴暗呢?就算是他真的是在为全船做着一个不祥之物,也是一件让大家都能得到安慰的事情呀!

“从这个角度来看的话,人最不朽的归宿和终结不就是这棺材吗?无论我们从哪里来,最后一定是要躺到这里面去的,它是我们每一个人最后的归宿呀!

“虽然我明白了一些,但是对木匠敲打空棺材的声音我还是不能忍受。

“还是让我到下面去吧,去比普那里吧,那里能让我暂时忘掉这丧气的东西。

“这样看来,可怜的比普,我从你那里还学到了不少道理呢。你看起来懦弱,胆小,可怜,可是你的身上却包含着无数的世故呀。”

亚哈船长念叨着,回自己的舱里去找比普了。

木匠的锤子叮叮当当地敲在空空的棺材上,像啄木鸟在啄着一棵空心的树干。

128. 悲惨的“拉吉号”和心如铁石的亚哈

正当“裴廓德号”在独自前行的时候,他们和一艘叫“拉吉号”的船相遇了。

这件事情发生在木匠不得不用棺材做救生圈的第二天。

当“裴廓德号”奉亚哈船长的命令继续向前驶进的时候,“拉吉号”径直向他们驶来。

那时候,“拉吉号”是上风向,所有的帆篷都像翅膀一样地鼓着。

“拉吉号”迅速靠拢过来的时候,它的帆篷一下子都蔫了,无精打采地拢缩在一起,就像是一只原本饱满的气球突然泄了气一样。

但是,“裴廓德号”的水手们马上就看见了一个奇怪的现象:

“拉吉号”的水手们全都像猴子一样地攀在尽可能高的地方,整个“拉吉号”像是一棵吊满猴子的大樱桃树,让人忍不住诧异。

细细看去,“拉吉号”上所有的人,他们的脸上都笼罩着一层灰雾,精神状态也和他们瘪了的船帆一样。

“天啊,我敢肯定他们一定出事了。”长岛的老水手喃喃地说着。

“拉吉号”上的快艇迅速地被放下。

快艇载着他们的船长以最快的速度驶过来。

“拉吉号”的船长把号筒放在自己的耳边,从自己的小艇里站起来,正打算和亚哈船长通话。

在他开口之前,亚哈船长先发话了:

“嘿,朋友,看到过白鲸吗?”

“昨天见到了。”

“拉吉号”船长回答。

紧接着他又反问:

“但是你们见到一只失散了的小艇吗?要明白我们船上有人失踪了。”

“没有,怎么了?你们把那白鲸打死了吗?”

亚哈船长关心的只有白鲸。

“嗨,别提了,上去再说吧。”

那船长十分地沮丧。

“到底打死没有?”

亚哈船长一定要问出个所以然来。

“我们没有能力把它打死,它却把我们弄得失散了小艇。”

那船长显然觉着吃了大亏。

听到那船长说他们没把莫比·迪克打死,亚哈船长反而十分雀跃。

他对对方的灾难似乎没有一点不安,他的心已经装不下别的东西了。

如果说那船长告诉亚哈船长说他们把白鲸打死了,那么亚哈船长一定会指责他们,甚至拳脚相向。

在亚哈看来,那白鲸已经是他的私有财产了,谁也不能侵占,再说,他觉着只有自己才有资格同莫比·迪克较量。

“拉吉号”的船长上了亚哈船长的船。

亚哈立刻就认出那是他相识的一个朋友,也是从南塔开特来的。

既是朋友,所以没有什么可寒暄的了。

亚哈船长很快就了解了“拉吉号”发生的一切。

前天傍晚,“拉吉号”为了追击一群鲸,同时放下了三只小艇。

当他们拼命追赶的时候,莫比·迪克的头颅和背峰突然从海里冒了出来,而且就在下风不远的地方。

著名的莫比·迪克吸引着很多人。

于是,第四只小艇,也就是备用小艇,也被放下去追击莫比·迪克了。

这是全船最好最快的一只小艇,接到命令之后一阵猛划,冲了出去。

不久之后,从桅顶传来消息说,他们好像已经把莫比·迪克逮住了。

全船一阵高兴,要知道,能捕获莫比·迪克可是捕鲸业至高无上的荣誉。

第四只小艇被莫比·迪克拖着,越来越远,在海上逐渐缩成了一个小点。

之后,只见海面上一阵白浪一晃而过,就什么都没有了。

虽然有些不安,可起初他们并没有太在意,因为这种事情是时常发生的,何况现在拴着的又是莫比·迪克,当然要麻烦许多。

但是,事情越来越糟了。

天黑的时候,第四条小艇也没有露面。

等“拉吉号”把那三条小艇收起,再到下风处去寻找第四条小艇的时候,已经踪迹全无。

他们在炼油锅里点了一堆大火,又让所有的水手都去高处瞭望。

可是一夜过去,没有任何的收获。

“拉吉号”的船长讲完了他们的故事之后,急切地请亚哈船长帮助他去寻找他的第四只小艇。

他的想法是:两条船并成一排,相隔四五海里,并驾齐驱,而他自己就留在“裴廓德号”上。

“但是,老朋友,你也不用这样着急啊,不就是一条小艇吗?”亚哈船长非常奇怪,这在捕鲸业中是常有的事,根本无法和丢掉一只大鲸相比。

“但是,那小艇里有我的儿子呀!”

“拉吉号”的船长对着亚哈船长大声愤愤地嚷起来。

“求求你,亚哈船长,看在上帝和同乡的分儿上,帮帮我吧,救救我的儿子吧。要知道,你和我一样也是老来得子,你知道儿子对我们这种人的重要。”

可亚哈船长对他的请求没有表现出任何的热情。

亚哈船长的态度使得那船长十分吃惊。

“那么,你能不能把船租给我,只要四十八小时就够了,我给船租,多少都行,请你一定要帮我,这是你应该做的呀,亚哈船长。”

“上帝啊,上面有他的儿子,我们应该去帮助他。”

斯塔布叫着说。

“但是没用了,他昨晚已经沉入海底了,我们听到的叫声就是他们的魂灵发出来的,肯定是这样。”

那个长岛的老水手说。

可是,无论那船长如何恳求亚哈船长,亚哈船长始终不为之所动。

他冷冰冰的脸让人看了十分恐惧。

生命攸关,可亚哈船长的表现实在令人费解,何况对方又是他相识的朋友和同乡。

“除非你答应我,否则我是不会走的,请你站在我的立场好好想想。”

那船长对亚哈船长的冷酷无可奈何,只得拿出一副不达目的决不罢休的姿态。

亚哈船长就是不表态。

“快,伙计们,请快动手吧,你们的船长他不反对。”

那船长觉着亚哈船长会答应自己,于是对左右的船员说。

但是大家不了解亚哈船长的真实意见。

大伙都看着亚哈船长。

他们的眼神里分明含着在替那个老船长求情满是同情的意味。

但是亚哈船长的话让大家很惊诧。

“谁也不许动,我们不做这种事!

“我们还有更重要的事情要做,大家心里都明白,他已经耽误了我们很多时间,这对我们来说很不值得,现在我们必须走了。”

亚哈船长说得十分坚决。

那船长被亚哈船长的话震惊了,怔在那里,竟不知该说什么了。

他感觉到亚哈船长的陌生和铁石的心肠。

“斯达巴克,准备三分钟后起航,请把客人劝走。”

亚哈船长说完,径直走向船舱,把那痴呆呆的船长撇在甲板上。

那船长猛地回过神来,几乎要哭了。

他赶忙地转身,几步走到舷墙旁,连跨带滚地回了自己的小艇。

他的小艇飞快回转。

“裴廓德号”重新起航了。

除了亚哈船长之外,船上的人都觉着他们这事做得很不义气,也许亚哈船长自己也同样这般想,但是为了那至高的目的,一切也不顾了。

“拉吉号”在茫茫大海中渐行渐远,看样子,那个船长不找到儿子誓不罢休了。

后来才知道,“拉吉号”船长的另一个儿子也跟大船不知所踪了,那个儿子才十二岁。

“‘拉吉号’太可怜了!”

129. 疯子之间的对话

等船开动之后，亚哈船长准备从船长室里出来，到甲板上去。

他心里清楚，他现在必须随时随刻地待在甲板上，因为莫比·迪克就要来了。

但是比普却牢牢抓住亚哈船长的手，非要和他一起到甲板上去不行。

于是两个人开始了一番交谈。

“听着，比普，你现在可不能跟我在一起，否则你会被吓坏的。”

亚哈船长对比普很耐心。

“有你在，我什么都不害怕。”

比普对亚哈船长十分信任。

“哎，比普，我觉得你身上有一种东西能治我的病，虽然我对我的病已经习以为常了，可我还是相信，这就叫以毒攻毒。”

“我不懂，先生。”

“你不懂，比普。现在你只要待在舱里别动，他们会像侍候我一样地侍候你。”

“可我不是船长。”

“我不在这儿的时候，你就是船长，孩子。”

“那不可以，先生，我留在这的话，你就不是一个完整的人了，我要跟着你，做你的腿，这样我就有用了。”

比普很真诚。

“孩子啊，虽然你疯了，你是黑人，你可好了，这真让我感动，因为你让我知道人间还有真诚在。”

亚哈船长确实感动不已。

“是的，先生，虽然船上发生了很多让人寒心的事，就像斯塔布抛弃了可怜的比普，可是我绝对不会那样的，我会跟你在一起，永远陪着你。”

“我感激你，比普，但是你得放我走，否则的话我的计划就会彻底地完了。”

“那不可以，我的主人。”

比普说什么也不让亚哈船长离开。

“听着，既然我是你的主人，那你就得听我的，否则我会把你宰了，你知道的，我也是个疯子。”

亚哈船长也只有以毒攻毒了。

比普恐惧地看着亚哈船长。

“好了，握一握手，我得走了，你太善良了，上帝会保佑你的。”

亚哈离开了。

比普孤零零地站在那里，自言自语着。

“他走了，他不要我了，他叫我坐在他的椅子上，那好吧，我就坐在这儿等他回来吧。

“这可是有声望的人才能坐的地方，可现在却坐着一个黑小子，他想干什么就干什么。

“好了，让我们举办一场宴会吧，把酒瓶递过去，请开始吧，先生们。”

比普做着各种优雅的动作。

“哦，先生们，我想请问一件事，你们有没有见过一个叫比普的小黑人，他是从我们这船上跳到海里去的，谁要看到他请告诉我一声。

"听呢,那船长的牙腿正在我头上走来走去,可真让人讨厌,但我不怕,我真的一点也不怕。

"我觉着即使是比普在这儿,我也受得了。

"就是船触了礁,我也受得住,真那样的话我得留在这儿,让牡蛎来陪我。"

130. 帽子被劫

从裴廓德号"离开南塔开特到现在,差不多已经穿越了所能穿越的三个大洋。

要是再绕过南美的最南端,沿着南美洲的东岸向北的话,他们将回到他们——美丽的南塔开特,完成环游世界的伟大航程。

在这几乎称得上是环球的旅程中,他们把世界上所有的渔场也基本上巡游殆尽了。

现在只有这个赤道渔场还没有涉足了。

亚哈船长心里明白,他这次航行不可能没有结果。

那就是说:他和莫比·迪克决战的地点到了。

这也表示他们最后决战的时候也到了。

是他一步一步把莫比·迪克逼迫到这里来的。

如果败下来的是自己,那么这一切恰恰是咎由自取。

这即将或者说已经到达了边缘的战场,正是亚哈船长当年遭受重创的地方。

"裴廓德号"驶得越来越近。

亚哈船长的脑海里清晰地呈现出不堪回首的当年情景!

很久以来,那情景是他仇恨的根源。

而刚刚得到的关于莫比·迪克的消息,则加重了亚哈船长的迫切感。

他的眼睛使得人们越来越不敢凝视。

他的眼睛里所蕴蓄的火足以把任何人都点燃起来,并且直到烧为灰烬为止。

他的眼睛的光芒就像是夜空中的北极星一样,历经六个月,而光芒分毫不减。

相反,随着那个日期的临近,那火光更加炽热,那光也更加耀眼了。

这火光和星光一刻不停地照射着"裴廓德号"上的所有人。

它将任何人的反抗,疑虑和恐惧都镇压了。

或许,不应该说被镇压,而是被化解了,化解成了一股齐心协力的力量。

当然,当亚哈船长不在他们身边的时候,当他们的内心的自我意识抬头的时候,许多的东西还是发生了质的改变。

斯达巴克不再和以前那样,动不动就摆出大副的姿态,装模做样地骂人了。

很多时候他都在沉思。

斯塔布也不再整天嘻嘻哈哈地对任何人开玩笑了。

他时不时地表现出一种忧心忡忡的样子。

他们现在经常好久好久不说话,就如同是一个哑巴一样地执行着亚哈船长的命令。

他们好像觉着亚哈船长无时无刻不在审视着自己。

事实上,"裴廓德号"的水手们只是没有足够地勇气正视亚哈船长的眼睛。

如果他们在亚哈船长独自呆着的时候,仔细看他的眼睛,就会发现:

原来,船长冷峻的眼里同样满含恐惧。

对啊,亚哈船长也是人呀!

更不用说,他曾经是莫比·迪克的手下败将。

亚哈船长是这样,作为亚哈船长的影子的费达拉就更是这样了。

不知道是叫亚哈船长吓的,还是自己害怕的缘故,总之费达拉的眼睛里,总有一种叫人琢磨不透的神色。

再加上他和亚哈船长几乎形影不离,所以他的神色就更加令人敬畏。

他总是躲在亚哈船长身后,躲在亚哈船长身后的阴影里,叫人看不清他的脸孔。

所以人们对他更加困惑,不知道他到底是人还是鬼,到底能不能得罪他。

在人们的记忆中,费达拉从来没有睡过觉,他不是在观察这就是在观察那,充当着亚哈船长忠实不渝的瞭望者。

费达拉介于人和神之间。

现在,亚哈船长几乎不分昼夜地花费所有的时间在甲板上活动。

只要水手们一来到甲板,准能看见亚哈船长,他老是呆在三个地方:

一是站在他的镟孔里,丝毫不动;

二是在主桅和后桅间,走来走去;

三是在舱房的升降口,把那只好腿跨出甲板去。

谁也看不清他压得很低的帽檐下面的眼睛,不知道究竟是闭着的,还是一刻不眨地盯着大家。

他就这样夜以继日地站着,像是一个忠心耿耿的木偶一样,守望着他的敌人。

他的衣服被夜露打湿,又被太阳晒干。

如果他需要东西的话,自己从来不去,只会命令人去拿。

他遵守自己在打标枪的时候许给铁匠的承诺,不再刮胡子,也不再做祷告。

他的胡子黑且乱,像被风吹着的败树根一样,没有一点儿生气。

可是他还依旧吃饭,只不过由三餐变成了两餐,一早一晚,午饭已经省去了。

每次都是别人给他端上来在甲板上面吃。

与此同时,费达拉也变成了第二个亚哈船长了。

两个人共同守望着。

让人奇怪的是两个人从不交流。

只是偶尔,两人说一些以前的无关紧要的话,借以缓冲一下心情。

可两个人现在绝对不提莫比·迪克的事。

夜间,两个人几乎就是哑巴,经常是一声不吭,你看你的,我看我的。

星空下,亚哈船长站在舱口,费达拉站在主桅旁。

两道锐利的目光直直地望向海面,任何一个细节都被他们尽收眼底。

不用说是莫比·迪克,就是一条普通的鱼都逃脱不了他们的眼睛。

从某种程度上来说,亚哈船长和费达拉现在各自都成了对方的精神支柱,两人之间虽然没有言语的交流,可他们有一样的心情。

谁都从对方身上看到了自己。

谁都从对方身上得到了肯定。

但是,虽然如此,费达拉终究只是亚哈船长的一个奴隶,是一个理解这暴君并支持这暴君,愿为这暴君献出一切的忠诚的奴隶。

白天到来了。

“快,到桅顶去。”

亚哈船长开始喊叫起来。

从这时到天黑的时间里,每隔一个小时,亚哈船长都会大声问一声桅顶上的水手:

“你们有看到什么吗？把眼睛瞪大了，别放过那家伙！

“谁放过那家伙，我都不会让他好过。”

他又恶狠狠地补了一句。

从遇到“拉吉号”到现在，已经过去了三四天。

但是一无所获。

别说是白鲸，就是随便一条鲸也没有碰到。

因此，亚哈船长的心又开始嘀咕起来。

“会不会是斯塔布和弗拉斯克故意地遗漏了他要寻找的东西呢？这些胆小鬼！

“这么说来，只有我才会是最先发现那条鲸的人，别人都是靠不住的。

“那么，那金币将会是我的了。”

于是，亚哈船长给自己做了一个吊车。

那吊车像一个大篮子，上面拴着一条大绳，大绳从固定在主桅顶的一个滑轮上穿过，这样的话水手就可以把坐在篮子里的亚哈船长升到桅顶去。

亚哈船长坐在篮子里，很快被魁魁格、塔斯蒂哥和大个子等人升到了桅顶了。

他让斯达巴克把绳子拴牢。

这件事至关重要。

可亚哈船长恰恰把这事交给了总是跟自己作对的斯达巴克来做。

他知道斯达巴克甚至有过枪杀他的念头吗？

晴空万里，一碧如洗，周围海域尽收眼底。

亚哈船长十分亢奋。

就在亚哈船长刚刚上去不到十分钟的时间，一只红嘴海鹰朝这边飞来。

它在亚哈船长的头顶盘旋着尖叫着。

也许那海鹰对亚哈船长已经蓄谋已久了，只是没有找到合适的机会下手。

现在来了机会。

只见那凶猛的海鹰在空中没盘旋多长时间，便直向亚哈船长俯冲下来。

亚哈船长一直专注着周围的景象，没有在意海鹰。

海鹰直扑亚哈船长的头顶。

“小心！”

后桅顶的水手大声提醒亚哈船长。

可是已经晚了。

海鹰像钩子一样的嘴钩上他的帽子，只一下，便把帽子钩走了。

海鹰尖叫着飞走了。

亚哈船长看着海鹰衔着他的帽子越飞越远。

它一直向海天相接的那里飞去，越飞越远。

快要消失了，突然，那海鹰向下一栽，从高空跌入了海里。

131. 大触霉头

在各种不祥的预兆的笼罩下，“裴廓德号”仍然向前行驶。

现在他们正行驶在赤道线上，烈日当空。

又过去了好多天。

应该来的还没有来。

孤独,几乎让人承受不了这巨大的孤独。

可就在此刻,碰上了一条捕鲸船,算是多少缓和了一点紧张的气氛。

这条船名叫“欢喜号”,也是来自南塔开特,是同乡。

两条船离得很近了。

“裴廓德号”上的水手们从吊车上发现了他们处境不妙。

这吊车一般说来是吊备用的小艇的。

但现在,就在“欢喜号”上的吊车上,正吊着一只已经快散架的捕鲸小艇。

实际上,可以说,那并不是小艇,只是几片木材和船板。

就像是一匹马的骸骨。

“你们见着白鲸了吗?”

亚哈船长照例问这句。

“怎么会没有呢? 要不……”

那船长指着那条破艇,意思是说要不怎么会成这样。

“杀了它吗?”

亚哈船长依然是第二句。

“哼,杀那家伙的标枪还没做出来呢!”

那船长自我嘲笑的样子。

“谁说的?”

亚哈船长从丫杈上拿起自己的标枪,举起来让那船长看。

“你看吧,这就是能让白鲸丧命的东西,我早就给那家伙准备好了,只等它来受死。”

“就用这个?”

那船长一脸怀疑。

“对,就是它,你别小瞧它,这可是用鲜血和雷电洗礼过的呀!”

亚哈船长自豪地说。

“好吧,愿上帝保佑你,不过我要提醒你,你瞧。”

那船长指引亚哈船长向自己船上的甲板看。

亚哈船长看去。

几个水手正围着一个吊铺忙着。

“为了杀死那家伙我们已经死了五个人,都是最厉害的水手,我只见到了这一个,其余的连尸体都没看到,唉,这儿就是他们的坟啊,你还是不要自投罗网了。”

那船长说得相当地凄惨。

听到这儿,亚哈船长突然下达命令:

“转舵向风!”

他不再关心“欢喜号”了。

那船长轻蔑地冷笑着,回过头对自己的水手说:

“大伙都准备好了吗?”

水手们把吊铺弄到舷边的护栏上。

“准备好了。”

那船长向自己的水手走去,同时他的嘴里开始念叨着:

“天呢,但愿你们能够超度到另一个世界去,还能快活地享受来世……”

“裴廓德号”避开了不吉利的“欢喜号”,沿着自己既定的方向继续前进。

“哈哈,你们还忌讳我们的葬礼呢! 瞧瞧你们那棺材,谁知道你们不是去送死?”

“欢喜号”的船长在他们后面喊道。
人们听了他的笑声之后,全身不是滋味。
原来,他是看见亚哈船长他们绑在船后侧的,用做救生的棺材。
他不知道那是用来救生的。
“对啊,谁知道我们是不是去送死?”
“裴廓德号”上的许多人都有这样的想法。

132. 命运交响曲

台风掠过后的天空一碧如洗
无边无际地呈现着一种透明
犹如一个少妇的明丽的脸
但是脸上似乎有几分伤感
雪白的小水鸟从中飞过
欢快的翅膀扇起和煦的风
轻柔的水花在蔚蓝的海洋荡漾
无边无际地波动着
犹如熟睡着的男子的胸膛
随着呼吸起起伏伏
凶恶的鲨鱼、剑鱼和大鲸在下面巡游
他可是高枕无忧
这就是男人和女人
这就是忧伤和勇敢
阴和阳错综交合
于是海天相交
只有太阳清楚地看着这一切
虽然它不给人以丝毫的昭示
高高在上的它
看着蓝天碧海
犹如看着一对新人
看着新郎安静地躺着
心如潮水般涌动不止
等待着自己的新娘
看着新娘脱去嫁衣
纤细的小手止不住抖动
要为新郎献出自己的全部
亚哈船长不住闪动的眼睛
如同从燃烧着的火炉中
刚刚取出的两块通红的煤炭
炽热地看着天空和海洋
他看着新娘美丽无际的前额

看着怀抱着敌人的新郎
在他布满坎坷的额头上
清楚明白地写着他的坚定和强悍
多么可爱的天空啊
你永远是那么的年轻和浪漫
在我年幼的时候
你就是我的幻想
当我长成少年郎
你就是我的未来的新娘
可现在的我已经饱经沧桑
海底的恶魔也在召唤我
我即将去那海底龙宫做一个斗士
但是你啊还是我少年时的新娘
他静静地倚在船舷
看着自己倒映在海面上的影子
那影子似乎越来越沉重
要沉下海去,要沉进那不可丈量的深渊去
他无比地疑惑
这究竟是不是现在的自己呀
就在这时,迎面来了柔和的空气
甚至带着使人微醉的香气
就像是是晚妆的新娘姗姗而来
亲昵地搂住他僵硬的脖子
用甜蜜话语和柔和的气息
把他的坚强融化
他苦涩的眼睛里流出一滴泪水
直掉进微波荡漾的海里
但对于浩瀚的太平洋
这又算得了什么呢

斯达巴克看见亚哈船长一个人忧心忡忡地站在舷边,于是走过来。

斯达巴克知道亚哈船长此时心情一定很糟糕,于是非常地谨慎。

他和亚哈船长并排站在一起。

亚哈船长看到了斯达巴克。

“这是多么好的天气呀,斯达巴克,感觉一下这轻柔的风吧。”

亚哈船长满怀深情地说。

“我记得,我打中第一条鲸的时候就是在这样一个可爱的日子。”

亚哈船长沉浸在美好的回忆中。

“不过,那是四十年前的事了。那时,我是个十八岁标枪手。

“也就是那个时候,我的捕鲸生涯算是真正开始了,而且一干就是四十年,这四十年间,我计算过,在岸上待了顶多三年。

“斯达巴克,你知道在海上漂流四十年意味着什么吗?要同风暴战斗,要同大鲸战斗,要同疾病战斗,简直没有一刻安宁的日子,又繁重又危险,和在陆地上的生活比,简直就是非人的生活。

“在这四十年里，我吃的全是一些干腌的东西，就是新鲜的也等放得发霉了才吃，因此至今我的灵魂还和这些东西一样，干巴巴的没有活力。

“一直到五十岁，我结识了那个年轻的姑娘，和她结了婚，我才感觉到这世界上更为美好的东西。

“但是第二天，我就又出发到好望角去了，我和我那只过了一晚的妻子分别了，我的心里从那时候起感到了不是滋味儿。

“我那妻子简直就像是守活寡一样，而我也如痴，我在这漫漫无边的大海里拼命地厮杀，凶狠地向鲸们进攻，这样才能使我暂时忘记我的忧伤。

“虽然我亚哈有了钱，但是我的命运却改变不了，我的负担却卸不下。

“你想想啊，斯达巴克，像我这样整天地想着这么多的让我忧虑忧苦的事，我的腿怎么不会被白鲸弄去呢？

“斯达巴克，你看我是很老了吗？可我觉得从很早起我就这样了，我现在非常疲惫，就像是一只破船已经到了它生命的终点。

“让我看看你，斯达巴克，我看着你感到愉悦，我知道你是想家的，所以我从你的眼睛里也看到了我的妻儿，你在船上不要去冒险了，因为我现在已经清楚地看见了我自己的去处，那不是我远方的家。”

亚哈船长说得十分悲壮。

虽然斯达巴克被感动了，但他没有放弃自己的努力。

“我的船长呀，你既然也和我们想法一样，为什么我们不回家去呢？为什么非要让那条大鲸搞得我们妻离子散呢？要是我们现在改变航线，开往南塔开特的话，那将是一件多么愉快的事情呀！”

“是啊，我已经看到了我那孩子正在午睡，然后他醒了，他坐起身靠着床头，他的妈妈，也就是我那年轻温柔的妻子对他说，他的爸爸现在正在捕着大鲸，要不了多久就会回来，到时候我们就会享受天伦之乐了。”

“是啊，我的船长，我和您一样，看见了我年轻的妻子，她正站在家乡的山冈上望着我，还有我那可爱的孩子，正向我挥动着他可爱的小手。”

两个人沉浸在美好的幻想中。

就在两个人趴在船舷上望着水面时，水面上的一双眼睛吓住了亚哈船长。

那双眼睛来自费达拉，是那样地坚定和充满令人畏惧的力量。

亚哈船长猛地从梦幻般的憧憬中醒过来，竟打了一个寒战。

“我在说什么？斯达巴克，难道我要放弃这来之不易的复仇机会吗？

“就像是一把绷得很紧的琴弦，现在要把它扔掉，那样那些琴弦是一定会绷断的。

“难道我看到莫比·迪克，却不去理它，和它和平相处，让它看着我说：你这家伙又来了，可是这次你怎么不敢再挥舞起你的标枪冲上来呢？

“这种屈辱我受不了！”

亚哈船长一字一顿地说。

斯达巴克失望得脸都白了。

133. 仇人相见

亚哈船长的神经突然开始紧张了。

他心里清楚,莫比·迪克——他的老朋友和老仇人,正在前方不远的地方等着他。

这个夜里,亚哈船长怎么也无法入睡。

虽然他吩咐水手们严密监视海面,而他的水手也不敢怠慢,可他还是不安。

亚哈船长每过一会儿就从自己的舱里跨出来,走到自己的镟孔那去,向海上瞭望一番。

"那家伙的影子怎么还没有?"

每一次,亚哈船长都会这样喃喃地说。

他开始急不可耐了。

可以想象,如果这次航行找不到白鲸的话,那么我们的亚哈船长,他会崩溃的!

这次,亚哈船长如同往常一样,从舱口里出来,直奔向舷边。

亚哈船长一边走过这几步,一边和狗一样地吸着自己的鼻子。

他这是在分辨海上飘来的气味。

突然,亚哈船长像受了什么刺激似的,头向前使劲一探。

活像是一条狗被一条绳索猛地向前拽了一下一样。

亚哈船长把头伸出舷外,鼻子吸溜个不停。

在海风中他分辨出这是活抹香鲸发出的气味儿,他开始高兴起来。

他贪婪地吸着,他的精神一下就被这气味刺激得为之一振。

这气味儿非常浓郁和强烈,决不是一般的抹香鲸能发出来的。

"或许,这就是莫比·迪克"。亚哈船长想。

就在亚哈船长闻到气味儿的时候,船上的水手们也都闻到了,有人跑来向亚哈船长报告。

"把帆收缩了,调整航向,把罗盘和风信都仔细检查一遍。"亚哈船长下达了命令。

此时的亚哈船长,就如同一只领着警察执行任务的警犬一样。

水手们准确地执行了亚哈船长的命令。

破晓时分的海面已经蒙蒙可见了。

就在这个时候亚哈船长的推测得到了证实,只见正前方的海面上出现一条笔直的、长长的水线。

那条水线像油一般地滑亮,周围还泛着涟漪。很明显,那是大鲸刚刚经过的景象。

"全体集合。

"到桅顶去,查探一下。"

亚哈船长不停地下着命令。

大个子拿着三根木柄槌,把船头楼捶得当当直响,这如同是打雷的声音把所有的水手都吓醒了。

大家一窝蜂地跑了出来,有的懵懵懂懂,有的手里还拿着衣服。

"准备战斗!"

大个子代替亚哈船长发出命令。

"你们看到了什么?"

亚哈船长抬头看着桅顶。

“什么也没有看到,船长。”

“怎么可能呢?”

亚哈船长不满地嘀咕着。

“快,上副帆,把前后左右的都扯上去。”

所有的帆都被扯上去了。

亚哈船长也来到了主桅下。

人们开始把亚哈船长升向主桅顶去。

在升到三分之二的位置的时候,亚哈船长就迫不及待地透过主上桅和主中桅间的缝隙,向前方海面上看去。

这一看不要紧,亚哈船长激动地差点掉下来。

因为,他——看——到——了——他——的——仇——敌!

“我看到它了,我看到它了,它正在前面喷水呀!感谢上帝,我亚哈又来了!我们又相见了!莫比·迪克!”

就在亚哈船长叫起来的一刻,前桅和后桅上的另外两个瞭望者也同时看到了莫比·迪克。

大家都喊叫起来。

甲板上的所有人都被他们三个的叫喊声给震惊了,大家的心里一阵激动,纷纷向舷边跑去,争着去看他们长久以来一直追击着的,闻名于捕鲸界的,让同行们都为之丧胆的那只著名的白鲸。

这时候亚哈船长已经上到了最上头,比前后桅的瞭望者要高出好几英尺。

塔斯蒂哥就在他的下面,也在激动地望着,他的脑袋正好到亚哈船长脚跟的位置。

亚哈船长现在能够清楚地看到那只白鲸了,它就在他的前方几英里远的地方,悠闲地游动着,留下一路翻腾的白色浪花。

它雪白的背峰在海浪里时隐时现,耀眼地闪着,不时从鼻孔中喷出水柱。

亚哈船长全神贯注地望着莫比·迪克,就如同是在欣赏一个旷世奇物一般。

“你这臭东西,你让我找得好苦,可是我终于找到你了,现在让我好好地看看你还好好活着的样子吧,过不了多久,你将成为我标枪下之鬼。”

“你们怎么没看到这么个令人激动的庞然大物呢?”

亚哈船长半是得意半是责怪地问着前后桅上的另外两个水手。

“我和船长您一起喊的啊,先生。”塔斯蒂哥说。

“胡扯,怎么可能一起呢?明明是我叫起来之后你们才看到的,是我使你们看到的,嗨,不管怎么样,那金币是我的了,上帝把它留给了我,当然也只有我才有可能找到莫比·迪克这家伙。”

亚哈船长说得十分得意。

“看,它又在喷水了,它又在喷水了!”

亚哈船长就像是在赞叹一个英雄一样说着莫比·迪克,声音铿锵有力且富有节奏感,就如同是在吟诵对一个英雄的赞美诗。

“不好,它要钻到海里了,快把副帆扯起来,把小艇准备好。斯达巴克,你留在船上看守,注意顺风行驶,千万不要慌。

“把我放下来,快一点儿,再快些,那家伙又在喷水,这次是黑水。”

就在亚哈船长叫个不停的时候,他已经滑到甲板上来了。

“那家伙跑下风去了,马上就会跑远了。”斯塔布上来报告。

“快准备小艇,见鬼,快点儿!”

亚哈船长气急败坏地喊着。

因此除了斯达巴克的小艇，剩下的全都被放下了水，亚哈船长在最前面，直向下风驶去。

所有的船桨一下子都开始行动起来，在海面上留下了阵阵的浪花。

费达拉在亚哈船长的船上，灰白的脸像死人一样，眼睛凹陷着，嘴唇紧紧地咬在一起。

对他来说，也许他已经意识到了末日的到来，他的法术起作用了吗？

亚哈船长带领着三只小艇，静静地掠过海面，向着莫比·迪克疾驰而去。

所有的水手都知道这事对亚哈船长的重要性，也都明白对“裴廓德号”意味着什么。

因此任何一个人都用尽全力，他们飞快地打桨，不敢有一丝懈怠。

渐渐地，他们划近了莫比·迪克，开始降下船速，在后面悄悄地跟着它。

此刻，风平浪静，洋面像面镜子似的光洁和闪亮，又像是一片午后的草原。

莫比·迪克就在这草原之中悠闲地玩耍着，似乎有些孤独寂寞。

游来游去的它不知道是对敌人不在乎还是根本没有发现敌人的靠近。

可以看到它的头突向前方，很大，有着无数的褶皱，乳白色的额头闪闪发光。

在它额头前的水面上映着白色的影子，不时地被阵阵涟漪打扰。

在它的后面，蓝色的海水不停地流动着，流进它那滚动着溪谷般的裂尾里，水花在它的周围涌动。

更加引人注目的是，在莫比·迪克的背上竟然插着一支标枪。

那标枪像是一支旗杆一样在它雪白的背脊上傲然挺立，引得海鸟纷纷驻足。

这肯定是先前的捕鲸人插上去的，也许就是我们先前遇到的“拉吉号”。

莫比·迪克就这样悠悠然地穿行在热带海洋之中，浪花和波涛是它忠诚的信徒。

虽然有时会有很多不识相的捕鲸船来打扰它，但都被它不耐烦地给打发走了，送到了他们最早来到世上的地方去了，只有害怕它的伟岸和强大的人，才有可能保全了他们自己的生命。

但现在看来，这恬静是它的陷阱吗？

所有这一切诱人的景象都让人叹为观止，这种强大和平和是我们在其他鲸的身上看不到的，我们不禁忘却这就是我们此行的最后的目标。

这就是我们的亚哈船长瞪着血红的眼睛寻找的，是他的敌人，所以也是我们的敌人的大鲸？

莫比·迪克潜入了海底，我们放下桨，松了小风帆，就这样漂在海面上，等莫比·迪克再出来。

海面暂时恢复了平静。

亚哈船长像一棵生了根的树，站在他的小艇上，眼睛紧盯着莫比·迪克潜下水的地方和附近的洋面。

时间在慢慢地过去，海面上迷雾蒙蒙。

过去了一个钟头了，莫比·迪克还没有露头。

这时候风浪大了。

“快看那些鸟呀！”

塔斯蒂哥喊道。

亚哈船长顺着塔斯蒂哥指的方向望去。

只见一群排成一长队的白色海鸟，径直向自己的小艇飞来，直飞到离小艇几米远的地方，然后它们不走了就原地盘旋起来。

“奇怪，这些海鸟到小艇这里来干什么？他们应该是跟着大鲸转的呀。”

亚哈船长想。

就在他不知所措的时候,海鸟们愉快的充满希望的叫声提醒了他。

"天啊!这东西真该死!"

亚哈船长突然意识到,那家伙就要从自己的小艇下面钻出来了。

他俯下头,瞪大眼睛仔细地望向海底。

果不其然,一个小白鼠一样大小的小白点,正迅速地向上冒着。

那白点儿越来越大,眨眼的工夫,亚哈船长已经能清清楚楚地看见它在水下早就张开的巨口和巨口里两排弯曲闪亮的牙齿了。

莫比·迪克正从罪恶的深渊里向上冲来。

对无数想捕猎莫比·迪克的人来说,它那大嘴简直就是地狱的大门。

亚哈船长本能地用自己的舵桨一划,使小艇转了个弯,这样小艇就稍微避开了那家伙一些。

与此同时,亚哈船长和费达拉换了位置,向船头跑去,手里紧紧地抓着自己的那根标枪。

由于亚哈船长让船调转了方向,这样一来,船头正好对着那只眼看就要冒出来的鲸头。

但是,莫比·迪克看穿了亚哈船长的阴谋,它聪明地在海底打了一个弯,使大嘴直对着亚哈船长的艇头,身体往上一纵就冲出了洋面。

一时间,小艇和小艇上所有的人都震颤不已。

莫比·迪克仰面躺在水面上,小艇的艇头儿被大嘴咬住了,它的下颚向上高高扬起,一对牙齿还紧紧地咬着一只亚哈他们船上的桨架。

莫比·迪克用它那青色的白珍珠似的嘴巴咬着小艇的艇头儿,就如同一只凶恶的老猫在逗弄一只见了它怕得要跑的老鼠。

而亚哈船长的脑袋,此刻离那莫比·迪克的脑袋只有六英寸远。

费达拉目不转睛地看着那大嘴,已经被吓呆了。

开始发慌的水手们开始推搡着向小艇后面跑去。

别的小艇目瞪口呆地看着在一瞬间发生的这一幕,根本就来不及思考如何来杀死莫比·迪克,只是愣愣地看着这一切。包括在莫比·迪克的嘴边的亚哈船长。

亚哈船长这时候又气又急,他眼看着自己日夜怀恨的仇人就在眼前,但是自己却无法杀死它。

因为现在不但没法用枪扎,而就连自己的艇头,也在它的嘴里。

亚哈船长徒手抓住莫比·迪克长长的牙齿,疯了一般地想把它掰弯,好让小艇逃出去。

但是这对莫比·迪克来讲,无疑是无用的。

只见莫比·迪克的下颚向下一滑,就听嘎吧嘎吧的一阵裂响,那像一只巨剪一样的嘴巴一下就把小艇咬成了两半。

就在小艇将断未断的时候,亚哈船长仍然在做最后一次的挣扎——把小艇从莫比·迪克的嘴里推出来。

他向上腾空,推着小艇,想借力从那家伙的嘴中把小艇推出来。

但是这下子更加糟糕,小艇加速向鲸嘴中滑去,接着一震,亚哈船长被震落到莫比·迪克的嘴里去了。

在他再想推的时候,反被莫比·迪克吐了出来。

亚哈船长仰面倒在海面上。

再看别的水手,有的还在破艇艄上,有的则落在海面上,扑腾着。

莫比·迪克嘴一闭,游走了。

破船的碎片开始往下沉。

莫比·迪克晃晃悠悠地离开了它的打击物,在不远的地方漂浮。

它不停地转动着身体,在海面上搅起浪花,向天空高高地喷水。

过了一会儿,它就开始游回撞沉小艇的地方,在那些狼狈不堪的水手旁急速地游来游去,让水手们发出一阵阵惊慌无助的声音。

它的大尾巴恶狠狠地搅弄着海面。

海水剧烈地涌动着。

这下,本来就很麻烦的水手们又遇到了很多灾祸,恐惧和着急使本来很勇敢的水手们显得那么的苍白和渺小,全然没了英雄的气势。

亚哈船长在海里挣扎着,被莫比·迪克搅起来的浪涛包围着,几乎快被闷死了。

在小艇残存的末艄上的费达拉,目光冷漠而沉静地看着亚哈船长在水中挣扎。

别的水手自己连自己都救不过来,更别说去救亚哈船长了。

没有人在这种情况下还想着要杀死白鲸。

虽然他们曾经信誓旦旦,要和亚哈船长一起杀死白鲸,可是现在,它就在自己身边不远处的海面上游着,却没有一个人敢靠近它。

他们祈求上帝不要让白鲸伤害他们。

莫比·迪克依然围着落水的亚哈船长打转,速度越来越快,且越来越近。

所有人都看到了,只见大船迅速地向这边驶来,现在离亚哈船长已经很近了。

他们听见了亚哈船长的喊声。

“快开过来,把那家伙赶走!”

亚哈船长喊着。

莫比·迪克似乎也听到了他的求救声,它加紧搅动,一阵浪头把亚哈船长打进了海里。

没想到等船长下次冒出来的时候,竟在浪尖上。

“快,快把它隔开!”

大船冲破了莫比·迪克的包围圈,把亚哈船长和白鲸隔开。

莫比·迪克失望地游走了。

小艇飞快划上前去,去救亚哈船长。

亚哈船长被拖进了斯塔布的小艇里。

他两眼充满血渍,气急败坏,额头也满是白沫,从他的样子可以知道,他已经没有了一丝的体力。

亚哈船长像是被乱马踩过一般仰面朝天地躺在斯塔布的艇上。

他哭了,不知道是因为劫难还是气愤。

但是伟大的人之所以伟大,很重要的一个原因是他们能够迅速摆脱困境或者把困境当成一种动力,是因为他们能够很快地恢复自己的原本就很强大的精神。

对于人来说,这是多么难得的品质,它能让你战胜懦弱的灵魂,让你为了实现自己的目标而不顾一切地往前冲,直到你胜利的那一刻。

亚哈船长就是这样的一个人。

当他从困境中走出来的时候,他首先问道:

“标枪,我的标枪没问题吧?”

“它还没有用过呢,船长。”

斯塔布立刻把武器拿来让他检查。

“好,把它放在我面前。还有,再查看一下,看看有没有损失人手?”

“没有,先生,总共五个人,全在这呢。”

“那就好,快点把我扶起来。”

众人扶亚哈船长站起来,亚哈船长望向远处。

“那家伙还在向下风游呢，你们看，它多得意，看那喷水有多高啊？”亚哈船长大叫起来。

“放开我，拉帆，接着追击那家伙，快！”亚哈第二次下达了追缉令。

于是，剩下的两条小艇又拼命地向莫比·迪克划去。

但是莫比·迪克此时却有如神助，游行的速度非常快，亚哈船长他们根本就追不上。

没办法，他们的两条小艇和一艘两截的艇以及他们的水手又都攀上了“裴廓德号”，“裴廓德号”马力全开，向着大鲸游去的方向猛追。

亚哈船长在甲板上来来回回地走，手里拿着罗盘表，不停地向桅顶问着：

“有人得了那块金币吗？”

始终同一种回答：

“没有，先生。”

这时候，亚哈船长就会烦躁地让人把他升到主桅顶儿去，瞭望一番。

每一次下来的时候都是十分失望。

就这样，爬上爬下，一天过去了。

黄昏十分，亚哈船长站在已经被白鲸弄成两截的小艇前，神情一片忧郁。

斯塔布想表现一下自己坚毅的精神，就走上前去，和亚哈船长一起注视着那条小艇。

斯塔布开起了玩笑。

他用一种嘲笑的口吻说着眼前的破了的小艇。

可这样非但没让亚哈船长开心一些，反倒是让亚哈船长生气了。

“我说斯塔布，请你不要再嘲笑我的小艇了，只有没良心的家伙才会那么做。

“你如果想展示你的勇敢而不想让我觉得你是个胆小鬼的话，那么明天见吧！”

“这可是不吉利啊，船长。”

斯塔布分辩道。

“预兆？预兆是什么东西？如果上帝有什么要对我说的话，早就光明正大地跟我讲了，决不会是像你和斯达巴克这样阴阳怪气的语气，你们还是滚开吧。

“你们统统见鬼去吧，我自己也要一定把他捉住。”

“船长，天黑了，看不到那家伙的喷水了。”

桅上的水手报告说。

“白鬼哪里去了？”

“去下风了，船长。”

“我们跟住它，它也没有力气了，我们休息一下。千万不要超过了它。”

亚哈船长布置得很仔细。

之后，亚哈船长走向自己的舱口，临走前还没忘了回头说一句：

“可别忘了，我们谁先发现它，那金币就属于他，要是我再发现它，那么我会出十倍的钱分给你们。”

但是亚哈船长并没有睡觉，他在舱里站了一夜。

屈辱和焦虑充满了他的眼睛。

134. 再战白魔

我们是在昨天的黎明发现莫比·迪克的，到现在为止又一个黎明到来了。

这个黎明和昨天的黎明没有任何区别，唯一不同的是我们现在丢失了莫比·迪克。

可所有人都明白，我们和莫比·迪克一定会再见。

不然的话，这故事将无法收场。

而这故事无论它是喜剧，还是悲剧，都应该有属于它的结局。

这个夜晚，除了亚哈船长和值班的人之外，所有人累得呼呼大睡了。

黎明的熹微之中，亚哈船长从舱里探出头来，望了望苍茫的大海。

“有人得到那只金币吗？”他向桅上叫道。

事实上，他这句话纯粹是多余的，如果他们发现了那家伙，船上肯定早就乱成一团了，也肯定早就把他叫起来了，根本不用他问。

“什么都没看到，先生。”

“这么说那鬼东西游得很快，超出我的想象。”亚哈船长喃喃自语。

但紧接着他又大叫起来：

“把大家都叫起来吧，他们痛痛快快睡了一夜，一定养足精神了，现在我们该加速了，我想我们很快就能追上那家伙了。”

于是，全船在一会儿的工夫里再度沸腾起来了。

在捕鲸这一行里，如同现在这样日日夜夜地去捕捉一只大鲸，倒是稀松平常的事情。

但前提条件是这条鲸一定是非常重要的，显然，莫比·迪克有这个资格。

初出茅庐的捕鲸人是绝对无法不分昼夜地追捕的，那得需要足够的胆识和水平。而恰恰因为这点，给了南塔开特人展示自己捕鲸天才的绝好机会。

说起来南塔开特人，确实是让人敬佩不已，他们的头脑简直就是专为捕鲸所设计的。头一天刚入夜的时候，他们只需对他们所追捕的那条鲸做一个简单的观察，就可以十拿九稳地说：

“好了，我们去睡吧，明天我们在什么什么地方等它，那时再接着干吧。”

在第二天，天一放亮，他们便可以毫不费力地在自己船的周围找到他们的目标。

这简直就是奇迹，别说外行人，就是除了南塔开特人外的内行人，也往往不禁赞叹。

南塔开特人如同一个出色的领港人，全世界所有的海洋和所有的大鲸他们都熟悉。

他们只需在前一天天黑前看那大鲸一眼，就能知道那家伙游向了哪里，它的游速多少，中途停不停，明早一准会出现在哪儿。

此后，他们会根据自己的推测，收拾好自己的船，使船就像是被那只鲸牵引着一样，总不远不近地跟在它后面。

这神乎其神的技艺既是来自于天生的能力，也是来自他们的经验，来自于在大海和巨鲸之间，冒着生命危险摸索来的经验。

如今休息了一夜的“裴廓德号”就正在寻找昨天丢失了的猎物。

大船在海面上犁出一道深沟，向前猛冲，简直像发疯了似的，又像一个劲头十足的孩子在撒欢似的。

经过了昨天与莫比·迪克的初次交锋之后，尤其是亚哈船长和他的小艇的遇险，大家对白鲸原先所具有的恐惧和不安逐渐地减弱了。

亚哈船长用自己同莫比·迪克的实实在在的搏斗，鼓舞和影响了大家，给所有胆小懦弱的人以一种敬畏和豪情，他们被亚哈船长的气概深深地感染了。

因此所有的人开始心潮澎湃起来，如同重新发作的陈年老酒一样。

这一次，倒再也不用亚哈船长带领他们，几乎是逼着他们信誓旦旦了。

现在“裴廓德号”的共同精神就是一往无前，无私无惧，坚定不移，勇往直前。

就是在这精神鼓舞下，大船像被强劲的顺风裹挟着一样，飞一般向前。

“太好了，这太好了！”斯塔布大声地号叫着。

“这感觉从脚底一直升腾到我的心里，太棒了，我觉着我现在和这大船简直就是两个飞驰的巨人，谁也阻挡不了我们。”

“即使有人把我扔进海里，我的脊柱也能变成一只龙骨，引领我驶向那可恶的家伙。”

事实上，斯塔布说的不仅仅是他自己的感受，更是现在“裴廓德号”上的所有人的想法。

从这个角度看，三十个人已经变成了一个人，齐心协力，那就是力量加大了百倍的亚哈船长。

而这只船，不管构成它的东西有千种万种，现在也都凝固成了一个整体，一个牢不可摧的整体。

一切都成了亚哈船长。

几乎所有的人都在高处，观察着海面。

“它在那里！它在那里！它在喷水！它在喷水！”桅顶儿终于喊叫起来了。

“它在哪里？”

“正前方。”

“好嘞，你这家伙，你等着吧，亚哈要来喝你的血，拨你的皮，抽你的筋了！”斯塔布面目扭曲地说。

几分钟又过去了。

“喂，上面怎么不叫了，难道你们又把它弄丢了不成？”亚哈船长抬头问。

“它钻进海里了。”

“怎么可能呢？它是不会只喷一次水就钻到海底的，还是把我弄上去吧。”亚哈船长说。

等到亚哈船长到达桅顶的时候，莫比·迪克再一次跃出了水面。

三十个人齐声欢呼起来，这欢呼声简直把莫比·迪克吓坏了。

因为它听得太清楚了，它就在正前方不到一海里的地方，比船上的人想像得要近得多。

这一次莫比·迪克没有了悠闲和傲慢，它纵身跳跃起来，从海底用尽力向上跃。

它巨大的身体腾空而起，等落下来的时候，已经是在七海里之外的地方了。

就在它跳起来的时候，它喷出的水柱就像是一条闪烁的冰河，在阳光下熠熠生辉，叫人不敢正视。

“它在跳呀，它在跳呀！”水手们一阵嚷着。

“它那是在向我们挑衅。”亚哈船长沉静地说道。

“你跳吧，莫比·迪克，我的敌人，你这机灵的家伙。你必然早已知晓，你自己的死期已经到了。

“我们已拿好标枪了，所以你跳吧，这将是你最后的自由了，你发泄吧，你一定早就明白这是你最后的时光了。

“好了，伙计们，准备好了，我们要开战了。”亚哈船长发出了号召。

水手们这时早已经激动不已，谁也不再理会那些麻烦的索梯了。

他们从桅索上迅速而下。

亚哈船长虽然不是这样下来的，但他下在了最前面。

“放小艇，出发！”亚哈船长一声令下，跃进自己昨天午后才装备起来的备用小艇。

“斯达巴克，看守好船，跟住我们，不要跟丢了。”亚哈船长嘱咐自己的大副。

莫比·迪克看着亚哈船长他们逼了上来，一转声，冲着他们游了过去。

很明显它是想先发制人，再给亚哈船长他们一次教训。

“先打额头，那是它的要害，还可以避免它的斜击。”亚哈船长指挥着。

但是，还没等到谁靠近，莫比·迪克已经翻腾起来了，它张大嘴，摆动着巨尾，狂冲过来，充满杀气，看那样子，简直想把三只小艇一下吞到肚里去。

这一次水手们没有昨天那样的紧张了，标枪手们纷纷投出自己手中的标枪。

好几支标枪刺中了莫比·迪克。

但是莫比·迪克对标枪丝毫没有在意，庞若无人的向前冲过来。

好在水手们冷静多了，稳稳地操纵着自己的小艇，巧妙地避开了莫比·迪克的进攻。

亚哈船长不停地叫嚷着，指挥着大家，海面上只能听到他的声音在回旋。

莫比·迪克一次又一次地进攻，掉头，又进攻，再掉头，可是阴谋始终无法得逞。

但是它把那三根拴住了它的绳子弄得乱七八糟，把小艇差不多拽到它的身边去了。

海面上乱成一团，所有的绳索都搅在了一起，枪钩和枪尖儿漂在海面上，所有对大鲸的危险也都成了大家共同的危险。

每一个小艇都面临着接连不断的危险。

亚哈船长刚刚避开了自己小艇的危险，斯塔布和弗拉斯克的小艇就被莫比·迪克拽到它尾巴那边去了，就像两只大玉米棒子一样在海面上互相撞击。

此后，莫比·迪克就潜到海底去了，留下两只小艇不停地在浪尖上打转。

一时间，斯塔布和弗拉斯克的两只小艇上都乱成一团，各自为战。

亚哈船长的索绳早就断了，这时候便在水面上四处漂荡，遇到谁就救谁。

当只剩下亚哈船长的一只船完好无损的时候，莫比·迪克又从海底钻了出来。用它宽阔的前额猛地向上一顶，将亚哈船长的小艇撞向了空中。

小艇在空中翻了几翻之后，船舷向下地掉下来，最后反扣在了海面上。

亚哈船长和水手们像海豹出洞一样，从艇底下钻了出来。

包括亚哈船长在内，每个人都惊慌不已。

他们的小艇又落了个全军覆灭的下场。

莫比·迪克看着这一切，似乎颇为自得，它悠然地停留了一会儿，没有再为难落水的人们，而是拖着一长串绳索，不紧不慢地向下风游走了。

这时候，和昨天的情况一样，斯达巴克负责看守的船又开过来营救他们了。

大船放下一只小艇，把落在水面上的水手和索桶标枪等东西全部捡起，把满满一小艇的人和东西运回了大船。

消停了半天的大船热闹起来。

这下，大船的甲板上满是受伤的水手和一大堆乱七八糟的捕鲸具。

幸亏没有人受重伤，所以这算是与白鲸作战中已经相当不错的情况了。

亚哈船长虽然依旧愁容满面，但却不像昨天那样疲惫不堪了。只是，他的牙腿断的只剩下短短的一小截儿。

斯达巴克第一个过去扶着亚哈船长，亚哈船长让自己靠在斯达巴克的身上。

“这太舒服了，让我多靠一会吧，不用管靠着谁了。”亚哈船长说。

“您的腿怎么办？船长，要知道，那箍已经不能用了。”木匠过来说。

“应该没有伤到骨头吧？”斯塔布关切地问。

“哼，你不是都看到了？全都碎了，不过你们放心，我会让大家知道我是个什么样的好汉！”

说罢，亚哈船长抬头望着桅顶问：“那家伙现在到哪儿了？”

“它停在下风了，先生。”

“好，现在把所有备用艇都放到水里去，斯达巴克先生，请把上艇的水手都集合起来。”

“让我先扶您到舷墙那边去吧。”斯达巴克想打断亚哈船长的思维。

“不用管我，我让你管理水手，没让你来侍候我，你这胆小鬼，我怎么会找你来当大副。”

“船长？”

"不要废话,集中水手。"

亚哈船长看着水手们站成一排。

突然间,亚哈船长心头一惊:

"什么?费达拉去哪儿了?"

他又看了一遍,还没看见他。

"上帝保佑,他怎么会不见了呢?"

亚哈船长急忙把大家召拢来,询问费达拉的下落,但是没有人知道。

"快去找,把船上所有的角落都查查,不会不见的。"亚哈船长有点儿急了。

但是大家找遍了全船,还是没找见。

"他是让你的绳索绊住后,给拖到海里了。"斯塔布说。

"不可能!"

"千真万确,船长,我敢向天发誓,我亲眼看见的。"斯塔布诚恳地说。

"怎么可能是我的绳子害了你呢?"

"这不幸的人呀,你还没有看到我们抓住那个白鲸然后杀掉它呢!你就这样走了,真遗憾,你永远也看不到了。"

就在亚哈船长哀痛费达拉的离去的时候,斯达巴克大声地喊叫了起来:

"死心吧,你这个固执的老头,你看看,你想想,你根本不可能捉不住那白鲸。

"那是一个恶魔,但是我们却没有法力,你看看,已经毁了两只小艇,失了一个人,你的腿也没了,要是再这样,我们肯定会全军覆灭,那家伙不把我们拖到坟墓里去是绝不肯罢休的!"

"闭嘴!斯达巴克,不要危言耸听,捉住莫比·迪克是天经地义的事,是上帝早就交给我们做的,我是按照神的指示来办理此事的。

"你作为我的下属,只有听从命令的份,除此之外,不必多言。"

亚哈船长像剑一样的目光,让斯达巴克恐惧地不敢乱发一句话。

"大家都到我这里来。"亚哈船长吩咐大家。

众人聚在亚哈船长身边。

"那白鬼就在前面不远处,它和我们一样也已经筋疲力尽了,谁坚持到最后谁就会胜利。

"那家伙现在正在喘气,它明天还会再浮上来,不过那将是它最后一口气,最后一次喷水了,我亚哈一定要看着那家伙是怎么死的,我有勇气,你们呢?"

"我们与您一样都是无所畏惧的火神!"

斯塔布带头嚷起来,众人随之附和。

这情景让亚哈船长十分激动。

大伙散开了,天色渐晚。

莫比·迪克依旧在下风的地方。

一切都和昨天晚上那样的类似。

木匠在为亚哈船长赶做牙腿。

亚哈船长在自己的小窗口站着。

"只是费达拉走了。"他想。

"难道不好的预兆真的要应验吗?

"要真是那样的话,我还能见到费达拉,在我去见上帝以前,那时候,什么事就都清楚了。"

亚哈船长向着东方闭起眼睛,热切盼望着明天的到来。

135. 同归于尽

在几乎所有人的瞭望之中第三天的清晨到来了。

就像前几天他们遇到“拉吉号”时看到的状况一样，现在他们的大船也像是一大株上面爬满了猴子的大樱桃树一样，在风中摇摆。

“有看到莫比·迪克吗？”亚哈船长还是以这句话作为他今天的开场白。

“没有，船长，不过今天它跑不了。”水手信心满满地回答。

“对，跟着它，它跑不掉了，它还欠着我们的债呢。”

亚哈船长有一个十分好的心情，说话也气不喘。

“这么好的天气，仿佛这个世界也是新的，这样的新奇让我们思绪万千。

“可惜的是，我从来就没有充足的时间去思考这些，我只是凭着自己的感觉行事，虽然这对我来说已经足够了，可是这是很大胆的呀！

“除了上帝没有人有这样的权力。

“本来我可以安静地想很多，可是我的心和我的头脑始终剧烈地跳个不停，根本静不下来，而有时一旦静下来，又像是被冻结了一样。

“这就是我的脑袋，不是狂跳就是凝结，它是那么地不正常，只有顶上的头发像是随处可见的杂草一样还在不停地生长着。

“它们生命力极强，无论在哪里都能生长出来，不管是在格陵兰的冰天雪地，还是在维苏威的熔岩里。

“但是狂风在不断地折磨着它，就像它要折磨帆篷一样，要把它置之死地而后快。

“这恶毒的风呀，刮遍了世界上每一个肮脏和充斥死亡的角落，是它给这世界带来了邪毒，滚吧，滚到一个没人的洞穴里躲起来吧！

“可是这恶毒而又强大的家伙却让我们束手无策，我们看不见它，抓不住它，面对着它的肆虐感到无能为力，感到自己的渺小。

“可是我亚哈并不向它低头，我觉得我比它更高贵更勇猛，我能够站在这里迎站它，而它却不敢露出头来，和我斗一斗。

“但是我要感谢这威力无边的海风啊，特别是这热带风啊！

“它从我们出发起就这样猛烈和坚定地吹着，几乎送我们走完了环球的航程，我觉得我的灵魂现在正被它吹得不由自主地向前呀！”

太阳在不知不觉间就已经在中天了，亚哈船长抬起头：

“嘿，上边的人，看到白鲸了吗？”

“没有，船长。”

“这是怎么了，已经快中午了，难道没人想拥有那块金币吗？”亚哈船长纳闷地说。

突然，亚哈船长突然明白了：

“肯定是我们驶过头了，因为那家伙身上有我们的绳索和标枪呀，它游不了多快。

“这样说的话昨天夜里我们就超过它了，该死，我怎么没有想到呢，现在成了它追我们。”

亚哈船长有些懊恼，随即下令：

“快，马上掉头！”

于是大船调转了方向，开始逆风向后方行驶而去。

“他现在正吃力地顶着风，一步一步地把自己送到那白鲸的大嘴巴里去呢！”

斯达巴克嘟囔着。

“我现在骨头疼得厉害,很明显亚哈已经把上帝惹得愤怒了。”

亚哈船长来到主桅下嚷道:

“快,把我拉上去,让我亲自看看,我们马上就要和那白鬼见面了,第三次见面了。”

斯达巴克等人把亚哈船长升到了桅顶。

一个钟头都已经过去,太阳也不在中天了。

亚哈船长还没有看到莫比·迪克。

“怎么你害怕了么,你躲起来了吗?可是,据我观察,你的脾气和我一样,绝不可能不分出个结果就放弃。

“你我在这个世界上最后只会剩下一个,当然都有自己的想法。”

就这样想着,又过了没多久。

亚哈船长终于在上风舷三个方位的地方看到了喷水。

三只桅顶同时发出了三声大叫,像是三条火舌一般。

“这可是我们连着第三天见面了,这一回,可是面对面啊,我的仇人。”

亚哈船长对着远处的莫比·迪克说。

“快把我放下去,那家伙游得很快,不过也不用太心急,还要等一会儿才能放小艇呢!

“这高处真棒,可以好好地看看海景,不过从我还是个孩子的时候,这海就是这样子,一直没有改变过,只是今天看起来好像有些新鲜。

“好像下风处在下毛毛雨,那家伙正往那游呢,让我们在那儿一较高下吧。

“再见了,桅顶,在我还年轻的时候就有你,现在我们一起老去,可是身体还扛得住,愿上帝保佑你,别像费达拉那样。

“不知道我还能不能见到我的领港人,其实我也不知道他在哪里?

“难道说我也要去海底了?

“不管怎么样,我都要离开了,老桅顶,我们明天,不,还是晚上吧,晚上再聊吧,那时,我一定会把莫比·迪克逮住了,拖回来见你的呀!”

说着,亚哈船长到了地上。

除了亚哈船长的专属小艇在等着他之外,别的小艇都已经放下去了。

亚哈船长也踏上了自己的专属小艇,对斯达巴克挥了挥手,正要往下降。

斯达巴克却抓住一根绳索,不让他往下降。

“斯达巴克,你想干什么?”

“先生?”

“你想要说什么?”

“这是您第三次去见莫比·迪克呀!”

“不错,这是不容置疑的决定。”

“但是……”

“不用再说了,斯达巴克,我知道你想说什么,可你也要明白每个人都是不一样的,有的人死在退潮的海浪之中,有的人死在浅水滩里,有的人死在洪水中,但是我注定要死在巨浪之中,这就是我的宿命,早已注定好了的。行了,不要再说了,斯达巴克,握手道别吧,我的老伙计。”

两双手紧紧地握在一起,目光紧紧地汇聚在一起。

斯达巴克的眼睛里充满泪水。

“我的船长,看在斯达巴克这样痛苦地劝你的分儿上,你就别去了。”

亚哈船长望着斯达巴克生离死别的样子,头一扭,甩开了他的手。

“把小艇放下去，准备出发。”

亚哈船长第三次率领着队伍，踏上了与莫比·迪克生死相争的航程。

“他的心简直是铁打的。”斯达巴克眼睁睁地看着亚哈船长他们的小艇离开，喃喃地说。

“不要说是莫比·迪克，这回恐怕是一群鲨鱼就可以把你们都嚼碎了呀！

“今天已经是连续追击莫比·迪克的第三天了，第一天是从早晨开始的，第二天是从中午开始的，这第三天则是从傍晚开始的，这是多么不吉利的排列呀。

“或许事情就会在今天结束，不，我敢肯定事情会在今天结束，我现在非常清醒，我比任何时候都清楚地看到了未来的一切。

“我航程结束了，我的人生旅程估计也要结束了，我身心疲惫，不知道还有没有心跳。

“或许我再也见不到我的妻儿，在我死后你们将会怎样呢？

“在人生的尽头，一切的亲情都让人感到不舍，可越来越遥远了。”

就在斯达巴克诉说着自己最后的心声时，一只一直尾随他们盘旋的老鹰又落在了主桅顶的球冠上，并且开始用尖嘴不停地啄起风信旗来。

老鹰没用几下便将它啄烂了。

此后，那老鹰振翅高飞，将风信旗也给叼走了。

斯达巴克看着这一切的发生，不禁冷笑起来：

“亚哈船长，你看看这情景吧，这一切都向我们预示着，这黄昏就是我们的末日了！

“嗨，桅顶上的人，看到家乡小山岗上我可爱的孩子了吗？”

斯达巴克叫嚷得很动情。

就在亚哈船长刚刚驶离大船的时候，从下舱的舱口传来叫喊：

“快回来吧，亚哈船长，快回来吧，鲨鱼，鲨鱼来了！”

但是亚哈船长并没有听到这叫喊，因为他自己叫喊的声音太大，已经把那人的声音覆盖了。

但是鲨鱼真的成群结队地涌了上来，直直地迫近亚哈船长他们的小艇。

只一小会儿，那些鲨鱼就密密麻麻地把小艇围得个严严实实，好像是瞬间从深渊里升上来的一样。

那些鲨鱼像它们当初咬拖在大船旁的死鲸一样开始狠狠地咬起水手的桨叶来。

但是这桨叶又不是鲸肉，那这成群的鲨鱼为什么会对它感兴趣呢？

虽然他们经常会遇到鲨鱼，因为聪明的鲨鱼总是跟随着小艇前进，跟着他们去获得更好的食物，可是他们还是头一次看到像今天这样疯狂的情况。

在水手们疑惑不解的时候鲨鱼更加疯狂了。

它们每咬一口就往水下一钻，过一下又冒出来接着咬，很有一种不吃完誓不罢休的劲头。

它们紧紧地包围着小艇跟着小艇，一路咬过去，确实给小艇带来了很多麻烦。

但是让人惊奇的是，那些鲨鱼只对小艇的桨叶大咬出口，对小艇本身却没有丝毫加以破坏。

这个情景让水手们疑惑不解。

当亚哈船长他们的小艇还没有驶离太远的时候，大船桅顶上的人向他们打了个手势。

亚哈船长看到他的手臂向下指着，知道是说莫比·迪克潜入水下去了。

“等它冒出来的时候再看情况吧。”亚哈船长心想。

这时候的海浪更大了。

突然间，在小艇的周围慢慢地激起了许多大水圈儿来，接着有像是一块原来就沉在水里的巨大的坚冰向上迅速地冲上来。

隆隆一阵响声过后,莫比·迪克带着许多的绳索和标枪冲到半空中。

在空中跳跃了几下之后,沉重的身躯闷声闷气地"轰隆"一声跌进了大海。

海水在它冲起又跌落时剧烈地涨跌了三十英尺,小艇几乎就被掀起来了。

以莫比·迪克沉下的地点为中心,向四周扩散着一大片油腻的东西,像是新鲜的牛奶一样。

"快,冲上去!"

亚哈船长冲桨手们叫喊着,小艇们在他的命令下先后冲了上去,闪亮的标枪投向莫比·迪克。

莫比·迪克有些乱了阵脚,没有了往日的傲气,它前额上的筋腱纵横交错在一起,在透明的皮肤下被水手们看得清清楚楚。

莫比·迪克一边拼命地向前游着,一边用它的大尾巴在小艇之间一通乱甩。

小艇让它弄得不得不分散开来,并且除了亚哈船长的小艇没事之外,另两条小艇的艇头已经被莫比·迪克的尾巴碰碎了,刀枪都掉到了海里。

现在只有亚哈船长的小艇完好无损。

当大个子和魁魁格用尽全力,撑住那两条撞破了的小艇的时候,莫比·迪克正离开他们向远处游去。

只见莫比·迪克突然一转身,露出了整个侧腹。

这下可不得了,就听见一声叫喊,众人都无比惊恐地看着莫比·迪克的背。

亚哈船长也随着众人的目光一起望去。

他看了一眼后,不由地倒吸了一口冷气,他惊呆了。

费达拉的尸体被乱七八糟的绳索缠绕着,被牢牢地绑在莫比·迪克雪白的背上。

费达拉的身体已经破败不堪,黑衣服也早成了一条一条的布片,只是那眼睛却睁着,直勾勾地盯着亚哈船长看。

亚哈船长手里的标枪突然掉了下来。

"费达拉,虽然你已经走了,但是我终于又见到你了!

"不仅你,还有你的棺材,但是我们当初是说好了的呀,我的棺材又在哪里呢?或许我的和你的是一样的。"

费达拉的死刺激了亚哈船长。

"破了的艇赶快驶回大船去修,修好了再下来,我的小艇接着去追,船上的人谁也别想有其他什么心思,否则我就让他尝一下做给莫比·迪克的标枪的滋味。"

可是莫比·迪克却不想恋战,而是想离开了。

它缓缓地向着大船那里游去,离开了亚哈船长他们,那是它选择的退出战场的方向。

莫比·迪克一路直行而来,几乎是从大船旁边擦过。

斯达巴克看着莫比·迪克从大船旁游过。

转身再看,亚哈船长的小艇已经扯上了帆,全部的桨手都拼命般地划桨,沿着莫比·迪克开辟的道路,紧追过来,离大船已经很近了。

斯达巴克扯开喉咙向亚哈船长嚷道:

"收手吧,亚哈,现在回头还来得及,你没发现莫比·迪克对你并没有恨吗?现在只是你单方面的问题,你不要跟它没完没了啦!"

"不要废话,赶快把掉转船头,跟着我,注意保持距离。"亚哈船长对斯达巴克下令。

就在亚哈船长对斯达巴克下命令的时候,他看见塔斯蒂哥、魁魁格和大个子正努力往桅顶上爬。

刚上大船的桨手正忙着修补那两条破了的小艇。

斯塔布和弗拉斯克在甲板上的新枪堆里,正忙着挑枪。

“他们都没有背叛我。”亚哈船长心里有一种自豪感。

但是,亚哈船长也注意到主桅顶上的风信旗已经没有了。

亚哈船长大声地喊塔斯蒂哥,叫他把一面新的旗子钉到桅顶上去。

现在,莫比·迪克游进的速度已经开始慢了下来。

不知道它究竟是因为经历了三天的被追捕而感到疲倦了,还是又有什么花招。

它马上就要被亚哈船长的小艇追上了。

桨手们以比平时多出许多的力气来划着桨。

他们的桨现在已经变成参差不齐了,每划两三下才和平常划一下起到的作用一样。

这一切都要归功于鲨鱼,它们在小艇刚一下水就跟着他们,从始至终没有停止过对桨叶的狂咬,其锲而不舍的态度令桨手们惊诧不已。

但是,就是在吃鲸鱼的时候也没有这么大的力量啊。

“照这样咬下去,再过一会儿我们就不得不用一根棍儿来划了,亚哈船长。”桨手抱怨着。

“不用管它,只管使劲划,我们就要靠近莫比·迪克了。”亚哈船长边给自己的桨手打气边挪到船头去。

“这些鲨鱼呀,不知道是赶来享用莫比·迪克的,还是来享用我亚哈的。”

终于,一阵劈波斩浪之后,小艇突然向前一冲,几乎要和莫比·迪克并驾齐驱了。

他们已经钻进了莫比·迪克喷出的雾气之中,因为他们离莫比·迪克的大白身体简直是太近了,所以还受不到雾气的影响,莫比·迪克喷出的水帘都落在了他们的外侧。

小艇现在离莫比·迪克非常近,可是莫比,迪克却近乎于无动于衷,这就是它的一贯作风。

但是,这时候对莫比·迪克是最为危险的。

亚哈船长再次下了攻击的决心。

他就像是一个古代神话里的英雄手持自己的标枪站了起来。

他的身子向后一仰,双臂笔直地高举着,伴着他无比恶毒的咒骂一起,把手中闪着寒光的标枪对准莫比·迪克的眼睛扔了过去。

标枪和着亚哈船长的叫骂一块插进了莫比·迪克的眼窝,就仿佛掉进了一个深深的无可自拔的沼泽里。

莫比·迪克身子猛地一动,侧腹滚动了起来。

水手们操纵着小艇灵活地一闪,躲开了这致命的一击,可是却被弄了个底朝天。

所有的人都掉进了海里。

那三个桨手掉进海里前甚至还没有投出他们的标枪。

亚哈船长紧紧地抓住船舷不放,另两个桨手也迅速地抓住了船舷。

只有另外一个落在了船艄以后,在海浪中起起伏伏,不见了踪影。

就在他们落水的同时,莫比·迪克已经加快速度向前方游去,它箭也似的穿过汹涌的波涛。

“快,把放绳子放下来,把小艇靠上去,别让那家伙跑了。”亚哈船长着急地嚷着。

话刚刚说完,捕鲸索发出“啪”的一声在空中断裂了。

“他妈的!我的筋断了!”亚哈船长气得咒骂道。

“快划起小艇,冲上去!”

小艇像逃跑的大鲸猛冲过去。

莫比·迪克感到小艇直直地向它驶来,急忙转过身去,用自己的额头去迎击。

就在它回转身体的时候,它看到了那艘被亚哈船长下令紧紧跟着小艇的大船。

一下子它把所有的仇恨都集中到大船上,仿佛大船就是它的灾祸的罪魁祸首。

莫比·迪克毅然转身,向大船的船头发起攻势,用它疯狂的大嘴,对着船头乱咬乱嚼一通。

莫比·迪克畅快淋漓地发泄着自己的怒火,此时一切都是它的仇敌。

"那白鬼在咬我们的大船呀!"小艇上的一个桨手恐惧地大叫起了来。

他的颤抖的声音叫人听了感到可怖。

"我的眼出问题了吗?"亚哈船长有些神志恍惚地问,他已经用尽了所有气力。

"快呀,快划呀,快去阻止那发疯了的白鬼,赶快去救我们的大船,那是你们所有人的命呀!"亚哈船长歇斯底里地叫喊着。

小艇奋力向大船,向莫比·迪克冲去。

这个时候,海水涌到了刚刚被咬过而开裂的船头里面,而小艇则是在浪峰上面停滞不前。

桨手们拼命堵住裂口,同时向外舀着海水,一面小艇下沉。

就在亚哈船长他们奋力地拯救自己的小艇,并为大船的命运感到深深地担忧的时候,大船上的人还不了解自己受到了莫比·迪克的袭击。

塔斯蒂哥正在按照亚哈船长的命令,奋不顾身地爬向桅顶钉风信旗。

他手里拿着锤子,挂着旗子。

因为风的作用,那旗子被刮得呼呼作响几乎要把他裹起来了,一眼望去,他就像穿着一件格呢子大衣一样。

没用多久,塔斯蒂哥就爬到了主桅顶。

他把旗子从身上取下来,按在桅杆上,抡起锤子,一下一下地钉起来,看样子十分地费劲。

那旗子就像是塔斯蒂哥鲜红的心脏在空中跳动个不停,在迎风飞舞着。

斯达巴克和斯塔布这时都站在第一斜桅的下面,当莫比·迪克向大船张开大嘴的时候,他们看到了它。

一时间,大船上除了塔斯蒂哥之外的所有的人都涌到了船头,看着莫比·迪克疯狂地用嘴撕咬着大船,他们被它一往无前的气概震惊了。

大家惊慌失措,等待着死亡的到来。

塔斯蒂哥依然在吃力地钉着风信旗。

"莫比·迪克,你这家伙!你就是个浑蛋,你还是个疯子!你只管冲我来,与斯达巴克他们无关!你放开他们,让我俩来决一死战吧!来呀,你来呀!"

但是莫比·迪克不理会亚哈船长的叫嚷,依旧疯狂地一心一意地狂咬着大船。

"风啊,无所不能的风啊,快把我刮到那畜生那儿去吧,让我杀掉那白魔,解救无罪而懦弱的斯达巴克吧,别让他被这疯子弄死了!

"风啊你让斯达巴克平安地回家去吧,去见他的老婆和孩子吧。

"你怎么就听不到呢?还是听到了但却不肯帮我?要知道,我亚哈一生都是虔诚地对你呀!

"如果真要让斯达巴克死去的话,那么就让他像女人一样地死去吧,那样的话,他至少还能少受苦,少想一些不堪忍受的东西。

"快去帮助斯塔布,帮助他在这里牢牢地守着,别让他一个人在那里紧瞪着他可怜的双眼。

"斯塔布你现在可以躺回你那张天下最软的床铺上去了,你尽管去吧,我不会再阻拦你了,你只管躺在上面,闭上你的眼睛,静静地等待吧!"

所有的人在船长叫喊的时候停下了自己手中的活儿,只有塔斯蒂哥除外,他还在桅杆顶部。

大家拥在船头看着下面的莫比·迪克,看着它的嘴一张一合地毁灭自己的生命。

莫比·迪克晃动着自己的大头,坚持不懈地猛冲不舍。

它的面前喷发出来一大团一大团的泡沫。

同亚哈船长一样的报复心和雪耻心唆使着莫比·迪克一往无前。

现在大船的右舷又开始受到它的攻击。

巨大的白头在右舷下一次一次地出现,像一个非寻短见不可的绝望者。

大船上的水手们被弄得站都站不稳,有的甚至面向着甲板倒了下去。

海水从裂口进了舱底。

人们甚至能听见水流哗哗的声音,就像是山洪暴发一样。

大船吃水越来越深,也就意味着船体留在海面上的部分越来越少,很明显它已经支撑不了多久了。

亚哈船长指着大船叫了起来:

“那就是第二个棺材呀,我找了它很长时间,原来那就是我的大船呀!

“一点没错,它就是用美国木头制成的。”

莫比·迪克在对大船进行了毁灭性的打击之后,它也用尽了所有力气了。

它在水里一个翻身之后又蹿出水面,在距离亚哈船长他们几米远的地方停了下来。

莫比·迪克一声不响地躺在水面上。

它是在积攒着最后力量,以便对亚哈船长他们进行最后的攻击。

那将是“裴廓德号”的最后结局。

只有锤子的响声还在海面上回响。

塔斯蒂哥依旧在钉他的风信旗。

原本在高处的他,现在离海面越来越近了。

亚哈船长对着塔斯蒂哥大叫:

“我不再期望太阳,我只看着你,听着你的锤声!

“我为你感到自豪,塔斯蒂哥,你就是我们永不沉没的‘裴廓德号’,永远也不会腐朽的龙骨!

“但是我现在一无所有,即使是一个捕鲸船船长的名分!

“我看了一生的波涛呀,现在你们都过来吧,让我加入你们吧!”

莫比·迪克现在已经开始它最后的努力了。

濒临死亡的白鲸向着同样处在死亡边缘的亚哈船长他们冲过来。

“看啊,那白鬼现在转过头来了,它在瞪着我们,瞧它那额头上写满了愤怒!

“可我看得出来这是它最后的愤怒了!

“塔斯蒂哥,趁我们还没死,让我们再畅饮一杯吧!

“弗拉斯克,举起我们的红樱桃酒,让我们一饮而尽吧!”

亚哈船长用尽平生最后的力气将最后一只标枪掷向了莫比·迪克。

“你这强大的家伙,我不会忘记你的,即使到了地狱,我也不会放过你,我还会接着追击你,直到你做了我的枪下之鬼为止,呸!”

最后的标枪刺中了莫比·迪克。

莫比·迪克用最后的一点力气狂奔起来。

捕鲸索绞在了一起。

亚哈船长弯腰去解索绞。

但不巧被如飞的绳索勒住了他的脖子。

亚哈船长还没发出一句声音就被捕鲸索给拖了出去。

绳子放完的时候,索桶弹了出来,一下就把一个水手弄倒了,只见他往海里一沉,立刻消失了。

剩下的水手吓呆了,半天反应不过来。

海面上迷蒙一片。

"裴廓德号"已经看不见踪影。

莫比·迪克也静静地躺在不远的水面上,白光一片。

几个原本在高处的水手,现在正在以一种安详的神态,随着大船一起入海底。

一个巨大的旋涡形成了,莫比·迪克以及所有的漂浮物都聚集在仅剩的一只小艇里。

最后,即使一个细小的木片也被旋涡卷走了。

最后消失的是主桅杆的桅顶。

旋涡正中,一只黑红的臂膀从水下伸出,挥动着锤子,还在往那圆木上钉着风信旗。

红色的风信旗在水中翻腾着。

一群苍鹰赶来,在这周围盘旋。

它们不停地啄着这面旗子,好像在故意和已经没入了水下的塔斯蒂哥作对。

塔斯蒂哥仍然握着自己的锤子,还是在顽强地支撑着。

一只鹰用它的长嘴去啄那面旗帜,没想到旗子一卷,正好把它给卷了进去,于是它随着最后的这面旗帜一起,没进旋涡,和亚哈船长一起走了。

海面上一下子死一般沉寂。

海鸟围着此地盘旋,声音凄厉。

海滔滚滚而去,万古不变。

发生了一切,又像是一切都没有发生。

136. 尾声

"裴廓德号"终于彻底消失了。

同它的生命一起消亡的还有这个自始自终,一直令人震惊的故事。

但是你肯定会问,既然那个最后旋涡吞噬了所有这一切,那么这个故事是如何流传至今的呢?

我告诉你:

有这样一个人,仅仅有这样一个人,他幸免于难,那,就——是——我!

不然的话,我没法跟你们讲这个关于复仇的故事。

我的逃生经历是这样的:

自从费达拉失踪后,亚哈船长的小艇上就缺少了个桨手,因此我就接替了费达拉的岗位。

所有的人就在莫比·迪克靠滚动把小艇弄翻之后落了水,而我就是那个落在了艇艄后面,最终没能上船的那个水手。

我漂浮在水面上,目睹了这一惊心动魄的场景的完整的过程。

我在大船下沉的时候被强大的涡流吸了过去。

幸运地是,当我被吸到旋涡附近的时候,那旋涡已经越来越弱,越来越慢了。

我旋来旋去,被慢慢地吸到旋涡的那个致命的中心。

当我到那个旋涡想看最后一眼这个世界,然后就追随亚哈船长的时候,上帝没有接受我。

想必大家不会忘记魁魁格的那口棺材,后来被改成了救生圈,这东西也始终在旋涡里转着,但它并没有被吸进水下去太深。

因为这东西的浮力很大,再加上旋涡已经没了劲,因此那棺材终于挣脱了旋流,猛地冲上海面来。

那棺材冲得非常高,落下来时正好在离我很近的地方,又随着快要消失的涡流到了我的身边。

我被那个棺材救了一命。

我趴在那口棺材上,在海上漂来漂去,漂了整整一天一夜。

我从来就没有见过如此安静的海面。

鲨鱼们在我的四周游来游去,并没有来袭击我。

海鹰们始终在我的头顶盘旋,但却没有像以往那样,把我当作一只唾手可得的猎物。

他们被眼前的这一幕惊呆了。

如今所有的一切都属于死亡,都在为死亡吟唱着挽歌。

第二天,在“裴廓德号”沉没的那个时辰,一条船朝这边驶来,捞起了我。

那正是我们之前碰到过的“拉吉号”,船长仍在为寻找丢失的孩子们而四处奔波。

没有能找到孩子的他们却找到了我——另一个失去了依靠的孤儿。

侥幸逃难的我才得以回来把这个悲壮而惨烈的故事讲给你们听。